Dr. h.c. Michael Grandt

Ohne SPD wäre Hitler *nicht* an die Macht gekommen

Dr. h.c. Michael Grandt

Ohne SPD wäre Hitler *nicht* an die Macht gekommen

Fakten – Belege – Dokumente

Sachbuch

2. Auflage Oktober 2023

1. Auflage August 2021

Alle Rechte bei:
WPR Wirtschafts- und Verbands-PR GmbH
Beethovenstraße 60 – 22083 Hamburg
Telefon: 040 – 298 10 390 – Telefax: 040 – 298 22 240

Druck:
SZ-Druck & Verlagsservice GmbH
Urbacher Straße 10 – 53842 Troisdorf

Gestaltung des Umschlags:
Murat Temeltas

ISBN: 978-3-910087-23-1

»Das angebliche ›Bollwerk gegen rechts‹, wie man es uns heute vorschwindelt, war in Wirklichkeit nur eine Sandburg«.

(Michael Grandt, Fachautor/Journalist)

»Hitler aufhalten? Das Thema gab es für die SPD-Führung nicht. So zerschlug sie blindlings die letzte politische Kombination, die Hitler hätte stoppen können«.[1]

(Heinz Höhne, Historiker)

»Millionen verelendeten mit ihren Familien und sahen in der Nazipartei angesichts des Versagens der SPD und des ADGB eine Hoffnung. Dafür trugen die Führer, denen die Mehrheit der Arbeiterklasse folgte, die entscheidende Verantwortung und insofern eine große historische Mitschuld am Sieg des Faschismus mit allen seinen Folgen«.[2]

(Heinz Niemann, Historiker)

Für Maria:

Estou feliz que você esteja na minha vida

In Gedenken an:

Herbert Grandt (†), meinen Großvater (zehn Jahre in russischer Gefangenschaft),

Martin Conzelmann (†), meinen Großvater (wegen einer gestohlenen rohen Kartoffel in russischer Gefangenschaft zum Tode verurteilt),

Käthe Grandt (†), meine Großmutter (mit drei Kindern von Westpreußen auf der Flucht, hat den Rettungskreuzer Wilhelm Gustloff verpasst),

Jürgen Grandt (†), meinen Vater (als Siebenjähriger auf der Flucht),

Werner Grandt (†), meinen Patenonkel (auf der Flucht),

Siegfried Grandt (†), meinen Onkel (auf der Flucht).

Inhaltsverzeichnis

Seite

Vorwort 14

Teil I: VORSPIEL 19

❶ Der »verlorene« Krieg (1918) 20

I. Die deutsche Armee war *nicht* »geschlagen« 20

II. Die »Dolchstoßlegende« – Wahrheit oder Fake-News? 24

III. Der »Genickbruch«: Die Wende in der Heimat 26

IV. Die »getrickste« Abdankung 29

V. Das Ende der deutschen Monarchie 30

VI. Fakten zur »Dolchstoßlegende« 31

❷ Die ganze Wahrheit über das Versailler »Schand-Diktat« (1919) 33

I. Wortbrüche und Lügen 33

Hintergrund: Woodrow Wilson – der »Lügenpräsident« 35

II. Die deutsche Unterschrift wurde mit einer Hungerblockade erpresst 39

III. Der Massenmord an deutschen Frauen und Kindern 41

Hintergrund: »Der Winter der Toten» 43

IV. Die Mehrheit der SPD war *für* die Unterzeichnung des Schand-Diktats 45

V. Unglaubliche Bedingungen 47

Hintergrund: Wir mussten bis ins Jahr 2010 für den 1. Weltkrieg bezahlen! 53

VI. Das »finale Verbrechen« an den Deutschen 54
VII. Die Deutschen wurden »Opfer des Friedens« 58
VIII. Das »Schanddiktat« wird politisch korrekt verklärt 59
IX. Die »Selbstbestimmungs-LÜGE« 61
Hintergrund: Polen und der Versailler Vertrag 66

Teil II: Die SPD setzt die Weimarer Republik aufs Spiel 69

❶ Die SPD und die illegale Aufrüstung (ab 1921) 70
I. Die »geheime« Aufrüstung der Reichswehr 70
II. Der Panzerkreuzerbau 74
❷ Zwischenspiel: Der Berliner Blutmai und die Sozialfaschismusthese 80
I. Der Berliner Blutmai (1. Mai 1929) 80
II. Die Sozialfaschismusthese 85
❸ Die SPD setzte die Republik aufs Spiel 86
I. Parteiräson über dem Interesse an der Demokratie 86
II. Die SPD will nicht mehr 89
III. Die Diktatur vor der Diktatur 91
Hintergrund: Artikel 48: Das (verfassungswidrige) Prinzip der Präsidialregierung 91
❹ Die SPD als Hitlers Steigbügelhalter? 95
I. Mitschuld durch Tolerierung 95
II. Die SPD half mit, die Republik zu einem autoritären Regime zu programmieren 96
❺ Eine Nation »zerfällt« 99

❻ Zwischenspiel: Reichstagswahlen (14. September 1930) 101

❼ Verrät die SPD die Arbeiterschaft? 103

❽ Zwischenspiel: Das Reich am Abgrund (1931) 104

I. Massenverarmung 105

II. Brünings »Geheimplan« 107

III. Das »Recht auf Arbeit« 110

IV. Die Sozialdemokraten biedern sich an 111

❾ Die SPD und das Ende der Demokratie 115

I. Reichspräsidentenwahl: Hindenburg vs. Hitler (März-April 1932) 115

II. *Für* den »Demokratiefeind« Hindenburg 117

III. Die Demokratiefeinde an der Macht: Von Brüning zu Papen (Mai 1932) 120

IV. Die Sozialdemokraten haben nichts mehr zu sagen 124

V. Die Weimarer Diktatur (Juni 1932) 127

Teil III: Wie die SPD Hitler zur Macht verhalf 131

❶ Der erste Preußenschlag (20. Juli 1932) 132

I. Die verhängnisvolle Änderung der Geschäftsordnung 133

II. Der dreifache »Trick« der Änderung der Geschäftsordnung durch die SPD 135

III. Kontakte der Sozialdemokraten zu den Kommunisten 137

IV. Der »Altonaer Blutsonntag« 140

Hintergrund: Léon Schirmann 142

V. Der eigentliche »Preußenschlag« (14. Juli 1932) 144

VI. Die Sozialdemokraten bleiben passiv 145

Hintergrund: Otto Wels, der Totengräber der SPD 150

❷ Zwischenspiel: Reichstagswahlen (31. Juli 1932) 153

❸ Trotz Chance – die Sozialdemokraten halten Hitler nicht auf 159

I. Die »nationale Konzentration« (November 1932) 159

II. Die SPD widersetzt sich weiterhin einer Regierungsbeteiligung (September 1932) 160

III. Die SPD »rettet« den »Vor-Diktator« Schleicher 162

IV. Die Weimarer »Republik« ist am Ende 166

Hintergrund: Das »Problem« der Weimarer Verfassung 170

V. Hitler auf der Zielgeraden (22.-27. Januar 1933) 171

VI. Die Sozialdemokraten »erzwingen« indirekt Hitler als Kanzler 178

VII. Hitlers Triumph 180

Hintergrund: Verschwiegenes zum 30. Januar 1933 185

Hintergrund: Zeitzeugen: Eine Diktatur war nichts grundsätzlich Schlechtes 187

❹ Die Nationalsozialisten lernen von den Tricks der SPD, um das Parlament auszuschalten 190

I. Das angebliche »Bollwerk gegen rechts« toleriert die Hitler-Regierung 190

II. Göring nahm die SPD-Taktik zur Umstrukturierung der Polizei zu seinem Vorbild 195

III. Die Feigheit und das Versagen der SPD werden immer schlimmer 195

IV. Die Nationalsozialisten kopieren die SPD-Praxis, paramilitärische Verbände in die Polizei zu übernehmen 197

❺ Der zweite Preußenschlag (6. Februar 1933) 199

Teil IV: Die SPD und das Ermächtigungsgesetz – die verschwiegene Wahrheit 205

❶ Die Mainstream-Sicht 206

Hintergrund: Gesetz zur Behebung der Not von Volk und Reich. 206

❷ Frühere Ermächtigungsgesetze 209

I. Die Ermächtigungsregel 209

II. Ermächtigungsgesetze waren nichts Neues 211

❸ Das Ermächtigungsgesetz vom 24. März 1933 212

I. Fricks »anderes« Ermächtigungsgesetz 212

II. Hitlers »Möglichkeiten« 215

III. Die Abstimmung: Wahrheit und Lüge 216

IV. »Bollwerk gegen rechts?« – Die Gegenrede von Wels (SPD) 220

Hintergrund: Otto Wels – Held oder SPD-Verräter? 222

V. Hitlers Erwiderungen auf Wels 224

❹ Die Sozialdemokraten stimmen für Hitlers Außenpolitik 226

❺ Hitlers prominente Wegbereiter 227

I. Theodor Heuss 228

Machte Heuss antisemitische Aussagen? 232

II. Reinhold Maier 234
III. Ernst Lemmer 236
IV. Ludwig Kaas 237

❻ Die verschwiegenen Gründe für das Verbot der SPD 240

Teil V: Fakten, die Sie über die SPD noch nie gehört haben 243

❶ Ehemalige Nationalsozialisten als SPD-Politiker 244

❷ Die SPD weitete die Todesstrafe aus 247

❸ Die ersten »KZ« wurden unter einem SPD-Reichspräsidenten eingerichtet 250

❹ Die »SA« der SPD 252

❺ Zusammenfassung: Wie die SPD Hitler zur Macht verholfen hat 255

Nachwort 261

Bibliografie 262

Literatur 264

Quellen 282

Der Autor 339

Wichtige Vorbemerkung des Autors:

Die Aussagen in diesem Buch entsprechen meiner freien Meinung und sind alleine meine Ansichten. Meine Werturteile stellen daher eine bloße Meinungsäußerung dar. Fremdbehauptungen werden durch Quellen belegt.

Die Links in den Quellenangaben wurden zum Zeitpunkt der Recherche geprüft und verifiziert. Bei Redaktionsschluss waren die Quellen alle aufrufbar. Sollte dies nach der Drucklegung nicht mehr der Fall sein, so können Online-Artikel oft noch über die Wayback Maschine des Internetarchivs (https://archive.org/web/) aufgefunden werden. Für Links, die nach der Veröffentlichung von den Seitenbetreibern gelöscht oder verändert wurden, übernehme ich als Autor keine Verantwortung.

Vorwort

I.

Deutschlandfunk: *»SPD: Letztes Bollwerk gegen das NS-Regime«.*[3]

SPD: *»Für uns gilt seit 156 Jahren: Keinen Fußbreit dem Faschismus! Die SPD ist das Bollwerk gegen rechts!«*[4]

Ntv: *»SPD wollte Hitler stoppen«.*[5]

Main-Post: *»Die SPD sieht sich als Bollwerk gegen den Faschismus«.*[6]

SPD-Zeitung *Vorwärts*: *»Andrea Nahles: Die SPD ist ein Bollwerk gegen rechts«.*[7]

So oder so ähnlich liest sich die (Selbst)Beweihräucherung der Sozialdemokratischen Partei Deutschlands, kurz SPD, seit rund 80 Jahren. Mit Schlagzeilen wie diesen verklären und heroisieren die Partei und der Mainstream bis heute die Rolle der Sozialdemokraten vor und während der »Machtübernahme«. Die mantragleiche Wiederholung führt in weiten Teilen des öffentlichen Bewusstseins dazu, dass die SPD als einzige Partei wahrgenommen wird, die Adolf Hitler *mutig* widerstanden hat.

Dieser populistischen Partei-Propaganda widerspreche ich massiv. In meinem Buch zerlege ich diese Verklärung und diesen Mythos, der sich bis heute hält. Mein Befund, den ich auf der Grundlage von über 1.000 seriösen Quellen (viele davon von der SPD selbst) erstellt habe, lautet:

1. Die SPD hat Hitlers Diktatur den Weg bereitet.

2. Die Partei gab sich kampflos hin und biederte sich den Nationalsozialisten später sogar regelrecht an.

Das widerspricht der offiziellen Darstellung fundamental und wird deshalb dazu führen, mich und mein Buch zu diskreditieren.

Gleichzeitig ist diese Publikation auch ein Spin-off meiner erfolgreichen Buchreihe »Adolf Hitler, eine Korrektur – Was Ihnen die Geschichts- und Schulbücher verschweigen«.[8]

II.

Die SPD als Hitlers Steigbügelhalter?

Natürlich wird man mir vorwerfen, dass dies eine Verschwörungstheorie sei, und zwar noch bevor die angeblichen »Kritiker« die Fakten kennen oder überhaupt zur Kenntnis genommen haben. Aber es ist gerade keine Verschwörungstheorie, sondern die logische Schlussfolgerung, die sich aus dem Handeln und der unglaublichen Feigheit der SPD-Führung vor der »Machtübernahme« ergibt. Jedem steht es deshalb frei, meine Quellen zu widerlegen. Ich führe sie genau aus diesem Grund auf!

III.

Kein Historiker oder Journalist hat es bisher gewagt, dieses Tabu-Thema anzugehen. Und so entlarve ich das angebliche *»Bollwerk gegen rechts«* als eine der größten politischen Lügen der letzten Jahrzehnte.

Für mich steht nach jahrelangen Recherchen und Einsicht in Tausende von Dokumenten fest: Die Sozialdemokraten hatten beileibe keine »weiße Weste«. Sie waren bei weitem nicht die »unschuldige« Partei, sondern haben die Weimarer Republik fahrlässig aufs Spiel gesetzt, autoritäre Präsidialkabinette unterstützt oder toleriert und so Adolf Hitler erst den Weg geebnet. Mehr noch: Die Nationalsozialisten lernten von den vorausgegangenen SPD-Tricksereien in Preußen und wandten diese später im Reichstag gegen die Opposition selbst an.

Die SPD nahm zudem die permanente Ausschaltung des Parlaments durch die Reichskanzler Brüning, Papen, Schleicher fast widerspruchslos hin und unterstützte sie sogar. Ein Beispiel: Die sozialdemokratischen Führer legten nicht nur selbst mit Hand an, um das Parlament faktisch auszuschalten, sondern sie versicherten obendrein, gegen diktatorische Vollmachten für Brünings Kabinett »keine Bedenken« zu haben. So half die SPD mit, die Republik zu einem autoritären Regime zu programmieren. Für die Genossen war letztendlich nicht einmal die Wiedereinführung der Monarchie ein Hindernis, und SPD-Spitzenfunktionäre redeten sogar eine Regierung mit Hitler herbei!

Die SPD unternahm keine ernsthaften Schritte, um Hitler zu verhindern, obwohl sie die Chance dazu gehabt hätte. Die Genossen überließen das Land nahezu kampflos seinem Schicksal. Später versuchten sie, sich durch Neutralität und Anbiederung ihre Weiterexistenz unter der Hitler-Regierung quasi zu »erbetteln«.

IV.

Auch folgende Sachverhalte, die ich in meinem Buch darlege, werden einen Aufschrei in der Partei und im Mainstream hervorrufen:

- Weshalb die SPD-Fraktion ihren eigenen Kanzler zum Gespött machte.
- Warum die SPD die Weimarer Republik aufs Spiel setzte.
- Wie SPD-Abgeordnete die spätere »schnelle« Aufrüstung durch Adolf Hitler möglich machten.
- Weshalb die SPD-Führung ihre Mitglieder und Wähler vorsätzlich belog.

- Warum die SPD sogar eine zeitweilige Militärdiktatur tolerieren wollte.
- Wie die SPD sich de facto selbst »entmachtete«.
- Warum die SPD ihr »Bollwerk Preußen« kampflos, schändlich und feige aufgab.
- Weshalb die SPD alle jüdischen Mitglieder aus ihrem Vorstand entfernte.
- Weshalb die Genossen Hitlers Außenpolitik zustimmten.
- Warum der SPD-Vorsitzende Otto Wels im Ausland sogar ein gutes Wort für die NS-Regierung einlegte.
- Was der tatsächliche Grund für das Verbot der SPD war.
- Weshalb die SPD in der Weimarer Republik die Todesstrafe ausweitete.
- Warum Zehntausende SPD-Funktionäre ihre Mitgliedsbücher wegwarfen und frustriert aus der Partei austraten.

Wussten Sie außerdem, dass

- die SPD in der Weimarer Republik vielen Ermächtigungsgesetzen zugestimmt hatte?
- die ersten »KZ« unter einem SPD-Reichspräsidenten eingerichtet wurden?
- die SPD ihre eigene »SA« aufstellte, die an Maschinengewehren geschult und für den Häuserkampf ausgebildet wurde?
- die SPD ihre Mitglieder anwies, ausgerechnet den »Demokratiefeind« Hindenburg als Reichspräsidenten zu wählen, der das Parlament verachtete?
- hochrangige SPD-Politiker in der Bundesrepublik zuvor Mitglied in der NSDAP gewesen sind?

All diese wichtigen Tatsachen werden in den meisten Publikationen nicht erwähnt oder nicht in ihrem Gesamtzusammenhang gesehen. Es sind Tatsachen, die nicht kommuniziert, sondern verschwiegen und vertuscht werden. Von den Medien offenbar, weil sie es nicht besser wissen, von der Parteiführung offenbar, weil sie die eigene Geschichte nicht kritisch aufarbeiten will und von Historikern offenbar aus Angst, ihre gut alimentierten Pöstchen an den Universitäten zu verlieren, würden sie diese brisanten Fakten auch nur ansatzweise erwähnen.

Für mich jedenfalls war und ist die Politik der Genossen und die himmelschreiende Feigheit der SPD-Spitzenfunktionäre, die heute auch noch zu »Helden gegen den Faschismus« verlogen werden, kaum zu ertragen.

V.

Nach dem Lesen dieses Buches werden Sie das Verhalten der Sozialdemokraten in den Jahren 1918 bis 1933 selbst beurteilen können und zwar aus einer anderen Sicht. Es sind Fakten, die Sie so über die SPD wohl noch nie gehört haben. Seien Sie also gespannt.

Ich wünsche Ihnen und Ihren Familien alles Gute

Ihr
Michael Grandt, Camaçari (Brasilien)

PS: Übrigens stimmte die SPD der Verschärfung des Infektionsschutz-Gesetzes« am 16. April 2021 zu, mit dem der Föderalismus in Deutschland de facto zu Grabe getragen wurde.[9] Viele nennen es daher auch ein »Ermächtigungsgesetz«.

Teil I:
VORSPIEL

❶

Der »verlorene« Krieg (1918)

Noch immer geistert die Mär durch Geschichts- und Schulbücher, der deutsche Kaiser Wilhelm II. sei *maßgeblich* für den Ausbruch des Ersten Weltkrieges verantwortlich gewesen. Für die politisch korrekte Historie, Politiker und Medien *muss* Deutschland einfach das »Tätervolk« bleiben, und zwar auch für den Ersten Weltkrieg. Aber genau das Gegenteil war der Fall, wie wir heute wissen. Die Hintergründe zum Ausbruch des Krieges sollen jedoch nicht Gegenstand *dieser* Publikation sein.[10] Vielmehr beschäftige ich mich mit dessen Ende. Die globale Katastrophe mündete nämlich im »Friedensvertrag« von Versailles, der in Wirklichkeit ein »Schanddiktat« war und auch viele andere Völker ins Chaos stürzte – nicht nur das deutsche.

Zunächst möchte ich jedoch noch auf einen anderen Punkt eingehen, den die Mainstream-Historiker allenthalben falsch interpretieren. Im Zusammenhang mit dem Ende des Ersten Weltkrieges sprechen die meisten nämlich davon, dass die deutsche Armee *»geschlagen«* worden sei.[11] Viele »Wissenschaftler« übernahmen diesen Duktus. Schon aus diesem Grund lohnt es sich, genauer hinzusehen.

I. Die deutsche Arme war *nicht* »geschlagen«

Wer dies behauptet, hat keinen Blick auf die Schlachtfelder im Sommer und Herbst des Jahres 1918 geworfen. Die Situation für die deutschen Truppen sah nämlich *keinesfalls* nach einer Niederlage aus. *So* waren die Frontverläufe:

- Mit der Operation »Schlussstein« wollte die deutsche Oberste Heeresleitung (OHL) und der Marinestab die russischen Städte Petrograd und Kronstadt besetzen, um von dort aus einen Vorstoß zur Barentssee vorzunehmen.[12]
- Deutsche Truppen rückten noch im Sommer 1918 in Richtung Kaukasus vor.[13]
- Lenin versuchte einen weiteren Vormarsch der deutschen Armee in Russland durch intensivierte Friedensbemühungen abzuwenden.[14] In Berlin unterzeichneten die Bolschewiken am 27. August schließlich einen Zusatzvertrag zum bereits bestehenden Friedensvertrag von Brest-Litowsk.[15] Sie verzichteten auf Livland, Estland und Georgien. Deutschland hingegen gab die Zusage, Weißrussland zu räumen.
- Deutsche Truppen standen noch in der Ukraine, in Polen, in Belgien und waren in Teilen Nordfrankreichs stationiert.[16]
- Am 4. September 1918 befanden sich die deutschen Armeen an der Westfront wieder in ihren Ausgangsstellungen vom 21. März 1918, also noch auf französischem Gebiet. Sie konnten ihre Stellungen ausbauen und sogar eine zusammenhängende Verteidigungslinie bilden.[17]
- Die Westfront hielt nach wie vor. Erich Ludendorff, der Stellvertreter des Chefs der Obersten Heeresleitung Generalfeldmarschalls Paul von Hindenburg (des späteren Reichspräsidenten), eröffnete noch am 9. Oktober 1918 Prinz Max von Baden, dass die deutsche Armee die Grenzen »noch für lange Zeit« verteidigen könne.[18]
- Im Herbst 1918 wähnte sich also noch der Großteil der deutschen Bevölkerung als Sieger.[19]
- Wichtig und meist übersehen: Das deutsche Heer verfügte noch über 58 Reservedivisionen, also zwischen 600.000 und 700.000 Mann[20] (!).[21]

- Am 12. November 1918 erklärte Paul von Hindenburg in seinem letzten Tagesbefehl, dass die von ihm geführte Armee im Felde »unbesiegt« geblieben sei.[22]

Ich fasse noch einmal zusammen: Deutsche Truppen standen am Kriegsende an der Ostfront noch tief im Feindesland, an der Westfront in einer Verteidigungslinie auf französischem Boden, und Russland hatte sogar einen Zwangsfrieden mit dem Deutschen Reich schließen müssen. Trotz der veränderten Situation für das Deutsche Reich bestand nach wie vor ein Patt, denn die Alliierten[23] als auch Deutschland hielten den Sieg im Sommer/Herbst 1918 noch für möglich. Dennoch behaupten politisch korrekte Historiker, die Deutschen seien »geschlagen« worden.

Die Gründe, warum das Deutsche Reich im Herbst 1918 um einen *Waffenstillstand* ersuchte, waren in erster Linie aber *nicht* auf *deutschen* Schlachtfeldern zu finden, sondern ein Konglomerat folgender Umstände:

- Paul von Hintze, der deutsche Außenminister gab zu bedenken, dass Österreich-Ungarn, der wichtigste Verbündete, einen weiteren Kriegswinter (1918/19) nicht durchstehen könne.[24] Die Donaumonarchie war innerlich zerrissen und das Ausscheiden aus dem Krieg nur noch eine Frage von wenigen Wochen.[25]

- Der österreichische Kaiser Karl I. plädierte für unverzügliche Friedensgespräche und begann diese dann auch – hinter dem Rücken des deutschen Kaisers, der ihn vier Jahre zuvor im Krieg gegen Serbien unterstützt hatte – am 14. September 1918.[26] Das war schlichtweg *Verrat* an seinem Bündnispartner, der ihm zu Kriegsbeginn beigestanden hatte.

- Am 28. September 1918 bat Bulgarien um Waffenstillstand. Der Vertrag wurde bereits einen Tag später unterschrieben und sah außer der Demobilisierung die Räumung Griechenlands und Serbiens sowie die Besetzung des bulgarischen Territoriums durch die Alliierten vor.[27] Das hatte katastrophale Auswirkungen, denn die Alliierten konnten so die Verbindung zum Osmanischen Reich unterbrechen und die österreichisch-ungarische Südgrenze bedrohen. Zudem geriet das rumänische Öl in Gefahr. Die Hälfte der deutschen Lastkraftwagen und ein Drittel der U-Boote waren nämlich auf rumänische Erdöllieferungen angewiesen.[28]

- Am 26. Oktober 1918 teilte der österreichische Kaiser Karl I., der Deutschland einst in den Krieg riss, dem deutschen Kaiser Wilhelm II. die Auflösung des Bündnisses mit.
- Österreich-Ungarn kapitulierte am 28. Oktober 1918.
- Am 30. Oktober 1918 unterzeichnete auch eine türkische Delegation einen Waffenstillstand, was britische See- und Landstreitkräfte gegen das Deutsche Reich freisetzte.[29]

Verschwiegen: Wenn man schon von einer »geschlagenen Armee« und »Niederlage« sprechen will, so gilt das allenfalls für die mit dem Deutschen Reich verbündeten Mittelmächte, die Deutschland im Stich ließen oder den Krieg nicht mehr weiterführen konnten und wollten.[30]

Aber auch die Vorgänge im Reich selbst nahmen Einfluss auf die Entscheidungen der Obersten Heeresleitung, die nicht ignorieren konnte, dass am 28. Oktober 1918 die deutsche Revolution mit der Matrosenmeuterei auf der Schlachtflotte begann. Unabhängige Sozialdemokraten (USPD) und Spartakusbund wiegelten zudem die Massen zum Umsturz auf.

Der Zusammenbruch der Verbündeten als auch die Revolution im Innern konnte bei den Verantwortlichen in der Armeeführung natürlich nicht unbeachtet bleiben.

Da das Heer auf dem Felde de facto unbesiegt war und man aufgrund außerpolitischer Entscheidungen der einstigen Bündnispartner, innerpolitischer Zerwürfnisse und revolutionärer Umsturzabsichten dennoch um einen Waffenstillstand nachsuchen musste, traf das die Militärs bis ins Mark. Sie fühlten sich nach vier Jahren Kampf von der Heimat verraten und im Stich gelassen. Viele dachten so, auch einfache Soldaten. Diese Sichtweise der Frontkämpfer, deren Gedankengänge zu diesem Zeitpunkt durchaus nachvollziehbar gewesen waren, bildeten die Grundlage für die später so titulierte »Dolchstoßlegende«.

II.
Die »Dolchstoßlegende« – Wahrheit oder Fake-News?

Wer die »Dolchstoßlegende« nicht als Legende, sondern als *Fakt* sieht, wird von der Historikerzunft, den Medien und sogenannten »Experten« reflexartig als »Revisionist« stigmatisiert – und damit ist die Diskussion beendet. Ein Grund mehr, auch hier genauer hinzusehen.

Unser politisch absolut korrekter »Vorzeigehistoriker« Guido Knopp schreibt zu diesem Thema folgendes (Hervorhebungen durch mich):

»Die deutsche Offizierskaste [klammerte] sich an die ›Dolchstoßlegende‹: Das tapfere deutsche Heer sei im Felde ungeschlagen geblieben, an der Heimatfront aber hätten Sozialisten und Pazifisten den Wehrwillen des Volkes untergraben – diese **absurde Fabel** *hatte General Erich Ludendorff in die Welt gesetzt. Er stand 1918 mit Hindenburg*

gemeinsam an der Spitze der Obersten Heeresleitung und hatte selbst für Friedensverhandlungen plädiert (...) Doch Ludendorffs **Lüge** *wurde begierig aufgegriffen. Nicht zuletzt die konservativen Eliten des Kaiserreichs glaubten, so den Untergang des wilhelminischen Deutschlands erklären zu können. Den Militärs half die* **Verleugnung der historischen Fakten** *bei der Bewältigung eines schmerzhaften Prozesses, denn die Niederlage 1918 hatte für unzählige ehemalige Offiziere einen gesellschaftlichen Abstieg mit sich gebracht«.*[31]

Handelte es sich also tatsächlich um eine *»absurde Fabel«*, eine *»Lüge«* und eine *»Verleugnung der historischen Fakten?«*

Wie der Historiker Wolfram Pyta beschreibt, besagt die sogenannte »Dolchstoßlegende«, dass der Ausbruch der Revolution im Innern Deutschland so wehrlos gemacht habe, dass das im Feld unbesiegte Heer nicht mehr für einen erträglichen Frieden habe weiterkämpfen können.[30] Diese Definition klingt schon objektiver als die des Geschichtsprofessors Knopp, ist aber ebenfalls nur die halbe Wahrheit.

Auch Generalfeldmarschall Paul von Hindenburg, Chef der Obersten Heeresleitung (OHL), äußerte sich dahingehend, dass gegen Ende des Krieges *»die heimliche, planmäßige Zersetzung von Flotte und Heer als Fortsetzung ähnlicher Erscheinungen im Frieden ein[setzte] (...) So musste unsere Operation misslingen, es musste der Zusammenbruch kommen, die Revolution bildete nur den Schlussstein«.*[33]

Wie ich bereits erläutert habe, rechneten die Führer der OHL, Hindenburg und Ludendorff, noch Mitte August 1918 damit, in einer strategischen Defensive auf französischem Boden stehenzubleiben und dadurch den Feinden ihren Willen aufzwingen zu können.[34] Doch die OHL mahnte, dass das Feldheer sich nur dann auf feindlichem Boden behaupten könne, wenn die *Heimatfront intakt* bliebe.[35]

Am 6. September 1918 sagte Hindenburg in einer Besprechung mit den Generalstabschefs der drei westlichen Heeresgruppen noch, dass man das Jahr in *»gesicherter Stellung«* auf feindlichem Boden überstehen müsse.[34] Doch die Vorgänge in der Heimat sollten dem Vorhaben einen Strich durch die Rechnung machen.

III.
Der »Genickbruch«: Die Wende in der Heimat

Parallel dazu vollzog sich in der Heimat eine Wende. Ich meine damit die »Parlamentarisierung der Monarchie«, die mit – für den Kaiser – schmerzhaften Einschränkungen seiner Machtbefugnisse gegenüber dem Reichstag einherging und bald auch Einfluss auf die Armeeführung an den fernen Fronten nehmen sollte.

Am 3. Oktober 1918 wurde Prinz Maximilian Alexander Friedrich Wilhelm von Baden (ein Cousin von Kaiser Wilhelm II.) zum Reichskanzler des Kaiserreiches ernannt und zwei Tage später die parlamentarische Regierungsreform eingeführt.

Am 7. November 1918 fand sich Staatssekretär Matthias Erzberger (Zentrum-Partei), der zum Leiter der Waffenstillstandskommission ernannt wurde, im Hauptquartier des deutschen Heeres im belgischen Spa ein. Er machte zugleich sehr energisch von seiner Weisungsbefugnis gegenüber den Militärs Gebrauch, denn das *Parlament* war *für* einen Waffenstillstand. Wichtig dabei: Es sollte sich um einen »Waffenstillstand« und um *keine* »Kapitulation« handeln.

Max von Baden ordnete an, dass entgegen Hindenburgs Vorschlag nur je *ein* Vertreter der Armee und der Marine seiner Delegation angehören sollten und nicht mehr. Dies ließ Hindenburg zu der Äußerung hinreißen, »dass es wohl das erste Mal in der Weltgeschichte sei, *dass nicht Militärs den Waffenstillstand abschließen, sondern Politiker«.*[37]

Mit dem Entschluss des Reichskanzlers Prinz Max von Baden waren die Verhandlungen mit den Alliierten dann auch hauptsächlich Zivilisten überlassen, die bisher nur Innen- und Parteipolitik betrieben hatten.

US-Präsident Woodrow Wilson forderte für die Aufnahme von Waffenstillstandsgesprächen zunächst eine schwer hinnehmbare Schwächung der deutschen Kampfkraft: Heer und Marine sollten kampfunfähig gemacht werden und sich somit auf Gedeih und Verderb den Siegermächten ausliefern.[38]

Generalfeldmarschall Erich von Hindenburg erließ daraufhin am 24. Oktober 1918 eine Proklamation an das Feldheer, in der es hieß:

»Wilsons Antwort kann daher für uns Soldaten nur die Aufforderung sein, den Widerstand mit äußersten Kräften fortzusetzen«.[39]

Wilson knüpfte zudem auch die Bedingung, eine Umgestaltung der Herrschaftsstruktur des Deutschen Reiches herbeizuführen und gab sich mit der bereits erfolgten Parlamentarisierung der Reichsverfassung nicht zufrieden. Der Kaiser sollte ein für alle Mal entmachtet werden.[40] Im Klartext: Der Kaiser sollte gehen!

Beides brachte die Oberste Heeresführung unter Paul von Hindenburg und Erich Ludendorff gegen die Reichsregierung auf, die sich Wilsons Forderungen nicht grundsätzlich abgeneigt sah. Als es dann aber letztendlich zum Kräftemessen kam,[41] verlor Ludendorff sogar seinen Posten. Der alte Krieger und Armeestratege hatte ausgedient. Reichskanzler Max von Baden hatte dafür den Anstoß gegeben.

Hindenburg, der sich opportunistisch fügte, wurde lediglich noch dazu benötigt, den Übergang von der absoluten Kaiserherrschaft zur parlamentarischen Monarchie gegenüber dem Heer abzufedern, um einen Aufstand der Soldaten zu verhindern.[42]

Kaiser Wilhelm II. autorisierte noch am Abend des 27. Oktober 1918 die beiden Generäle Max von Gallwitz, der die 5. Armee, und Bruno von Mudra, der die 17. Armee befehligte, dem Kabinett einen Aufruf zu überbringen, der das deutsche Volk zu einer »nationalen Kraftanstrengung« aufforderte, um die Verhandlungsposition bei den Waffenstillstandsgesprächen zu verbessern. Diese sollte ein eindrucksvolles Signal gegenüber den Feinden setzen und dem Heer gegebenenfalls das Weiterkämpfen bis 1919 ermöglichen.[43]

Doch die Regierung verhielt sich sehr reserviert gegenüber diesem Vorschlag, der nur dann Sinn machte, wenn die Verhandlungen mit Wilson komplett abgebrochen werden würden.[44] Anstatt auf den Aufruf einzugehen, forderte der Abgesandte des Kabinetts, der preußische Innenminister Wilhelm (genannt »Bill«) Drews, am 1. November 1918 den Kaiser sogar dazu auf, freiwillig abzudanken.[45] Hindenburg warnte jedoch eindringlich vor diesem Schritt:

»Zwingt man den Kaiser zur Abdankung, so wird das Heer führerlos, und mit seiner Widerstandskraft an der Front ist es zu Ende. Eine Sicherung für die Ordnung im Innern ist dann aber auch nicht mehr vorhanden«.[46]

Hindenburgs Worte waren nicht nur so daher gesagt. Denn bereits am 8. November 1918 nahm die Revolution in Deutschland größere Ausmaße an und Aufständische marschierten bereits in Bayern, Braunschweig und Mecklenburg-Schwerin.

Verschwiegen: Hindenburg wollte bis 1919 weiterkämpfen, aber das Parlament war dagegen.

IV.
Die »getrickste« Abdankung

Das Drängen und die telefonischen Abdankungsforderungen der Reichsregierung nahmen am 9. November 1918 massiv zu.

Kaiser Wilhelm II. wusste, dass ihm kurz oder lang keine andere Wahl blieb, denn mit dem Zugeständnis an eine parlamentarische Monarchie hatte er seine Machtbefugnisse weitgehend in die Hände der Parlamentarier gegeben. Doch ganz kampflos wollte er nicht aufgeben. Schließlich rang er sich zu dem Entschluss durch, zwar als Kaiser abzudanken, nicht aber als König von Preußen. Damit würde er seine Stellung als Oberster Kriegsherr behalten und weiterhin über die militärische Kommandogewalt verfügen. Dies hätte ihm weiterhin die Möglichkeit offengehalten, in die Revolutionswirren militärisch einzugreifen, sprich eine *Konterrevolution* entfachen und anzuführen zu können.

In seiner schriftlichen Abdankungserklärung formulierte er dann auch eindeutig, dass er den Oberbefehl über die preußischen Armeen behalten und als preußischer König *nicht* abdanken werde.[47]

Das, was danach folgte, war für viele dann Beweis dafür, dass die »Demokraten« das Deutsche Reich ins Chaos gestürzt hatten und verhinderten, dass der Kaiser noch eingreifen konnte: Denn Reichskanzler Max von Baden hatte bereits *vor* der Erklärung Wilhelm II. durch alle Nachrichtenbüros – *ohne Autorisierung* (!) – verbreiten lassen, dass dieser als Kaiser *und* König abgedankt habe.[48]

Dieser infame Schlag entzog dem Monarchen vollends den Boden unter den Füßen. An eine Gegenrevolution war nun nicht mehr zu denken. Es war ein beispielsloser Affront gegen den Kaiser und für viele Militärs ein »Verrat« an der Armee und ihren Soldaten, die sich vier Jahre lang an der Front für die Heimat aufgeopfert hatten. Max von Baden gab in seinen Erinnerungen später selbst zu:

»Ich wusste, dass ich formell nicht berechtigt war, ohne Einverständniserklärung des Kaisers die Veröffentlichung vorzunehmen«.[49]

Dennoch »glaubte« er, richtig gehandelt zu haben.

Verschwiegen: Reichskanzler Max von Baden verbreitete die *unautorisierte* Abdankung des Kaisers. Das war für viele Militärs ein »Verrat« an der Armee.

V.
Das Ende der deutschen Monarchie

Das Ende des preußischen Königtums und des deutschen Kaisertums war der Beginn des revolutionären Chaos, das bei der durch Kurt Eisner (SPD/USPD) proklamierten Ausrufung des republikanischen Freistaats Bayern am 8. November 1918 und im Spartakusaufstand einige Wochen später nur zwei vorläufige Höhepunkte erreichte. Noch am Tag der *unfreiwilligen* und *getricksten* Abdankung des Kaisers rief Philipp Scheidemann (SPD) die Deutsche Republik aus.[50] Friedrich Ebert (SPD) übernahm die Regierungsverantwortung von Reichskanzler Max von Baden.

Wilhelm II. wurde ebenso gedrängt, in die Niederlande ins Exil zu gehen. Zuvor übergab er den Oberbefehl über das deutsche Heer Paul von Hindenburg, ohne zu ahnen, dass dieser eine der treibenden Kräfte für seinen Gang nach Holland gewesen war, weil die Einheit »seines« Heeres auf dem Spiel gestanden hatte.[51]

Verschwiegen: Kaiser Wilhelm II. *floh* **nicht** ins Exil, er wurde dazu *gedrängt.*

Hindenburg gab unverzüglich einen Befehl an das gesamte Feldheer, mit der sozialdemokratischen Regierung zu kooperieren und untersagte, von der Schusswaffe *»gegen Angehörige des eigenen Volkes«* Gebrauch zu machen.[52] Damit wollte er verhindern, dass die in die Heimat kommenden Soldaten sich an den revolutionären Handlungen beteiligten, die inzwischen immer mehr um sich griffen.

Hindenburg hoffte, damit einen Bürgerkrieg verhindern zu können. Sein Verhalten erstickte zudem auch jeglichen Versuch eines Militärputsches gegen eine unterzeichnungswillige Regierung im Keim.[53] Ultrakonservative verziehen ihm das nie.

Verschwiegen: Hindenburg wollte einen Bürgerkrieg verhindern und kooperierte mit der Regierung.

VI.
Fakten zur »Dolchstoß*legende*«

Ich möchte an dieser Stelle noch einmal die *Tatsachen* darstellen, die zu der angeblichen Dolchstoßlegende beigetragen haben und diese dann abschließend bewerten:

- Die »demokratische« Reichsregierung nahm einen innerdeutschen Bürgerkrieg in Kauf.
- Die »demokratische« Reichsregierung nahm einen schmachvollen Friedensvertrag in Kauf.

- Das Heer war keineswegs besiegt und stand an verschiedenen Fronten, besonders im Westen und Osten, noch im Feindesland.
- Mit einem »Trick« entledigte man sich des Kaisers, der noch an sein Heer glaubte und Wilsons schmachvolle Bedingungen so nicht annehmen wollte.
- Das Parlament stellte sich gegen das Heer und den Kaiser, der durch eine Fortsetzung des Krieges (dazu war die deutsche Armee noch in der Lage!) die Waffenstillstandsbedingungen verbessern wollte.

Fazit: Betrachtet man also die Umstände auf den Schlachtfeldern, das revolutionäre Treiben in der Heimat, die Umsturzversuche, das unterzeichnungswillige Kabinett und die getrickste Abdankung des Kaisers, um eine Konterrevolution und ein Durchhalten der Armee zu verhindern, spricht einiges dafür, dass es sich bei der »Dolchstoßlegende« *nicht* um eine *reine* »Legende« handelt.

Das allerdings setzt voraus, dass man die Gesamtumstände von August bis November 1918 und das Handeln der in diesem Zeitraum agierenden verantwortlichen Personen genauer betrachtet, was ich bei vielen Mainstream-Historikern *leichtsinnig* und *tendenziös* vermisse.

❷

Die ganze Wahrheit über das Versailler »Schand-Diktat« (1919)

Der Versailler Vertrag (auch »Friedensvertrag von Versailles«) resultierte unmittelbar aus der »Niederlage« (wie Mainstreamhistoriker allenthalben verlauten lassen) des Deutschen Reiches im Ersten Weltkrieg.

Die Bezeichnung »Niederlage« suggeriert dabei, dass der Krieg verloren wurde. De facto war das jedoch nicht der Fall, wie ich bereits oben dargelegt habe. Das Deutsche Reich hatte nicht *kapituliert*, sondern einen *Waffenstillstand* unterzeichnet. Dies sind kriegs- und völkerrechtlich zwei unterschiedliche Dinge, die hierzulande aber in einen Topf geworfen werden.

> **Verschwiegen:** Das Deutsche Reich hatte *nicht kapituliert*, sondern am 11. November 1918 lediglich einen *Waffenstillstand* unterzeichnet.

I. Wortbrüche und Lügen

Hauptverantwortlich für den »Friedensvertrag von Versailles« waren vor allem drei Männer: Woodrow Wilson, der amerikanische Präsident, David Lloyd George, der englische Premier (der bei den Verhandlungen übrigens gleich mit seiner Geliebten anreiste)[54] und Georges Clemenceau, der französische Ministerpräsident.[55]

Die Deutschen wurden von Beginn an hintergangen. Woodrow Wilson hatte dem Waffenstillstand zwischen Deutschland und den Alliierten nämlich einen Frieden auf der Basis des *Selbstbestimmungsrechts der Völker* zugrunde gelegt, was enorme Erwartungen im Deutschen Reich geschürt hatte. Dieses Argument war sogar ein mitentscheidender Grund für die Unterzeichnung des Waffenstillstands gewesen. Aber Wilsons Versprechungen lösten sich schnell in Luft auf und so bezichtigte man ihn von deutscher Seite aus völlig zurecht des »Wortbruchs«.[56]

Selbst der amerikanische Außenminister Robert Lansing war mit Wilsons Idee der *»Selbstbestimmung«* nicht glücklich und prophezeite:

»Es wird Hoffnungen erwecken, die sich niemals erfüllen lassen. Ich fürchte, dass es Tausende und Abertausende Leben kosten wird«.[57]

Er sollte recht behalten, wie der weitere Verlauf der Geschichte zeigte.

Die deutsche Seite hingegen argumentierte, dass der Waffenstillstand nur auf den *ursprünglichen* 14 Punkten Wilsons zustande gekommen war, weshalb die nachfolgenden Friedensbedingungen »unrechtmäßig« seien.[58] *Nachträglich* waren diese nämlich so geändert worden, dass Frankreich entschädigt werden und die Briten die zuerst angedachte »Freiheit der Meere« als Verhandlungsbasis in Versailles einbringen konnten.[59]

Verschwiegen: Der Versailler Vertrag basierte auf *Lügen* und die Deutschen wurden *hintergangen.*

Hintergrund
Woodrow Wilson – der »Lügenpräsident«

Thomas Woodrow Wilson (1856-1924) war von 1913 bis 1921 der 28. Präsident der USA. Er erhielt 1919 sogar den Friedensnobelpreis. Meiner Meinung nach völlig zu Unrecht, denn er log, was das Zeug hielt. Hier eine *kleine* Auswahl:

Lüge 1: Im Wahlkampf versprach Wilson seinen Wählern, die USA würden neutral bleiben.[58] Nach seiner Wahl führte er die Vereinigten Staaten dann aber in den Krieg (April 1917).

Lüge 2: Wilson behauptete auf der Pariser Friedenskonferenz, er habe die während des Krieges geschlossenen Geheimabkommen der Alliierten, die unter anderem Italien feindliche Territorien versprachen, nie zu Gesicht bekommen. Die Versprechen waren ein wichtiger Grund, weshalb Rom am 23. Mai 1915 plötzlich auf Seiten der Alliierten in den Krieg eintrat. Doch Wilson log auch hier, denn der britische Außenminister Arthur Balfour hatte ihm die Geheimabkommen höchstpersönlich vorgelegt.[61]

Lüge 3: Am 11. Februar 1918 hielt Wilson seine viel beachtete »Vier-Prinzipien-Rede« vor dem US-Kongress, in der er versicherte, niemand dürfe Vergeltung üben, ungerechtfertigte Ansprüche erheben oder riesige Entschädigungszahlungen der Unterlegenen an die Sieger fordern.[62] Genau *das* aber wurde im Versailler Vertrag auch unter seiner Federführung ad absurdum geführt.

Demzufolge stellten ihm Weggefährten kein gutes Zeugnis aus. Ein führender Demokrat sagte über ihn: *»Er ist undankbar und ein Lügner«.*[63] *»Er kann sehr gut hassen«* erklärte selbst sein Bewunderer und Pressesprecher Ray Stannard Baker.[64]

Dem französischen Botschafter in Washington zufolge war Wilson ein *»Mann, der, hätte er einige Jahrhunderte früher gelebt, der größte Tyrann der Welt gewesen wäre, denn er scheint nicht den geringsten Begriff davon zu haben, dass er jemals Unrecht haben könnte«.*[65]

Sogar sein enger Freund Edward House assistierte Wilson: *»Er hat keine Fantasie, keine konstruktiven Fähigkeiten und überhaupt kaum irgendwelche wirklichen Fähigkeiten«*[66] und hielt dessen Fehler in seinem Tagebuch fest: Temperamentsausbrüche, Unbeständigkeit, fehlendes Verhandlungsgeschick und einseitiges Denken.[67]

Theodore Roosevelt (1858-1919), der US-Präsident vor Wilson gewesen war, meinte, dieser sei *»der unseriöseste und kaltblütigste Opportunist, den wir jemals als Präsident hatten«.*[68]

Der französische Ministerpräsident Georges Clemenceau (1841-1929) urteilte: *» ... mit Wilson zu reden ist, als würde man mit Jesus Christus reden!«* [69]

Lloyd George (1863-1945), der britische Premierminister, meinte, Wilson sei *»taktlos, starrsinnig und eitel«.*[70] Zudem hatte er den Eindruck, dass Wilson wie ein »Missionar« zu der Friedenskonferenz kam, *»um die heidnischen Europäer mit ‹kleinen Sermonen› voller Allgemeinplätze zu retten«.*[71]

Wilsons Außenminister Lansing urteilte: *»Sogar gesicherte Tatsachen wurden* [von Wilson/MGR] *ignoriert, wenn sie nicht zu dieser intuitiven Überzeugung, dieser halbgöttlichen Macht passten, das Richtige zu tun«.*[72]

Wilson war so von sich überzeugt, dass er glaubte, *»für die Menschheit zu sprechen«.*[73]

So fragt sich die kanadische Historikerin Margaret McMillan zurecht: *»Was soll man von einem Staatsführer halten, der sich der nobelsten biblischen Sprache bediente und sich gleichzeitig zu seiner Umgebung so rücksichtslos verhielt? Der die Demokratie liebte, aber die meisten seiner Politikerkollegen verachtete?«*[74]

Nichts! Das belegen seine Lügen und Wortbrüche, auch in Versailles, die später Grundlagen neuer Konflikte in Europa waren.

Was die meisten deutschen Geschichtsbücher ebenfalls verschweigen: *Größter Profiteur* des Ersten Weltkrieges waren *eindeutig* die USA, die durch ihren »Wortbruch-Präsidenten« in den globalen Konflikt geführt wurden:

- Die US-Wirtschaft erlebte einen rasanten Aufschwung, weil Farmen Fleisch und Weizen und Fabriken Eisen und Stahl für die alliierte Kriegsführung liefern mussten.
- Dadurch stieg der US-Anteil an der Weltproduktion und am Welthandel signifikant an. Die Produktion und der Handel der europäischen Länder hingegen stagnierten oder gingen gar zurück.
- Die USA wurden durch den Krieg *der* Bankier für die europäischen Alliierten: Zusammen schuldeten sie dem amerikanischen Staat mehr als sieben Milliarden und den amerikanischen Banken 3,5 Milliarden US-Dollar.[75]

Verschwiegen: »Lügner« Wilson machte »sein« Land durch den Ersten Weltkrieg zur stärksten militärischen und wirtschaftlichen Macht. Die USA profitierte wie kein anderes Land an dem millionenfachen Leid der Menschen. Ein weiterer Schlag in das Gesicht der Opfer: Die Vereinigten Staaten unterzeichneten (ratifizierten) den Versailler Vertrag *nicht*![76]

Aber noch etwas anderes wird in deutschen Geschichtsbüchern kaum publiziert. Und zwar die Deutschfeindlichkeit des – hierzulande so unkritisch gesehenen – amerikanischen Präsidenten. Gegenüber dem britischen Premierminister David Lloyd George sagte Wilson am 14. Juni 1919 in Versailles:

»I have always detested Germany. I have never gone there. But I have read many German books on law. They are so far from our views that they have inspired in me a feeling of aversion«.[77]

Übersetzt: *»Ich habe Deutschland immer verabscheut. Ich bin dort nie gewesen. Aber ich habe viele deutsche Jura-Bücher gelesen. Sie sind so weit von unseren Vorstellungen entfernt, dass sie mich zu einem Gefühl der Ablehnung bewegt haben«.*

Dadurch bewies Wilson seine wahre Einstellung zu den Deutschen, und das macht seine Wortbrüche erklärbarer. Denn im Deutschen Reich hatte die Berufung auf Wilsons 14 Punkte große Hoffnungen geweckt, dass der Friedensvertrag milde für Deutschland ausfallen würde. Doch nach Bekanntgabe der Forderungen der Siegermächte wurden diese Hoffnungen schnell zerschlagen.

Verschwiegen: Wilson versprach einen Frieden auf Basis des »Selbstbestimmungsrechts der Völker«. Eine Lüge und ein Wortbruch.

Der britische Munitionsminister Sir Eric Geddes machte von Anfang an unmissverständlich klar:

»Wir werden aus Deutschland herausholen, was man nur aus einer Zitrone pressen kann, und noch etwas mehr«[78] und auch der englische Premierminister Lloyd George hatte im Wahlkampf bereits vollmundig versprochen, dass die Deutschen das Loch in den britischen Kassen stopfen würden.[79] Alle Länder hatten nämlich den

Krieg auf Pump finanziert und waren darauf angewiesen, sich bei den Verlierern schadlos zu halten.[80]

Auf Vorschlag des südafrikanischen Delegierten Jan Smuts wurden zu den zivilen Schäden, die das Deutsche Reich an Großbritannien entrichten musste, dann auch noch die Pensionen und Renten (!) für Invaliden, Witwen und Waisen dazugerechnet, so groß war die Gier der Sieger. Dies trieb den Anteil alleine der britischen Reparationsforderungen auf 22 Prozent. Ein weiterer klarer Wortbruch mit Berlin.[81]

Am meisten wurde auf der »Friedenskonferenz« über Geld und Territorien gestritten. Wie ein Rudel hungriger Wölfe fielen sie über die wehrlose Beute her. Jeder Staat wollte soviel wie möglich abhaben. Jeder wollte begründen, warum die Menschen in den begehrten Gebieten eigentlich zu ihnen gehörten oder gehören wollten. Wohl noch nie zuvor wurden so viele gefälschte Statistiken und Landkarten auf einer Siegerkonferenz vorgelegt.[82]

Nicht umsonst beklagte der Brite Nicolson, der den Verhandlungen beiwohnte, dass eine *»Atmosphäre von Zwietracht und Verwirrung«* herrsche, in der die diplomatische Etikette schnell verloren ging.[83]

II.
Die deutsche Unterschrift wurde mit einer Hungerblockade erpresst

Das Deutsche Reich hatte nach dem Ausbruch der Revolution im Innern und der bereits vorangetriebenen Demobilisation keine Möglichkeit mehr, sich der Unterschrift unter den Versailler Vertrag zu entziehen. Oder wie Jörg Friedrich in »14/18« treffend schreibt:

»Der Friedensschluss mit Wehrlosen ist keine Verhandlung. Dem Geschlagenen wird gesagt, was er zu tun hat, sonst wird er weiter geschlagen«.[84]

Zudem hungerten die Briten die deutsche Bevölkerung unerbittlich aus: Die »Hungerblockade«[85] dauerte seit 1914 an und Großbritannien – ausgerechnet Großbritannien -, die damals stärkste Seemacht, hatte die Grundsätze in den Seekriegsdeklarationen von Paris aus dem Jahre 1856 und London aus dem Jahre 1909 nicht ratifiziert, nachdem eine solche Blockade dem betroffenen Staat bekanntgegeben hätte werden müssen.[84]

Die Blockade führte zu Hunderttausenden zivilen Toten in Deutschland und Österreich-Ungarn, aber auch in neutralen Staaten wie Dänemark.[87] Als Folge der Blockade starben allein in Deutschland zwischen 1914 bis 1918 genau 762.795 Menschen an Hunger.[88]

Was politisch korrekte Historiker *nicht* erwähnen: *Das* war der Grund gewesen, weswegen Kaiser Wilhelm II. den »uneingeschränkten« U-Boot-Krieg gegenüber den Alliierten erklärte. Wilhelm wollte durch den U-Boot-Krieg die *seerechtswidrige* Blockade brechen, damit sein Volk nicht verhungerte. Mainstreamhistoriker hingegen schreiben, dass der Kaiser das Seerecht missachtete. So wird Geschichtsschreibung ein weiteres Mal verdreht!

Verschwiegen: Der *Grund* für den uneingeschränkten deutschen U-Boot-Krieg: Die Hungerblockade mit fast 800.000 Opfern und *nicht* die »Grausamkeit« des deutschen Kaisers.

Der Journalist George E.R. Gede schrieb in seinem Buch »The Revolver-Republik«:

»Die Verhältnisse in den Krankenhäusern waren erschreckend. Während der Kriegsjahre waren von den Patienten durchschnittlich ein Zehntel infolge Mangels an Fett, Milch und gutem Mehl gestorben (...) Im Kinderkrankenhaus sahen wir schreckliche Bilder, so die ›Hungerbabys' mit grässlich geschwollenen Köpfen (...) aber die schreckliche Blockade wurde, weil die Franzosen darauf bestanden, aufrechterhalten«.[87]

Dieses massenhafte Hungern und Verhungern in Deutschland und in Österreich findet in den einschlägigen historischen Darstellungen zwar *manchmal* Erwähnung, aber natürlich nur am Rande.

Hinweise darauf, dass diese menschenverachtende Blockade auf Lebens- und Futtermittel auch *nach* dem Waffenstillstand im November 1918 noch *monatelang* fortgesetzt wurde und neben Hungertoten auch viele Langzeitschäden wie Tuberkulose oder Rachitis hinterließ, sind in deutschen Büchern selten oder gar nicht zu finden.

Ganz anders hingegen agieren angelsächsische Wissenschaftler. Ungeschönt und unzensiert berichtet zum Beispiel C. Paul Vincent in seinem Buch »The Politics of Hunger« über die Auswirkungen auf die deutsche Zivilbevölkerung.[90]

Verschwiegen: Die Hungerblockade wurde auch *nach* dem Waffenstillstand noch monatelang fortgesetzt.

III.
Der Massenmord an deutschen Frauen und Kindern

Wie ich gezeigt habe, nahmen die Alliierten mit ihren Blockademaßnahmen den Massenmord an Zivilisten *bewusst* in Kauf und verstießen dadurch massiv *gegen* das Kriegsvölkerrecht.

Warum liest man bei Knopp & Co. *nichts* davon?

Die Begründung, *warum* die »Siegermächte« Tausende von Frauen, Kindern und alten Menschen verhungern ließen, war ein weiterer Schlag ins Gesicht der Deutschen. Sie lautete: Es handele sich lediglich um einen *Waffenstillstand* und dem »Feind« (das Deutsche Reich) dürfe keine Gelegenheit mehr gegeben werden, seine *Kampffähigkeit* zu regenerieren.[91] Betroffen waren aber hauptsächlich Kinder, Frauen und alte Menschen!

Damit gaben die »Siegermächte« zu:

1. Das Deutsche Reich hatte *nicht* kapituliert, da es sich um einen »Waffenstillstand« handelte.
2. Der Massenmord war in ihren Augen »legitim«.

Nichts davon, aber auch gar nichts davon ist in Schulbüchern zu lesen!

Tatsächlich wollten die »Sieger« den Deutschen aber durch diese Grausamkeit die Friedensbedingungen aufzwingen. Dementsprechend lautete Artikel 26 im Waffenstillstandsvertrag von Compiègne (Hervorhebungen durch mich):

»***Die Blockade der alliierten und assoziierten Mächte bleibt im gegenwärtigen Umfange bestehen.*** *Deutsche Handelsschiffe, die auf hoher See gefunden werden, unterliegen der Wegnahme. Die Alliierten und die Vereinigten Staaten* ***nehmen in Aussicht****, während der Dauer des Waffenstillstands Deutschland in dem als notwendig anerkannten Maße mit Lebensmitteln zu versorgen*«.[92]

Aber auch dieses »Versprechen« wurde zunächst nicht umgesetzt. Ja schlimmer noch: Deutschlands hoffnungslose Versorgungslage verschärfte sich, weil die Blockade de facto nun auch auf die Ostsee ausgeweitet wurde. Zudem unterbanden die britischen Flottenkommandanten den dortigen Fischfang durch deutsche Fischer.[93]

Erst allmählich veränderten die Alliierten ihre harte Haltung. Ab etwa Mitte Januar 1919 wurde den Deutschen »erlaubt«, bestimmte Kontingente an Lebensmitteln im Ausland zu kaufen. Doch zuvor mussten sie ihre Handelsflotte an die Alliierten ausliefern. Schweren Herzens und weil keine andere Alternative bestand, willigte die deutsche Seite schließlich ein.[94]

Bezahlen wollte man die dringend benötigten Lebensmittel vorab mit den Goldreserven, aber diese waren von französischer Seite als Teil der Wiedergutmachungszahlungen eingeplant worden, weshalb die Verhandlungsführer in Paris die Situation weitere wertvolle Wochen verzögerten, an dem jeden Tag Hunderte Menschen starben. Erst im März 1919 und auf Drängen der anderen Alliierten, gaben die Franzosen nach. Aber die Hungerblokkade war auch damit noch nicht vollständig aufgehoben, denn das monatliche Einfuhrvolumen für Lebensmittel wurde beschränkt.

Hintergrund
Der »Winter der Toten«

Herbert Hoover, der Vorsitzende des amerikanischen Hilfswerks, machte bereits im ersten kalten Nachkriegswinter die Alliierten darauf aufmerksam, dass in den »Feindstaaten« rund 200 Millionen (!) Menschen von Hunger bedroht waren. Zudem:

- Allein Deutschland brauchte pro Monat 200.000 Tonnen Weizen und 70.000 Tonnen Fleisch.
- Im ehemaligen Österreich-Ungarn waren in den Krankenhäusern Verbandsmaterial und Medikamente ausgegangen.

- In der Tschechoslowakei bekamen eine Million Kinder keine Milch mehr.
- In Wien starben mehr Neugeborene als überlebten.
- Die ausgemergelten Menschen waren so verzweifelt, dass sie sogar Sand, Holzspäne und Kohlenstaub aßen.[95]

Viereinhalb Monate *nach* Ende des Krieges, am 28. März 1919, legte dann endlich das erste Versorgungsschiff in einem deutschen Hafen an. Die volle Einfuhrfreiheit, sprich das Ende der Blockade wurde erst am *12. Juli 1919,* nachdem der Reichstag den Versailler Vertrag ratifiziert hatte, erreicht.[96]

Die Erpressung hatte gewirkt! Denn wie schon beschrieben, hatte die militärisch völlig unnötige Blockade bis dahin mehr als 762.000 deutsche Zivilisten das Leben gekostet.[97] Ein weiteres Druckmittel: Alliierte Truppen standen an den Grenzen bereit, um Deutschland zu besetzen, sollte die Regierung den Friedensvertrag nicht unterzeichnen.

Verschwiegen: Die Unterzeichnung des Versailler »Schandvertrages« wurde mit einer Hungerblockade mit Hunderttausenden von Toten und der Drohung, Deutschland zu besetzen, im wahrsten Sinne des Wortes »erpresst«.

Für den Chef der Obersten Heeresleitung (OHL) Paul von Hindenburg und fast alle seiner hohen Offiziere verstieß die Unterzeichnung des »Schandfriedens« deshalb gegen jegliche soldatischen Ehrvorstellungen.[98] Der greise Generalfeldmarschall machte klar:

»Aber ich muss als Soldat den ehrenvollen Untergang einem schmählichen Frieden vorziehen«.[99]

IV.
Die Mehrheit der SPD war *für* die Unterzeichnung des Schand-Diktats

Die Friedensverhandlungen in Versailles begannen am 18. Januar 1919. Die Alliierten wählten dieses Datum absichtlich, um die Deutschen noch weiter zu demütigen. Denn der 18. Januar symbolisierte sowohl den Jahrestag der Ausrufung des Königreichs Preußen im Jahr 1701 und war auch der Gründungstag des Deutschen Kaiserreichs 1871.[100]

Obwohl es offiziell und großspurig verkündet *»Friedensverhandlungen«* zwischen den Kriegsparteien sein sollten, die einen *Waffenstillstandsvertrag* unterzeichnet hatten, waren weder die Deutschen noch die Österreicher, Ungarn, Türken oder Bulgaren, also die »Verlierer«, geladen. Ein weiterer Affront. So entschieden die alliierten »Sieger« alleine unter sich über das weitere Schicksal der europäischen Völker.[101]

Die »Verlierer« durften an den Tagungen, die seit dem 18. Januar 1919 geführt wurden, gleich gar nicht teilnehmen. Erst am 29. April wurde die deutsche Delegation erwartet und die »Friedensbedingungen« am 7. Mai übergeben.

Reichsministerpräsident Philipp Scheidemann (SPD) verkündete fünf Tage später in einer öffentlichen Rede:

»Welche Hand müsse nicht verdorren, die sich und uns diese Fessel legt?«[102]

Am 20. Juni 1919 trat Scheidemann dann auch konsequenterweise geschlossen mit seinem Kabinett zurück, weil er und seine Regierungsmitglieder den Vertrag nicht unterzeichnen wollten. Deutsche Gegenvorstellungen lehnten die Alliierten am 16. Juni weitgehend ab und stellten kurzerhand ein Ultimatum zur Unterzeichnung (bitte haben Sie immer noch die »Hungerblockade« gegen deutsche Zivilisten vor Augen).

Eine neue Regierung aus Sozialdemokraten und Zentrum unter Gustav Bauer (SPD) wurde gebildet. Am 19. Juni 1919 stimmten 75 SPD-Abgeordnete *für* und 39 *gegen* die Unterzeichnung des Versailler Vertrages (*»Wer hat uns verraten? – Die Sozialdemokraten!«*, so die KPD und andere linke Kräfte). Die Deutsche Demokratische Partei (DDP) lehnte das Schanddiktat ab. Das Zentrum wollte »unter gewissen Voraussetzungen und unter Protest« zustimmen.[103]

Am 22. Juni 1919 stimmte die Nationalversammlung schließlich mit 237 gegen 138 Stimmen bei fünf Enthaltungen zu. Jedoch mit dem Vorbehalt, dass Deutschland *weder* der »Urheber des Krieges« sei und sich nicht verpflichte, »Kriegsverbrecher« auszuliefern. Die Alliierten lehnten auch dies ab.[104]

Verschwiegen: Die *Mehrheit* der SPD stimmte *für* die Unterzeichnung des Versailler Vertrages.

Als der deutsche Außenminister Hermann Müller (SPD) und der Reichsverkehrsminister Hermann Bell (Zentrum) dann am 28. Juni 1919 den Spiegelsaal von Schloss Versailles betraten, waren sie die Einzigen, die vor 1.000 Vertretern von 26 Delegationen[105] aus allen Kontinenten, den »Verlierer«, nämlich das Deutsche Reich, repräsentierten.[106] Sie wurden nicht wie Diplomaten empfangen, eine Aussprache war nicht geplant. Die »Verlierer« sollten lediglich den Vertragstext entgegennehmen und dann stillschweigend unterzeichnen.[107] Es gab auch keine Etikette, wie bei ähnlichen Anlässen üblich. Das gesamte Prozedere glich einem Spießrutenlauf. Im Klartext: Das Kalb wurde zur Schlachtbank geführt.

Nach einer kurzen Ansprache des französischen Ministerpräsidenten Georges Clemenceau (der in Frankreich noch zu den »Gemäßigten«[108] zählte, obwohl er einmal festgestellt hatte: *»Der Fehler der Deutschen ist, dass es 20 Millionen zu viel von ihnen gibt«),*[109] unterschrieben die beiden deutschen Vertreter jenen unheilvollen Vertrag, der seitdem wohl zu den am heftigsten angefeindeten Dokumenten des 20. Jahrhunderts gehört.[110] Einen Vertrag mit 440 Artikeln über Schuld, Entschädigung und neue Grenzverläufe.[111]

Das geostrategische Ausmaß wurde erst später deutlich: Auf Kosten von Österreich-Ungarn, dem Zarenreich und dem Osmanischen Reich waren gleich drei Vielvölker-Imperien zerfallen. Neue Staaten erlebten eine Wiedergeburt oder wurden gegründet.

V.
Unglaubliche Bedingungen

Die Forderungen, die die sogenannten »Sieger« stellten, waren beträchtlich und in dieser Form so noch *nie* einem »besiegten« Land aufgebürdet worden, denn rund ein Siebtel des ehemaligen deutschen Reichsgebietes ging verloren:

- Die Kolonien Deutsch-Südwestafrika, Deutsch-Ostafrika, Deutsch-Neuguinea, Kamerun, Togo, Samoa, Kiautschou, das Bismarckarchipel, die Marschall-Inseln, die Karolinen, die Marianen und Palau-Inseln mussten abgetreten werden.[111]
- Das Deutsche Reich trat an China sämtliche Gebäude ab sowie Ladestraßen und Landungsbrücken, Kasernen, Forts, Kriegswaffen und Kriegsmunition, Schiffe jeder Art, Funkspruchanlagen und sonstiges öffentliches, der deutschen Regierung gehörendes Eigentum, die in den deutschen Niederlassungen zu Tientsin und Hankau oder in den anderen Teilen des chinesischen Gebiets gelegen sind oder sich befanden.[111]

- Das Deutsche Reich musste auf alle Rechte und Vorrechte in Liberia und Marokko verzichten.[114]
- Das Deutsche Reich musste zustimmen, dass die Seiner Kaiserlichen Majestät dem Sultan durch das zu Konstantinopel am 29. Oktober 1888 unterzeichnete Übereinkommen hinsichtlich der freien Schifffahrt durch den Suezkanal zuerkannten Befugnisse auf die Regierung der britischen Majestät übergingen.[115]
- Alles deutsche Gut und Eigentum ging ohne Entschädigung auf die ägyptische Regierung über.[116]
- 250.000 Südtiroler kamen unter italienische Fremdherrschaft, weil der amerikanische Präsident Wilson den Italienern nachgab, ihr Staatsgebiet bis zum Brenner ausdehnen zu wollen (später wird Wilson dieses Zugeständnis mit einer »Unachtsamkeit« beim Lesen einer Europakarte entschuldigen).[117]
- Die Landverbindung nach Ostpreußen ging verloren, und Millionen Deutsche lebten plötzlich in der Tschechoslowakei oder in Polen. Das bedeutete eine Isolation vom Deutschen Reich und die Brandstätte neuer Konflikte zwischen den Deutschen, Ungarn, Polen, Tschechen, Ukrainern.[118]
- Elsass-Lothringen ging an Frankreich.
- 17.778 Quadratkilometer von Westpreußen gingen an Polen.[119]
- 26.041 Quadratkilometer von Posen gingen an Polen.
- In Oberschlesien stimmten 59,6 Prozent für Deutschland und 40,3 Prozent für Polen. Trotzdem wollte Frankreich das oberschlesische Industrierevier an Polen geben, Großbritannien und Italien aber an das Deutsche Reich. Das für das Deutsche Reich günstige Abstimmungsergebnis wurde von den Polen nicht akzeptiert, und so kam es zwischen polnischen Freikorps und deutschen Selbstschutzverbänden zum offenen Kampf (»Korfanty-Aufstand«). Die Deutschen siegten, zogen sich aber

nach dem Aufmarsch britischer Truppen im Juni 1921 zurück. Auf Empfehlung des tschechoslowakischen Staatspräsidenten Eduard Benes kam es im Oktober 1921 schließlich zur völkerrechtswidrigen Aufteilung Oberschlesiens. Das Deutsche Reich musste, trotz gegenteiliger Volksabstimmung, 3.200 Quadratkilometer und 950.000 Einwohner an Polen abgeben, ebenso 75 Prozent der Steinkohlenförderung und 80 Prozent der Blei- und Zinkerzeugung.[120]

- Die südliche Hälfte des ostpreußischen Kreises Neidenburg ging an Polen.
- Nordschleswig ging an Dänemark.[121]
- Das Memelland wurde zunächst dem Völkerbund beziehungsweise der französischen Besatzung unterstellt, 1923/24 von Litauen annektiert und 1924 schließlich in die Autonomie entlassen.[122]
- Danzig wurde zu einer, dem Völkerbund unterstellten, sogenannten »Freien Stadt« in enger wirtschaftlicher Anbindung mit Polen.[123]
- Das Deutscher Reich musste auf die Weichselmündung verzichten.
- Eupen-Malmedy ging unter massivem Druck an Belgien. Nach Entzug der Lebensmittelversorgung und Drohungen gegenüber den Stimmberechtigten mussten die meisten Einwohner dann für den Anschluss an Belgien votieren.[124]
- Neutral-Moresnet ging an Belgien.
- Preußisch-Moresnet ging an Belgien.
- Das Hultschiner Ländchen ging ohne Volksabstimmung im Jahre 1920 aufgrund seiner Steinkohlevorkommen an die Tschechoslowakei.[125]
- Das Rheinland kam 15 Jahre lang unter alliierte Besatzung.[126]

- Die Häfen von Straßburg und Kehl wurden für eine Dauer von sieben Jahren zum Zweck der Ausnutzung einheitlich organisiert.
- Das Deutsche Reich musste Österreich als souveränen Staat anerkennen, da der angestrebte Zusammenschluss beider Länder im Vertrag von St. Germain verboten wurde.[127]
- Das Rheinland wurde entmilitarisiert.[128]
- Insgesamt verlor das Deutsche Reich Gebiete in der Größe von 70.570 Quadratkilometern mit 7.300.000 Einwohnern. Winston Churchill schrieb später die unglaubliche Lüge: *»Die territorialen Bestimmungen des Vertrages von Versailles ließen Deutschland so gut wie unversehrt«.*[129] Eine unglaubliche Lüge!
- Verbot der Wehrpflicht und Auflösung des Großen Generalstabs.
- Das Deutsche Reich musste fast seine gesamte Handelsflotte abgeben.[130]
- Verbot schwerer Waffen und Wiederaufbau von Luftstreitkräften.
- Ferner mussten ein Drittel der Kohlen- und Dreiviertel der Erzvorkommen abgetreten werden. Frankreich sollte 10 Jahre lang sieben Millionen Tonnen Kohle erhalten, Belgien acht Millionen Tonnen.[131]
- 20 Milliarden Goldmark sollten in den ersten vier Monaten des Jahres 1921 an Reparationen bezahlt werden.
- Im Jahre 1921 verständigte man sich auf Reparationszahlungen in Höhe von 132 Milliarden Goldmark. Diese wurden später im Young-Plan und im Londoner Schuldenabkommen neu geregelt (siehe ➔ »Hintergrund: Wir mussten bis ins Jahr 2010 für den 1. Weltkrieg bezahlen!«)[132]

- Die Alliierten verboten die Wehrpflicht, und die Weimarer Republik durfte nur ein Heer aus 100.000 Berufssoldaten unterhalten.[133]
- Kaiser Wilhelm II. sollte als »Kriegsverbrecher« wegen schwerster Verletzung der internationalen Moral unter öffentliche Anklage gestellt und ausgeliefert werden.
- Zusätzlich sollte das Deutsche Reich für die gesamten Kosten und für den Unterhalt aller Armeen in den besetzten deutschen Gebieten aufkommen.[134]
- Um die Ausführung des Vertrages durch das Deutsche Reich sicherzustellen, blieben die deutschen Gebiete westlich des Rheins einschließlich der Brückenköpfe während eines Zeitraums von fünfzehn Jahren nach Inkrafttreten des Vertrags durch die Truppen der alliierten und assoziierten Mächte besetzt.[135]
- Bis ins Jahr 2018 (!) verfügte die Tschechische Republik im Hamburger Hafen über ein 30.000 Quadratmeter großes Areal, das der Versailler Vertrag Prag für die Dauer von 99 Jahren garantiert hatte.[136]
- Dem Deutschen Reich war bis im Jahr 1926 die Aufnahme in den Völkerbund verwehrt.

In Teil VIII des Versailler Vertrages wurde auch die »Wiedergutmachung« geregelt:

- Ersatz aller Schäden, die der Zivilbevölkerung der Ententemächte (Frankreich, Vereinigtes Königreich, USA, Italien) durch den deutschen Angriff zugefügt worden waren.
- Erstattung der Pensionen und Vergütungen für die Kriegsbeschädigten und Hinterbliebenen der Gefallenen usw.
- Erstattung aller Summen nebst fünf Prozent Zinsen, die Belgien während des Krieges geliehen hatte (fünf Milliarden Franken).

- Festsetzung aller Schäden durch einen Wiedergutmachungsausschuss bis zum 1. Mai 1921.
- Tilgung innerhalb von 30 Jahren, sofortige Anzahlung von 20 Milliarden Goldmark bis April 1921, später noch 80 Milliarden Goldmark.
- Sitz des Ausschusses für die Wiedergutmachung war Paris, der aus fünf Mitgliedern bestand: je einem Vertreter Frankreichs, Englands, Italiens, der Vereinigten Staaten sowie einem Mitglied, das abwechselnd Japan, Belgien oder Serbien stellten. Die Aufgabe des Ausschusses war die Festsetzung der gesamten Schadenrechnung sowie die Regelung des Schuldzahlungsverfahrens, wozu er mit ausgedehnten Vollmachten ausgestattet wurde: das Recht zur Forderung von Steuererhöhungen, der Erschließung neuer Einnahmequellen sowie von Abstrichen in dem Haushalt des Reiches und der Einzelstaaten usw.
- Auslieferung der Handelsflotte und der deutschen Seekabel.
- 10 Jahre lang Kohlelieferungen an Frankreich, Belgien, Italien und Luxemburg. Gesamtvolumen etwa 40 Millionen Tonnen.
- Lieferungen von Fabrikeinrichtungen, Maschinen, Werkzeugen, Farbstoffen und Materialien für den Wiederaufbau zerstörter Gebiete.
- Viehlieferungen an Frankreich und Belgien: 140.000 Milchkühe; 4.000 Stiere; 40.000 Färsen; 700 Zuchthengste; 40.000 Stuten und Stufenfüllen; 1.200 Schafböcke; 30.000 Schafe; 10.000 Ziegen und 15.000 Mutterschweine.[137]

Hintergrund
Wir mussten bis ins Jahr 2010 für den 1. Weltkrieg bezahlen!

Was viele nicht wissen: Der deutsche Steuerzahler musste bis zum 3. Oktober 2010 für einen Krieg bezahlen, der vor über 100 Jahren begann und für den das deutsche Volk die *alleinige* Verantwortung übernehmen musste, obwohl dies historisch nachweislich *falsch* ist.

Die letzte Rate betrug 69,9 Millionen Euro. Im Bundeshaushalt 2010 wird dieser Betrag unter Punkt 2.1.1.6 als »Bereinigte Auslandsschulden (Londoner Schuldenabkommen)« verklausuliert, sprich »versteckt«. Die Reparationszahlungen nach dem Ersten Weltkrieg wurden im Versailler Vertrag im Jahr 1919 festgelegt.

Adolf Hitler hatte die Zahlungen einst gestoppt. Doch nach 1945 übernahm die Bundesrepublik Deutschland dann die »Schulden« und zahlte bis zum Jahr 1983. Die Restzahlung von 125 Millionen Euro für Zinsen auf Auslandsanleihen war erst nach der deutschen Wiedervereinigung fällig.

Seit 1996 stotterte der deutsche Steuerzahler die Schuld aus dem vor über 100 Jahren ausgebrochenen Krieg ab. Die letzte Rate *musste* 20 Jahre nach der Wiedervereinigung beglichen werden. Mit dessen Zahlung war der Erste Weltkrieg nun auch für Deutschland finanziell beendet.

Insgesamt verlor das Deutsche Reich:

- Bevölkerung: 11 %
- Boden: 13 %
- Siedlungsland: 28 %

- Wald: 12 %
- Steinkohlenvorräte: 46 %
- Steinkohlenförderung: 25 %
- Eisenerzgewinnung: 75 %
- Zinkerze: 80 %
- Bleierz: 61 %
- Hochofen/Stahlwerke: 47 %
- Walzwerke: 40 %
- Textilfabriken: 17 %
- Eisenbahnlinien: 16 %
- Lokomotiven und Wagen: 22 %
- Handelsflotte: 90 %
- Kolonien: 100 %

Der deutsche Außenminister Ulrich Graf von Brockdorff-Rantzau sagte:

»Der lange Vertragstext wäre ganz unnötig gewesen. Sie hätten auch einfach schreiben können: Deutschland gibt sein Recht zu existieren auf«.[138]

VI.
Das »finale Verbrechen« an den Deutschen

Den Alliierten reichten die enormen Reparationen und Gebietsverluste, die sie dem Deutschen Reich abpressten, jedoch nicht aus. Mit dem »Kriegsschuldparagrafen«, der die **Alleinschuld** Deutschlands für den Ausbruch des Ersten Weltkrieges zementierte, und was angesichts der Tatsachen eine Ungeheuerlichkeit darstellte, erniedrigten sie die sowieso schon geschundene Volksseele einmal mehr. Einige Zeitgenossen erkannten schon damals die ungeheuerliche Sprengkraft, die in diesem Vertragsdiktat steckte. Konstantin Fehrenbach vom katholischen Zentrum prophezeite:

»Dieser Vertrag ist die Verewigung des Krieges«.[139]

Überraschenderweise kritisierte auch Winston Churchill den Vertrag in seinem Buch *Der Zweite Weltkrieg:*

»Die wirtschaftlichen Bestimmungen des Vertrages waren so bösartig und töricht, dass sie offensichtlich jede Wirkung verloren. Deutschland wurde dazu verurteilt, unsinnig hohe Reparationen zu leisten. Diese Diktate drückten sowohl die Wut der Sieger aus wie den Irrtum ihrer Völker, die nicht begriffen, dass keine besiegte Nation oder Gemeinschaft die Kosten des modernen Krieges ersetzen kann«.[140]

Einer der scharfsinnigsten Denker des 20. Jahrhunderts, der angloamerikanische Sozialwissenschaftler und Philosoph, Gregory Bateson (1904-1980), analysierte das Zustandekommen des Vertrages von Versailles in einer Vorlesung am Sacramento State College.[141] Es lohnt sich an dieser Stelle einige längere Passagen daraus zu zitieren, da Bateson nicht unter den Verdacht gestellt werden kann, Geschichtsrevisionismus zu betreiben (Hervorhebungen durch mich):

»Wenn wir also wirklich wissen wollen, welches die wichtigen Punkte in der Geschichte sind, müssen wir uns fragen, welches die historischen Augenblicke sind, in denen Einstellungen verändert wurden. Dies sind die Momente, in denen Menschen aufgrund ihrer früheren ›Werte‹ verletzt werden (...) Die meisten von Ihnen werden wahrscheinlich kaum wissen, wie der Vertrag von Versailles zustande kam. Die Sache ist sehr einfach. Der Erste Weltkrieg zog sich immer weiter in die Länge (...) An diesem Punkt hatte George Creel, ein Mann aus der Öffentlichkeitsarbeit (...) die Idee: ***Die Idee war, dass die Deutschen vielleicht aufgeben würden, wenn wir ihnen milde Waffenstillstandsbedingun-***

gen anböten. *Er setzte also eine Reihe von milden Bedingungen auf, nach denen keine Strafmaßnahmen erfolgen sollten. Diese Bedingungen wurden in 14 Punkten abgefasst«.*[142]

Und weiter:

»Diese ›14 Punkte‹ leitet er an Präsident Wilson weiter. **Wenn man jemanden täuschen will, ist es besser, die Mitteilung durch einen ehrlichen Mann übergeben zu lassen.** *Präsident Wilson war ein fast krankhaft ehrlicher Mann*[143] *und ein Philanthrop. Er führte die Punkte in einer Anzahl von Reden genau aus:* **Es sollte keine Annektierungen, keine Kriegssteuer, keine Bußen ...‹ und so weitergeben. Und die Deutschen ergaben sich.** *Wir, die Briten und Amerikaner – besonders aber die Briten-, setzten natürlich die Blockade gegenüber Deutschland fort, weil wir nicht wollten, dass sie überheblich würden, bevor der Vertrag unterzeichnet war.* **Sie mussten also noch ein weiteres Jahr hungern«.**[142]

Abschließend:

»Der Vertrag wurde schließlich von vier Männern ausgearbeitet: Clemenceau, dem ›Tiger‹, **der Deutschland vernichten wollte***; Lloyd George, der meinte, es sei* **politisch zweckmäßig, eine Menge Reparationen aus Deutschland herauszupressen** *und sich* **ein wenig zu rächen***; und Wilson, der überredet werden musste. Immer, wenn Wilson die 14 Punkte ins Gespräch bringen wollte, führten sie ihn hinaus auf die Soldatenfriedhöfe und verursachten bei ihm ein schlechtes Gewissen,* **weil er nicht wütend auf die Deutschen war**. *Wer war der Vierte? Orlando war es, ein Italiener.*

Das war der größte Ruchfall in der Geschichte unserer Zivilisation. *Ein höchst außergewöhnliches* **Ereignis, das ziemlich direkt und unvermeidlich zum Zweiten Weltkrieg führte.** *Es führte auch zur vollkommenen Demoralisierung der deutschen Politik (...)*

Nicht nur war der Zweite Weltkrieg die angemessene Antwort einer Nation, die in besonderer Weise betrogen wurde; noch wichtiger ist die Tatsache, dass die Demoralisierung dieser Nation aufgrund dieser Behandlung zu erwarten war*. Durch die Demoralisierung Deutschlands wurden auch wir demoralisiert. Aus diesem Grund sage ich, dass der Vertrag von Versailles ein Wendepunkt für die oben beschriebene Einstellung war«.* [145]

Damit ist eigentlich alles gesagt. Der damalige amerikanische Koordinator für Hilfslieferungen, Herbert Hoover[146] gab später zu:

»Wir waren uns einig, dass viele der Bestimmungen des Friedensvertrages ins Verderben führen würden«.[147]

Mit seiner prophetischen Äußerung sollte er recht behalten: Denn der Versailler »Friedensvertrag« destabilisierte die Lage in Europa auf Dauer, und die Bedingungen waren so hart, dass sie die Deutschen gegen diesen »Frieden« aufbrachten. Zu alledem kam, dass die Vereinigten Staaten den Vertrag nicht ratifizierten.[148]

Ich rufe in Erinnerung: Dieser »Frieden« wurde unter Verlängerung der Hungerblockade gegen deutsche Zivilisten und mit Androhung des militärischen Einmarsches in das Deutsche Reich *erzwungen*. Die Sieger belohnten sich auf Kosten der Verlierer. Man mag denken, so ist es doch seit Jahrhunderten schon immer gewesen. Doch die Mehrheit der Franzosen fand dieses Diktat noch zu »mild«.[149]

Verschwiegen: Niemals zuvor in der Geschichte bereicherten sich die Sieger so maßlos und demütigten ein Volk so rücksichtslos.

VII.
Die Deutschen wurden »Opfer des Friedens«

Außer den bereits oben genannten Stimmen möchte ich noch weitere damalige Zeitgenossen zitieren. Mainstreamhistoriker vergessen diese Originalzitate häufig. Offenbar passt nicht ins öffentlich zelebrierte Geschichtsbild, dass die *»Deutschen zum Opfer des Friedens«*[150] wurden.

Reichspräsident Friedrich Ebert (SPD):

»Unerfüllbar, unerträglich und unannehmbar«.[151]

Und: *»Wir wären ehrlos und würdelos, wenn wir nicht die ganze Kraft aufbieten gegen die Schmach, die uns angedroht wird«.*[152]

Reichsministerpräsident Philipp Scheidemann (SPD):

»Versklavung für Kind und Kindeskind!«[153]

Und: *»Welche Hand müsste nicht verdorren, die sich und uns in solche Fesseln legt?«*[153]

Hermann Molkenbuhr, Mitglied im SPD-Parteivorstand:

Der Vertrag zeigt »die Schamlosigkeit der französischen, englischen und amerikanischen Imperialisten in voller Nacktheit.«[155]

Hehre Worte der Sozialdemokraten, aber trotzdem stimmte die SPD letztlich dem Schandvertrag zu, wie ich oben bereits ausgeführt habe.

Gustav Stresemann, der spätere Reichskanzler, Deutsche Volkspartei (DVP):

»Der größte Weltbetrug, den die Geschichte jemals erlebt hat«.[156]

Und: *»Was dieser Vertrag aus Deutschland macht, das ist ein zerstückeltes Reich, machtlos, auf ewige Zeit zur Fronarbeit verurteilt, von Fremdvölkern wie von Sklavenhaltern regiert«.*[157]

Theodor Wolff, Chefredakteur des liberalen *Berliner Tagblatts*:

»Unterjochungspolitik«, die *»Gewalt anstelle des Rechtes«* setze.[158]

Adolf Groeber von der Zentrums-Partei:

»Vergewaltigung und Versklavung eines alten Kulturvolks«.[159]

Conrad Haußmann von der Deutschen Demokratischen Partei (DDP):

»Vernichtungswillen der Entente«.[160]

Die Spitzenverbände der Arbeitgeber und Gewerkschaften:

»Das Todesurteil für das deutsche Wirtschafts- und Volksleben«.[151]

Francesco Nitti, italienischer Ministerpräsident:

»Ein Mittel zur Fortsetzung des Krieges«.[162]

Sogar die **KPD** agitierte:

»Nieder mit Versailles!«[163]

VIII.
Das »Schanddiktat« wird politisch korrekt verklärt

Guido Knopp schreibt – angesichts von Hundertausenden von Toten und unglaublichen Gebietsverlusten für Deutschland – in seinem Buch »Hitler – Eine Bilanz« (Hervorhebungen durch mich):

»Versailles war objektiv ***nicht jenes Schanddiktat****, als das es im geschlagenen Deutschen Reich empfunden wurde: Der geschmähte Friede von Versailles war eigentlich sogar ein* ***milder*** *Friede (...)«.*[164]

Ich stelle noch einmal fest: Einer der im Political Correctness »angesehensten« und »bekanntesten« (Mainstream)-Historiker Deutschlands behauptet:

- Versailles war *»objektiv«* kein Schanddiktat.
- Der Vertrag wäre sogar ein *»milder« Friede* gewesen.

Das ist ein Schlag in das Gesicht jener Millionen Deutscher, die jahrelang unter diesen unsäglichen Bedingungen um ihr Überleben kämpfen mussten, den vielen Opfern und ist eine dreiste Unwahrheit. Mit dieser unverantwortlichen Verharmlosung konterkariert Knopp die Wahrheit in grob fahrlässiger Weise.

Aber auch der Historiker Volker Ullrich spricht in diesem Zusammenhang davon, dass der Versailler Vertrag *»nicht übermäßig hart«* war und schlägt in dieselbe politisch korrekte Kerbe.[165]

Andere »Experten« verklären dieses »Schanddiktat« gar zu einer *»Friedensmission«*[166] durch den US-Präsidenten Wilson, gerade jenes Mannes, der das deutsche Volk so unglaublich dreist angelogen hatte. Politisch korrekte Historiker reden über eine *»neue Ordnung«*[167] durch die fünf Verträge von Versailles, Saint-Germain, Neuilly-sur-Seine, Trianon und Sèvres, durch die auch die anderen »Verlierer« hart »bestraft« wurden. Sie schreiben über das *»besiegte Deutschland«*[168], obwohl es militärisch nicht besiegt war, über den *»Siegfrieden«*[169] und über die Pariser *»Friedenskonferenz«*.[168] Sie argumentieren sogar, dass es für Deutschland hätte *»noch wesentlich schlimmer kommen können«*.[170]

Robert Gerwath, Professor für Neuere Geschichte und Direktor des Zentrums für Kriegsstudien am University College Dublin, argumentiert, Großbritannien hätte durch den Verlust Irlands, das sich 1921 die Unabhängigkeit erkämpfte, »mehr« Territorium verloren als Deutschland durch den Vertrag von Versailles.[172] Natürlich lässt er bei dieser Beschönigung die restlichen 439 Paragrafen des »Schanddiktats«, das Deutschland knechtete, unter den Tisch fallen. Der Historiker Eckart Conze schreibt sogar allen Ernstes, dass der Vertrag dem Deutschen Reich auch *»durchaus Chancen«* beließ.[173]

Damit versuchen die politisch Korrekten, das Diktat dialektisch zu beschönigen und den historischen Laien in die Irre zu führen.

Anders der US-Historiker George F. Kennan, der bereits 1984 in der *New York Times* schrieb, die *»Rachsucht der britischen und französischen Friedensbedingungen«* habe dem Nationalsozialismus und einem weiteren Krieg den Boden bereitet. Der Zweite Weltkrieg sei das Ergebnis *»des dummen und demütigenden Straffriedens«* gewesen.[174] Solche ehrlichen Worte werden Sie von den »umerzogenen«, um ihre Anstellung fürchtenden deutschen Historikern niemals hören.

IX.
Die »Selbstbestimmungs-LÜGE«

Der von unseren Mainstreamhistorikern so gefeierte »Friedenspräsident« Woodrow Wilson war ein großer Lügner, wie ich oben bereits dargestellt habe. Seine größte Lüge ist aber die von der »Selbstbestimmung der Völker«, mit der er die Deutschen zur Unterzeichnung des Versailler Vertrages »überredete«.

Jürgen Zimmerer, Professor für Globalgeschichte an der Universität Hamburg, vertritt jedoch nach wie vor die politisch korrekte Sicht auf den amerikanischen Lügner. Bei ihm hört sich das so an:

- Woodrow Wilson »beschwor« das Selbstbestimmungsrecht.
- Er sprach sich ausdrücklich gegen eine bloße Umverteilung des Kolonialbesitzes der Besiegten aus.

- Er forderte, ein Mitspracherecht der Kolonisierten, zumindest eine wohlwollende Berücksichtigung ihrer Interessen.[175]

Wenn man das liest, könnte man denken, der US-Präsident wäre tatsächlich ein »Held«, ein »Robin Hood« der Besiegten gewesen. Stattdessen sah die Wirklichkeit ganz anders aus:

- Die Sieger wollten von einem Mitspracherecht ihrer »Sklaven« in den Kolonien nichts hören.
- Die Sieger wollten schon gar nichts von einer Beschränkung ihrer Herrschaft in »ihren« Kolonien wissen.
- Die Sieger teilten die Kolonien unter sich auf.
- Die Sieger schufen neue Einflussgebiete, die beschönigend »Mandatsgebiete« genannt wurden.
- Der Libanon und Syrien fielen an Frankreich.
- Der Irak und die Golfstaaten an Großbritannien.
- Die deutschen afrikanischen Kolonien wurden aufgeteilt.[176]

Verschwiegen: Dem amerikanischen »Friedenspräsidenten« waren die Anliegen und das von ihm selbst propagierte »Selbstbestimmungsrecht« der Kolonialbevölkerungen und der Besiegten völlig egal.

Verschwiegen: Wilsons »Selbstbestimmungsrecht« führte sogar zur größten kolonialen Umverteilung des Kolonialbesitzes und zur größten Ausdehnung der europäischen Kolonialherrschaft.[177]

Doch nicht nur die naiven und gutgläubigen deutschen Regierungsvertreter fielen auf Wilsons dreisten Betrug herein, sondern auch Staatschefs anderer Länder: Die »nationale Selbstbestimmung« galt nämlich *nicht* für Ägypten, Indien, Irak, Afghanistan, Birma,

Indochina, Algerien und Syrien. Im Gegenteil: In diesen Ländern gingen die Kolonialmächte Großbritannien und Frankreich äußerst brutal gegen antikoloniale Unruhen vor. Aber nicht nur das, sie weiteten ihren imperialen Einfluss im erdölreichen Nahen Osten sogar noch weiter aus.[178]

Neue Staaten wurden von den Siegermächten aus der »Beute« der Besiegten quasi am »Reißbrett« geschaffen oder wurden unabhängig:

1. Finnland
2. Estland
3. Litauen
4. Lettland
5. Polen[179]
6. Tschechoslowakei[180]
7. Ungarn[181]
8. Jugoslawien
9. Island
10. Irland
11. Türkei
12. Österreich[182]

Das Ergebnis des von unseren politisch korrekten Historikern so *milde* gesprochenen Versailler »Friedensvertrages« und der Verträge von Trianon und Saint-Germain waren viele neue »Vielvölkerstaaten«, neuer Hass und neue Kriege.[183] Einige Beispiele:

- Die verlogene »Selbstbestimmung« galt natürlich nicht für das Deutsche Reich. Die demokratisch legitimierte Provisorische Nationalversammlung in Wien hatte die Republik Deutschösterreich zum Teil der Deutschen Republik erklärt.[184]

Doch das »Anschlussverbot« der alliierten Siegermächte negierte dies.[185] Wilsons Lüge der Selbstbestimmung at its best!

- Mehr als zwei Millionen Deutsche lebten plötzlich im neu gegründeten Polen, das aus Gebieten Russlands Deutschlands und Österreichs entstand.[186] Die polnische Titularnation war ein Konstrukt aus litauischen, weißrussischen, ukrainischen, rumänischen, jüdischen und deutschen Nationalitäten.[187]
- Auch in der neu gegründeten Tschechoslowakei fanden sich plötzlich Millionen Deutsche und Ungarn wieder, denen das Recht auf Selbstbestimmung mit Gewalt vorenthalten wurde.[188]
- Südtirol fiel an den »Verräter« Italien und mit ihm Hunderttausende Österreicher und Deutsche.[189]
- Millionen Ungarisch sprechende Menschen wurden nun Rumänien, Jugoslawien oder der Tschechoslowakei zugesprochen.[190]

Aber auch noch eine andere Minderheit, die *keinen* Staat hatte, wurde »Opfer«: die Juden in Europa. Darüber hört man von Knopp & Co. kein einziges Wort.

Robert Gerwarth, Professor für Neueste Geschichte und Direktor für Kriegsstudien am University College Dublin (Hervorhebungen durch mich):

»Am ***meisten*** *unter den Wirkungen der Neuordnung zu leiden hatten die* ***Juden in den westlichen*** *Grenzregionen des untergegangenen Romanow-Imperiums und die Osthälfte des ehemaligen Habsburgerreichs. Antibolschewistische Bewegungen nahmen die* ***vergleichsweise starke jüdische Präsenz*** *unter den* ***russischen Revolutionären*** *zum* ***Vorwand****, den Staatsstreich von 1917 als Ergebnis einer* ***›jüdischen Verschwörung‹*** *zu deuten. In Westrussland und der Ukraine, wo die Juden nun den mörderischen Hass der Bevölkerung auf die Bolschewiki zu spüren bekamen, war die Situation verheerend: Allein* ***zwischen Juni und Dezember 1918*** *wurden etwa* ***100.000 Juden ermordet*** (…) *«*[191]

Verschwiegen: Auch die Juden in Europa litten unter den Auswirkungen des »Friedensvertrags« der Siegermächte. Über 100.000 von ihnen wurden ermordet.

Allein im Jahr 1919 wurden nur in der Ukraine 934 Pogrome dokumentiert. Aber auch polnische Truppen, die im Januar 1919 Wilna einnahmen, ermordeten Juden.[192] Professor Gerwarth weiter:

»Bald schon ***galten die Juden*** *in den neuen Nationalstaaten nicht mehr nur als unerwünschte Subjekte, sondern zugleich als* ***primäre Nutznießer des Bolschewismus*** *– eine Vorstellung, die sich rasch in ganz Europa und darüber hinaus verbreitete«.*[193]

Schließlich:

»Der Umstand, dass ***einzelne Juden eine wichtige Rolle in den nachfolgenden mitteleuropäischen Revolutionen von 1918/19 spielten – Rosa Luxemburg*** *in Berlin,* ***Kurt Eisner*** *in München,* ***Béla Kun*** *in Ungarn,* ***Victor Adler*** *in Wien -, ließ diese Vorwürfe in den Augen antisemitischer Nationalisten umso plausibler erscheinen«.*[194]

Ich halte fest: Pogrome, in denen Tausende von Juden umkamen, waren *auch* ein Ergebnis der Umverteilungsorgien der Siegermächte.

Verschwiegen: Seit dem Dreißigjährigen Krieg war es in Europa nicht mehr zu so vielen Bürgerkriegen gekommen. Sie waren eine Abfolge blutiger und brutaler Revolutionen, Konterrevolutionen und Grenzkonflikten zwischen den neu geschaffenen Staaten ohne klar definierte Grenzen.[195]

Verschwiegen: Der »Blutzoll« in der Zeit zwischen dem Versailler Vertrag 1919 und dem Vertrag von Lausanne 1923 betrug über vier Millionen[196]Menschen, und viele Millionen Heimatlose irrten durch die neuen Grenzgebiete Europas.[197]

Hintergrund
Polen und der Versailler Vertrag

Woodrow Wilsons 14 Punkte versprachen nach 123 Jahren Fremdherrschaft wieder ein »unabhängiges« Polen. Einer der Hauptprotagonisten dabei war Józef Pilsudski.

Dieser war kein unbeschriebenes Blatt: Er wurde 1867 in einer verarmte Landadelsfamilie geboren und war bereits im Alter von 20 Jahren an einem Attentat gegen Zar Alexander III. beteiligt, weswegen er fünf Jahre nach Sibirien verbannt wurde. Ab 1893 war er einer der führenden Köpfe der Polnischen Sozialistischen Partei und kam zur Erkenntnis, dass er für die Unabhängigkeit kämpfen wollte – und zwar nicht mit Worten, sondern mit Waffen. Im September 1908 überfiel er mit anderen Kriminellen den Postzug nach St. Petersburg und erbeutete 200.00 Rubel, mit denen er eigene Kampfgruppen finanzieren wollte.[198]

Als das Deutsche Reich und Österreich-Ungarn 1916 im ehemaligen Teilungsgebiet das »Königreich Polen« gründeten, ließ sich Pilsudski auf einen Deal ein und bildete ein polnisches Korps. Doch dieses sollte nicht polnischem Befehl, sondern dem Befehl der Mittelmächte unterstellt werden, woraufhin Pilsudski sein Amt im Vorläufigen Staatsrat niederlegte und seinen Soldaten empfahl, den Eid auf den deutschen Kaiser zu verweigern. Daraufhin wurde er verhaftet und in Magdeburg interniert.[199]

Im November 1918 existierte noch kein unabhängiger polnischer Staat. Lediglich das »Königreich Polen«, ein von Deutschen und Österreichern gegründeter Vasallenstaat. Der deutsche Generalgouverneur hatte jedoch den Oberbefehl über die polnischen Truppen bereits im Oktober an die Polen übergeben.[200]

Nach Kriegsende und dem Ende der deutschen und österreichischen Militärhoheit im Königreich Polen übernahm Pilsudski vorläufig die Macht. Ende November 1918 wurde ein Wahlgesetz erlassen, das für den 26. Januar 1919 Wahlen ankündigte und Polen zu einer Republik machte.[201]

Durch den Abzug der deutschen Truppen im Osten entstand jedoch ein gefährliches Machtvakuum in einem breiten Streifen zwischen Lettland und der Ukraine. Auch die Sowjets meldeten Ansprüche an. Doch Pilsudski fackelte nicht lange und zeigte sich als unerbittlicher Aggressor: Am 19. April 1919 marschierten seinen Truppen in Wilna ein, das zuvor von russischen Truppen kontrolliert wurde und am 8. August 1919 eroberte er Minsk. Damit begann er einen Krieg gegen Sowjetrussland. Im Mai 1920 marschierten polnische Truppen in der Ukraine ein. Doch ein Gegenangriff der Sowjets fegte diese wieder aus der Stadt, ebenso aus Wilna und Minsk. Die sowjetischen Truppen marschierten bis nach Warschau. Weil die Polen die sowjetischen Geheimcodes dechiffrierten, konnten sie die Rote Armee jedoch zurückschlagen. Pilsudski nahm zudem Brest und marschierte nach einem inszenierten Aufstand erneut in Wilna ein, das von den Sowjets zuvor Litauen zugesprochen worden war.[202]

Hunderttausende Menschen starben während der Kämpfe oder wurden verwundet. Polnische, ukrainische und »weiße«

russische Truppen begangen Pogrome und Verbrechen an den Juden.[203]

Die östlichen Grenzen Polens wurden 1921 im Vertrag von Riga festgelegt. Fast jeder dritte Einwohner des »neuen« Staates gehörte nun zu einer nationalen Minderheit.[204]

Pilsudski selbst zog sich 1923 aus der Öffentlichkeit zurück. Doch drei Jahre später griff er wieder nach der Macht und errichtete eine autoritäre Herrschaft.[205]

Verschwiegen: 25 Millionen Menschen galten aufgrund des »Friedensvertrags« von Versailles als ethnische oder religiöse Minderheiten in den neuen Nationalstaaten, was weitere Konflikte, zum Teil bis in die heutige Zeit nach sich trug.[206]

Alles das lassen viele deutsche Historiker einfach unter den Tisch fallen. Ausländische Historiker, die *nicht* dem deutschen politisch korrekten Druck unterworfen sind, sprechen hingegen Klartext. Beispielsweise der Politikwissenschaftler Prof. Anton Pelinka, der bis 2018 an den Central European University in Budapest lehrte:

»Die Siegermächte (...) schufen neue Kriegsursachen, indem sie neue Grenzen zogen für multiethnische Staaten«.[207]

Diese Fakten werden Entsetzen bei den Mainstreamhistorikern hervorrufen: Die Alliierten mit ihrem »Friedensvertrag« sollen Schuld an einem weiteren Krieg gewesen sein und Hitler ein »Produkt« der Siegermächte? Das *darf* und *kann* natürlich nicht sein![208]

Teil II:

Die SPD setzt die Weimarer Republik aufs Spiel

❶

Die SPD und die illegale Aufrüstung (ab 1921)

Ich habe im Vorwort schon angedeutet, dass die Sozialdemokraten bis heute als quasi »unschuldige weiße Lämmer« dargestellt werden. Das ist falsch, wie ich jetzt Schritt für Schritt belegen werde.

I. Die »geheime« Aufrüstung der Reichswehr

Was häufig unter den Tisch gekehrt wird, ist die Tatsache, dass die – sich heute so pazifistisch gebenden – Sozialdemokraten, die Kriegskredite für die Reichswehr im Jahr 1914 mitbewilligt hatten. Ohne dieses Geld hätte Kaiser Wilhelm II keine Feldzüge führen können.[209]

1919: Das 100.000-Mann-Heer, das Deutschland nach dem Ersten Weltkrieg durch den Versailler Vertrag (siehe oben) gerade noch zugestanden wurde, war den meisten Militärs ein Dorn im Auge. Denn es gab lediglich eine Sieben-Divisionen-Armee, deren Waffen- und Munitionsvorrat gerade mal ausreichte, eine polnische Invasionstruppe eine Stunde lang aufzuhalten.[210]

1920-1927: Der Chef der Heeresleitung, General Hans von Seeckt, projektierte deshalb schon bald eine Armee in Stärke von 63 Divisionen. Dazu formierten sich illegal paramilitärische Organisationen der Rechten, verschiedene Rüstungsfirmen und zwielichtige Auslandsverbindungen zur sogenannten »Schwarzen Reichswehr«.[211]

Schon seit Mitte der 1920er-Jahre hatte die Reichswehr unter Umgehung des Versailler Vertrages aufgerüstet – und zwar mit Hilfe der Roten Armee, im Rahmen eines Geheimabkommens.[212]

Auf Betreiben des Reichswehrchefs von Seeckt und in Kooperation mit dem Zentrumskanzler Wirth richtete das Kriegsministerium 1922 eine »Sondergruppe R« (R=Russland) ein. Diese verfügte über ein Budget von unglaublichen 150 Millionen Mark und sollte künftig über einen »schwarzen« Haushalt finanziert werden. Der damalige Reichspräsident Friedrich Ebert[213] (SPD) verzichtete auf eine Intervention, obwohl er von Anfang an über diese geheime Aufrüstung informiert war und obwohl dies in seiner Stellung als Oberbefehlshaber der Reichswehr durch den Artikel 47 der Weimarer Verfassung durchaus möglich gewesen wäre.[214]

Verheimlicht: SPD-Reichskanzler Ebert nahm die illegale Aufrüstung und den Bruch des Versailler Vertrages hin.

Sein Parteifreund Philipp Scheidemann enthüllte die illegale Zusammenarbeit der »schwarzen Reichswehr« mit Sowjetrussland ein paar Jahre später, genau am 16. Oktober 1926, im Reichstag und machte dazu genaue Angaben.

Hans von Seeckt, Chef der Heeresleitung, hatte bereits im September 1922 in einer geheimen Denkschrift an den damaligen Reichskanzler gefordert, Deutschland solle sich seine *»Stärke auch aus dem Osten«*[215] holen. Dazu sollten private deutsche Unternehmen die russische Rüstungsindustrie entwickeln und andere russische Wünsche auf militär-technischem Gebiet erfüllen – und zwar unter weitgehender Ausschaltung der Regierung.[216]

Zur Tarnung dieses geheimen Aufrüstungs- und Kooperationsprogrammes mit den Russen war eine Firma mit dem Namen

»Gesellschaft zur Förderung gewerblicher Unternehmungen« (GEFU) gegründet worden. Geführt wurde es von einem Vertrauensmann Seeckts, Major Tschunke. Fortan wurden auf russischem Boden Junkers-Flugzeuge gebaut und Artillerie-Munition gefertigt.[217] Die Militärs beider Länder unterhielten zudem gemeinsame Ausbildungsstätten, ein »Zentrum für Fliegerausbildung und fliegertechnische Erprobung« in Lipsek sowie die Schule für Kampfgastechnik und –ausbildung in Tomka bei Saratow und die Schule für Kampfwagenausbildung und –technik in Kasan.[218]

Finanziert wurde diese geheime Militär- und Aufrüstungspolitik durch Mittel eines Geheimfonds, der größtenteils der Kontrolle der Regierung entzogen war. Die jährlichen Ausgaben betrugen rund 10 Millionen Mark.[219]

Auch als Generalleutnant Wilhelm Heye 1926 auf Hans von Seeckt folgte, wurde die illegale Rüstung gegenüber dem Reichstag verschleiert. Die Abwicklung der Gelder wurde intern durch einen Staatssekretärsausschuss geregelt, was eine klare Verletzung der Verfassung darstellte, denn das Kontrollrecht über den Staatshaushalt stand lediglich dem Reichstag zu.[220]

Scheidemann machte mit seinen Enthüllungen später – vielleicht ungewollt – klar, dass

1. auch sozialdemokratische Abgeordnete durch die Bewilligung verschleierter Rüstungsausgaben die geheime Aufrüstungspolitik (sprich: einen Verfassungsbruch) ermöglichten;

2. die sozialdemokratischen Abgeordneten die Mitschuld für eine umfassende Modernisierung der Reichswehr durch den Aufbau einer Luft- und Panzerwaffe und die Testung von Möglichkeiten für Giftgaseinsätze trugen.[221]

Verschwiegen: Auch SPD-Abgeordnete trugen die Mitschuld am Aufbau und der Modernisierung der Reichswehr mit der Möglichkeit der Testung von Giftgaseinsätzen.

Besonders galt das für die Luftwaffe, für die in Sowjetrussland zahlreiche Prototypen entwickelt wurden. Für den späteren raschen Aufbau einer Luftwaffe durch die NS-Regierung war außerdem von zentraler Bedeutung, dass sie auf mehr als 100 in der UdSSR hervorragend ausgebildete Fluglehrer zurückgreifen konnte. Gleiches galt für die Führung der Panzerwaffe. Der Bonner Historiker Manfred Zeidler listet detailliert auf, dass aus den in Sowjetrussland ausgebildeten Militärs mindestens 20 Generäle der Luftwaffe hervorgingen.[222] Zeidler resümiert:

»Dadurch hat die Republik von Weimar [mithilfe von SPD-Abgeordneten/MGR] *in stiller und systematischer Arbeit dem Dritten Reich (...) die Voraussetzungen dafür beschert, innerhalb weniger Jahre moderne Streitkräfte schaffen zu können«.*[223]

Verschwiegen: Auch SPD-Abgeordnete machten die spätere »schnelle« Aufrüstung durch Adolf Hitler möglich.

Scheidemanns Enthüllungen hatten im Ausland jedoch nicht den gewünschten Erfolg. Die Reaktionen waren mäßig.[224] Als die Interalliierte Militärkontrollkommission (IMK), die die Abrüstung überwachen sollte, am 31. Januar 1927 ihre Tätigkeit einstellte[225], wurde die »Sondergruppe R« kurzerhand in die Heeresorganisationsleitung des Truppenamtes eingegliedert.[226]

Am 18. Mai 1927 unterzeichneten Außenminister Stresemann (DVP)[227] und die Reichswehrführung schließlich ein gemeinsames Protokoll über die Fortsetzung der Militärbeziehungen zu Sowjetrussland.[228]

28. Juni 1928: Die Große Koalition aus SPD, DDP (Deutsche Demokratische Partei), Zentrum (Deutsche Zentrumspartei), BVP (Bayerische Volkspartei) und DVP (Deutsche Volkspartei) unter Reichskanzler Hermann Müller (SPD) wurde gebildet.

29. Juni 1928: Eine der ersten Amtshandlungen des sozialdemokratischen Regierungschefs war die Genehmigung an die Reichswehrführung, 43 aktive Offiziere zur Fliegerausbildung nach Lipezk (Russland) zu entsenden.[229]

Verheimlicht: SPD-Reichskanzler Müller genehmigte die illegale Ausbildung von Fliegeroffizieren in Russland.

Sie erkennen: Die SPD-Parteiführung unterstützte die illegale Aufrüstungspolitik nicht nur, sondern half, diese auch noch zu verschleiern. Damit hat sie Hitlers Aufrüstung indirekt erleichtert.

Heutige »Sozis« wollen davon natürlich nichts wissen und verschweigen diese elementar wichtige Tatsache.

II.
Der Panzerkreuzerbau

Der Versailler Vertrag gestattete dem Deutschen Reich lediglich Schlachtschiffe von höchstens 10.000 Tonnen Wasserverdrängung zu bauen. Die Siegermächte des Ersten Weltkrieges hielten diese »Pocket Battleships« für harmlos. Doch damit unterschätzten sie die deutschen Ingenieure. Diese nämlich konstruierten einen völlig neuen Schiffstyp mit eminenter Kampfstärke, der sich innerhalb der vorgegebenen Begrenzung hielt. Natürlich verlangten die Reichsmarine und die Militärs sofort den Bau eines solchen Schiffes. Reichspräsident Hindenburg unterstützte sie mit ihrem Anliegen.[230]

Auch Reichswehrminister Wilhelm Groener (parteilos)[231] setzte sich am 14. März 1928 vor dem Reichstag für den Bau eines solchen Schlachtschiffes ein.[232] Die offizielle Begründung der Marine für den Panzerkreuzer lautete: Man wolle Polen vor Angriffen in der Ostsee abschrecken.[233] Die Angst vor einer Intervention war nach dem polnischen Großmachtbestreben und deren aggressiven Außenpolitik seit 1919 nicht unberechtigt.[234]

Doch Sozialdemokraten und Kommunisten lehnten mit ihrem Antrag, die neun Millionen Reichsmark ab, die als erste Rate für den Panzerkreuzer-Bau aus dem Staatshaushalt fließen sollten. Das änderte allerdings nichts an der Tatsache, dass der Reichstag den Etat mit den Stimmen der Regierungsparteien (Zentrum, Deutschnationale Volkspartei, Deutsche Volkspartei, Deutsche Demokratische Partei, Bayrische Volkspartei[235]) annahm.[236]

Die SPD führte daraufhin ihren Wahlkampf unter der Parole *»Keine Panzerkreuzer, sondern Kinderspeisung«*[237] und konnte damit breite Wählerschichten mobilisieren, was sich auch in den Wahlergebnissen abzeichnete.[238]

Nach den Wahlen vom 20. Mai 1928 wurden die Sozialdemokraten mit 29,8 Prozent stärkste Partei und stellten dadurch auch den neuen Reichkanzler. Das Kabinett Müller II amtierte vom 28. Juni 1928 bis zum 27. März 1930. Es war die zweite Große Koalition der Weimarer Republik aus SPD, DDP (Deutsche Demokratische Partei), Zentrum (Deutsche Zentrumspartei), BVP (Bayerische Volkspartei) und DVP (Deutsche Volkspartei). SPD-Reichskanzler Hermann Müller[239], nahm die Panzerkreuzer-Frage schließlich wieder auf. Der Historiker Hans Georg Graf Lambsdorff schreibt frei nach dem Motto *»Wer hat uns verraten? Die Sozialdemokraten!«*[240]:

»Die Sozialdemokraten in der Regierung, Reichskanzler Müller und

Finanzminister Hilferding machten sich mit dem Kabinett die Sache ***entgegen dem Wahlversprechen ihrer Partei*** *zu eigen«.*[241] (Hervorhebungen durch mich)

Der sozialdemokratische Finanzminister hatte Reichswehrminister Groener vorab mitgeteilt, er habe *keine* Bedenken gegen die Produktion des Panzerkreuzers, obwohl die Ablehnung im *Kabinett* möglich gewesen wäre, da SPD und DDP dort die Mehrheit besaßen:[242] *»Am 10. August 1928 beschloss das Kabinett mit seinen beiden sozialdemokratischen Mitgliedern dann tatsächlich die Bewilligung der 1. Baurate* [für den Panzerkreuzer/MGR] *von neun Millionen Reichsmark«.*[243] Und das zu der Zeit, als die SPD-Wahlversprechungen noch in guter Erinnerung waren:

»Eure Kinder klagen euch an, wenn ihr den Panzerkreuzerparteien eure Stimmen gebt!«[244]

Die Folge: Die SPD-Fraktion machte zwei, sich vollkommen widersprechende, Entschließungen:

1. Die Haltung der sozialdemokratischen Minister wurde getadelt.
2. Die Haltung der sozialdemokratischen Minister wurde *»mit Rücksicht auf das gesamte Interesse der Arbeiterschaft«* für notwendig erklärt.[245]

Die SPD-Minister antworteten mit vagen Ausflüchten und Scheinargumenten gegen die *»Panzerkreuzersünde«.*[246] Aber auch die Behauptung, die Finanzmittel lägen dafür vor, war eine Verhöhnung der Arbeiterschaft, da gleichzeitig beantragte Mittel zur Erweiterung der Krisenfürsorge gestrichen wurden.[247] Der Historiker Heinz Niemann:

»Daraus wurde aber sichtbar, dass die sozialdemokratischen Führer ihrer Koalitionspolitik mit der Bourgeoisie einen höheren Stellenwert einräumten als einer Politik gegen die Wiederaufrüstung und für den sozialen Fortschritt«.[248]

Das bestätigte der ehemalige Reichskanzler und SPD-Mann Hermann Müller im Jahr 1928. Er meinte, die ganze Panzerkreuzerfrage sei ein Beweis für den neudeutschen Imperialismus, man habe zwischen 1920 und 1923 auch mehrere Ersatzbauten bewilligt. Jetzt (1928) hinge die Existenz der Koalition daran.[249]

Doch damit nicht genug: Nach grotesken Kämpfen innerhalb der SPD-Fraktion brachte die sozialdemokratische Fraktion Ende Oktober 1928 schließlich den Antrag in den Reichstag ein, den Bau des Panzerkreuzers einzustellen, um die innerparteiliche Opposition zu beruhigen.[250] Doch das war – meiner Ansicht nach – nur ein Trick, denn die Parteiführung wusste um die Mehrheitsverhältnisse im Parlament und wusste, dass der Antrag somit sowieso abgelehnt und der Panzerkreuzer A gebaut werden würde.[251]

Durch den Fraktionszwang mussten dieses Mal Reichskanzler Müller und Finanzminister Hilferding *gegen* den Beschluss stimmen, den sie *selbst* im Kabinett eingebracht hatten.[252] Das hatte es in der deutschen Parlamentsgeschichte noch nicht gegeben: einen Kanzler, den die eigene Fraktion zwang, sich zum *»Gespött der Nation«* zu machen.[253] Doch der Antrag scheiterte mit 202 gegen 257 Stimmen der Mitte und der Konservativen.[254]

Wie schon erwähnt, der Antrag war für mich nur ein Scheingefecht, um die Mitglieder zu täuschen[255], oder wie es der Sozialdemokrat Wilhelm Keil später in seinen Memoiren ausdrückte:

»Die anderen Regierungsparteien ersparten uns die Verlegenheit, in die sie uns gebracht hätten, wenn sie sich teilweise der Abstimmung entzogen hätten. Sie sorgten für ein beschlussfähiges Haus und lehnten den Antrag ab«.[256]

Verschwiegen: Die SPD-Fraktion machte ihren eigenen Kanzler zum Gespött!

Das unter dem SPD-Reichskanzler geführte Kabinett hingegen stimmte der Rüstungsplanung der Reichswehr aber ausdrücklich zu.[257] Der Historiker Wilhelm Deist (Hervorhebungen durch mich):

»Das Entscheidende dieses Vorganges liegt nicht in erster Linie in der Höhe der nunmehr für ***geheime Rüstungszwecke*** *zur Verfügung stehenden Gelder aus dem Etat des Reichswehrministeriums und später auch anderer Ministerien, sondern in der* ***Aushöhlung des parlamentarischen Systems*** *auf dem Verordnungswege. In einer außen- wie innenpolitisch hochbrisanten Frage wurden die* ***Kontrollrechte und die Kontrollmöglichkeiten des Reichstages*** *durch die Zusammenarbeit der exekutiven Organe* ***außer Kraft gesetzt****«.*[258]

Verschwiegen: Bereits 1928 setzte SPD-Reichskanzler Müller die Kontrollrechte des Reichstages in Sachen »geheime Aufrüstung« außer Kraft.

Das Echo in der Öffentlichkeit war verheerend. Reichskanzler Müller erklärte im Kabinett schließlich, die *sozialdemokratischen* Minister würden künftig die weiteren Raten für den Panzerkreuzerbau *mitbewilligen,* was sie am 18. Juni 1929 dann aber doch *nicht* taten. Die SPD-Fraktion stimmte der Bewilligung für die zweite Rate aber zu.[259]

Verheimlicht: Mit der Bewilligung der Finanzierung der Panzerkreuzer stellten sich die **Sozialdemokraten** als **Befürworter einer Rüstungspolitik** bloß. Zudem wurde die Partei **Gehilfe bei der offenen und geheimen Aufrüstung.**[260]

Der Panzerkreuzer mit dem Namen »Deutschland« wurde schließlich am 19. Mai 1931 vom Stapel gelassen. Die Indienststellung erfolgte am 1. April 1933. Während des Spanischen Bürgerkriegs von 1936 bis 1939 wurde die »Deutschland« nach Spanien entsandt. Am 4. Mai 1945, unmittelbar vor Ende des Zweiten Weltkriegs, wurde das Schiff, das zuvor auf den Namen »Lützow« umbenannt worden war, beim Versuch der Selbstversenkung schwer beschädigt, aber nicht vollständig zerstört. Am 22. Juli 1947 wurde es schließlich von der sowjetischen Baltischen Rotbannerflotte in der Ostsee versenkt.

20. März 1931: Bei der Abstimmung über einen **neuen Panzerkreuzerbau** (»Panzerkreuzer B«) **stimmten 70 Prozent der SPD-Abgeordneten dafür.**[261] Der Vorstand der Fraktion folgte dabei den Empfehlungen ihres Vorsitzenden Otto Wels[262] (mehr zu seiner Person im Kapitel ➔ »Das Ermächtigungsgesetz – Die Wahrheit«). Die Sozialdemokraten widersprachen nicht einmal dem Plan, weitere Kreuzer folgen zu lassen.[263]

Verheimlicht: Auch 1931 stimmten die Sozialdemokraten **für** den Bau eines weiteren Kriegsschiffes.

❷

Zwischenspiel: Der Berliner Blutmai und die Sozialfaschismusthese

I. Der Berliner Blutmai (1. Mai 1929)

Folgendes Ereignis wird in der politisch korrekten historischen Forschung bis heute nur wenig beachtet, was erstaunlich ist. Denn am 1. Mai 1929 wurde zum ersten Mal seit den Revolutionswirren 1919 wieder auf den Straßen Berlins geschossen.

Vorgeschichte: Der sozialdemokratische Berliner Polizeipräsident Friedrich Karl Zörgiebel[264] hatte bereits im Dezember 1928 alle Demonstrationen und öffentliche Versammlungen in der Stadt verboten. Offizieller Grund dafür: die anhaltenden Auseinandersetzungen zwischen Kommunisten und Nationalsozialisten.[265] Zudem veranstalte die KPD ihre Demonstrationen auf Befehl der Kommunistischen Internationale.[266] Doch inoffiziell gab es einen ganz *anderen* Grund für das Demonstrations- und Versammlungsverbot. Der Historiker Heinz Niemann:

> *»Der sozialdemokratische Polizeipräsident Berlins, Zörgiebel, gedeckt von seinen Parteifreunden, dem preußischen Innenminister Grzesinski und dem Innenminister des Reiches, Severing, hatte die traditionelle Demonstration am 1. Mai verboten. Diese Provokation sollte die KPD wie 1921 zu vorzeitigen Kämpfen veranlassen und sie dadurch in die Isolation treiben«.*[267]

Verschwiegen: Das Verbot der 1. Mai-Demonstration 1929 war reine Parteipolitik der SPD.

Nichtsdestotrotz rief die KPD am 1. Mai 1929 in ihrem Organ *Rote Fahne* dazu auf, das Verbot zu missachten (zum Beispiel mit Sprüchen wie: *»Das Proletariat pfeift auf Ihre Verbote – Straße frei für die Maidemonstrationen«)*[268] und spielte Zörgiebel und Konsorten damit in die Karten.

Dies führte zu Vorwürfen, die KPD plane Aufruhr und nehme zahlreiche Tote in Kauf: *Der Abend,* die Spätausgabe der SPD-Parteizeitung *Vorwärts,* titelte schon im Vorfeld: *»200 Tote am 1. Mai? – Verbrecherische Pläne der Kommunisten«.*[269]

In der sozialdemokratischen Presse wurde weiter gehetzt, etwa: *»KPD braucht Leichen«* und *»Der Blutkoller bei den Thälmännern«.*[270] Doch der Bericht eines in die Berliner KPD-Leitung eingeschleusten Polizeispitzels zeigte, die Kommunisten planten eine *»friedliche, unbewaffnete«* Demonstration.[271] Dem Sozialdemokraten Zörgiebel dürfte die sozialdemokratische »Hetze« dennoch nicht entgangen sein. Inwieweit er sie vielleicht sogar gefördert hat, ist nicht zu verifizieren und wäre deshalb nur Spekulation.

Aber auch die Kommunisten »tricksten«, was in diesem Zusammenhang oft verschwiegen wird: Am 30. April 1929 wurden kommunistische Flugblätter mit der Falschmeldung verbreitet, das Demonstrationsverbot sei aufgehoben worden.[272] Das stimmte nicht und wog wohl so manchen Arbeiter in einer falschen Sicherheit.

In den Arbeiterbezirken Wedding und Neukölln formierten sich in den Morgenstunden des 1. Mai 1929 die ersten Demonstranten. An diesem Tag waren insgesamt 8.000 Menschen in Zügen zwischen 50 und 500 Personen unterwegs. Am 2. Mai waren es dann schon 25.000. Der Sozialdemokrat Zörgiebel ließ jegliche Versammlung oder Demonstration – und mochte sie noch so klein sein – sofort mit Gummiknüppeln auflösen. Doch die Arbeiter ließen sich nicht einschüchtern und versammelten sich prompt in anderen Gruppen und in anderen Straßen wieder.[273]

Wie feindselig die Stimmung war, zeigte sich in einer lebensgroßen Puppe in Polizeiuniform, die ein Schild mit der Aufschrift *»Zörgiebel, der deutsche Mussolini; Henker von Berlin«* um den Hals trug.[274]

Gegen Mittag begannen die Demonstranten Barrikaden zu errichten. Bei der Räumung der Hermannstraße wurden Polizeibeamte plötzlich aus den Häusern und Dächern beschossen.[275] In der Köslinerstraße und in der Gegend um den Hermannplatz flogen Wurfgeschosse auf die Beamten herab.[276] Der Historiker Christian Striefler beschreibt die Szene so:

»Die Angst, zu Opfern von Dachschützen zu werden, veranlasste die Polizei, das Feuer zu eröffnen. Warnschüsse wurden gen Himmel abgegeben. Das Kommando ›Fenster zu, es wird geschossen‹ hallte durch die engen Straßenschluchten. Bewohner errichteten an einigen Stellen Barrikaden und erwiderten vereinzelt die Schüsse. Die Eskalation war da«.[277]

Nun gingen die Polizisten nach Order ihres Dienstherrn straßenweise vor und feuerten sogar in die Fenster der Häuser. Unter den Bewohnern gab es die ersten Toten. Der Nachmittag brachte eine weitere Eskalation der Gewalt: Die Polizei rückte mit gepanzerten Fahrzeugen und mit neuen Hundertschaften an.[278] Aber auch die KPD-Aktivisten wurden immer aggressiver: Sie überfielen das 220. Polizeirevier. Es wurde durch Steinwürfe und Schüsse beschädigt.[279]

Die Unruhen dauerten auch noch am 3. Mai an und Zörgiebel verkündete um die Mittagsstunde den Ausnahmezustand. Die »Säuberungsaktionen« der Polizei gingen weiter. Wieder feuerten sie auf die Fenster. Dieses Mal jedoch von Panzerwagen aus und sogar mit Maschinenpistolen. Erst am 4. Mai befahl Zörgiebel, nur noch dann zu feuern, wenn Täter sichtbar seien. Das wahllose Schießen in die Fenster sei einzustellen.[280]

Am 6. Mai gingen die Unruhen dann zu Ende. Die Bilanz: Insgesamt waren 13.000 Polizisten im Einsatz[281] gewesen. Es gab 33 Tote, 198 Verletzte und 1.228 Festnahmen. Demgegenüber waren 47 Polizisten verletzt worden, 10 davon mussten sich im Krankenhaus behandeln lassen. Kein einziger Polizist war von einer Kugel getroffen worden. Alle gegenteiligen Berichte erwiesen sich als Fake-News, wie man heute sagen würde. Insgesamt gab die Polizei 10.981 Schüsse ab.[282]

Der letzte Tote war der neuseeländische Journalist Charles Ewing Mackay, der in Berlin als Reporter für die *Sunday Express* arbeitete und von der Polizei erschossen wurde. Mutmaßlich, weil er die Aufforderung zum Verlassen der Straße nicht verstanden hatte.[283]

Verantwortlich für das Massaker: der sozialdemokratische Polizeipräsident Zörgiebel[284] oder wie der Historiker Hans Georg Graf Lambsdorff, im Angesicht der vielen Toten, etwas beschönigend schreibt (Hervorhebungen durch mich):

»Für diese **Maßlosigkeiten** *kann man die Berliner Polizeiführung verantwortlich machen«.*[285]

Im Oktober 1929 kam der Ausschuss der Liga für Menschenrechte zu dem Ergebnis:

»Die Leitung der Polizei selbst hat Maßnahmen ergriffen, die von keinem Standpunkt aus mit dem Zweck einer sich dem Staatsganzen einordnenden Polizei in Einklang zu bringen sind, die vielmehr selbst teilweise durchaus gesetzeswidrig waren«.[286]

Zörgiebel wurde auch vorgeworfen, als *»Sachwalter des sozialdemokratischen Parteivorstands«* (Carl v. Ossietzky)[287] die KPD-Demonstration am 1. Mai 1929 verhindern zu wollen, weil er befürchtete, die Kommunisten könnten mehr Menschen mobilisieren als SPD und Gewerkschaften.

Die SPD hingegen war fest davon überzeugt, einen entscheidenden Sieg über die »bolschewistische Aggression« errungen zu haben und gab sogar eine Broschüre heraus, die die Schuld der Kommunisten nachzuweisen versuchte.[288] Viele Zeitungen unterstützten dies und meldeten u.a., dass Moskau ohne Zweifel als Drahtzieher der blutigen Krawalle gelten würde. Jeden Tag seien die Aufständischen mit neuen Parolen aus Sowjetrussland versorgt worden.[289]

Eindeutige Beweise für diese These konnte ich nicht eruieren und auch die historische Forschung kann das nicht verifizieren. Allerdings fing das Hauptpostamt Berlin Telegramme ab, die die Anteilnahme der Sowjetunion an den Unruhen zeigten und den Kampf gegen die Bourgeoisie und Sozialdemokraten begrüßten.[290]

Nach dem »Blutmai« war für viele in der Bevölkerung klar: Die Kommunisten hatten das getan, was sie seit langem angekündigt hatten.[291] Auch die Nationalsozialisten sollten sich daran erinnern, als sie nach der Machtübergabe die KPD verboten.[292]

Doch das Reichsgericht urteilte im November 1931 polizeikritisch:

»Am 1. Mai 1929 und den folgenden Tagen sind an Stellen der Stadt Berlin von Polizeibeamten zahlreiche Exzesse begangen worden. Dies beweist, dass es in der Berliner Schutzpolizei zahlreiche Elemente gab, die ihrer Aufgabe nicht gewachsen waren und nicht in die Schutzpolizei

hineingehören. Einen Teil der Schuld trägt auch der Umstand, dass zahlreiche Beamte ausgesprochen kommunistenfeindlich eingestellt waren«.[293]

Zörgiebel selbst kam unbehelligt davon. Nach dem Zweiten Weltkrieg erhielt er sogar das Große Bundesverdienstkreuz.

II.
Die Sozialfaschismusthese

Nach dem »Blutmai« erwarteten viele kommunistischen Arbeiter voller Ungeduld, dass sich die SPD-Klassengenossen nun von dem »Arbeitermörder«[294] Zörgiebel und den anderen »Arbeiterverrätern«[295] in der Regierung, aber auch im SPD-Vorstand, trennen würden. Doch dies geschah nicht. Das wiederum schürte den Hass zwischen KPD und SPD und führte zur »Sozialfaschismusthese«, nach der die SPD als »organisierende Kraft« bei der Errichtung einer als »faschistisch« verstandenen Diktatur mitwirke.[296]

Als Folge des »Blutmai« hielt die KPD ihre Beratungen des 12. Parteitages vom 9. bis 16. Juni 1929 demonstrativ im Wedding ab. In der Parteitagsresolution hieß es (Hervorhebungen durch mich):

»Die Eigenart der gegenwärtigen Entwicklung in Deutschland besteht darin, dass die Bourgeoisie ohne Sozialdemokratie und Gewerkschaftsbürokratie in der gegenwärtigen Zeit ihren imperialistisch-faschistischen Kurs nicht durchführen kann. ***Die Sozialdemokratie bereitet als aktiv organisierende Kraft die Errichtung der faschistischen Diktatur vor***«.[295]

Die »Sozialfaschismusthese« geht davon aus, dass die SPD als »organisierende Kraft« bei der Errichtung einer »faschistischen« Diktatur mitwirkte.

Der Historiker Heinz Niemann:

»Indem die Führung der SPD die antifaschistische Einheitsfront ablehnte, beraubte sie sich der Möglichkeit, gemeinsam mit der KPD den Angriff von rechts zurückzuschlagen. So erhielt die ›Sozialfaschismusthese‹ der Kommunisten immer neue Nahrung«.[298]

Die Folge: Im Namen des Kampfes gegen den »Sozialfaschismus« erfolgte die weitere Spaltung proletarischer Verbände (Gewerkschaften bis zu Sport- und Kulturorganisationen, in denen sozialdemokratische Bürokraten mit Ausschlüssen gegen Kommunisten vorgingen).[299] Die Spaltung und Feindschaft der Arbeiterparteien KPD und SPD kam schließlich den Nationalsozialisten zugute.

❸

Die SPD setzte die Republik aufs Spiel

I.
Parteiräson über dem Interesse an der Demokratie

Ich habe es oben schon mehrfach angedeutet: Mit Schlagzeilen wie *»SPD wollte Hitler stoppen«*[300] oder *»Letztes Bollwerk gegen das NS-Regime«*[301] verklärt und heroisiert der politisch korrekte Mainstream bis heute die Rolle der Sozialdemokraten vor und während der »Machtübernahme« (was wiederum falsch ist, denn de facto handelte es sich um eine »Machtübergabe«)[302] an Adolf Hitler. Doch die Sozialdemokraten hatten beileibe *keine* »weiße Weste«!

Die SPD war bei weitem nicht die »unschuldige« Partei, die sich »als einzige« gegen das NS-Regime gestellt hat, ganz im Gegenteil: **Ohne die SPD wäre Hitler wohl gar nicht an die**

Macht gekommen! Zunächst möchte ich jedoch das politische »Gebaren« der Sozialdemokraten in der Weimarer Republik darstellen.

Verschwiegen: Ohne die SPD wäre Hitler wohl nicht an die Macht gekommen!

Im Nachhinein erscheint es geradezu als ein Witz, warum die Weimarer Republik von den Sozialdemokraten aufs Spiel gesetzt und so Hitlers Weg an die Macht vorbereitet wurde. Eine Tatsache, die natürlich *so* nicht kommuniziert wird.

Die Massenarbeitslosigkeit aus der Wirtschaftskrise von 1929 überforderte rasch die Finanzmittel der Arbeitslosenversicherung. In der Regierung unter dem sozialdemokratischen Reichskanzler Hermann Müller kam es deshalb zu einem erbitterten Koalitionsstreit über die Lösung des Problems. Es ging schlicht um die Frage: Sollten die Beiträge von Arbeitgebern und Arbeitnehmern erhöht oder die Leistungen für die Arbeitslosen gekürzt werden?[303]

Zunächst sollte die Arbeitslosenversicherung um 0,5 Prozent angehoben werden, bei gleichzeitiger Senkung des Arbeitslosengeldes und Anhebung von Massensteuern.[304]

Die industrienahe DVP wollte jedoch zusätzliche Kosten der Arbeitgeber infolge erhöhter Beiträge vermeiden. Die SPD hingegen lehnte es ab, das Arbeitslosengeld zu kürzen. Nach mehreren gescheiterten Lösungsansätzen unterbreitete schließlich der Zentrums-Fraktionsvorsitzende Heinrich Brüning am 27. März 1930 einen Kompromissvorschlag. Dieser sah vor, dass das Reich für die fehlenden Gelder aufkommen würde; so entfiele eine Beitragserhöhung. Sollte sich aber herausstellen, dass die Reichszuschüsse und die eigenen Mittel der Reichsanstalt nicht ausreichten, müsse man neue Wege suchen, wozu auch eine Beitragserhöhung zählen könne. Die DVP stimmte zu.[305]

Bei der SPD sah das anders aus, denn die Reichstagsfraktion, angeführt von Linken und Gewerkschaftlern, lief Sturm gegen den Kompromiss und verlangte deswegen sogar den Austritt der SPD aus der Regierung. Der Streit in der Fraktion dauerte stundenlang. Am Ende stimmten fast alle *gegen* Brünings Vorschlag und somit *gegen* ein Verbleiben der SPD in der Regierung. **Das war das Ende sozialdemokratischer Regierungspolitik in der Weimarer Republik**.[306]

Hat die SPD also das »demokratische« Weimar zerstört, da anschließend vor allem mit Präsidialverordnungen regiert wurde? Heinz Höhne resümiert (Hervorhebungen durch mich):

»Der demokratische Parteienstaat hatte einen Schlag erhalten, von dem er sich nie wieder erholen sollte, und es blieb der grausame Witz, ***dass wegen eines halben Prozents irgendeines Sozialbeitrages erwachsene Menschen eine ganze Republik aufs Spiel setzten****«.*[307]

Verschwiegen: Die SPD setzte wegen eines halben Prozentpunkts der Arbeitslosenversicherung die Weimarer Republik aufs Spiel und ebnete somit auch Adolf Hitler den Weg an die Macht.

Der SPD-Funktionär Otto Buchwitz schrieb:

»Im März 1930 scheiterte die letzte Koalitionsregierung unter Beteiligung der SPD (...) Anstatt einer Annäherung an die Kommunisten zu vollziehen, wurde der letzte Rest sozialistischen Selbstbewusstseins über Bord geworfen«.[308]

Selbst der SPD-Ministerpräsident von Preußen, Otto Braun, war wütend auf das sinnlose Treiben seiner Genossen im Reichstag. Dem Parteivorsitzenden Otto Wels warf er (völlig berechtigt) vor, er habe die Parteiräson über das Interesse an der Erhaltung der Demokratie in Deutschland gestellt.[309]

Die Folgen waren nämlich verheerend: Die Sozialdemokratie schied auf eigenem Wunsch aus der Reichspolitik aus, und Reichspräsident Hindenburg ernannte Brüning zum neuen Reichskanzler.[310]

Dieser entscheidende Fakt wird in fast keinem Geschichts- geschweige denn in einem Schulbuch erwähnt: Nur durch das **freiwillige** Ausscheiden der SPD konnten der Nachfolger-Kanzler und der Reichspräsident mit Präsidialvollmachten regieren und somit das Parlament aushebeln. Die parlamentarische Demokratie war damit (fast) am Ende.

Verheimlicht: Die SPD schied auf eigenen Wunsch aus der Regierung aus und setzte damit die Weimarer Demokratie aufs Spiel.

II.
Die SPD will nicht mehr

30. März 1930: Nachdem sich die Sozialdemokraten freiwillig aus der Regierung verabschiedet hatten und die Große Koalition unter Hermann Müller (SPD) gescheitert war, die Genossen also die Republik ihrem Schicksal überlassen hatten, wurde Heinrich Brüning (Zentrum) neuer Reichskanzler. Reichspräsident Hindenburg hatte aber vorher zur *Bedingung* gemacht, dass das neue Kabinett deutlich »rechts« sein müsse. Er machte außerdem klar: Wenn Brüning sich nicht darauf einließ, würde er ihn nicht zum

Kanzler ernennen. Und wenn Brüning erst einmal Kanzler war und diese Bedingung nicht einhielt, würde er, Hindenburg, von seinem Entlassungsrecht[311] Gebrauch machen.[312]

Verschwiegen: Nachdem sich die Genossen freiwillig aus der Regierung verabschiedet hatten, wollte der Reichspräsident bereits im Jahr 1930 ein **rechtes** Regierungskabinett.

Mit Reichskanzler Brüning begann dann auch die Phase der Präsidialkabinette. Diese stützten sich nicht mehr auf eine Reichstagsmehrheit, sondern auf den Reichspräsidenten und dessen Notverordnungen, die das demokratische Verfassungssystem von Weimar nach und nach aushöhlten sollten.[313]

Die führenden Sozialdemokraten *wollten* das jedoch noch nicht wahrhaben. Statt sich entschlossen zur Wehr zu setzen, wollten sie lediglich »Anschluss« an die bürgerliche Mitte gewinnen.[314]

Das Erste Kabinett Brüning war jedoch auf die rechten und halbrechten Parteien angewiesen, da die Sozialdemokraten ja nach dem Wunsch des Reichspräsidenten »rausgehalten« werden sollten und diese selbst auch keine Anstalten mehr machten, mitregieren zu wollen. Ihre Reichstagsfraktion war so zerstritten, dass sie sich nicht einmal mehr auf eine konstruktive Mitarbeit einigen konnte.[315] So offenbarten sich die »stolzen« Sozialdemokraten nur noch als ein bemitleidenswerter Haufen.

Brünings Kabinett arbeitete daher mit einer sehr labilen Mehrheitsbildung im Parlament. Es war absehbar, dass der neue Kanzler nur regieren konnte, wenn ihm Hindenburg Notverordnungen nach Artikel 48 der Weimarer Verfassung (siehe unten) unterzeichnete, die das Parlament de facto ausschalteten. Brüning war damit der erste Kanzler eines »Präsidialkabinetts«, eines »Kampfkabinetts«,[316] das auf *keine* Mehrheit im Reichstag mehr angewiesen war.

III.
Die Diktatur vor der Diktatur

Schon nach den Reichstagswahlen des Jahres 1930, also drei Jahre **bevor** Hitler an die Macht kam, wurde die Weimarer Republik also von der Exekutive beherrscht. Das parlamentarische Gesetzgebungsverfahren wurde durch die Praxis der Notverordnungen verdrängt. Dies machte faktisch die Präsidialregierung zum Gesetzgeber; sie war von jeglicher demokratischen Legitimation abgeschnitten und unterlag unkontrollierbaren Einflüssen.[317] Es herrschte de facto eine »Präsidialdiktatur«.

Verschwiegen: Schon Jahre **bevor** Adolf Hitler die Macht übergeben wurde, herrschte eine Präsidial**diktatur.**

Dieser **wichtige** Umstand wird von politisch korrekten Historikern wenig bis gar nicht beachtet, bedeutet dies doch, dass schon bereits **vor** der »Diktatur« Adolf Hitlers de facto eine Diktatur bestand. Natürlich passt das nicht ins gängige Geschichtsbild und gleich gar nicht in unsere Schulbücher.

Hintergrund
Artikel 48: Das (verfassungswidrige) Prinzip der Präsidialregierung

Laut der Weimarer Verfassung stützten sich die Präsidialregierungen auf eine, im Prinzip verfassungswidrige, Kombination der Artikel 25, 48, 53 und 54.

Artikel 53[318] sicherte dem Reichspräsidenten die Kompetenz zu, den Kanzler und auf dessen Vorschlag, die Minister zu ernennen, aber auch zu entlassen. Missfiel dem Reichspräsidenten ein Kanzler oder ein Minister, so konnte er ihn entlassen und zwar vollkommen unabhängig davon, ob das Parlament dies billigte oder nicht.

Umgekehrt aber, wenn dem Parlament ein Kanzler oder ein Minister missfiel, dann konnte ihn der Reichspräsident dennoch im Amt halten, indem er einem Misstrauensvotum gegen den Kanzler oder einen Minister (nach **Artikel 54**)[319] durch die Auflösung des Reichstages (nach **Artikel 25**)[320] zuvorkam. **Der Reichspräsident musste sich also nicht an den Mehrheiten des Parlaments orientieren, und der Kanzler selbst konnte sich einer parlamentarischen Kontrolle quasi entziehen.**[321]

Die »große Macht«, Notverordnungen zu erlassen, konnte so in die Hand von Personen gelangen, die *nicht* vom Parlament überwacht wurden.[322]

Der nationalsozialistische Jurist Wilhelm Frick, der später Reichsinnenminister werden sollte, legte große Beachtung auf diesen Umstand, denn er würde zu gegebener Zeit dafür sorgen, dass auch Hitler, er selbst und Göring nicht mehr »entlassen« werden konnten.[323]

Artikel 48[324] räumte dem Reichspräsidenten die Diktaturgewalt ein und das Recht zur Auflösung des Reichstages (**Artikel 25**).[325] Diese Stärkung präsidialer Gewalt – und zwar ohne ihr Regularien an die Seite zu stellen – schwächte das Staatsgefüge und die Reichsregierung. Dadurch entstand quasi eine Auflösung der Bindung der Regierung an das Parlament und an die Fraktionen, was so gesehen einen Verfassungsbruch, und zwar aus der Verfassung heraus, darstellte.[326]

Die Kritikpunkte von Verfassungsrechtlern an der Notverordnungspolitik nach Artikel 48 im Überblick:

- Die Gerichte prüften nicht nach, ob die öffentliche Sicherheit und Ordnung *tatsächlich* gestört waren.
- Immer häufiger galt die nach Artikel 48 erlassene Verordnung *dauernd,* obwohl sie eigentlich nur provisorisch in Kraft getreten war.
- Eine außer Kraft gesetzte Verordnung durfte nicht durch eine neue Verordnung ersetzt werden, was aber beispielsweise am 26. Juli 1930 geschah.
- Der Reichspräsident erlangte nach Artikel 48 eine Machtfülle, die ihm nicht zustand.[327]

Durch die Androhung und mögliche Anwendung der genannten Artikel wurde der **Reichstag** als Entscheidungsinstrument quasi **ausgeschaltet**. Das funktionierte (vereinfacht) so:

- Die Reichsregierung brachte eine umstrittene Gesetzesvorlage in den Reichstag ein.
- Der Reichstag (Parlament) lehnte diese aufgrund unterschiedlicher Interessen der verschiedenen Parteien ab.
- Damit gab sich die Regierung jedoch nicht zufrieden.
- Der Reichspräsident erließ dann auf Wunsch des Präsidialkabinetts, also der Regierung (und nicht des Parlaments!), die Gesetzesvorlage auf dem Wege der Notverordnung nach Artikel 48 der Weimarer Verfassung.
- Der Artikel 48 hob die Notverordnung dann zwar wieder auf, aber Artikel 25 wiederum löste den Reichstag auf und setzte die Notverordnung erneut in Kraft.

Ein Beispiel gab Reichskanzler Heinrich Brüning (Zentrum) im Juli 1930, als seine Deckungsvorlage für den Reichshaushalt an den Sozialdemokraten, Deutschnationalen und Kommunisten im Reichstag scheiterte. Er setzte kurzerhand dieselbe Vorlage als Notverordnung durch und löste den Reichstag auf.[328] Brüning goss damit eine gesetzlich zu regelnde Materie in Notverordnungen. Das hatte es bis dato noch nicht gegeben.[329] Weitere Beispiele (Auswahl):

1931: Mit Artikel 48 wurde die Bewältigung wirtschaftlicher Schwierigkeiten durchgeboxt.

1931: Mit Artikel 48 wurden Finanzreformen verordnet.

1933: Mit Artikel 48 wurde die Reichstagsbrandverordnung durchgesetzt, die viele als »Grundgesetz des Dritten Reiches« betrachteten.[330]

Das sind nur einige Beispiele. Gerade das Dreiecksgeflecht aus Artikel 48, 53 und 25 der Weimarer Verfassung ermöglichte diese Art der präsidialen Diktatur.[331] Das Regieren mit Notverordnungen ohne »lästiges« Parlament wurde fortan zur Regel.[332]

Die Nationalsozialisten beobachteten diese Praxis ganz genau und lernten daraus, auch davon, dass das Reichsgericht[333] und später auch der Staatsgerichtshof[332] diese Methodik für rechtlich *unbedenklich* hielten. Der Staatsgerichtshof beantwortete die Frage, ob sich Kanzler und Reichspräsident über den Parlamentswillen hinwegsetzen können, mit einem eindeutigen »Ja«. Damit war der Weg in die Präsidialdiktatur frei, denn der Reichspräsident und der Reichskanzler konnten sich nun mit Artikel 48 über den erklärten Willen des Parlaments hinwegsetzen.[334]

So regierte eine kleine Anzahl von Personen des Präsidialkabinetts ohne das durch legale Wahlen legitimierte Parlament am Volkswunsch vorbei.[336] Man konnte deshalb mit Fug und Recht von einer *»verschleierten Diktatur«*[337] sprechen.

Der spätere NS-Innenminister Wilhelm Frick notierte sich diese Entwicklungen, denn er sollte darauf zurückkommen, wenn er am 5. März 1933 sein »Verordnungspaket« verabschiedete.[338]

Verschwiegen: Das Regieren des NS-Regimes *ohne* Einfluss des Parlaments fiel nicht vom Himmel oder wurde von den Nationalsozialisten »erfunden«. Im Gegenteil, es existierte schon vor der Machtübergabe, sozusagen als **legale** »Blaupause« für Adolf Hitler.

❹

Die SPD als Hitlers Steigbügelhalter?

I. Mitschuld durch Tolerierung

Es gibt eine weitere verschwiegene Mitschuld der Sozialdemokraten (immerhin die stärkste Oppositionspartei!), die in keinem Schulbuch erörtert wird: Die Mitschuld durch Tolerierung. Der Historiker Heinz Höhne:

»Selbst SPD-Minister, gemeinhin hochmoralische Gegner jedweder Diktatur, fanden später nichts Erschreckendes an dem Gedanken, parlamentarisch schwierige Gesetze mit dem Diktaturartikel [gemeint ist Art. 48/MGR] im Reichstag durchzusetzen, und ahnten nicht, wie sehr sie damit der dann eines Tages tatsächlich errichten Präsidialdiktatur den Weg ebneten«.[339]

Das, was Sie oben über das Regieren mit Notverordnungen gelesen haben, bedeutete de facto gegen den Willen des Reichstags (sprich: gegen den Willen der gewählten Volksvertreter) zu regieren, ja mehr noch, den Reichstag sogar durch Auflösung zu beseitigen. Die SPD *tolerierte* als *stärkste* (Oppositions)-Partei diese Politik. Das hieß:

Der Reichstag war bereit, sich der Regierung zu beugen.[340]

Der Reichstag war bereit, den Reichspräsidenten und die Regierung die Rechtssetzung in Gestalt von Notverordnungen erledigen zu lassen, obwohl diese Rechtssetzung gerade Aufgabe des Parlamentes war.[341]

Verschwiegen: Die SPD tolerierte als stärkste (Oppositions)-Partei die Präsidialdiktatur.

II.
Die SPD half mit, die Republik zu einem autoritären Regime zu programmieren

23. September 1930: Im »Geheimen« traf die SPD-Parteiführung alle Vorbereitungen, um die Mitglieder und Anhänger mit einer Regierungsbeteiligung oder der Tolerierung des Brüning-Kabinetts *»vor vollendete Tatsachen zu stellen«*.[342]

Die Sozialdemokraten führten mit Brüning und seinen Beauftragten Sondierungsgespräche und boten sogar ihre Hilfe an, da der Kanzler nach der Reichstagswahl voraussichtlich über keine Mehrheit mehr verfügen würde.[343]

Otto Braun (SPD), Ministerpräsident von Preußen, ging sogar noch darüber hinaus. Er zeigte sich bereit, eine »Erweiterung« des Kabinetts Brüning durch eine Personalunion zwischen seinem Amt und dem des Vizekanzlers im Reich zu unterstützen. Mit dem Eintritt Brauns in die Regierung Brüning sollte so eine neue große Koalition geschaffen werden.[344]

30. September 1930: Reichskanzler Brüning traf sich mit SPD-Fraktionschef Hermann Müller und dem SPD-Parteivorsitzenden Otto Wels zu einem »vertraulichen« Gespräch. Dieses war die eigentliche Geburtsstunde der Tolerierungspolitik, was der Kanzler später selbst zugab.[345]

Für die SPD war sogar eine *»legale Weiterentwicklung zur Monarchie kein unüberwindliches Hindernis«*. Sie war dazu bereit, ihre Massen schrittweise an den Gedanken *»Nazidiktatur oder Monarchie«* zu gewöhnen, wie Staatssekretär Hermann Plünder (in dessen Haus das Gespräch stattfand) später in seinen Memoiren schrieb.[346]

Verschwiegen: Für die SPD war sogar die Wiedereinführung der Monarchie kein Hindernis.

3. Oktober 1930: Die beiden Sozialdemokraten Hermann Müller und Otto Braun setzten sich in der Reichstagsfraktionssitzung »vehement« für die Unterstützung Brünings ein.[347]

Das bedeutete die parlamentarische Duldung der Regierung Brüning, gerade jener Regierung, die ursprünglich als Rechtsregierung gegen die Sozialdemokratie ins Leben gerufen worden war.[348] Dies ging sogar soweit, dass der später so hochverehrte »Held« Otto Wels die ausländischen SPD-Kontakte dazu nutzte, Brünings Politik in anderen Ländern zu unterstützen.[349] Heute würde man salopp von »Arschkriecherei« sprechen, aber es war auch eine doppelte Preisgabe, und zwar an der Demokratie und an der Arbeiterschaft.

Verschwiegen: SPD-Chef Otto Wels kroch vor dem autoritär regierenden Brüning zu Kreuze.

Ich gebe noch etwas zu bedenken: Zu dieser Zeit regierte die SPD nicht nur in Preußen, sondern auch noch in sieben (!) anderen Ländern mit (in Hessen und Hamburg sogar geschäftsführend). Doch die auf Tolerierung festgelegten SPD-Minister und Beamten setzten dem Vordringen des Faschismus **keinen** wirksamen Widerstand entgegen. Im Gegenteil: Die sozialdemokratischen Landesregierungen führten die Notverordnungen des Präsidialkabinetts Brünings durch.[350]

Vertuscht: Die SPD »unterwarf« sich dem autoritären Kabinett Brüning.

Mehr noch, sie unterstützte Brüning sogar aktiv:

- Die SPD-Reichstagsfraktion half, Misstrauensanträge gegen Brüning niederzustimmen.
- Die SPD-Reichstagsfraktion half, Anträge auf Außerkraftsetzung der Notverordnungen niederzustimmen.
- Die SPDler im Ältestenrat zeigten keinen Widerstand gegen die immer häufigeren Vertagungen des Reichstages.[351]

Verschwiegen: Die SPD nahm die permanente Ausschaltung des Parlaments fast widerspruchslos hin[352] und unterstützte sogar *aktiv* den Reichskanzler, der gerade dies forcierte.

Für die KPD, aber auch für die NSDAP, wurde die zersetzende Wirkung der SPD-Politik des »kleineren Übels« immer kalkulierbarer.[353] Oder wie Heinz Niemann es ausdrückt:

»Sie erlaubte ihnen, die als ›demokratisch‹ gefeierte Verfassung dazu zu nutzen, den Umbau der Weimarer Republik zu einem autoritären Regime zu programmieren«.[354]

Verschwiegen: Die SPD half mit, die demokratischen Elemente in der Weimarer Verfassung außer Kraft zu setzen und die Republik zu einem autoritären Regime zu programmieren.

Damals führende Staatsrechtler, wie Carl Schmitt, werteten die Tolerierung durch die Sozialdemokraten als *»eine Art von Ermächtigung«*.[355] Die Juristin Irene Strenge erklärt uns das:

»Das Parlament signalisiert von vornherein, dass es die von der Regierung gewünschten Notverordnungen nicht mit einem Außerkraftsetzungsantrag bedenken werde und ermächtigt damit die Regierung, die von ihr gewünschte Politik durchzusetzen. Insofern waren auch die gegensätzlichen Positionen von der Regierung und seiner Kontrollinstanz Parlament vollständig aufgeweicht, als Hitler am 30. Januar 1933 Kanzler wurde und die ganze Tolerierungsfrage mit dem Ermächtigungsgesetz am 24. März 1933 aus der Welt schaffte«[356] (siehe dazu das Kapitel ➔»Das Ermächtigungsgesetz – Die Wahrheit«).

❺

Eine Nation »zerfällt«

In der Weltwirtschaftskrise vertrat die Brüning-Regierung mit ihrer »Politik des Durchhungerns« (siehe unten) ein Stabilisierungsprogramm, das ohne gesellschaftlichen Rückhalt blieb. Das ebnete der nationalsozialistischen Propaganda weiter den Weg.[357]

Brünings Ausgabendrosselungen und Steuererhöhungen setzten eine neuerliche Spirale des Niedergangs in Bewegung: Löhne und Einkommen sanken, Importe blieben aus, Umsätze gingen zurück, die Arbeitslosigkeit nahm stetig zu, die Kreditzinsen stiegen auf 12 Prozent, die industrielle Erzeugung schrumpfte auf zwei Drittel des Standes von 1928 zusammen. Aber anstatt dem durch Steuersenkungen und Staatsaufträge wenigstens etwas Abhilfe zu schaffen, verschärfte Brüning die Krise noch durch immer neue Restriktionen (»Durchhungern«). Die Folge: Tausende von Konkursen, Entlassungen, Rückgang der Abgaben an die

Sozialversicherung, Verelendung, steigende Selbstmordraten und Hunger. Im Mai 1930 waren von 21 Millionen Arbeitnehmern im Deutschen Reich drei Millionen ohne Beschäftigung, anderthalb Jahre später schon fünf Millionen. Arbeitslose griffen Polizisten an, die Jugend kriminalisierte sich, kurz: Die Republik und die Nation zerfielen zunehmend.[358]

In jenen für die Brüning-Regierung so schicksalhaften Jahren 1930 und 1931 konnte die NSDAP eine rasante Ausweitung ihres Organisationsnetzes und der Mitgliederzahlen verzeichnen: Die Parteimitglieder der NSDAP stiegen von 150.000 im September 1929 auf 800.000 im Dezember 1931;[359] die der SA von etwa 60.000 im Herbst 1930 auf 260.000 im Dezember 1931 und die der SS von 4.500 im April 1931 auf 24.000 im August 1932.[360]

Die National*sozialisten* fanden für ihre Politik einen fruchtbaren Boden vor. Wie keine andere Partei wusste sie Unmut und Enttäuschungen, aber auch Hoffnungen der Menschen zu artikulieren und die Sehnsüchte und Wünsche der Massen aufzuspüren. Die NSDAP und Hitler verstanden es, den Veränderungsdrang der Jugend, den Erhaltungstrieb der Bauern, die Privilegienfreude der Beamten und Angestellten sowie die Aufstiegswünsche der Arbeiter miteinander zu vereinbaren und nationale Interessen wieder auf die Tagesordnung zu bringen.[361]

Die NSDAP unterschied sich aus diesem Grund von den anderen Klassen- und Interessensparteien: Sie war eine Volkspartei und zwar die erste der deutschen Geschichte.[362] Und das ist nicht nur so daher gesagt. Nach der NSDAP-Parteistatistik von 1930 setzte sich die Partei wie folgt zusammen:

- 26,3 Prozent Arbeiter
- 24,0 Prozent Angestellte
- 18,9 Prozent Selbstständige

- 13,2 Prozent Bauern
- 7,7 Prozent Beamte
- 3,6 Prozent Hausfrauen
- 1,9 Prozent Rentner
- 1,0 Prozent Studenten
- 3,4 Prozent schwer Bestimmbare.[363]

Die SPD war zu diesem Zeitpunkt schon kein ernsthafter Gegner mehr für die Nationalsozialisten, denn die »Sozis« hatten sich sozusagen selbst »entmannt«.

❻ Zwischenspiel: Reichstagswahlen (14. September 1930)

Brüning hatte Reichspräsident Hindenburg um die Auflösung des Reichstags gebeten, weil er keine Mehrheit für ein Gesetz zur Kürzung der öffentlichen Ausgaben erhalten hatte. Brüning war geradezu davon besessen, die parlamentarische Regierung durch ein autoritäres System von Präsidialverordnungen abzulösen. Aber anstatt Brüning darauf zu drängen, zur Sicherung der Mehrheit langwierige Verhandlungen in Kauf zu nehmen, stimmte der Reichspräsident, der sowieso nicht viel von der »Quasselbude« hielt, der Auflösung des Reichstags und Neuwahlen zu. Diese Entscheidung war ein Schritt atemberaubender Verantwortungslosigkeit und ein weiterer Todesstoß für die Demokratie in Deutschland.[364] Die Neuwahlen wurden für den 14. September 1930 angesetzt.

Verschwiegen: Reichspräsident Hindenburg und *nicht* Adolf Hitler gab der Weimarer Demokratie den »Todesstoß«.

Die Ausnutzung des antiparlamentarischen Potenzials der traditionellen Rechten und die rapide Zunahme der nationalsozialistischen Anhängerschaft machten die NSDAP fortan zu einem wichtigen Faktor in der deutschen Politik.[365]

Zudem besaß Hitler den Vorzug, nicht durch die Beteiligung an einer unpopulären Regierung diskreditiert zu sein. Seine Sprache des erbitterten Protests gegen ein disqualifiziertes System und die Sprache der nationalen Wiedergeburt und Erneuerung wurde von immer mehr Deutschen verstanden, und immer mehr fanden sie »berauschend«.[366]

Viele Wähler, die sich von ihren demokratischen und liberalen Volksvertretern getäuscht fühlten, wechselten ins Lager der Konservativen. Bei den Wahlen am 14. September 1930 erreichte die NSDAP folgerichtig 109 Sitze im Reichstag. Auch andere rechte Parteien konnten Stimmgewinne verzeichnen. Von insgesamt 577 Reichstagsabgeordneten gehörten nun immerhin 167 dem rechten Lager an.[367]

Der britische Zeitungsmogul Lord Rothermere[368] begrüßte dieses Wahlergebnis öffentlich als *»die Neugeburt der deutschen Nation«* und die Aussicht auf die Machtübernahme durch die Nationalsozialisten als Bollwerk gegen den Bolschewismus.[369] Ein Argument, das auch in Deutschland oft zu hören war und der NSDAP viele Wählerstimmen gebracht haben dürfte.

Fakt: Die enge Verzahnung der Zielsetzungen der Repräsentanten des Präsidialsystems und der nationalsozialistischen Interessen beschleunigte den Untergang der Weimarer Republik, während die SPD ihren verhängnisvollen Weg der Tolerierung weiterging.

7

Verrät die SPD die Arbeiterschaft?

Oktober 1930: Durch die Stimmenzuwächse der NSDAP bei der Reichstagswahl war die Regierung Brünings weiterhin auf die Tolerierung durch die Sozialdemokraten angewiesen. Die SPD-Reichstagsfraktion erklärte sich am 3. Oktober 1930 ausdrücklich dazu bereit.[370] Ein Grund dafür war, sie wollte nicht den Fall der preußischen Regierung verantworten, die durch den SPD-Ministerpräsidenten Otto Braun geführt wurde.[371]

Doch die weitere Tolerierung der Brüning-Regierung grenzte an Selbstverleugnung und Verrat an der Arbeiterschaft, denn von »sozialer Ausgewogenheit« konnte keine Rede mehr sein. Die SPD trug Brünings Politik des Verschiebens von oben nach unten mit:

- Die Gewerbesteuer wurde drastisch **gesenkt** – die SPD ging mit.
- Die Grundsteuer wurde drastisch **gesenkt** – die SPD ging mit.
- Die Verbrauchersteuern wurden **erhöht** – die SPD ging mit.
- Die Beiträge zur Arbeitslosenversicherung wurden **erhöht** – die SPD ging mit.
- Die Leistungen der Krisenvorsorge wurden **gekürzt** – die SPD ging mit.[372]

So wurden Steuern für Unternehmer mithilfe der Sozialdemokraten gesenkt, die Vorsorge für die Arbeiter jedoch gekürzt und die Steuern/Beiträge für das Volk erhöht. »Wer hat uns verraten – die Sozialdemokraten!«, wie die KPD formulierte.

Bei der Reichstagseröffnung am 13. Oktober 1930 saßen zum ersten Mal 107 Nationalsozialisten und 77 Kommunisten im Parlament. Die SPD wandte sich gegen alle Misstrauensanträge und votierte (fast) geschlossen für eine Gesetzesvorlage zur Schuldentilgung und rettete damit die Brüning-Regierung. Für die Kommunisten war dies *»der größte Verrat der Sozialdemokratie seit dem 4. August 1914«.*[373]

8. Dezember 1930: Die Notverordnung der Brüning-Regierung senkte erneut Löhne und Gehälter – die SPD ging wiederum mit.[374]

Verheimlicht: Die SPD rettete die autoritäre Brüning-Regierung und trug Beschlüsse mit, die *gegen* die Arbeiterschaft gerichtet waren – einmal mehr eine Täuschung ihrer Wähler und Mitglieder.

8

Zwischenspiel: Das Reich am Abgrund (1931)

Die Verelendung der Menschen Ende der 1920- und Anfang der 1930er-Jahre kam nicht von ungefähr. Sie war zum großen Teil hausgemacht. Reichskanzler Brüning – der sich mit Hilfe der SPD im Amt halten konnte – verfolgte nämlich einen perfiden Plan, um sich der Reparationen zu erledigen – auf Kosten des Volkes.

I. Massenverarmung

Durch die Notverordnungen, Dekrete, Erlasse und Gesetze von Reichskanzler Brüning verschlimmerte sich die Lage im Reich von Tag zu Tag. Die Kürzungen der öffentlichen Ausgaben, die Senkung von Löhnen und die Erhöhung der Steuern machten es den Menschen immer schwerer, über die Runden zu kommen.

Löhne und Gehälter wurden durchschnittlich um 17 Prozent gekürzt, wodurch sie auf den Stand vom Januar 1927 zurückfielen. Auch die Beamten mussten sich ihre Bezüge kürzen lassen und zwar drastisch: beim ersten Mal um sechs Prozent, beim zweiten Mal um acht Prozent und beim dritten Mal um zehn Prozent. Die Zinsen wurden ebenfalls gesenkt.[375] Zudem kamen weitere harte Maßnahmen für die Bevölkerung:

- Herabsetzung der Renten für Invaliden und Kriegsbeschädigte.
- Streichung der Arbeitslosenunterstützung für verheiratete Frauen.
- Kürzung der Kinderzuschläge.
- Heraufsetzung der Altersgrenze für Unterstützungsempfänger.
- Verminderung der Unterstützungssätze für Arbeitslose.
- Erhöhung der Einkommenssteuer.
- Erhöhung der Umsatzsteuer.
- Erhöhung der Steuer für Zucker- und Bierverbrauch.
- Einführung neuer Steuern.
- Sondersteuer für Mineralwasser.
- Sondersteuer für Junggesellen.
- Sondersteuer für Warenhäuser.
- Zwangssenkung der Zinsen.[376]

Aber Brünings Deflationspolitik ging nicht auf. Das Land und die Menschen gerieten immer mehr an den Abgrund:

Die Politik der erzwungenen Zinssenkung beseitigte die finanzielle Basis für den Aufschwung.

- Die Politik der Lohnsenkung wurde durch die Erhöhung der Umsatzsteuer zunichtegemacht, da die Steuer (die von den Unternehmen getragen wurde) nicht auf die Konsumenten abgewälzt werden konnte.
- Die Krise im Welthandel reduzierte den Export.
- Die Kaufkraft schwand.
- Die Inlandsnachfrage ging zurück.
- Die Arbeitslosigkeit stieg und stieg.[377]

Bis Ende 1931 schrumpfte die Industrieproduktion auf ein Drittel (!) des Standes des Jahres 1928.[378] Der Historiker Hans-Erich Volkmann resümiert:

»Die Erzeugerpreise sanken ständig, damit auch die Verkaufserlöse, während die Verschuldung parallel zu dieser Entwicklung anwuchs. Allein im Jahr 1931 wurden 170.000 ha Agrarland zwangsversteigert«.[379]

Verschwiegen: Brüning führte die Wirtschaftskrise selbst mit herbei.

Dazu kamen noch die verheerenden Auswirkungen der Weltwirtschaftskrise. Heinz Höhne bringt es auf den Punkt:

»Jedes neue Gefecht in der großen Schlacht gegen die Wirtschaftskrise aber bewies, dass der Dr. Brüning nicht begriff, was um ihn herum vorging«.[380]

War der Kanzler »dumm«? Nein, keineswegs, denn so wie er dachten viele Ökonomen zur damaligen Zeit.[381] Doch Brüning hatte noch einen »Geheimplan« im Sinn. Einen Plan, der von Unmenschlichkeit nur so strotzte.

II. Brünings »Geheimplan«

Der Kanzler konnte nicht verstehen, warum der Aufschwung trotz seiner harten Maßnahmen nicht kommen wollte. Seinen Überlegungen nach sollte deshalb die größte Fessel des Volkes fallen: die Reparationen aus dem Ersten Weltkrieg.[382]

Jeder wünschte sie sich weg. Nach dem Young-Plan, der im Jahre 1929 ausgehandelt wurde, sollte Deutschland bis 1988 Reparationen leisten. Bis 1966 jährlich rund zwei Milliarden Reichsmark, von 1967 bis 1988 waren sie dann zur Deckung interalliierter Schulden vorgesehen.[383]

Der Reichstag hatte den Plan am 12. Dezember 1930 angenommen, traf jedoch auf teils massive Ablehnung, vor allem bei den Nationalsozialisten. Da die zwei Milliarden Reichsmark jährliche Reparationszahlungen in Devisen aufzubringen waren, musste letztlich ein Außenhandelsüberschuss erwirtschaftet werden, da mit Auslandskrediten dies auf Dauer nicht finanzierbar war. In der Weltwirtschaftskrise war das jedoch unmöglich.[384]

Brünings Ziel war eine **endgültige Streichung der Reparationen** mit Hilfe der **Demonstration der Unmöglichkeit ihrer finanziellen Erbringung**.[385] Die teilweise von ihm selbst herbeigeführte Wirtschaftskrise bot ihm die Möglichkeit, die Reparationslast abzuschütteln und *»den friedlichen Weg zur Zertrümmerung des Versailler Vertrages«* zu finden.[384] Doch dieser Weg sollte teuer bezahlt werden.

Um sein Vorhaben umzusetzen, wollte Brüning eine *»deutsche Elendsszene schaffen«*[386], um den Alliierten zu beweisen, dass sie jeden Augenblick mit dem völligen Zusammenbruch Deutschlands rechnen mussten, einschließlich der verheerenden Auswirkungen auf das internationale Finanzsystem. Deshalb, so Brünings unmenschliche Logik, musste es Deutschland *noch schlechter* gehen, mussten noch mehr Arbeitslose auf die Straße, musste der politische Radikalismus noch mehr angefacht werden.[387]

Es schmerzte Brüning, wenn die Menschen ihn als »Hungerkanzler« beschimpften, denn er glaubte tatsächlich, nur das Beste für sein Land zu wollen.[389] Heinz Höhne:

»Jeder Arbeitslose war ihm eine Figur im großen internationalen Spiel, die Lösung des Arbeitslosenproblems längst in den Hintergrund geraten«.[390]

Der Historiker Hermann Graml ergänzt:

Nie wieder *»hat eine Berliner Regierung jene Kälte und Rücksichtslosigkeit aufgebracht, mit der sich das Kabinett Brüning mitten im Frieden gewissermaßen unter Kriegsgesetz stellte und die materielle Wohlfahrt der Staatsbürger völlig missachtete, um allein einer vorwiegend außen- und revisionspolitisch verstandenen Staatsräson zu gehorchen«.*[391]

Am 5. Juni 1931 unterschrieb Hindenburg eine neue Notverordnung, die wiederum die Beamtengehälter senkte und die Arbeitslosenversicherung kürzte.[392] Nur einen Tag später erschien ein Aufruf der Reichsregierung:

»Die Grenze dessen, was wir unserem Volke an Entbehrungen aufzuerlegen vermögen, ist erreicht (...) Die Regierung ist sich bewusst, dass die aufs äußerste bedrohte wirtschaftliche und finanzielle Lage des Reichs gebieterisch zur Entlastung Deutschlands von untragbaren Reparationsverpflichtungen zwingt«.[393]

Brünings Plan schien aufzugehen, denn Franzosen, Briten und auch die Amerikaner sprachen sich für ein Moratorium (Nichtbezahlung der Reparationen) bis Juni 1932 aus. Doch das war Brüning nicht genug. Er wollte nicht die *Verschiebung* der Reparationszahlungen, sondern deren restlose *Streichung* erreichen.[394]

Mehrere Banken brachen zusammen, und man kann den Verdacht nicht loswerden (wenn auch von mir nicht verifizierbar), dass die Reichsregierung die Dinge bewusst auf die Spitze trieb, um einen scheinbaren Kollaps des deutschen Finanzsystems hervorzurufen.[395]

Daraufhin rief die britische Regierung alle Gläubiger- und Schuldnerländer zu einer Konferenz nach Lausanne ein, um das Reparationsproblem endgültig zu lösen. Doch Brüning verschleppte die Verhandlungen und hoffte, wenn sich die Wirtschaftslage in Deutschland noch weiter verschlechterte, könne er bessere Bedingungen herausschlagen.[396] Erst 1932 sollte diese Frage von seinem Nachfolger Franz von Papen dahingehend gelöst werden, dass die Reparationsverpflichtungen des zahlungsunfähigen Deutschen Reichs bis auf eine Restsumme von drei Milliarden Reichsmark als Schlusszahlung gestrichen wurden. Diese wurde allerdings nie eingefordert.[397]

Verschwiegen: Brüning trieb das deutsche Volk **absichtlich** ins Elend.

Derweil versank das Land im Dreck und Chaos der zwischenzeitlich entstandenen Weltwirtschaftskrise. Die Arbeitslosigkeit wurde zum Massenelend. Im März 1932 waren 6,1 Millionen Arbeitslose registriert.[398] Diese erhielten aber nur sechs Wochen »Stütze«, die oftmals nur fünf Mark in der Woche betrug. Die verzweifelten und hungernden Menschen waren dann auf Suppenküchen der Wohlfahrtsverbände angewiesen.[399]

Über 44 Prozent der Arbeitslosen lebten in Großstädten. Vielerorts herrschte blinder Hass. Hass auf die Bessergekleideten, Hass auf die Bessergenährten, Hass auf jene, die Arbeit hatten, Hass auf Unternehmer, Geschäftsbesitzer, Beamte und Angestellte. Überfälle auf Arbeitsämter und sogar auf Polizeireviere waren an der Tagesordnung.[400]

III. Das »Recht auf Arbeit«

Mit dem »Recht auf Arbeit« zielte die Propaganda der Nationalsozialisten deshalb bewusst auf die Achillesferse der Weimarer Republik. Und das kam nicht von ungefähr. Grundlage dafür war der Artikel 163 der Reichsverfassung von 1919; ich zitiere:

»Jedem Deutschen soll die Möglichkeit gegeben werden, durch wirtschaftliche Arbeit seinen Unterhalt zu erwerben, soweit ihm angemessene Arbeitsgelegenheiten nicht angewiesen werden kann, wird für seinen notwendigen Unterhalt gesorgt«.[401]

Genau dieses Recht konnte in den 1920er Jahren aber nicht verwirklicht werden, und eine Arbeitslosenversicherung wurde erst 1927 eingeführt.[402]

Die Nationalsozialisten stellten dem Verfassungsgebot der Weimarer Republik dann die Forderung entgegen, *»dass jeder Deutsche das Recht auf Arbeit haben* **muss**«.[403]

Der Leiter der wirtschaftspolitischen Abteilung der NSDAP, Bernhard Köhler, schrieb im Jahr 1932:

»Der nationalsozialistische Staat wird die Bürgschaft dafür übernehmen, dass jeder Volksgenosse Arbeit findet«.[404]

Solche Argumente fanden angesichts der Wirtschaftskrise, des Hungers und des allgegenwärtigen Elends breiten Anklang bei der Bevölkerung. Doch die Nationalsozialisten sollten später den Beweis erbringen, dass sie nicht nur Sonntagsreden hielten, sondern ihre Forderungen auch 1:1 umsetzten.[405]

Anfang der 1930er-Jahre trieb Deutschland am Abgrund, und die Verelendung der Menschen nahm immer mehr zu. Viele von ihnen wünschten sich einen starken Mann, der sie von dieser Not, der Armut und dem Elend befreien konnte. Am Ende dieses Weges sollte Adolf Hitler stehen.

IV.
Die Sozialdemokraten biedern sich an

17. März 1931: Bei einer neuerlichen Unterredung zwischen den SPD-Funktionären Otto Wels, Rudolf Hilferding, Paul Hertz und Rudolf Breitscheid legte Hilferding die sozialdemokratische Unwahrheit dar: Zwar gebe man ihren Mitgliedern und Wählern gegenüber vor, dass die SPD in einer kritischen Distanz zu Brüning stünde, faktisch aber sei es doch, dass sie *»die Verantwortung für die Regierung mittrage«.*[406]

Verschweigen: Die SPD-Führung sagte ihren Mitgliedern und Wählern **vorsätzlich** die Unwahrheit!

Zudem bot Wels an, die SPD werde die eingebrachten Haushalts- und Zollermächtigungsgesetze einschließlich der Mittel für den Panzerkreuzer B (siehe Kapitel ➔ »1928: Der Panzerkreuzerbau«) mittragen.[407] Dazu Heinz Niemann:

»Die sozialdemokratischen Führer legten nicht nur selbst mit Hand an, um das Parlament faktisch auszuschalten, sondern sie versicherten Brüning obendrein, ›gegen diktatorische Vollmachten‹ für sein Kabinett ›keine Bedenken zu haben‹«.[408]

März 1931: Reichskanzler Brüning konnte bei der Legalisierung der deutschen Aufrüstung unter der nationalistischen Losung der »Gleichberechtigung« (die Hitler später übernehmen sollte) mit der **aktiven Unterstützung** der SPD rechnen.[409]

Verschwiegen: Bereits die Brüning-Regierung *legalisierte* die Aufrüstung – wieder mit Hilfe der SPD.

20. März 1931: Die 108 Reichstagsabgeordneten der SPD halfen durch ihre Stimmenthaltung zur Annahme des Bauprogramms für den Panzerkreuzer B.[410]

27. März 1931: Auch der Abschluss einer Zollunion mit Österreich, die den späteren Anschluss vorbereitete,[411] wurde von der SPD toleriert. Dies geht aus einem Bericht über eine Aussprache über die Zollunionsfrage im Sekretariat des SPD-Parteivorstandes in Berlin hervor. Breitscheid gab wörtlich eine *»zurückhaltende Unterstützung der Sache«*[412] zu. Hilferding pflichtete ihm bei: *»Alles ist aufzubieten, dass eine eklatante Niederlage der Regierung Brüning vermieden wird«*.[413]

Verschwiegen: Die SPD bereitete durch die Unterstützung der deutsch-österreichischen Zollunion den späteren Anschluss von Hitlers Heimatland vor.

29. April 1931: Die Unwahrheiten der SPD gingen noch weiter. In einer erneuten Zusammenkunft mit Brüning bat Hilferding den Reichskanzler, den Nachrichten über **Absprachen** zwischen ihnen *»amtlich entgegenzutreten, da die Parteiführung sonst in große Schwierigkeiten gegenüber dem Parteitag* [gemeint war der Parteitag in Leipzig, der am 31. Mai 1931 begann/MGR] *komme könne«*.[414]

Verschwiegen und vertuscht: Die SPD-Führung wollte die Öffentlichkeit »amtlich« und sogar ihre Mitglieder auf dem Parteitag täuschen.

31. Mai-5. Juni 1931: Die SPD-Parteiführung hatte mit Regierungschef Brüning vereinbart, dessen Notverordnung zu tolerieren, die eine enorme Verschlechterung der Arbeitslosenversicherung bedeutete. Die SPD-Parteiführung und die SPD-Fraktion wurden von Parteiorganisationen, Mitgliedern und Wählern bestürmt, dies unter keinen Umständen hinzunehmen. Sie konnten ja nicht wissen, dass ihre SPD-Führung dies bereits mit Brüning »besprochen« hatte. Schließlich sah sich der Fraktionsvorstand aufgrund des enormen Widerstands dazu veranlasst, »formellen« Protest zu erheben und Verhandlungen mit der Regierung zu diesem Thema »anzukündigen«. Brüning konnte sich totlachen. Der SPD-Fraktionsvorstand ließ seine Forderung schließlich fallen.[415]

13. Oktober 1931: Die SPD unterstützte Brüning bei der Vertrauensfrage und sorgte dafür, dass er im Amt blieb. Als »Dank« bescheinigte der Reichskanzler den Sozialdemokraten brüsk, er werde künftig auf deren Tolerierung verzichten, rechne aber dennoch mit ihrem »Wohlverhalten«.[416] Ein Schlag ins Gesicht der SPD-Führung, die vor Brüning gebuckelt hatte, gekrochen war und sogar ihre eigenen Mitglieder getäuscht hatte.

Doch Brüning war das egal. Er äugelte zu diesem Zeitpunkt bereits mit einer Rechtsregierung unter Einbeziehung der NSDAP und der Deutschnationalen.[417]

Aber noch immer war die SPD nicht bereit, auf ihre Tolerierungspolitik oder auf die strikte Abgrenzung zur KPD zu verzichten und verhinderte so den antifaschistischen Massenkampf.[418]

4. Juni 1932: Reichspräsident Hindenburg löste den Reichstag mit der absurden Begründung auf, die Wahlen zu den Landtagen hätten nicht dem politischen Willen des deutschen Volkes entsprochen.[419] Das bedeutete nichts anderes als die Absage an das Föderalismusprinzip. Keine einzige Partei protestierte dagegen, auch die SPD nicht.[420]

Verschweigen: Wer Brüning und Papen als »Steigbügelhalter« Hitlers ansieht, muss dies meiner Meinung nach auch der SPD mit ihrer unsäglichen Politik bescheinigen, die Brüning im Amt hielt.

Die fortschreitende Zurückdrängung des Parlamentes machte mit der damit verbundenen Auflösung der institutionellen Formen demokratischer Einflussnahme das Amt des Reichspräsidenten zur direkten Anlaufstelle politischer Interessengruppen. Mit anderen Worten: Das Volk hatte seinen Einfluss auf die Regierungsbildung verloren. So unterzeichnete Reichspräsident Hindenburg – am Parlament vorbei – in den Jahren 1931 und 1932 insgesamt 102 (!) Notverordnungen mit denen er und sein Reichskanzler quasi »diktatorisch« regierten.[421] Die Nationalsozialisten sollten aus dieser Weimarer »Diktatur«, die meiner Analyse nach, auch mit Hilfe der SPD entstanden war, für später sehr viel »lernen«.[422]

Ohne die sozialdemokratische Tolerierungspolitik und ihre Unterstützung für das autoritäre Brüning-Regime hätten es die Nationalsozialisten sehr viel schwerer gehabt, an die Macht zu kommen. Warum das so ist, erläutere ich jetzt.

9

Die SPD und das Ende der Demokratie

Insbesondere die Schulbücher betonen, dass Hitler eine Diktatur in Deutschland *installierte*, und suggerieren damit, dass dies gegen den Willen des Volkes geschehen war. Doch in Wirklichkeit sehnten sich die Menschen nach einem autoritären Führer, denn die »Demokraten« der Weimarer Republik hatten das Land in Not und Elend geführt, das täglich schlimmer wurde.

Insbesondere die SPD hatte – meinen Recherchen zufolge – einen maßgeblichen Anteil daran, dass die Republik unregierbar wurde. Zudem stellte sie die Weichen für Hitlers Regierung. Anders herum ausgedrückt: Ohne die Politik der Sozialdemokraten wäre Adolf Hitler nicht an die Macht gekommen.

I. Reichspräsidentenwahl: Hindenburg vs. Hitler (März-April 1932)

Der bis dahin amtierende Reichspräsident Hindenburg wurde von der bürgerlichen Mitte über das Zentrum und sogar von der SPD unterstützt,[423] deren Gemeinsamkeit aber nur darin begründet lag, den Sieg von Adolf Hitler zu verhindern. Ausgerechnet die »Sozis«, die Hindenburg von jeglicher Regierungsarbeit fernhalten wollte, unterstützten ihn nun. Der spätere NS-Propagandaminister Joseph Goebbels sprach dann auch aus seiner Sicht folgerichtig von der *»Partei der Deserteure«*.[424]

Die »nationale Opposition« hingegen richtete sich gegen den Brüning-Kurs und trat mit zwei verschiedenen Kandidaten an: einmal mit Adolf Hitler und zum zweiten mit Theodor Duesterberg[425] von den deutschnationalen Rechten. Die kommunistische Opposition dagegen stellte Ernst Thälmann von der KPD als Kandidaten auf. Die Linke, also die KPD und die SPD vernachlässigten es dabei sträflich, einen **gemeinsamen** Kandidaten aufzustellen, um eine Alternative gegen »Rechts« zu bieten (siehe nächstes Kapitel).

Die Ergebnisse im ersten Wahlgang (13. März 1932)

Hindenburg:	18.651.500 Stimmen	(49,6 %)
Hitler (NSDAP):	11.339.500 Stimmen	(30,1 %)
Thälmann (KPD):	4.983.300 Stimmen	(13,2 %)
Duesterberg (DNVP):	2.557.700 Stimmen	(6,8 %)[426]

Damit verfehlte Hindenburg die erforderliche Mehrheit über 50 Prozent aller gültigen Stimmen nur sehr knapp. Ein zweiter Wahlgang war deshalb nötig.

Die Ergebnisse im zweiten Wahlgang (10. April 1932)

Hindenburg:	19.360.000 Stimmen	(53,0 %)
Hitler (NSDAP):	13.418.500 Stimmen	(36,8 %)
Thälmann (KPD):	3.706.800 Stimmen	(10,2 %)
Duesterberg (DNVP)*		--- [427]

* Duesterberg, der das Duell mit Hitler um die Stimmen aus dem rechten Lager aufgegeben hatte, trat nicht mehr an.

Der Nationalsozialist Hitler legte zwar über zwei Millionen an Stimmen zu und der Kommunist Thälmann verlor rund 1,3 Millionen Stimmen, aber Hindenburg gewann die Wahl deutlich.

Doch dieser konnte sich nicht darüber freuen, musste er doch nun mit den ungeliebten Sozialdemokraten koalieren, weil er die Liberalen noch mehr verachtete. Dieser – aus seiner Sicht – ungünstigen Konstellation hatte er Hitlers fulminanten Stimmengewinnen zu verdanken. Vielleicht war dies auch ein Grund, warum sich der Reichspräsident später sich monatelang trotzig verweigerte, Hitler an einer Regierung zu beteiligen.[428] Dennoch war der »Ersatzkaiser« Hindenburg ein relativ »günstiger« Reichspräsident für die Nationalsozialisten, da er die Notverordnungspolitik der Präsidialkabinette bisher immer mitgetragen hatte, was ihnen später zugutekommen sollte.[429] Führende Nationalsozialisten hatten das bereits erkannt. Dennoch: Hindenburg war mit tatkräftiger Unterstützung durch die SPD wiedergewählt worden, wie ich jetzt belegen werde.

Verschwiegen: Der autoritäre, monarchistische Reichspräsident Hindenburg, der von Demokratie nicht viel hielt, war mit tatkräftiger Unterstützung der SPD wiedergewählt worden.

II.
Für den »Demokratiefeind« Hindenburg

Unglaublich aber wahr: Anstatt einen eigenen Präsidentschaftskandidaten aufzustellen oder sich zu enthalten, empfahlen die Sozialdemokraten ihren Mitgliedern, Hindenburg zu unterstützen.[430] Ausgerechnet Hindenburg, von dem man wusste, dass er von dem Parlament, den Sozis und von der Demokratie nicht viel hielt, kaisertreu war und zudem als Urgestein des Militarismus galt.

Dennoch setzten sich viele Mitglieder der SPD und des Reichsbanners für Hindenburg ein oder gaben sogar Saalschutz, wenn Brüning seine Reden hielt.[429]

Verschwiegen: Die SPD setzte sich für den »Demokratiefeind« Hindenburg ein und hielt ihre Mitglieder an, den Militaristen, der das Parlament verachtete, zu wählen.

Wie schon erwähnt, begingen die Sozialdemokraten einen schweren Fehler: Sie stellten keinen **eigenen** Kandidaten auf oder versuchten, ihre Mitglieder für Ernst Thälmann (KPD) zu gewinnen, um einem antifaschistischen Sammelkandidaten eine echte Chance zu geben.[432]

Vor allem in der Parteizeitung *Vorwärts* wurden die SPD-Mitglieder seit Anfang 1932 darauf eingeschworen, Hindenburg zu wählen. Am 26. Februar 1932 hielt es der Parteivorstand sogar einstimmig für nötig, einen **offiziellen Wahlaufruf für Hindenburg** zu veröffentlichen.[433]

Die Parteioberen waren weiter bereit, den Versicherungen Hindenburgs zu glauben, die er dem Vertreter der SPD-Reichstagsfraktion, Rudolf Breitscheid, am 30. Mai 1932 bei einer Besprechung gab. Hindenburg sagte, *»dass seine Vergangenheit dafür bürge, dass er den Boden der Verfassung nicht verlassen werde«.*[434] Ausgerechnet darauf fiel die SPD rein! Auf einen Reichspräsidenten, der den Geist der Verfassung schon mehrmals »vergewaltigt«[435] hatte!

Für die Sozialdemokraten aber war Hindenburg plötzlich ein Garant der Demokratie und ein »Schutzwall« gegen die faschistische Gefahr. Hitler und Thälmann wurden hingegen als rechte und linke Feinde der Republik dargestellt.[436]

Der preußische Ministerpräsident Otto Braun pries Hindenburg sogar als *»Verkörperung der Ruhe und Stetigkeit von Mannestreue und hingebende Pflichterfüllung für das Volksganze«.*[437] Nach dem Sieg Hindenburgs feierte die SPD dies unglaublicher Weise sogar als *»großen Sieg der Partei«*[438] (!), als *»Triumph der Demokratie«.*[439]

Natürlich argumentieren die Sozis heute, Hindenburg sei besser gewesen als Hitler, aber diese heuchlerische Ausrede geht fehl, denn es gab drei Alternativen, die ich oben schon angesprochen habe:

1. Zusammen mit der KPD einen Einheitskandidaten zu nominieren.
2. Einen eigenen SPD-Kandidaten aufzustellen.
3. Den SPD-Mitgliedern zu empfehlen, nicht zu wählen (also sich zu enthalten).

Auf diese Alternativen verzichteten die Sozis jedoch und hielten mit ihrer Wahlempfehlung für Hindenburg indirekt die Tür für eine Diktatur auf.[440] Denn: Die Sozialdemokraten hatten bei der letzten Reichstagswahl vor der Reichspräsidentenwahl am 14. September 1930 immerhin 24,5 Prozent aller Wählerstimmen auf sich vereinigt und waren mit über 8,5 Millionen Stimmen[441] die **stärkste** Partei im Parlament. Zudem hätten sie *mit* der KPD (ebenfalls im Vergleich zur Reichstagswahl von 1930) über ein Wählerpotential von über 13 (!) Millionen Menschen verfügt (zwei Millionen mehr als die Nationalsozialisten).

Verschwiegen: Die Sozialdemokraten hätten mit der Einheitsfront SPD/KPD also Adolf Hitler für die Stichwahl für das Amt des Reichspräsidenten verhindern können!

Mit der Unterstützung Hindenburgs und der Weigerung, einen eigenen Kandidaten aufzustellen, öffnete die SPD indirekt die Tür zu Hitlers Regierung.

III.
Die Demokratiefeinde an der Macht: Von Brüning zu Papen (Mai 1932)

Hindenburgs Wahlsieg bedeutete jedoch keine Stabilisierung der Republik, sondern zeigte vielmehr, wie weit sich der Weimarer Staat schon von seinen verfassungsmäßigen Grundlagen entfernt hatte.[442] Die fortschreitende Zurückdrängung des Parlamentes mit der damit verbundenen Auflösung der institutionellen Formen demokratischer Einflussnahme machten das Amt des Reichspräsidenten zur direkten Anlaufstelle politischer Interessengruppen.[443] Mit anderen Worten: Das Volk hatte seinen Einfluss auf die Regierungsbildung verloren[444] – und das auch durch die mit Hilfe der SPD.

Der Reichspräsident war nun der mächtigste Mann im Staat. Ohne ihn ging nichts. Mithilfe von Notverordnungen konnte er auch ohne die Mehrheit im Reichstag regieren, was de facto nichts anderes als eine Präsidialdiktatur bedeutete.

Verschwiegen: Auch mit Hilfe der SPD hatte das Volk seinen Einfluss auf die Regierungsbildung verloren.

Durch die Machtkonstruktion des Reichspräsidenten machten es sich die verschiedenen Parteien leicht. Gerade in der wirtschaftlich sehr schweren Zeit entzogen sie sich ihrer demokratischen Verantwortung. Nur unter diesen Voraussetzungen ist es zu verstehen, dass die Reichswehr einen immer größeren Einfluss auf das politische Entscheidungszentrum erlangte. Im Zuge der schwindenden parlamentarisch-demokratischen Legitimation wurde die Reichswehr allmählich zu einem eigenständigen Macht- und Ordnungsfaktor. Der Chef des Ministeramtes der

Reichswehr, General Kurt von Schleicher[445], spielte dann auch eine politische Schlüsselrolle. Dazu Wolfgang Horn, Professor für Politikwissenschaft an der Universität Essen:

»Schleichers staatspolitische Bestrebungen zielten auf eine dem sozialdemokratischen Einfluss entzogene, ›nationale' Staatsgewalt, die sich vollständig von der zerrissenen parlamentarischen Parteienpluralität emanzipierte und ihre Legitimation von der plebiszitären Machtstellung des Reichspräsidenten empfing. Diese Konzeption, die in hohem Maße wehrpolitisch motiviert war, war in entscheidender Weise auf die nationalsozialistische Bewegung bezogen: Mit seinem Ziel, den politischen Machtanspruch der NSDAP zu brechen, war Schleicher ein Repräsentant des konservativen Zähmungs- und Abnutzungskonzepts; seine Vorstellungen zielten weitergehend darauf ab, die nationalsozialistische SA langfristig an die Reichswehr heranzuziehen«.[446]

Die Pläne einer autoritären Verfassungsrevision deckten sich mit der Motivation des Reichspräsidenten, der die Regierung sowieso nach rechts verlagern wollte, um sie aus dem verbleibenden Restbereich des sozialdemokratischen Einflusses herauszulösen, mit deren Hilfe er – paradoxer Weise ins Amt gekommen war. Professor Horn:

»Dies musste die Ersetzung der Brüning-Regierung, die zwar präsidial gestützt, aber zugleich parlamentarisch – das hieß vor allem: von der SPD – toleriert war, durch ein autoritäres, antiparlamentarisches Präsidialkabinett bedeuten: eine weitere Voraussetzung für den Erfolg der Pläne Hitlers«.[447]

Am 10. Mai 1932 teilte General von Schleicher Brüning dann mit, dass die Reichswehr kein Vertrauen mehr in ihn, den Reichskanzler, habe.[448] Und so kam es, wie es kommen musste: Am 29. Mai 1932 wurde die Regierung gestürzt. Brüning fragte Hindenburg, ob er eine Gesamtdemission des Kabinetts wünsche. Der

Reichspräsident antwortete darauf brüsk: *»Jawohl. Diese Regierung muss weg, weil sie unpopulär ist«.*[449]

Einen Tag später, am 30. Mai 1932, erklärte die Regierung schließlich ihren Rücktritt. Brüning, der sich von seinem Reichspräsidenten verabschieden wollte, erhielt von diesem gerade einmal dreieinhalb Minuten Zeit und kein Wort des Dankes. Hindenburg sagte lediglich: *»Ich musste Sie wegen meines Namens und meiner Ehre entlassen«.*[450] Gnadenloser ist wohl noch nie ein Kabinettschef abserviert worden.

Franz von Papen[451] wurde zum neuen Reichskanzler ernannt. Dieser war ein Protegé des Generals von Schleicher[452] und lediglich als ein Mann des Übergangs gedacht.[453] Der französische Botschafter in Berlin ließ kein gutes Wort an Papen. Er charakterisierte der Regierung in Paris den neuen deutschen Reichskanzler mit folgenden Worten: *»Oberflächlich, händelsüchtig, falsch, ehrgeizig, eitel, verschlagen und intrigant«.*[454]

Mit seinem Kabinett gab sich von Papen aber nicht einmal den Anschein einer parlamentarischen Regierung. Ohne Aussicht auf eine Mehrheit im Reichstag war er auf Notverordnungen angewiesen und vor allem auf die Duldung durch die NSDAP.[455]

Von Papen übte eine für die Demokratie noch destruktivere Politik aus, als es Brüning schon getan hatte. Der Reichstag, der kaum noch zusammentrat, wurde aus dem Prozess der Politikformulierung nun völlig ausgeschaltet. Die präsidiale Notverordnung trat jetzt endgültig an die Stelle des parlamentarischen Gesetzes, mit anderen Worten: Die parlamentarische Republik wurde durch ein überparteiliches, rechtsautoritäres Regime ersetzt, dessen Mitglieder fast ausschließlich deutschnational profiliert waren.[456]

Von Papen und von Hindenburg hatten für die Wahlen im Jahr 1932 dementsprechend auch *gegen* das Parlament und *gegen* die Demokratie geworben. Das zeigt folgender Text ihres Wahlplakates:

»MEHR MACHT DEM REICHSPRÄSIDENTEN!

Weg mit der Alleinherrschaft der Parlamente (Artikel 54)

Wählt DEUTSCHNATIONAL«[457]

Die Regierung Papen machte jedoch entscheidende Fehler: Sie gab dem Einfluss Großindustrieller und agrarischer Interessen nach und betrieb den weiteren Abbau der sozialstaatlichen Stützpfeiler der Republik. Ihre Sozialpolitik zugunsten unternehmerischer Interessen bedrohte das Tarifvertragswesen und führte letztendlich zu einer steigenden Arbeitslosenzahl, nämlich von 5,5 Millionen im Juni 1932.[458]

Diesen entscheidenden Umstand machten sich die Nationalsozialisten zunutze. Sie warben auf Wahlplakaten mit Texten wie zum Beispiel:

»BRAVO HERR VON PAPEN!

Nur weiter so, mit Notverordnungen, Lohn- und Rentenkürzungen und Beseitigung des Tarifrechts.

Sie geben den Kommunisten die letzte Chance.

SOLL DAS DIE WAHRHEIT WERDEN? NEIN!

Nur einer rettet uns vom Bolschewismus

A D O L F H I T L E R! Liste 1 National-Sozialisten«[459]

Durch Hindenburg (den auch die SPD möglich gemacht hatte) und Papen wurde die parlamentarische Republik durch ein überparteiliches, rechtsautoritäres Regime ersetzt, dessen Mitglieder fast ausschließlich deutschnational profiliert waren.

IV.
Die Sozialdemokraten haben nichts mehr zu sagen

30. Mai 1932: An diesem Tag wurde Heinrich Brüning von Reichspräsident Hindenburg entlassen und Franz von Papen zu seinem Nachfolger im Amt des Reichskanzlers ernannt. Die KPD sah voraus, dass für die Regierung Papen die NSDAP die Koalitionspartei sein werde und der Reichskanzler selbst nur ein »Werkzeug nationalsozialistischen Willens« werden würde.[460]

1. Juni 1932: So viel Weitsicht hatten die Sozialdemokraten nicht. Denn wie gehabt, verharrten sie in resignierender Untätigkeit, sieht man von einem lächerlichen Misstrauensantrag im Reichstag ab.[461] Der sozialdemokratische preußische Innenminister Carl Severing war der Ansicht, man solle nicht *»in den Männern dieses Kabinetts* [Papens/MGR] *der Übel Allergrößtes«* erblicken.[462]

Außerparlamentarische Kampfmittel lehnte die SPD-Führung weiterhin ab. Wilhelm Keil vermerkte ziemlich resigniert über die Sitzung der Reichstagsfraktion:

»Zu beschließen gab es nichts, denn wir hatten nichts mehr zu sagen«.[463]

In der Stunde der höchsten Gefahr für die Weimarer Demokratie setzten die Sozialdemokraten ihre ganze Hoffnung darauf, Papen und die Nationalsozialisten »parlamentarisch« zu überwinden. Der SPD-Parteivorstand schrieb in einem Aufruf:

»Jetzt ist der Augenblick gekommen, in dem die reaktionären Kräfte, die bisher alles Unglück auf das System, auf die Demokratie, auf die Republik, auf den Sozialismus abgewälzt haben, selbst die Verantwortung übernehmen müssen. Jetzt wird sich der Wert ihrer demagogischen Verheißungen erweisen!«[464]

Heinz Niemann resümiert völlig treffend:

»Das bedeutete aber nichts anderes, als dass sich die sozialdemokratischen Führer mit dem faschistoiden ›Kabinett der Barone‹ und seinen Staatsstreichplänen abgefunden hatten«.[465]

Dabei hätte die SPD andere Möglichkeiten gehabt, etwa:

- Den Zusammenschluss mit den linken Kräften zu einer antifaschistischen Einheitsfront (der von der SPD-Führung weiter kategorisch abgelehnt wurde).[466]
- Generalstreiks, um die Massen zu mobilisieren und anderes mehr.

Doch stattdessen verkündeten sie nur lahme Aufrufe,[467] was bedeutete, die SPD hatte sich mit dem autoritär-faschistischen Kabinett von Papens abgefunden.[468] Ja, mehr noch: Die sozialdemokratischen Funktionäre fürchteten sich geradezu davor, durch außenparlamentarische Massenaktionen oder einer Zusammenarbeit mit der KPD die bürgerlichen Koalitionspartner zu erschrecken und auch nach dem Preußenschlag (siehe unten) überließ man Papen kampflos das Terrain.[469]

Die Entscheidungen der SPD-Parteiführung, keine Einheitsfront zu wollen, wurde vom Reichsinnenministerium mit Befriedigung zur Kenntnis genommen.[470]

Verschwiegen: Die »stolze« SPD fand sich mit dem autoritär-faschistischen Kabinett von Papens so gut wie widerstandslos ab.

Aber das war noch lange nicht der Gipfel der SPD-Feigheit, man redete sogar eine Regierung mit Hitler herbei! Otto Braun, der sozialdemokratische Ministerpräsident von Preußen, war davon überzeugt, *»dass das Experiment einer parlamentarischen Regierung mit den Nationalsozialisten gemacht werden müsse«*.[471] Er war ebenso dazu bereit, die Regierungsbank zu verlassen und einer Koalition aus Zentrum und NSDAP Platz zu machen.[472]

Gesagt, getan: Am 6. Juni 1932, anlässlich seines 60. Geburtstages, ging Braun in den Urlaub, mit der *»festen Absicht, nicht mehr in das Amt zurückzukehren«*, wie er in seinen Memoiren zugab[473] (siehe Kapitel ➔ »Der erste Preußenschlag«). Eine faktische Fahnenflucht!

Der Chefredakteur des SPD-Blattes *Vorwärts*, Friedrich Stampfer, kommentierte Brauns Abgang so:

> *»Otto Braun (...) hatte (...) nur noch einen Gedanken: Fort aus dem Amt! Mit derselben an Eigensinn streifenden Energie, die ihn zehn Jahre lang als den ›roten Zaren in Preußen‹ erscheinen ließ, strebte er jetzt ins Freie. Mochten nun die Nationalsozialisten zeigen, was sie konnten, auch sie konnten nur mit Wasser kochen«*.[474]

Das war nichts anderes als eine an Verrat grenzende Kapitulations-Politik.[475]

Vertuscht: SPD-Spitzenfunktionäre redeten sogar eine Regierung mit Hitler herbei!

Zusammengefasst: Das Verhalten der Sozialdemokraten war nichts anderes als eine unglaubliche Politik der Feigheit.

V.
Die Weimarer Diktatur
(Juni 1932)

Franz von Papen war am 31. Mai von Reichspräsident Paul von Hindenburg mit der Bildung einer Reichsregierung der »nationalen Konzentration« beauftragt worden. Zuvor hatte Papen diese Option u.a. mit Adolf Hitler und Hermann Göring erörtert. Diese boten die Unterstützung der neuen Regierung durch die NSDAP (aufgrund der Reichstagswahlen *nach* der SPD immerhin die zweitstärkste Partei, siehe Kapitel ➔»Zwischenspiel: Reichstagswahlen 14. September 1930«) an, allerdings unter der Bedingung von baldigen Neuwahlen und der Aufhebung des Verbots der SA. Hindenburg ging auf diese Bedingungen ein. Das Zentrum dagegen lehnte die Beteiligung ab.[476]

Nichtsdestotrotz bildete Papen am 1. Juni 1932 eine Regierung. Das Kabinett bestand aus überwiegend Parteilosen und drei Ministern der Deutschnationalen Volkspartei (DNVP).[477]

Doch im Reichstag hatte die Regierung keine Mehrheit. So löste Reichspräsident von Hindenburg nur drei (!) Tage später den Reichstag wieder auf – und zwar mit einer verfassungsrechtlich überaus fragwürdigen Begründung (wie oben schon angedeutet). Ich zitiere aus dem Reichsgesetzblatt vom 4. Juni 1932 (Hervorhebungen durch mich):

»Auf Grund des Artikels 25 der Reichsverfassung **löse ich mit sofortiger Wirkung den Reichstag auf**, **da er nach dem Ergebnis der in den letzten Monaten stattgehabten Wahlen** *zu den Landtagen der deutschen Länder* **dem politischen Willen des deutschen Volkes nicht mehr entspricht**.
Berlin, den 4. Juni 1932.
Der Reichspräsident von Hindenburg – Der Reichskanzler von Papen – Der Reichsminister des Innern Freiherr von Gayl«.[478]

Die Wahlergebnisse stellten – nach der Ansicht des Kanzlers und des Präsidenten – den politischen Willen des Volkes *nicht* mehr dar und deshalb wurde der Reichstag aufgelöst. Stellen Sie sich das heute einmal vor!

Dies war eine grobe Missachtung des Wählerwillens und zeigte in aller Deutlichkeit, was Hindenburg und Papen von »Demokratie« hielten – nämlich nichts!

Der Historiker Volker Hentschel interpretiert:

»Das Kabinett Papen sollte ohne Parlament weiterregieren, der Demokratie bei dieser Gelegenheit auch verfassungsrechtlich der Abschied gegeben werden«.[479]

Das Zusammenspiel zwischen Reichskanzler und Reichspräsident zur Umgehung des demokratisch gewählten Parlaments klappte ausgezeichnet. Wie schon erwähnt, unterzeichnete Hindenburg in den Jahren 1931 und 1932 insgesamt 102 Notverordnungen.[480]

Zwischen 1925 und 1932 hatten zudem **30** Reichstags-, Landtags- und Präsidentenwahlen stattgefunden.[481] Ein Ausdruck, wie instabil die Weimarer Republik war.

Unerwähnt: Reichspräsident von Hindenburg regierte quasi als »Diktator« vor dem Diktator in nur zwei Jahren mit 102 Notverordnungen am Parlament und an den Wahlergebnissen vorbei.

Doch was bezweckten der Reichskanzler und der Reichspräsident mit diesem antidemokratischen Schritt?

Papen war ein Protegé General von Schleichers und dieser wollte die mächtige »Parteiarmee« der Nationalsozialisten, die SA, gewissermaßen »verstaatlichen«. Dem Kalkül Schleichers entsprach es, den von der Stärke der Nationalsozialisten dominierten Reichstag seiner Funktion zu entkleiden. Die autoritäre Regierung sollte aber von der NSDAP weiter mitgetragen und die SA nach einer Verstaatlichung dem direkten Einfluss von Hitler entzogen werden.[482] Zudem wollte Papen die zahlenmäßig starke NSDAP in den Rahmen eines Präsidialkabinetts einspannen. Dazu musste er die »Nazis« aber erst einmal positiv stimmen. Am 16. Juni 1932 hob Papen deshalb mit einer von Reichspräsident von Hindenburg unterzeichneten Verordnung das Verbot der SA und der SS wieder auf,[483] was auch für Hindenburg in Ordnung war.

Alle, ob nun Papen, Hindenburg, Schleicher oder die dahinterstehenden Eliten, wollten gemeinsam ein Ende des demokratischen Parteiensystems, die Zerstörung der Gewerkschaften, des Marxismus, einschließlich der SPD und die Rückkehr zu einer autoritären Regierungsform.[484]

Ein Treppenwitz der Geschichte ist, dass die SPD diese Regierungen und den Reichspräsidenten dabei noch unterstützten oder zumindest tolerierten.

Teil III:

Wie die SPD Hitler zur Macht verhalf

❶

Der erste Preußenschlag (20. Juli 1932)

Aus dem Bismarckschen Staat war der Dualismus zwischen Preußen und dem Reich übernommen worden. So war die Bedeutung Preußens gegenüber den anderen Ländern nach wie vor überragend. Und das kam nicht von ungefähr, denn Preußen umfasste immerhin 3/5 des gesamten Reichsgebietes und stellte auch den gleichen Anteil der Bevölkerung. Dies schuf ein erhebliches Übergewicht.[486]

Sehr zum Verdruss der konservativen Eliten wurde das größte Land im Reich jedoch seit 1919 – mit zwei kurzen Unterbrechungen – von der sogenannten »Weimarer Koalition« unter sozialdemokratischer Führung regiert. Otto Braun (SPD) war im März 1920 zum preußischen Ministerpräsidenten gewählt worden. Dieses Amt hatte er faktisch bis zum 20. Juli 1932 inne und offiziell sogar bis zum 5. März 1933[486] (siehe unten).

Zwölf Tage vor der Wahl, am 12. April 1932, hatte der Landtag mit den Stimmen des von dem SPD-Politiker Braun geführten Kabinetts, die von ihm gewünschte[487], Änderung der Geschäftsordnung beschlossen. Diese besagte: Der Ministerpräsident sollte nur noch mit der **absoluten** Mehrheit des Landtages gewählt werden können und nicht, wie bis dahin üblich, mit einer **relativen** Mehrheit im zweiten Wahlgang.[488] Das hatte ungeahnte Folgen.

I.
Die verhängnisvolle Änderung der Geschäftsordnung

Carl Schmitt, der damals namhafteste Staatsrechtler, verurteilte diesen politischen Winkelzug – die Änderung der Geschäftsordnung – auf das Schärfste. Seiner Auffassung nach verdankte das SPD-geführte Kabinett seine Macht nur jener Geschäftsordnung. Durch diese hätten die alten Mehrheitsparteien im Hinblick auf eine eintretende, ihnen ungünstige Zusammensetzung des kommenden Landtages, den Gegenparteien die Wahl des Landtagspräsidenten absichtlich unmöglich gemacht, um trotz nicht mehr vorhandener Mehrheit als Geschäftsregierung an der Macht zu bleiben. Für Schmitt war dies ein *»staatsstreichähnlicher Vorgang«.*[489]

Aber nicht nur für ihn, auch Abgeordnete der Rechtsparteien nannten den Beschluss eine *»unerhörte Schiebung«*, ein *»Schwindelmanöver«* oder ein *»Angstmanöver zur Rettung der rot-schwarzen Preußenherrschaft«*[490] (gemeint war die Koalition aus SPD, Zentrum und der Deutschen Demokratischen Partei).

Allerdings lehnte der Staatsgerichtshof einen Antrag der NSDAP[491] ab und erklärte die Änderung der Geschäftsordnung für *nicht* verfassungswidrig.[492] Doch in diesem Falle war nicht Recht zu bekommen entscheidend, sondern die psychologische Auswirkung der Geschäftsordnungsänderung auf das Demokratieempfinden der Nicht-Regierungsparteien. Dies sollte den Nationalsozialisten bei der Vorbereitung auf die Abstimmung zum Ermächtigungsgesetz ein sinnvolles **Vorbild** sein (siehe Kapitel ➔»Die SPD und das Ermächtigungsgesetz – Legende und verschwiegene Wahrheit«).

Zum anderen haftete der SPD-geführten Regierung nun ein nicht mehr wieder gut zu machender *»Makel«* an,[493] der das Vertrauen zerstörte und Papen einen Mitgrund für den Preußenschlag lieferte (siehe unten).

Durch die Landtagswahlen vom 24. April 1932 hatte die NSDAP in Preußen fast doppelt so viele Sitze bekommen wie die Sozialdemokraten. Dadurch fehlte der Regierung unter dem sozialdemokratischen Ministerpräsidenten Braun für eine neue Regierungsbildung die Mehrheit. Einen Tag später wurde demzufolge der NSDAP-Abgeordnete Hanns Kerrl zum Landtagspräsidenten gewählt.[494]

Ohne die von der SPD forcierte Änderung der Geschäftsordnung wäre jetzt eine nationalsozialistische Minderheitsregierung denkbar gewesen. Im zweiten Wahlgang hätten diese dann die relative Mehrheit erreichen können. Vermutlich wäre es dann zu einem Misstrauensvotum gegen die Nationalsozialisten gekommen. Die Folge wäre von diesen jedoch eingeplant gewesen: Das Minderheitskabinett wäre zurückgetreten und hätte sich aber *geschäftsführend* im Amt halten können, genauso wie sich die von der SPD dominierte Regierung Braun seit ihrem Rücktritt im Amt hielt.[495]

Kein Wunder also, dass die Nationalsozialisten durch die kurz vor der Wahl geänderte Geschäftsordnung durch die SPD von »Schiebung« sprachen.[496] Die Folge: Die linken und rechten Flügel im Landtag wollten nicht miteinander koalieren.[497]

Das Kabinett Braun trat schließlich zurück. Aber auch das war einkalkuliert, denn eine *geschäftsführende* Regierung konnte nicht durch ein Misstrauensvotum gestürzt werden, weil dies nur bei einer *regulär* amtierenden Regierung der Fall gewesen wäre. Eine geschäftsführende Regierung hatte bis zur nächsten Wahl eines neuen Ministerpräsidenten alle Machtbefugnisse einer »normalen« Regierung, aber mit dem Plus, nicht gestürzt werden zu können.[498]

Durch die zuvor erwirkte Änderung der Geschäftsordnung hätten die Nationalsozialisten nun eine ***absolute Mehrheit*** benötigt, um bei einer geschäftsführenden Regierung eine Neuwahl des Ministerpräsidenten erreichen zu können. Genau dieser Weg war ihnen aber durch die trickreiche Änderung der Geschäftsordnung durch die SPD verbaut.

II.
Der dreifache »Trick« der Änderung der Geschäftsordnung durch die SPD

Durch die »Trickserei« der SPD-geführten Regierung in Preußen wurde folgendes erreicht:

1. Die Nationalsozialisten konnten keine Minderheitsregierung bilden.
2. Die Nationalsozialisten konnten keine geschäftsführende Regierung bilden.
3. Die SPD-geführte Regierung blieb stattdessen geschäftsführend in Amt und konnte de facto nicht mehr gestürzt werden.[499]

Politisch korrekt denkende Menschen werden natürlich sagen, dass dies doch vollkommen in Ordnung war, wenn die »Nazis« durch diese – verfassungsmäßig äußerst fragwürdige Weise in Preußen – *nicht* an die Macht gekommen sind. Denen entgegne ich: Das ist wie so vieles in diesem Zusammenhang zu kurz gedacht, denn die Nationalsozialisten *lernten* von den SPD-Tricks und wandten diese später schließlich im Reichstag *gegen* die Opposition selbst an. Demzufolge haben sich die Sozialdemokraten durch ihr Verhalten im preußischen Landtag später im Reichstag selbst entmachtet. Natürlich wird dieses *entscheidende Faktum* in der Mainstream-Historie *nicht* beachtet.

Wie die Nationalsozialisten diese Tricks von der SPD »gelernt« hatten, verriet Joseph Goebbels in seinem Tagebuch am 19. November 1932, denn darin offenbarte er, man plane, das Kabinett als geschäftsführendes *»unangreifbar«* zu machen.[500] Die Nationalsozialisten hatten also sehr wohl den Mechanismus des Rücktritts einer Regierung als Mittel des Machterhaltes begriffen – durch das Vorbild der SPD in Preußen.[501]

Verschwiegen: Die SPD lieferte mit der äußerst bedenklichen Änderung der Geschäftsordnung des preußischen Landtages Adolf Hitler später die Vorlage bei seiner Einbringung des Ermächtigungsgesetzes.

Doch mit einem hatte der sozialdemokratische »Trickser« Braun nicht gerechnet: Mit Papen. Ihm lieferte Brauns Rückzug endlich den Grund für das Eingreifen der Reichsregierung im Land Preußen.

Papen und auch Hindenburg war das »marxistische Preußen« schon lange ein Dorn im Auge. Nun sollte Papen jene Taktik anwenden, die die Nationalsozialisten wiederum genau beobachteten: die Zulassung und/oder selbst herbeigeführte Verschärfung einer Situation, um dann im »Notstand« administrativ als Reichskanzler in ein Landesgesetz eingreifen zu können. Die Nationalsozialisten wandten nach dem Reichstagsbrand Papens Taktik, aus der sie wiederum gelernt hatten, später ebenfalls an.[502] Auslöser für Papens Einschreiten in Preußen waren zwei Vorgänge:

1. Die Kontakte der Sozialdemokraten zu den Kommunisten.
2. Der »Blutsonntag von Altona«.[503]

Der Reihe nach:

III.
Kontakte der Sozialdemokraten zu den Kommunisten

In der oben beschriebenen Pattsituation der linken und rechten Lager im Preußischen Landtag unternahm der engste Vertraute des preußischen Innenministers Carl Severing (SPD), Staatssekretär Wilhelm Abegg (Deutsche Staatspartei), den Versuch, die KPD für die Tolerierung einer von Sozialdemokraten oder vom Zentrum geführten Minderheitsregierung in Preußen zu gewinnen.[504]

Abegg erklärte zudem, der richtige Platz der KPD sei in einer *»gemeinsamen Kampffront gegen die Nationalsozialisten«.*[505] Abeggs »Idee« war, er könne dafür sorgen, dass die Polizei Dokumente der KPD »beschlagnahme«, was die Partei »legaler« – sprich für SPD und Zentrum als Tolerierungspartner akzeptabler und gleichzeitig in dieser Rolle durch die Rechtsparteien weniger angreifbar – erscheinen lassen würde.[506]

Das Bündnisangebot war eine Torheit, zumal Abegg für dieses offensichtlich nicht bevollmächtigt war.[507] Sicher ist, dass er seinen unmittelbaren Dienstvorgesetzten, Innenminister Carl Severing (SPD), nicht informierte, was er selbst zugab. Dazu notierte er 1948:

»Es bleibt hinzuzufügen, dass ich dem Minister Severing keine Kenntnis gegeben habe, weil ich seine ständige Unentschlossenheit, vor allem den völligen Mangel an durchgreifender Energie kannte; er hätte eine Anregung zu solcher Verhandlung zweifellos mit freundlichen Worten begrüßt, jedoch mit der Einschränkung, dass er einen geeigneten Zeitpunkt abwarte, vorher noch mit seiner Fraktion sprechen und noch anderes inzwischen erwägen müsse, wodurch die Angelegenheit von vornherein zum Scheitern gebracht worden wäre«.[508]

Innenminister Severing erfuhr erst einige Tage später von der Unterredung seines Staatssekretärs mit den Kommunisten und tadelte ihn scharf dafür.[509]

Doch Abegg stand keinesfalls alleine damit, ein Rot-rotes Bündnis in Preußen gegen die erstarkten Nationalsozialisten zu schmieden. Bekannt ist auch, dass Ernst Heilmann, der Vorsitzende der SPD-Fraktion im preußischen Landtag, ähnliche Gedanken entwickelte.[510] Wilhelm Pieck, der Mitbegründer der KPD, hatte bereits am 2. Juni 1932 im preußischen Landtag angedeutet, dass seine Partei auch zu »parlamentarischen Manövern« bereit sei, um den Übergang der Regierungsgewalt an eine nationalsozialistisch-konservative Koalition zu verhindern.[511] Und auch der KPD-»Frontmann« Ernst Thälmann bezeichnete als das politische Hauptproblem die Frage, wie *»die Aufrichtung der faschistischen Diktatur in Deutschland verhindert werden [könne]«.*[512]

In diesem Kontext zog Abeggs Vorstoß deshalb weite Kreise. Da der Staatssekretär auch kein Geheimnis daraus machte, gelangte der »Sensationsbericht« zeitnah auf den Schreibtisch des damaligen Reichswehrministers General von Schleicher. Dieser unterbreitete diesen sogleich dem Kabinett. Bereits am 22. Juni bemerkte der DNVP-Abgeordnete Eldor Borck im Landtag:

> *»Der Staatssekretär im preußischen Innenministerium, Herr Abegg, konspiriert jetzt sehr eifrig mit Herren der Linken und versucht auf diese Weise, hinter den Kulissen ganz eigenartige Geschäfte für die preußische Regierung zu machen«.*[513]

Für Reichskanzler von Papen waren diese Darstellungen mehr als Willkommen. Mit bewusster Überzeichnung sah er diese als Belege dafür an, die preußische Regierung *»konspiriere« in »staatsgefährdender Weise«* mit den Kommunisten. Am 9. Juli 1932 berichtete auch die *Berliner Börsen-Zeitung* über entsprechende

»Konspirationen«.[514] Auch Reichsinnenminister Wilhelm von Gayl behauptete am 12. Juli 1932 im Kabinett, Abegg führe Verhandlungen *»wegen eines Zusammenschlusses der SPD mit der KPD«,* was jedoch der sachlichen Grundlage entbehrte.[515] Dennoch war Abeggs Handreichung an die Kommunisten verantwortungslos, und jeder, der das politische Spiel kannte, musste wissen, was er damit anrichten konnte. Aus seiner Sicht folgerichtig, führte Papen in seiner Rundfunkansprache am Abend des 20. Juli 1932 deshalb auch folgendes aus:

»Wenn beispielsweise hohe Funktionäre des preußischen Staates ihre Hand dazu bieten, Führern der kommunistischen Partei die Verschleierung illegaler Terrorabsichten zu ermöglichen (...), dann wird die Autorität des Staates von oben her in einer Weise untergraben, die für die Sicherheit des Reiches unerträglich ist«.[516]

Damit war die Marschroute gegeben. Die Regierung beschloss am 11./12. Juli 1932 Vorbereitungen für eine »Aktion« gegen die SPD-geführte Regierung in Preußen: Truppen des Wehrkreises III wurden zur Besetzung strategischer Punkte in Berlin mobilisiert.[517]

Im Herbst 1932 schwächte Abegg vor dem Leipziger Staatsgerichtshof dann sein Auftreten ab. Er bestritt, den KPD-Vertretern ein explizites oder implizites politisches Kooperationsangebot unterbreitet zu haben.[518] Allerdings bestritt er nicht, die Vertreter der Kommunisten um die Unterstützung der Kandidatur eines Zentrums-Politikers für das Ministerpräsidentenamt gebeten zu haben, um eine *»Einheitsfront gegen den Nationalsozialismus«* zu bilden.[519]

Doch die Steilvorlage für Papen, um die Sozialdemokraten endlich aus der Preußischen Landesregierung hinauszudrängen, war gegeben. Papen schrieb in seinen Memoiren, dass das vorgelegte *»Material über eine Zusammenarbeit, die zwischen preußischer Regierung und der KPD beabsichtigt war«*, besonders wichtig gewesen sei.[520] Und auch Reichspräsident Hindenburg hatte angeblich erst nach dem Bekanntwerden des Materials die Notverordnung, auf deren Grundlage schließlich die Absetzung der preußischen Regierung durchgeführt wurde, unterzeichnet.[521] Seine Aversion gegen die Kommunisten und Sozialdemokraten waren ein offenes Geheimnis.

IV.
Der »Altonaer Blutsonntag«

Der zweite Grund, um den Preußenschlag durchzuführen, war der »Altonaer Blutsonntag«: Am 17. Juli 1932 kam es in Altona[522] zu einer Straßenschlacht zwischen Kommunisten und Nationalsozialisten.

Verlauf: Für den 17. Juli wurde vom Altonaer Polizeipräsidenten Otto Eggerstedt (SPD), der sich danach für diesen Tag Urlaub nahm, ein Demonstrationszug von 7.000, aus ganz Schleswig-Holstein zusammengezogenen uniformierten SA-Leuten durch die Altonaer Altstadt genehmigt. Das Explosive: Der Stadtteil galt wegen ihrer mehrheitlich kommunistisch oder sozialdemokratisch wählenden Arbeiterschaft als »rotes Altona« und war auch unter dem Namen »Klein-Moskau« bekannt. Natürlich sahen die Kommunisten den Aufmarsch des »Erzfeindes« in »ihrem« Gebiet als eine Provokation an.[523]

Nur 40 Polizisten zu Pferd begleiteten den Demonstrationszug.[524] Kurz vor 17 Uhr kam es dann zum ersten Zusammenstoß zwischen einer am Straßenrand stehenden Menschenmenge und SA-Leuten vom 1. und 2. Altonaer Sturm. Die SA-Männer waren zuvor offenbar mit Gegenständen aus einem fahrenden Zug beworfen worden. Den aufgebotenen Polizeikräften gelang es auch nach Verstärkung durch Schutzpolizisten nicht, die Lager zu trennen. Plötzlich fielen Schüsse. Zwei SA-Männer (Heinrich Koch und Peter Büddig) wurden dabei tödlich getroffen.[525]

Da die Polizeiführung davon ausging, dass ihre Beamten und die SA-Marschkolonne von Dächern und Fenstern aus gezielt unter Feuer genommen wurden, forderte sie Verstärkung bei der Hamburger Polizei an und drängte den SA-Aufmarsch Richtung Bahnhof.[526] Der Historiker Heinz Höhne berichtet davon, dass sich die Fenster und Dachluken der umliegenden Häuser öffneten und kurz darauf Gewehrfeuer auf die NS-Demonstranten prasselte, bald erwidert von den Maschinenpistolen und Revolvern der Polizisten.[527]

Die Verstärkung traf zwischen 17.30 Uhr und 18 Uhr ein, vertrieb die Menschen von der Straße und verlangte durch Zurufe das Schließen der Fenster. Die Polizei schoss daraufhin auf vermeintliche Angreifer und »Dachschützen«, nahm Hausdurchsuchungen vor und verhaftete etwa 90 Personen. Es kam zu weiteren Schießereien. Erst gegen 19 Uhr war laut Polizeibericht *»die Ruhe wieder hergestellt«*.[528]

Der »Blutsonntag« forderte 19 Tote durch Polizeikugeln und 285 Verletzte.[529]

Unter Historikern wurde überwiegend davon ausgegangen, dass die tödlichen Schüsse auf die beiden SA-Leute von Kommunisten abgegeben worden waren. Doch die Untersuchungen des Franzosen Léon Schirmann revidierten dies. Er gab als Todesschützen Polizeibeamte an. Bis heute wird dies von politisch korrekten Historikern, Medien[530] und von den Linken auch so wiedergegeben.[531] Offenbar darf nicht sein, dass die Kommunisten einfach Nationalsozialisten »abknallten«.

Doch der »Zeuge«, der Linken, Léon Schirmann, der die Akten der Polizei neu auswertete, und angeblich Dichtung, Wahrheit und Fälschungen aufdeckte[532], ist mit äußerster Vorsicht zu betrachten.

Hintergrund: Léon Schirmann

Léon Schirmanns (1919-2003) jüdische Familie verließ bald nach seiner Geburt Odessa und lebte dann einige Jahre in Berlin. Später siedelte sie nach Frankreich um. Dort beendete Léon die Schule und begann ein Studium. Nach der Niederlage Frankreichs im Zweiten Weltkrieg gehörte er zunächst der Waffenstillstandsarmee General Pétains an. Später führte er sogar eine Partisaneneinheit in Südfrankreich.[533] Im Jahr 1945 rückte er dann als Offizier der französischen Armee ins besiegte Deutschland ein. Nach seiner Rückkehr nach Frankreich beendete Schirmann sein Studium und arbeitete anschließend als Physiklehrer. Erst nach seiner Pensionierung widmete er sich dann seinen historischen Studien.

Für mich gilt Schirmann aus folgenden Gründen *nicht* als »objektiver Experte«, denn

a) hegte er, der jüdischer Abstammung war, (verständlicherweise) wohl keine große Sympathie für die Nationalsozialisten;

b) kämpfte er im Krieg als Gegner der Nationalsozialisten;

c) führte er sogar eine Partisaneneinheit gegen den »Feind«;

d) war er kein Historiker, sondern ein Physiklehrer.

All das zeichnet ihn nicht gerade als »unbefangenen« und neutralen »Experten« aus. Dementsprechend ordne ich auch die »Qualität« seiner Untersuchungen zum Altonaer Blutsonntag ein. Hier nur einige Beispiele, die die linken Medien wohlweislich nicht erwähnen, die ich aber durch meine Recherchen entdeckt habe:

- Schirmann begründet das angebliche Vorhandensein von kommunistischen Schützen auf Dächern und Balkonen als *»Psychose der Polizei«,* die sich durch ihre wilden Schüsse in den eng bebauten Gassen selbst getäuscht habe, indem die Einschläge der Schüsse der Kollegen zum Beispiel im Mauerwerk der Gebäude, als Mündungsfeuer der vermeintlichen Dach- und Balkonschützen angesehen wurden.[532] Auf diese absurde Interpretation muss man erst einmal kommen.
- In seinem Buch »Altonaer Blutsonntag, 17. Juli 1932. Dichtungen und Wahrheit« ging Schirmann zunächst aber selbst (!) davon aus, dass die beiden SA-Männer *»höchstwahrscheinlich von kommunistischen Kugeln getroffen worden«* waren.[535]
- Der Physiklehrer Schirmann erfand für sich selbst die Bezeichnung als *»einzig existierender Fälschungsforscher«,*[536] was schon sehr anmaßend ist.
- Schirmann machte sich zum *»allwissenden Aufklärer«,*[536] der über alle Kollegen zu werten in der Lage war.

Auch nach Studium von Akten und Polizeiberichten ist es für mich sehr viel wahrscheinlicher, dass die SA-Männer von Kommunisten erschossen worden waren als von Polizisten, die angeblich unter einer »Psychose« (!) gelitten haben sollen.

Wie oben schon beschrieben, war Papen das »marxistische Preußen« schon lange ein Dorn im Auge. Er wollte es unbedingt zerschlagen. Die Kontakte der Sozialdemokraten zu den staatsgefährdenden Kommunisten und der »Blutsonntag von Altona« gaben ihm die willkommenen Anlässe dazu, obwohl auch das von politisch korrekten Historikern angezweifelt wird.[538]

Doch für Papen war klar: Die sozialdemokratisch geführte Regierung in Preußen hatte die Gewalttaten der Kommunisten nicht verhindert und hatte somit die innere Sicherheit in Preußen nicht im Griff.[539] Die Regierung musste weg!

V.
Der eigentliche »Preußenschlag« (14. Juli 1932)

Angesichts der oben geschilderten Umstände unterzeichnete Reichspräsident Hindenburg am 14. Juli 1932 die Verordnungen, nach denen Papen zum Reichskommissar für das Land Preußen bestellt wurde. Die Verordnungen sollten am 20. Juli 1932 in Kraft treten.[540] Papen hatte sich durchgesetzt.

In der Geschichtswissenschaft gibt es unterschiedliche Darstellungen darüber, *wer* und *wie* man Hindenburg dazu bewogen haben könnte, diese Verordnungen zu unterzeichnen. Auf der einen Seite soll Papen dem alten Herrn über die Kontaktaufnahme Abeggs mit den – von Hindenburg verhassten – Kommunisten und auf die »Rote Gefahr« hingewiesen haben, andere Quellen berichten davon, der Präsident sei mit dem Schlagwort vom *»unerträglichen Dualismus Reich-Preußen«* gewonnen worden.[541] Für Letzteres spricht auch die Tatsache, dass Hindenburg immer wieder stereotyp wiederholte, *»Preußen und Reich müssen vereint sein«*.[542]

Der eigentlich Preußenschlag bestand aus den zwei Notverordnungen vom 20. Juli 1932[543]:

1. **Verordnung:** Reichskanzler von Papen wurde Reichskommissar in Preußen mit der Befugnis, das Preußische Staatsministerium durch Reichskommissare zu ersetzen.

2. **Verordnung:** Anordnung des militärischen Ausnahmezustandes in Groß-Berlin und der Provinz Brandenburg. Die Exeku-

tive ging so auf das Militär über (was nach Ansicht Papens nach dem Altonaer Blutsonntag nötig war, um weitere Unruhen zu verhindern).[544]

Durch die präsidiale Notverordnung vom 20. Juli 1932 wurde die geschäftsführende sozialdemokratische Regierung[545] im größten Land der Weimarer Republik abgesetzt und der kommissarischen Gewalt des Reichskanzlers von Papen unterstellt.[546]

Ministerpräsident Braun (SPD) und Innenminister Severing (SPD) wurden ihrer Ämter enthoben.[547] Generalleutnant Gerd von Rundstedt, der Befehlshaber im Wehrkreis III (Berlin), erhielt die Order, seine Truppen zu alarmieren.[548] So erwies sich die Gleichschaltung Preußens als Bereitschaft der Repräsentanten des Präsidialsystems (vor allem Papen und Hindenburg) zu einem erneuten Verfassungsbruch.[549]

VI.
Die Sozialdemokraten bleiben passiv

Mit dem Preußenschlag hatte Papen sein Ziel, die in Preußen regierende Weimarer Koalition zu liquidieren und sich die 40.000 Mann starke preußische Schutzpolizei zu unterstellen, erreicht. Der Hinauswurf der Sozialdemokraten aus dem größten Land des Deutschen Reiches war vollzogen.[550]

Doch für den Ausgang des Kampfes zur Verhinderung einer Diktatur hing viel davon ab, dass die SPD und die Gewerkschaften den Mut aufbringen würden, ihre oft abgegebenen Schwüre zu verwirklichen, nämlich den Feinden der Demokratie endlich einen Kampf liefern zu wollen.[551]

Verschwiegen: Trotz Verfassungsbruchs durch den Reichskanzler blieb die SPD weitgehend tatenlos.

Die Schmach und die Feigheit der Sozialdemokraten setzte sich allerdings fort: Als Reichskanzler von Papen am 20. Juli 1932 morgens um 10.00 Uhr dem preußischen Innenminister Carl Severing (SPD) die Amtsenthebung mitteilte, reagierte dieser lediglich mit formalen Floskeln. Gleichzeitig *distanzierte* er sich von jedem etwaigen außerparlamentarischen Widerstand gegen den Verfassungsbruch.[552]

Verschwiegen: Die Feigheit der SPD-Spitzenfunktionäre, die heute zu »Helden gegen den Faschismus« verlogen werden, war fast unbeschreiblich.

Angesichts eines derart eklatanten Verfassungsbruchs demoralisierte diese Passivität der Sozialdemokraten, die bisher die Hauptbefürworter der Weimarer Republik gewesen waren, ihre Anhänger. Hitler wusste nun, dass er von dieser Seite aus nun nicht mehr viel zu befürchten hatte.[553] Joseph Goebbels notierte am 21. Juli 1932 in seinem Tagebuch:

»Alles rollt wie am Schnürchen ab«.[554]

Der Staatsstreich der Papen-Clique löste jedoch eine unbeschreibliche Empörung in der Arbeiterklasse aus. Die Mehrheit der Arbeiter in den Betrieben (vor allem in Berlin) gehörte der SPD an oder stand ihr nahe und fordert: Jetzt muss endlich gehandelt werden![555]

Der SPD-Vorstand konnte nicht länger ignorieren, dass die Zahl der Mitglieder und Funktionäre, die zum Kampf entschlossen und zur Einheitsfront unter Einschluss der KPD drängten, ständig wuchs. Sie sahen darin den einzigen Weg zur Rettung der bedrohten Arbeiterbewegung.[556]

Sogar Heinrich Mann, Käthe Kollwitz und Albert Einstein richteten einen eindringlichen Appell an Otto Wels (SPD), Ernst

Thälmann (KPD) und Theodor Leipart (ADGB), jetzt endlich zusammenzustehen.[557]

Aber die Funktionäre der Partei und der Gewerkschaften standen den Aufrufen unentschlossen und hilflos gegenüber.[558] Auch der später als »SPD-Held« gefeierte Parteivorsitzende Otto Wels blieb passiv. Er notierte von der Vorstandssitzung lediglich:

»Der Eindruck der Anwesenden war deprimierend. Kein Wort der Empörung, keine spontane Bewegung war zu merken. Ich hatte den Eindruck, dass man allgemein ratlos war, was zu tun sei«.[559]

Aber Wels setzte noch einen drauf: Er notierte, ein Generalstreik würde die Wahlen gefährden (!).[560] Das Einheitsfrontangebot der KPD wurde als neue Methode der Kommunisten diffamiert, die Arbeiterklasse zu spalten. Die SPD-Führung schlug ein Verhandlungsangebot aus, da es sich um eine *»antisozialdemokratische Aktion«* handeln würde.[561]Welch Verkennung der Lage, die letztendlich Hitler den Weg ebnete!

Die Gewerkschaftsführer und andere SPD-Spitzenfunktionäre stimmten dahingehend sofort der eher bedeutungslosen Losung *»Sichert die Reichstagswahl«*, zu.[562] Währenddessen versicherten die sozialdemokratischen und freigewerkschaftlichen Mitglieder ihren kommunistischen Genossen in den Betrieben, Kneipen und auf der Straße:

»Es ist unmöglich, dass unsere Führer das rote Preußen kampflos preisgeben werden«.[563]

Dennoch trat das Unfassbare ein. Die SPD-Führungsriege und die Gewerkschaften fanden eine – für die Arbeiter – verräterische und feige Antwort:

»Ruhe und Ordnung, Disziplin, lasst euch nicht provozieren!«[564]

In der Parteizeitung war zu lesen:

»Der Kampf um die Wiederherstellung geordneter Rechtszustände in der deutschen Republik ist zunächst mit aller Kraft als Wahlkampf zu führen. Es liegt beim deutschen Volke, durch seinen Machtanspruch am 31. Juli dem gegenwärtigen Zustand ein Ende zu bereiten, der durch das Zusammenwirken der Reichsregierung mit der Nationalsozialistischen Partei entstanden ist (...) Strengste Disziplin ist mehr denn je geboten. Wilden Parolen von unbefugter Seite ist Widerstand zu leisten! Jetzt vor allem mit konzentrierter Kraft für den Sieg der Sozialdemokratie am 31. Juli«.[565]

Die SPD-Funktionäre versuchten sogar, die »kampflose« Räumung des »Bollwerks Preußen« ihren Anhängern und Mitgliedern als klugen Schachzug zu verkaufen. Sie suggerierten, man habe den Schlag hinnehmen müssen, weil sie eine außerparlamentarische Abwehr nicht für aussichtsreich halten würden.[566]

Doch das war nichts anderes als eine schmähliche Kapitulation von feigen SPD-Spitzenfunktionären, die keine Einheitsfront aufbauen wollten. Heinz Niemann resümiert deshalb völlig zurecht (Hervorhebungen durch mich):

»Durch die Zurückweisung der Kommunisten wurde die **entscheidende Chance vertan**, *die weiteren Vorbereitungen zur offenen faschistischen Diktatur zu vereiteln«.*[567]

Die SPD gab ihr »Bollwerk Preußen« kampflos, schändlich und feige auf.

Der SPD-Politiker und Reichstagsabgeordnete Julius Leber schrieb nach dem Krieg, der 20. Juli habe *»die ganze innere Schwäche und Entschlusslosigkeit der Weimarer Front bloßgelegt«* und unmittelbar der Machtergreifung Hitlers den Weg bereitet.[568]

Offiziell verschwiegen: Die SPD bereitete Hitler den Weg!

Nur eine Einheitsfront aus KPD, SPD und deren mächtigen Gewerkschaften, mit der Mobilisierung der Massen hätten das Blatt noch wenden können. Ich wiederhole: Wenn man die Ergebnisse der letzten Reichstagswahlen vom 14. September 1930 zugrunde legt, verfügten die SPD und die KPD zusammen immerhin noch über ein gewaltiges Potential: Knapp **15 Millionen** Wähler![569]

Vertuscht: Ohne die Tatenlosigkeit der SPD wäre Hitler wohl nicht an die Macht gekommen!

Angesichts der Feigheit der Parteispitze weinten sogar gestandene Reichsbannerleute, und alte SPD-Funktionäre warfen ihre Mitgliedsbücher weg. In jenen Wochen verließen rund **60.000** Mitglieder die Partei.[570] Und dennoch stilisieren sich die Sozialdemokraten unglaublicherweise bis heute als »Helden gegen den Nationalsozialismus«. In den *Neuen Blättern für den Sozialismus* hieß es treffend:

> *»Am Wendepunkt des deutschen Schicksals steht der Staatsstreich des 20. Juli* [der Preußenschlag/MGR] *als weithin sichtbares Wahrzeichen (...) Das Volk war zur Verteidigung bereit. Darin kann nach allen Berichten und Erfahrungen kein Zweifel sein. Der psychologische Augenblick für den Einsatz der gewerkschaftlichen Kampfmittel war vorhanden. Die Führung hat die Gegenparole ausgegeben (...) Der 20. Juli ist damit zu der ersten großen Niederlage der Demokratie geworden. Diese Niederlage war, wenn man auf Widerstand verzichtete, unvermeidlich«.*[571]

Verschwiegen: Die SPD hatte die »große Niederlage« der Demokratie **vorsätzlich** herbeigeführt.

Papen nutzte hingegen die Mutlosigkeit der SPD-Schwächlinge: Drei Oberpräsidenten, fünf Regierungspräsidenten, rund 30

Landräte und etwa zwei Drittel aller sozialdemokratischen Polizeipräsidenten und weitere Polizeidirektoren wurden aus ihren Ämtern entfernt.[572]

Erneut versagte die sozialdemokratische Führung aufgrund der Ungeheuerlichkeiten: Papierne Proteste und Beschwichtigungen waren alles, was sie zustandebrachte.[573] Nicht unter den Tisch fallen soll jedoch, dass die formal immer noch im Amt befindliche preußische Regierung Braun gegen die Reichsexekution klagte.[574]

Unter der Leitung des Reichsgerichtspräsidenten Erwin Bumke erklärte der Staatsgerichtshof für das Deutsche Reich in der Hauptsacheentscheidung am 25. Oktober 1932: Die Notverordnung des Reichspräsidenten, betreffend der Wiederherstellung der öffentlichen Sicherheit und Ordnung im Gebiet des Landes Preußen vom 20. Juli 1932, sei *verfassungsgemäß*, soweit sie den Reichskanzler zum Reichskommissar für Preußen bestellte und diesen ermächtigte, preußischen Landesministern vorübergehend Amtsbefugnisse zu entziehen und diese Befugnisse selbst zu übernehmen oder anderen Reichskommissaren zu übertragen.[573] Die volle Überleitung der preußischen Regierungskompetenzen[574] hielt das Gericht jedoch für *nicht* rechtens.[577]

Hintergrund: Otto Wels, der Totengräber der SPD

Otto Wels, der SPD-Parteivorsitzende war nicht zimperlich mit Andersdenkenden. Zwei Beispiele:

Auf dem Parteitag in Leipzig (1931) gelang es der Parteivorstandsmehrheit unter der Regie des Parteitagsvorsitzenden Otto Wels mit verschiedenen Tricks, die Wirkung der parteiinternen Opposition einzuschränken. Ein Beschluss, der mit

324 zu 62 Gegenstimmen angenommen wurde, gab der Parteiführung die Ermächtigung zum Fraktionszwang und verfügte, künftige Zuwiderhandlungen als »parteischädigendes Verhalten« zu behandeln.[578]

Auf dem Berliner Bezirksparteitag im Oktober 1932 forderte der Sozialdemokrat Brendel, wohl auch angesichts des Versagens der obersten Funktionäre in Sachen Preußenschlag, alle jene von der Kandidatenliste zu streichen, die die Politik des Parteivorstandes auf Gedeih und Verderb verteidigten und förderten.[579] Viele der Delegierten stimmten dem zu.[580]

Doch Wels drohte mit der Einschränkung der innerparteilichen Diskussionsfreiheit:

»Aber angesichts der Feinde ringsum sind jedem einzelnen von uns in seinen öffentlichen Meinungsäußerungen Grenzen gesetzt«.[581]

Wels und seine Vorstands-»Genossen« waren offenbar nicht dazu bereit, der um sich greifenden Opposition innerhalb SPD irgendwelche Zugeständnisse zu machen.[582] Damit war der – später so glorifizierte – Parteivorsitzende für mich de facto der Totengräber seiner eigenen Partei.

Für Adolf Hitler hatten die Erfahrungen des Preußenschlags später folgende Vorteile:

- Papen strukturierte die sozialdemokratischen Beamten im Sinne der Nationalsozialisten so um, dass diesen nach der Machtübergabe, zumindest im größten Land Preußen, ein »gefügiger« Beamtenapparat zur Verfügung stand. Denn die Polizei war ihrer sozialdemokratischen Führung entkleidet worden.[583]
- Der Preußenschlag »band« die preußische Polizei quasi an die Reichsregierung. Als die Nationalsozialisten am 30. Januar

1933 mit Göring einen Mann im Kabinett hatten, der das Amt des Kommissars im Preußischen Innenministerium bekleidete, war ihnen deshalb die Preußische Polizei sicher.[584]

- NS-Innenminister Frick orientierte sich später am Text des Ausnahmezustands in der zweiten Verordnung des Preußenschlags bei der eigenen Abfassung der Verordnung des Reichspräsidenten zum Schutz von Volk und Staat (RtBVO), ersetzte jedoch den Passus, indem die Kompetenzen auf das Militär übergingen, dahingehend, dass diese auf die Reichsregierung übertragen werden *konnten.*[585]
- Das »rote« Preußen, als größtes Land und mit dem dahin größten Einfluss auf das Reich, spielte als Opposition gegen die Nationalsozialisten nun keine Rolle mehr.[586]
- Die neu geschaffene »Wehrlosigkeit der Länder« bot einer kommenden Diktatur einen vollgültigen Ersatz einer regulären Reichsreform, da die Maßnahmen eines Diktators nun das verfassungsändernde Gesetz vertraten.[587]

Verschwiegen: Der »Preußenschlag« **und** die blamable Wehrlosigkeit der SPD **erleichterte** die Gleichschaltung Preußens und die Machtübergabe an Hitler erheblich.[588]

Die sozialdemokratische Regierung in Preußen hätte die Chance gehabt, gemäß ihrer eigenen hinausposaunten Parole: *»Hände weg von Preußen!«*[589] den Belagerungszustand zu verhängen, die Partei, die Gewerkschaften und die regierungstreuen Polizeikräfte zu mobilisieren und so zeigen können, dass Papen mit dem Feuer des Bürgerkrieges spielte. Doch dies alles unterblieb. Stattdessen nahm SPD-Ministerpräsident Braun artig seine briefliche Absetzung entgegen. Damit war das sozialdemokratische *»Bollwerk Preußen«* kampflos aufgegeben worden, was ein verhängnisvolles Signal an die Nationalsozialisten darstellte. Diese mussten nun davon ausgehen, dass sich die SPD ihnen auch in Zukunft nicht in den Weg stellen würde.[590] Dies sollte sich bald bewahrheiten, denn die Sozialdemokraten hatten sich selbst entmannt und verloren bei den kommenden Reichstagswahlen zum ersten Mal seit 1890 ihre Position als stärkste deutsche Partei.[591]

❷ Zwischenspiel: Reichstagswahlen (31. Juli 1932)

Die Reichstagswahlen im Juli 1932 versprachen einen Wendepunkt in der Weimarer Republik. Immerhin traten 37 (!) Parteien zur Wahl an.[592]

Zudem begrüßten es nicht wenige Wähler, dass die Nationalsozialisten endlich mit den »Roten«, den Kommunisten, »aufräumen« wollten. Beobachter prognostizierten der NSDAP gigantische Stimmenzuwächse. Professor Ian Kershaw von der Universität Sheffield hat beschrieben, warum die Menschen Hitler wählen wollten:

»Die Einwirkung von Krieg, Revolution und nationaler Demütigung auf das deutsche Volk und die akute Angst vor dem Bolschewismus in weiten Bevölkerungskreisen verschafften Hitler seine Plattform. Er nutzte die Bedingungen brillant aus. Mehr als jeder andere Politiker seiner Epoche war er das Sprachrohr für die ungewöhnlich intensiven Ängste, Ressentiments und Vorurteile gewöhnlicher Menschen, die sich weder von den Linksparteien angezogen noch im politischen Katholizismus zu Hause fühlten. Und mehr als jeder andere Politiker seiner Epoche bot er solchen Menschen die Aussicht auf eine neue und bessere Gesellschaft, die scheinbar auf ›wahren' deutschen Werten beruhte, mit denen sie sich identifizieren konnten«.[593]

Viele Menschen setzten ihre Hoffnungen auf eine Politik der »nationalen Erlösung« und sahen in Hitler eine Verkörperung dieser Hoffnung.[594] Die SPD hingegen hatte sich selbst ins Aus geschossen.

Vergessen Sie nicht: Die Nation lag in diesen schweren Jahren in Agonie (siehe Kapitel ➔ »Das Reich am Abgrund«). Adolf Hitler hatte dies wie kein anderer vor ihm erkannt. Ich möchte aus einer seiner späteren Reden, nämlich der am Tag von Potsdam am 21. März 1933 zitieren, um Ihnen zu verdeutlichen, wie er die Lage des Volkes erfasste und welchen Ausweg er den frustrierten Menschen damals anbot:

»Herr Reichspräsident! Abgeordnete, Männer und Frauen des Deutschen Reichstages!

Schwere Sorgen lasten seit Jahren auf unserem Volk. Nach einer Zeit stolzer Erhebung, reichen Blühens und Gedeihens auf allen Gebieten unseres Lebens sind – wie so oft in der Vergangenheit – wieder einmal Not und Armut bei uns eingekehrt.

Trotz Fleiß und Arbeitswillen, trotz Tatkraft, einem reichen Wissen und bestem Wollen suchen Millionen Deutsche heute vergebens das tägliche Brot. Die Wirtschaft verödet, die Finanzen sind zerrüttet, Millionen sind ohne Arbeit (...)

Der Deutsche, in sich selbst zerfallen, uneinig im Geist, zersplittert in seinem Wollen und damit ohnmächtig in der Tat, wird kraftlos in der Behauptung seines eigenen Lebens (...)

Und dieser innere Zerfall der Nation wurde wieder einmal, wie so oft, zum Verbündeten der Umwelt. Die Revolution des Novembers 1918 beendete einen Kampf, in den die deutsche Nation in der heiligsten Überzeugung, nur ihre Freiheit und damit ihr Lebensrecht zu schützen, gezogen war.

Denn weder der Kaiser noch die Regierung noch das Volk haben diesen Krieg [Hitler meint den Ersten Weltkrieg/MGR] *gewollt.*[595] *Nur der Zerfall der Nation, der allgemeine Zusammenbruch zwangen ein schwaches Geschlecht, wider das eigene bessere Wissen und gegen die heiligste innere Überzeugung die Behauptung unserer Kriegsschuld hinzunehmen.*

Diesem Zusammenbruch folgte der Verfall auf allen Gebieten. Machtpolitisch, moralisch, kulturell und wirtschaftlich sank unser Volk tiefer und tiefer. Das schlimmste war die bewusste Zerstörung des Glaubens an die eigene Kraft, die Entwürdigung unserer Traditionen und damit die Vernichtung der Grundlagen eines festen Vertrauens. Krisen ohne Ende haben unser Volk seitdem zerrüttet (...) Wir wollen wiederherstellen die Einheit des Geistes und des Willens der deutschen Nation!(...)«[596]

Am 29. August 1932 erklärte Hitler vor den 230 Reichstagsabgeordneten der NSDAP:

»Unsere Auffassung unterscheidet sich von der unserer Gegner dadurch, dass wir sagen: Man kann wohl ohne Reichstag regieren, aber man kann nicht ohne Volk regieren. Fähig zu regieren ist nur der, der aus dem Volk herauswächst und dieses Volk kennt. Das heute regierende System muss scheitern an dem gänzlichen Fehlen einer lebendigen Verbindung mit dem Volk«.[597]

Die NSDAP grenzte sich demnach von den traditionellen bürgerlichen Parteien ab und sagte der politischen Linken, insbesondere der KPD,[598] den Kampf an. Die SPD war kein politischer Gegner mehr. Damit begründeten die Nationalsozialisten den Anspruch, die einzige politische Kraft in Deutschland zu sein, die das Ziel der nationalen und vor allem auch der sozialen Erneuerung kompromisslos verfocht. Zudem machte die organisatorische und ideologische Ausrichtung auf die Person eines Führers die Partei zu einem politisch-sozialen Gebilde neuen Typus, das in der deutschen Parteiengeschichte bis dahin einzigartig war.[599]

Die Wahlen am 31. Juli 1932 brachten dann auch den großen Sieg für die NSDAP: mit 37,4 Prozent der Stimmen wurde sie stärkste Partei (von 37!) und verdoppelte damit ihre Anteile gegenüber der letzten Wahl im Jahr 1930.[600] Die Nationalsozialisten konnten ein sattes Plus von 19 (!) Prozent verzeichnen. Die SPD kam hingegen nur noch auf 21,9 Prozent, blieb aber die zweitstärkste Partei.[601]

Die »feigen« Sozialdemokraten verloren allerdings 616.000 Wähler, die vorwiegend für die KPD votierten. Zum ersten Mal seit dem Jahr 1890 hatte die SPD ihre Position als stärkste deutsche Partei verloren.[602] Heinz Niemann:

»Die untaugliche Politik des Antikommunismus und das Zurückweichen der SPD- und Gewerkschaftsführer hatten die faschistische Reaktion objektiv begünstigt«.[603]

Wie schon oben angedeutet, forderte der Sozialdemokrat Brendel auf dem Berliner SPD-Bezirksparteitag im Oktober 1932, all jene von der Kandidatenliste zu streichen, die die unsägliche Politik des Parteivorstandes verteidigten und förderten. Dies fand die Zustimmung der Delegierten.[604]

Doch die SPD-Parteiführung wollte davon nichts wissen. Im Gegenteil, sie verfolgte die sich verstärkende Opposition mit höchstem Misstrauen, Repressalien, Druck und Disziplinierungsmaßnahmen.[603] Sie warnte sogar davor, die »Selbstkritik zur Selbstkasteiung zu steigern«.[605] Die SPD-Führung blieb also weiterhin, was sie bisher gewesen war: untätig, unschlüssig und feige.

Nach dem Wahlsieg der Nationalsozialisten im Juli 1932 konnte niemand mehr Hitler bei der Regierungsbildung ignorieren. Der spätere Reichsbankpräsident und Reichswirtschaftsminister Hjalmar Schacht propagierte, dass der Wahlsieg der Nationalsozialisten nicht etwa das Ergebnis übler Machenschaften gewesen sei, sondern der Ausdruck der Verzweiflung von Millionen Deutschen.[607]

Hitler nahm das Votum des Volkes sehr ernst, denn anstatt das Papensche Präsidialsystem, das diese Wahl erst möglich gemacht hatte, zu stützen, forderte er als Wahlsieger nun auch die Kanzlerschaft, sozusagen als »Willen« des deutschen Volkes.

Doch Hitlers, vom Wähler legitimierter Anspruch auf die Kanzlerschaft wurde vom Reichspräsidenten Hindenburg am 13. August 1932 demonstrativ zurückgewiesen und das, obwohl sich die Interessen der Vertreter des Präsidialsystems mit denen der Nationalsozialisten vielfach berührten.[608]

Hitler sah in der Möglichkeit einer parlamentarischen Zusammenarbeit mit dem Zentrum letztendlich ein Druckmittel gegen den Reichspräsidenten. Doch die Träger des Präsidialsystems, vornehmlich Hindenburg und Papen, blieben auf die *außerparlamentarische* Lösung dieser politischen Krise fixiert. Ihre Vorstellungen reichten von der Suche nach neuen außerparlamentarischen Formen der Tolerierung bis hin zu einer Militärdiktatur.[609] Das war keinesfalls eine Fiktion, denn immerhin stand die Reichswehr unter General von Schleicher hinter dem Reichskanzler.

Die KPD stellte mit Unterstützung der NSDAP sogar einen Misstrauensantrag gegen die Regierung.[610] Es war eine der wenigen Situationen, in denen Nationalsozialisten und Kommunisten parlamentarisch zusammenarbeiteten und der Plan ging auf: Die amtierende Regierung kassierte mit 512 gegen 42 Stimmen eine vernichtende Niederlage. Aber das Präsidialsystem unter Papen gab sich mit diesem völlig legitimen und demokratischen Ablauf nicht zufrieden: Hindenburg hielt seinen Reichskanzler entgegen der Mehrheit des Reichstages im Amt und löste das Parlament erneut auf.[611]

Kritiker warfen Hindenburg und Papen vor, mit dieser Reichstagsauflösung einen »Staatsstreich« vollzogen zu haben. Andere sahen in diesem undemokratischen Schritt die Verhinderung von Chaos, denn die Reichtagsauflösung hatte die Folge, dass in den nächsten zwei Monaten erneut Wahlen stattfinden mussten. Papen und Hindenburg hofften, diese Zeit zu nutzen, Ruhe einkehren zu lassen und einen drohenden Bürgerkrieg zu verhindern.[612]

Der Reichspräsident, dem die Demokratie verhasst war, stimmte jedoch nicht nur der Aufhebung des Reichstags zu, sondern auch der *verfassungswidrigen* **Aufschiebung** von Neuwahlen über das gesetzlich vorgeschriebene Limit von 60 Tagen hinaus.[613] So weit war die erneute Bereitschaft zum Verfassungsbruch bereits gediehen. Joseph Goebbels, der spätere Propagandaminister der NSDAP, bemerkte dazu:

»Wenn die Gegenseite die Verfassung bricht, dann hört auch für uns jeder Zwang zur Gesetzmäßigkeit auf; dann kommt Steuerstreik, Sabotage und Aufstand«.[614]

Somit blieb die »alte« Regierung unter Papen, obwohl sie von mehr als vier Fünfteln der Volksvertreter **abgelehnt** worden war, weiter im Amt.[615] Doch der Preis für diesen Verfassungsbruch war hoch: Die politische Isolierung der Regierung Papen war nun nahezu total geworden und seine Stellung erwies sich als unhaltbar. Dieser bemühte sich zwar, die NSDAP an der Regierung zu beteiligen, scheiterte jedoch.[616]

Nun blieb für die Regierenden tatsächlich nur noch die Perspektive einer Militärdiktatur, die alle sozialen und oppositionellen politischen Bestrebungen notfalls mit Gewalt unterdrücken sollte. Dies scheiterte jedoch ausgerechnet an der Reichswehr unter Schleicher, der für Papens Kurs nicht zu gewinnen war.[617]

❸ Trotz Chance – die Sozialdemokraten halten Hitler *nicht* auf

I. Die »nationale Konzentration« (November 1932)

Vierzehn Jahre nach ihrer Gründung befand sich die erste deutsche Demokratie in einer tiefen Krise: Jeder dritte Arbeiter und Angestellte war arbeitslos und jene, die noch Arbeit hatten, mussten massive Lohnkürzungen hinnehmen. Die Wirtschaft lag am Boden, auf den Straßen lieferten sich die verschiedenen politischen Lager blutige Kämpfe,[618] in den Gefängnissen waren rund 8.000 politische Gefangene inhaftiert.[619]

Reichskanzler Franz von Papen konnte nur noch mit Notverordnungen regieren, die ihm Reichspräsident Paul von Hindenburg, der seit 1925 im Amt war, nach Artikel 48 der Reichsverfassung erteilte.[620] Ich wiederhole: Notverordnungen hatten Gesetzeskraft, obwohl sie *nicht* vom Parlament beschlossen wurden. Der Reichstag konnte diese Notverordnungen zwar aufheben oder mit einem Misstrauensantrag den Rücktritt der Regierung erzwingen, aber um genau dies zu verhindern, hatte der Reichspräsident das Parlament schon zweimal aufgelöst und dadurch Neuwahlen herbeigeführt.[621]

Hindenburg strebte jetzt verstärkt nach einer Lösung, die er als *»nationale Konzentration vom Zentrum bis zu den Nazis«* bezeichnete.[622] Die Öffnung eines Kabinetts nach rechts hieß für Hindenburg jedoch keineswegs, dass er Nationalsozialisten in seinem Kabinett sehen wollte. Hindenburg und seine Berater wollten keine Regierungsbeteiligung der NSDAP, sondern lediglich deren Tolerierung. Damit wäre nämlich endlich die Abhängigkeit von der Tolerierung durch die Sozialdemokraten aufgehoben worden.[623]

Der Reichspräsident hatte die SPD bewusst nicht zu den Gesprächen eingeladen, denn diese hatte wenige Tage zuvor eine Gesprächseinladung des Reichskanzlers über das weitere parlamentarische Schicksal der Regierung *abgelehnt.* In einer Sitzung des SPD-Fraktionsvorstands hatte Kurt Schumacher[624] gesagt: *»Wir gehen nicht zu Papen«.*[625] Ein weiteres schweres Versäumnis der SPD und eine Mitschuld zur Etablierung des NS-Regimes.

Verschwiegen: Die SPD wollte sich im Jahr 1932, in einer besonders kritischen Zeit, *nicht* an Regierungsgesprächen beteiligen.

II.
Die SPD widersetzt sich weiterhin einer Regierungsbeteiligung (September 1932)

Nun musste alles auf eine Kanzlerschaft von Hitler hinauslaufen und das, obwohl die Neuwahlen zum Reichstag am 6. November 1932 einen leichten Rückgang für die NSDAP gebracht hatten. Trotzdem blieb sie aber weiterhin **stärkste** Partei. Die Sozialdemokraten waren abgehängt. Daraufhin hielt Hitler erneut an seiner völlig legitimen Forderung fest, als Führer der stärksten Partei auch zum Reichskanzler berufen zu werden. Doch noch verweigerte Reichspräsident Hindenburg Hitler weiterhin die Kanzlerschaft.

Stattdessen ernannte Reichspräsident Hindenburg am 3. Dezember 1932 General Kurt von Schleicher zum neuen Reichskanzler und eben nicht Adolf Hitler. Papen wurde in den Beraterstab berufen.[626] Dieser war einen Tag zuvor zurückgetreten.[627] Hindenburg soll bei dessen rührseligem Abschied erklärt haben:

»Sie werden mich, lieber Papen, für einen Schuft halten, wenn ich jetzt meine Meinung ändere. Aber ich bin zu alt geworden, um am Ende meines Lebens noch die Verantwortung für einen Bürgerkrieg zu übernehmen. Dann müssen wir in Gottes Namen Herrn Schleicher sein Glück versuchen lassen«.[628]

Doch politische Beobachter trauten General Schleicher – auch als Reichskanzler – nach wie vor die Errichtung einer Militärdiktatur zu. Dazu Hermann Göring:

»Herr von Schleicher übernahm selbst die Kanzlerschaft in Verbindung, was wichtig ist, mit dem Amt des Reichswehrministers; und es war uns allen klar, nicht nur uns, sondern auch den anderen Parteien, dass das Ziel, nachdem Herr von Schleicher, der ja noch viel weniger wie Herr von Papen persönliche Sympathien besaß, eine Mehrheit zustande bringen konnte, die Militärdiktatur letzten Endes von Schleicher beabsichtigt war«.[629]

Doch dazu kam es nicht, weil der der General nach wie vor einen Bürgerkrieg scheute. Obwohl Schleicher die sozialreaktionären Notverordnungen vom 4. September 1932 wieder außer Kraft setzte, widersetzte sich die SPD-Führung auch weiterhin einer Regierungsbeteiligung. So konnte auch Schleicher das Präsidialregime nicht aus seiner politischen Isolierung herausführen,[630] obwohl er hoffte, durch Hitlers innenparteilichen Kontrahenten

Gregor Strasser, die NSDAP für sich zu gewinnen und so seine schmale parlamentarische Basis zu vergrößern.[631]

III.
Die SPD »rettet« den »Vor-Diktator« Schleicher

Der autoritäre »Vor-Diktator« General von Schleicher wurde von der SPD sogar »geschützt«: Die sozialdemokratische Fraktion lehnte am 6. Dezember 1932 nämlich den kommunistischen Misstrauensantrag gegen die Regierung Schleicher ab. Damit war der Reichskanzler gerettet.[632]

Aber nicht nur das. Am 6. Januar 1933 hatte der ehemalige Preußische Ministerpräsident und Sozialdemokrat Otto Braun eine Unterredung mit Schleicher. Braun ließ dabei die Katze aus dem Sack und machte den Vorschlag einer »loyalen Zusammenarbeit« und ließ durchblicken, seine Partei würde auch eine **zeitlich begrenzte Militärdiktatur tolerieren.**[633] Das Angebot von Braun an Schleicher:

- Auflösung des Reichstags.
- Auflösung des Landtags (Preußen).
- (Verfassungsbrüchige) Herausschiebung der Wahlen bis weit in das Frühjahr 1933.
- Zwischenzeitliches Regieren mit Verordnungen.
- Einheitlicher Kampf gegen die Nationalsozialisten.[634]

Heinz Niemann dazu:

»Sozialdemokratische Führer boten sich einem Manne an, der seit Jahren zu den Haupteinpeitschern des autoritären Kurses gehörte, der nicht im geringsten daran dachte, die Nazibewegung zu zerschlagen, sondern sie lediglich disziplinieren und ›salonfähig‹ für die Finanzoligarchie und die Reichswehrgeneralität machen wollte«.[635]

Verschwiegen: Die SPD wollte sogar eine zeitweilige Militärdiktatur tolerieren!

Auch der Allgemeine Deutsche Gewerkschaftsbund (ADGB) wollte mit General Schleicher klüngeln und händigte ihm de facto einen Blankoscheck aus, indem er zusicherte, dass dessen Regierung **nicht** durch den Widerstand der Arbeiterschaft gehemmt werden solle.[636] Der ADGB solidarisierte sich sogar mit Schleichers Forderung nach der »Gleichberechtigung Deutschlands«.[637] Das war nichts anderes als die Bejahung der Wiederaufrüstung.

Verheimlicht: Der Gewerkschaftsbund ADGB bejahte die Wiederaufrüstung.

Von Braun und der ADGB ermutigt unternahm Schleicher Mitte Dezember 1932 eine neue Demarche bei den Sozialdemokraten[638] und unterbreitete folgendes Konzept:

- Das Parlament sollte vorübergehend ohne Neuwahlen sistieren.
- Vereinigung von Reichsbanner (SPD-naher Wehrverbund[639], siehe dazu das Kapitel ➔ »Die ›SA‹ der SPD«) und Stahlhelm (Wehrverbund der Deutschnationalen Volkspartei) in einen einheitlichen Reichskriegerbund.
- Auslösung aller anderen Organisationen dieser Art.
- Zusammenfassung der Gewerkschaften zu einer Einheitsgewerkschaft.
- Verbot der NSDAP.
- Aufnahme von zwei Sozialisten in die Regierung.[640]

So hätte Hitler *tatsächlich* verhindert werden können, da auch die Reichswehr hinter Schleicher stand. Doch die Sozialdemokraten lehnten das Angebot des Reichskanzlers überraschend ab und zeigten plötzlich keinerlei Bereitschaft mehr, sich mit ihm zu arrangieren.[641] Und das, trotz der vorherigen Avancen durch Otto Braun und dem Gewerkschaftsbund. Der SPD-Parteivorsitzende Otto Wels sagte stattdessen:

»Wir haben als Gewerkschaftler und Sozialdemokraten mit Schleicher nichts zu tun, lasst es die anderen machen«.[642]

Heinz Höhne beurteilt diese Haltung so:

»Dass aber eine Partei, die ständig von der Gefährdung der Demokratie durch den deutschen Faschismus sprach, im Ernst an diese Gefährdung [gemeint war die Machtübergabe an die Nationalsozialisten/ MGR] *nicht glaubte, war noch schlimmer (...) Nichts war typischer (...) als die Flut sinnloser Anträge der SPD-Reichstagsfraktion, die eine Verstaatlichung der Schlüsselindustrien und die Einführung sozialistischer Planwirtschaft verlangten. Sie bekundeten in Wahrheit nur den Rückzug der Partei aus der realen Politik«.*[643]

Und weiter:

»Hitler aufhalten? Das Thema gab es für die SPD-Führung nicht. So zerschlug sie blindlings die letzte politische Kombination, die Hitler hätte stoppen können (...) Damit war Schleicher die Basis entzogen. Er musste die Hoffnung aufgeben, im Reichstag eine Mehrheit zu finden (...)«[644]

Verschwiegen: Die SPD unternahm keine ernsthaften Schritte, um Hitler zu verhindern, obwohl sie die Chance dazu gehabt hätte.

Ferdinand von Bredow,[645] ein enger Vertrauter von Reichskanzler Schleicher und stellvertretender Reichswehrminister, schlug dem SPD-Vorstand Mitte Dezember 1932 noch einmal einen Plan vor, der das Verbot der NSDAP vorsah. Doch auch dieser stieß bei den Sozialdemokraten auf härteste Ablehnung.[646] Höhne spricht deshalb von einer *»selbstmörderischen Politik des SPD-Vorstands«*.[646] Ähnlich sieht es der Historiker Hans Georg Graf Lambsdorff, er resümiert:

> *»Dass diese Haltung* [der SPD/MGR] *den alsbaldigen Sieg der nationalsozialistischen Bewegung – wenn auch nur mittelbar – förderte, kann schwerlich bestritten werden«*.[648]

Ebenso schloss die stringent antikommunistische Politik des SPD-Parteivorstandes die Herstellung einer antifaschistischen Einheitsfront mit der KPD und den Gewerkschaften aus.[649]

Und doch werden all diese schicksalshaften Fehleinschätzungen und die Möglichmachung von Hitler durch die Sozialdemokraten in den meisten historischen Büchern gleich gar nicht erwähnt. Ich kann es gar nicht oft genug wiederholen: Stattdessen werden die Sozis als »letztes Bollwerk« gegen die Nationalsozialisten gefeiert, was angesichts der Tatsachen eine Verdrehung der Fakten ins genau Umgekehrte bedeutet. In Wirklichkeit haben sie Hitler nämlich erst möglich gemacht!

Verschwiegen: Ohne die Mithilfe der SPD wäre Hitler nicht an die Macht gekommen.

Doch die SPD-Führung begnügte sich nicht nur damit, Schleichers Angebot auszuschlagen, sie versuchte jetzt auch alles, den Reichskanzler zu stürzen.[650]

Aber erst einmal gönnten sie sich Ruhe: Otto Wels fuhr am 16. Dezember 1932 mit seiner Ehefrau in einen Erholungsurlaub ins schweizerische Ascona am Lago Maggiore[651], und Rudolf Hilferding feierte die angeblichen Erfolge der »Tolerierungspolitik«, die die Nationalsozialisten von der Regierung ferngehalten hätte.[652]

Ein weiterer folgenschwerer Fehlschluss, denn die NSDAP war nach wie vor stärkste Partei im Reichstag und nur wenige Wochen später sollte der, einst mit den Stimmen der SPD gewählte Reichspräsident Hindenburg Adolf Hitler zum Reichskanzler ernennen.

Die von Hilferding so gefeierte sozialdemokratische »Politik des kleineren Übels« und die strikte Weigerung mit der KPD eine Einheitsfront zu bilden, hatten die Machtübergabe an die Nationalsozialisten entscheidend ermöglicht. So brach das Schicksalsjahr 1933 an.

IV.
Die Weimarer »Republik« ist am Ende

Was gemeinhin nicht erwähnt wird, wenn es um »Weimar« geht: In den neun Jahren bis 1928 verbrauchten sich insgesamt 15 (!) sogenannte »demokratische« Regierungen. Jede einzelne dauerte durchschnittlich nicht länger als sieben Monate.[653] In den darauffolgenden Jahren bis 1933 sah es auch nicht viel besser aus: Fünf weitere Regierungen sollten folgen. Der Historiker Heinz Höhne resümiert:

»Selten hatten Parteien ein so frivoles Spiel mit ihren Ministern und mit der Öffentlichkeit getrieben wie die der Weimarer Republik«.[654]

Was mochte *diese* »Demokratie« wohl für einen Eindruck auf die Menschen machen?

Demgegenüber betonen politisch korrekte Historiker immer und immer wieder gerade den »demokratischen« Charakter von Weimar. Aber damit verheimlichen und verniedlichen sie das diktatorische Präsidialsystem, das das Staatsvolk als oberste Gewalt im Staate quasi eliminierte.

Die Weimarer Republik »verbrauchte« in 14 Jahren 20 Regierungen, ohne die wirklichen Probleme der Menschen zu lösen. Die Mehrheit der Bevölkerung sah demnach die so hoch gepriesene »Demokratie« sehr skeptisch oder lehnte sie schlichtweg ab.

Das gesellschaftliche und politische Klima jener Zeit ist ebenfalls eine Erwähnung wert:

Als die Nationalsozialisten im Jahre 1933 die Regierungsbildung anstrebten, stand die deutsche Wirtschaft im fünften Krisenjahr. Vier vorhergehende Regierungen waren daran gescheitert, erfolgreiche Maßnahmen zur Krisenüberwindung zu finden und den wirtschaftlichen Niedergang aufzuhalten. Sie alle waren in einem Netz völkerrechtlicher Verpflichtungen gegenüber dem Ausland und institutioneller Unzulänglichkeit im Inneren verstrickt, mussten auf bestimmte Wählerklientel Rücksicht nehmen und waren von verschiedenen Interessengruppen abhängig.[655]

Das Kabinett von Heinrich Brüning[656] scheiterte letztendlich, weil ihm der Ausbruch aus dem Netzwerk von internationalen Verpflichtungen, traditioneller Wirtschaftsauffassung und Einzelinteressen nicht gelang. Seine Politik der Deflation durch Notverordnungen[657] mit drastischen Senkungen von Löhnen, Gehältern, Arbeitslosenunterstützung, der Fürsorge und Steuererhöhungen auf Konsumgüter blieb nicht ohne Folgen: Große Bevölkerungsgruppen wurden der Weimarer Republik entfremdet, und die Arbeitslosenzahl stieg noch immer unaufhaltsam.[658]

Auch die **Sozialdemokratie** beteiligte sich seit 1930 nicht mehr aktiv an der Politik, sondern blendete sich aus der Reichspolitik aus.[659] Sie beschränkte sich auf die Tolerierung autoritärer Kabinette. Sie dachte nicht daran, zur Verteidigung der Rechte des schaffenden Volkes noch einmal auf die Barrikaden zu steigen. Im Gegenteil: Beim Staatsstreich von Papens am 20. Juli 1932 in Preußen (»Preußenschlag«) räumten sie ebenso willig ihre Plätze wie im Frühjahr 1933 unter Hitler.[660]

Verschwiegen: Die SPD machte keine eigene Politik mehr, sie beschränkte sich lediglich auf die Tolerierung autoritärer Kabinette.

Ich möchte an dieser Stelle einen Zeitzeugen zu Wort kommen lassen, der uns die Situation aus *seiner* Sicht und aus der *damaligen* Zeit heraus erklären kann: Die Rede ist von Dr. Walther Immanuel Funk, der als Reichswirtschaftsminister nach dem Rücktritt von Hjalmar Schacht fungierte.[661] Er legte vor dem Internationalen Militärgerichtshof zu Nürnberg seine Erfahrungen dar, aus denen ich nun zitieren möchte (Hervorhebungen durch mich):

»Das deutsche Volk war damals in einer schweren Not, und zwar sowohl in einer schweren geistigen wie auch in einer schweren materiellen Not. Das Volk war durch den Parteien- und Klassenkampf zerrissen. Die Regierung oder die Regierungen hatten keine Autorität. ***Das parlamentarische System hatte abgewirtschaftet,*** *und ich selbst habe zehn, zwölf Jahre lang vorbei gegen die* **Tributlast von Versailles** *in der Öffentlichkeit gekämpft, weil ich der Überzeugung war, dass diese* **Tribute die hauptsächlichste Ursache an dem wirtschaftlichen Verfall Deutschlands** *waren. Ich selbst habe mein ganzes Leben lang gekämpft für eine Privatwirtschaft, weil ich der Überzeugung war, dass der Gedanke der Privatwirtschaft unzertrennlich verbunden ist mit dem Gedanken der verschiedenwertigen Leistungsfähigkeiten des Menschen. Ich habe für die private Initiative des Unternehmers gekämpft, für einen freien Leistungswettbewerb, und damals insbesondere für die Beseitigung des wilden Klassenkampfes und für die Herstellung einer sozialen Volksgemeinschaft auf der Grundlage der Betriebsgemeinschaft«.*[662]

Auf die Frage der Anklagevertreter, welche Überzeugung er damals in Bezug auf die wirtschaftspolitischen Aussichten Deutschlands für die Zukunft hatte, antwortete Funk:

»Deutschland befand sich damals in einer schweren wirtschaftlichen Krise, die in der Hauptsache hervorgerufen war durch die Tributlasten, die Art ihrer Bezahlung, dann aber durch die **Unfähigkeit der damaligen Regierungen, die wirtschaftlichen Probleme zu meistern**. *Das Verhängnisvollste bei der Tributpolitik war, dass man Deutsche-Mark-Valuta in großen Beträgen in das Ausland transferierte, ohne hierfür Gegenwerte zu erhalten. Infolgedessen entstand im Ausland ein ungeheurer Überfluss und Überdruck an Reichsmark. Es kam zur Inflation in Deutschland und die* **Länder mit den starken Valuten kauften Deutschland aus.** *Es kam zu einer schweren Verschuldung der deutschen Industrie, und diese führte wiederum auch kurzfristig zu einer Überfremdung der Industrie, zu einer Verschuldung der deutschen Landwirtschaft. Es kam zu einer völligen Verarmung des Bürgertums, das der Hauptträger der deutschen Kultur war. Jede dritte deutsche Familie war arbeitslos, und die Regierung selbst hatte weder die Kraft noch den Mut, die wirtschaftlichen Probleme zu meistern. Diese Probleme konnten auch nicht durch wirtschaftliche Maßnahmen allein gemeistert werden. Es war notwendig, dass zunächst einmal eine Regierung mit voller Autorität und Verantwortung vorhanden war, und dass eine einheitliche politische Willensbildung im Volke Platz griff.*

Die Nationalsozialisten eroberten damals vierzig Prozent der Reichstagsmandate, das Volk strömte dieser Partei in immer neuen Millionen zu, insbesondere die von Idealismus erfüllte, begeisterte Jugend, und die faszinierende Persönlichkeit des Führers wirkte wie ein riesiger Magnet. Das Wirtschaftsprogramm der Partei selbst war unklar, war nach meiner Ansicht im Wesentlichen auf Propaganda abgestellt, und es wurde auch in Parteikreisen, mit denen ich im Jahre 1931 in Berührung kam, lebhaft diskutiert«.[663]

Nach dem »Führerprinzip« von Adolf Hitler gefragt, antwortete Funk:

»Von einem Regierungsprinzip, das ist ja ein Führerprinzip, kann man a priori niemals sagen, ob es gut oder schlecht ist. Es kommt auf die gegebenen Verhältnisse an und vor allen Dingen auf diejenigen, die regieren. **Das demokratisch-parlamentarische Prinzip hatte in Deutschland nicht zum Erfolg geführt, Deutschland hatte auch keine parlamentarisch-demokratische Tradition wie andere Länder. Es war schließlich so, dass bei Regierungsentschlüssen die wenigen Stimmen der Wirtschaftspartei entschieden, die meistens gekauft waren.** *Es musste also ein anderes Prinzip zur Herrschaft kommen, und wenn in einer autoritären Regierung diejenigen, die die Autorität und die Verantwortung haben, gut sind, dann ist auch die Regierung gut. Das Führerprinzip bedeutete nach meiner Meinung, dass die Besten und der Beste regieren sollten, und dass dann die Autorität von oben nach unten und die Verantwortung von unten nach oben ging. Und ich habe aus den Gesprächen, die ich im Jahre 1931 mit Adolf Hitler und anderen führenden Persönlichkeiten der Partei hatte, und, wie gesagt,* **aus dem Vertrauen, der Begeisterung, die das deutsche Volk dieser Bewegung entgegenbrachte, die Meinung gewonnen, dass diese Partei zur Regierung kommen müsse und dass von ihr allein die Rettung kommen könne.** *Ich selbst wollte in dieser Partei meine eigenen wirtschaftspolitischen Ideen zur Geltung bringen (...)* **das Führerprinzip war absolut notwendig**«.[664]

Hintergrund: Das »Problem« der Weimarer Verfassung

Durch die Weimarer Verfassung waren die Parteien im Reichstag von der zwingenden **Notwendigkeit entbunden**, eine **gestaltungsfähige Regierungs*mehrheit* aus sich hervorzu-**

bringen. Dieser fehlende institutionelle Zwang zur Mehrheitsbildung schwächte die politische Verantwortungsbereitschaft der Parteien mit den Konsequenzen, dass die Vermittlung gesellschaftlicher Interessen zur Aufgabe der Regierung und gerade nicht einer Parteienmehrheit wurde und die **Mitglieder der Regierung häufig im Gegensatz zu ihren eigenen Parteien handelten.**[665]

Das wiederum ermöglichte den Parteien, im Zustand einer nur *»halben Verantwortlichkeit zu verharren«*. Zudem gab es den Artikel 48 der Weimarer Verfassung *(»Maßnahmen bei Störung von Sicherheit und Ordnung«)*. Das bedeutete: Wenn ein Land die ihm nach der Reichsverfassung oder den Reichsgesetzen obliegenden Pflichten nicht erfüllte, konnte der Reichspräsident es dazu anhalten. Diese präsidialen Ausnahmevollmachten, die nicht nur für die in seinem Wortlaut enthaltenen Ausnahmebefugnisse in Anspruch genommen, sondern auch für die Politikgestaltung eingesetzt wurden, konterkarierten parlamentarische Entscheidungen.

Dies kennzeichnet eine entscheidende Strukturschwäche der Weimarer Republik, denn **die Institution des Parlaments war dem Amt des Reichspräsidenten politisch unterlegen**. Die Exekutivmacht des Reichspräsidenten konnte das Parlament quasi »ausschalten«.[666]

V.
Hitler auf der Zielgeraden
(22.-27. Januar 1933)

Zwischen dem 22. und 25. Januar 1933 schwenkte Reichspräsident Hindenburg, der Hitler als Kanzler bisher kategorisch abgelehnt hatte, plötzlich um.

Davor gab es viele verschiedene Gespräche im Umfeld des greisen Präsidenten, so auch am 22. Januar zwischen Joachim von Ribbentrop[667], Otto Meissner[668], Franz von Papen, Adolf Hitler, Hermann Göring, Wilhelm Frick, Paul Körner[669] und Oskar von Hindenburg.[670] Da keine schriftlichen Dokumente darüber vorliegen, herrscht bei den Historikern weitgehend Uneinigkeit, was den Sinneswandel des Präsidenten bewog. Einig waren sich die damals Beteiligten jedoch, mit Hitler als Kanzler und Papen als Vizekanzler eine Regierung zustandebringen zu wollen.[671]

Nach einem zweistündigen Vieraugengespräch zwischen Hitler und Oskar von Hindenburg war dieser schließlich bereit, seinem Vater vorzuschlagen, Hitler zum Reichskanzler zu ernennen.[672] Oskar war von Hitlers Aussagen *scheinbar »beeindruckt«* (auf das »scheinbar« komme ich weiter unten noch einmal zurück); Hitler hingegen soll zu Goebbels gesagt haben: *»Der junge Oskar, ein seltenes Abbild von Doofheit«.*[673]

Ob der Reichspräsident bereits am 22. Januar seine Zustimmung für Hitler als Kanzler gab, ist unklar. Im Nürnberger Prozess hat Göring jedenfalls die Äußerungen von Oskar von Hindenburg so wiedergegeben, dass sein Vater eine Regierungsbildung durch die NSDAP nicht mehr ablehnte, wenn die Deutschnationalen und der Stahlhelm miteinbezogen würden.[674] Dem widersprach jedoch Staatssekretär Meissner in seinen Erinnerungen. Hindenburg hätte seinen Widerstand gegen Hitler erst in der folgenden Woche, möglicherweise sogar erst am 25. Januar 1933 oder sogar noch später aufgegeben.[675]

Wie dem auch sei, Hindenburg änderte seine Meinung. Als eine weitere – wenn auch meist nicht publizierte – Erklärung dafür wird auch seine angebliche Furcht genannt, wegen des Preußenschlages im Juli 1932 selbst als Angeklagter vor dem Staatsgerichtshof erscheinen zu müssen.[676]

Hindenburgs Befürchtung kam nicht von ungefähr, denn die preußische Regierung hatte zu diesem Zeitpunkt eine zweite Klage vor dem Staatsgerichtshof anhängig gemacht. Doch diese wurde schon nach kurzer Zeit nicht weiterverfolgt, was der Reichspräsident zu diesem Zeitpunkt aber nicht wissen konnte.[677]

Wenn auch Präsidentenanklage wegen Verletzung der Verfassung erhoben worden wäre, hätte diese nach Artikel 59 der Reichsverfassung einer Zwei-Drittel-Mehrheit im Reichstag bedurft.[678] Aus seiner Sicht musste Hindenburg befürchteten, die Nationalsozialisten könnten für diesen Antrag stimmen und zwar als Rache dafür, dass er Hitler nicht zum Kanzler ernennen wollte. So hatte die NSDAP eine gewisse »Macht« über den Präsidenten. Immerhin gab es noch weitere Skandale, in die dieser verwikkelt war. Etwa den Osthilfe-Skandal (den ich an dieser Stelle nicht weiter thematisieren möchte), die Umgehung der Erbschaftssteuer für sein Gut Neudeck und eine angeblich unkorrekte Verwendung von Mitteln des Wahlhilfefonds durch seinen Sohn Oskar. Aber auch zwei *mögliche* Rechtsverletzungen standen im Raum: einmal der durch den Preußenschlag und einmal durch das Regieren mit dem Staatsnotstand.[679]

Heinrich Brüning schrieb in einem Brief, dass die Nationalsozialisten mit einer Anklage gegen den Reichspräsidenten wegen des Preußenschlags gedroht hätten, und die SPD hätte sich dagegen nicht verwehren können, da es ja schließlich um den sozialdemokratischen Ministerpräsidenten Braun ging,[680] der in Preußen entmachtet worden war.

Die NSDAP und die SPD hätte somit also die nötige Mehrheit im Parlament gehabt, um gegen den Reichspräsidenten vorzugehen. Denn in der Tat hatte der Staatsgerichtshof in seinem Urteil vom 25. Oktober 1932 einige Punkte aufgeführt, die beim Preußenschlag nicht rechtens gewesen waren:

1. Preußen durfte nicht die Möglichkeit genommen werden, seine Rechte im Reichsrat wahrzunehmen.
2. Artikel 48 durfte nur für *vorübergehende* Maßnahmen angewendet werden, der Preußenschlag war aber auf Dauer angelegt.[681]

Auch die Rechtsverletzung durch den Staatsnotstand konnte Präsident Hindenburg um die Ohren fliegen. Die eigentlich rechtlich brisante Frage war, ob der Reichspräsident den Reichstag auflösen und die Neuwahlen – das ist das Entscheidende – *entgegen* dem Wortlaut des Artikel 25 der Weimarer Verfassung über die dort festgeschriebene Frist von 60 Tagen *hinausschieben* durfte. Genau das hatte Hindenburg nämlich anordnen wollen. Vorausgegangen war die damalige Intervention Papens, der den Präsidenten im August 1932 davon überzeugte, dass der Reichstag aufgelöst und die Neuwahlen solange hinausgezögert werden sollten (angedacht war ein Jahr), bis die Wirtschaft wieder angezogen habe. Für Papen war die prekäre wirtschaftliche Lage ein »Staatsnotstand«.[682] In dem von Staatssekretär Meissner angefertigte Protokoll hieß es dann auch:

»Der Herr Reichspräsident sprach sich dahin aus, dass er, um Nachteil vom deutschen Volk abzuwenden, es vor seinem Gewissen verantworten könne, bei dem staatlichen Notstand, der nach Auflösung des Reichstags gegeben sei, die Bestimmungen des Artikel 25 dahin auszulegen, dass bei der besonderen Lage im Lande die Neuwahl auf einen späteren Termin verschoben werde«.[683]

Im Protokoll stand also *nicht* die Frist von 60 Tagen, die bis zu den Neuwahlen laut Verfassung einzuhalten waren, sondern lediglich der schwammige Begriff »späterer Termin«. Papen hatte

Hindenburg offenbar mit folgenden Argumenten überzeugt:

- Löste der Reichspräsident den Reichstag auf und schob die Neuwahlen über die 60 Tage hinaus auf, würde er gegen die Weimarer Verfassung (Art. 25) verstoßen.
- Wenn der Präsident aber innerhalb der vorgeschriebenen 60 Tage neu wählen lassen würde, so würde das in dieser politisch aufgeregten Zeit zu Mord und Totschlag, führen, also einen Schaden für das deutsche Volk bedeuten.
- Da er als Präsident aber einen Eid geschworen hätte, Schaden vom Volk abzuwenden, würde er bei Neuwahlen *innerhalb* der 60 Tage *gegen* seinen Eid verstoßen.[684]

Schließlich wurde der angedachte Staatsnotstand im **August** 1932 dann doch *noch* nicht ausgerufen. Aber nach der turbulenten Reichstagssitzung am **12. September** 1932 wagte Hindenburg schließlich dann doch die Ausrufung des Staatsnotstands, und zwar *entgegen* dem Willen der Nationalsozialisten. Hermann Göring hatte auf der konstituierenden Sitzung des Reichstages nämlich geäußert, das Parlament verfüge über eine *»große, arbeitsfähige Mehrheit«*.[685] Immerhin war die NSDAP die stärkste Fraktion.

Die Nationalsozialisten waren nicht dumm. Ihnen war klar, dass Neuwahlen nur deshalb hinausgezögert, dass Artikel 25 nur deshalb verletzt werden sollte, um die NSDAP nicht an die Macht zu bringen. Papen, Schleicher und wohl auch Hindenburg hofften, im Herbst 1933 werde sich die wirtschaftliche Lage verbessern und dadurch das Wählerpotenzial der Nationalsozialisten schrumpfen. Hinausgezögerte Neuwahlen würden der NSDAP also keine Machtbasis mehr verschaffen.[686] Eine recht undemokratische Auffassung, aus der die Nationalsozialisten wiederum lernen würden.

Doch trotz der Befürchtungen, er könne angeklagt werden, war Hindenburg immer noch nicht bereit, Hitler zum Kanzler zu ernennen. Und das, obwohl Werner von Blomberg, zu diesem Zeitpunkt noch Kommandeur der 1. Division und Befehlshaber des Wehrkreises I (Ostpreußen), ihm die positive Einstellung des Heeres zu einer Kanzlerschaft Hitlers mitgeteilt hatte.[687]

So folgten Neuwahlen und zwar *fristgerecht* am **6. November 1932.** Diese brachten allerdings keine große Änderung in der Zusammensetzung des Reichstags, obwohl auch die NSDAP Wähler einbüßte.[688] Allerdings verlor die SPD erneut 712.000 Stimmen und die KPD gewann 610.000 Stimmen dazu.[689] Dies war angesichts der NS-bekämpfenden Kommunistischen Partei und dem feigen Abtauchen der Sozialdemokraten eine logische Folge. Dennoch zeigte die Wahl, über welche Potenzen die Arbeiterpartei nach wie vor verfügte, um *gemeinsam* Nationalsozialisten zu verhindern.[690] Doch von einem gemeinsamen Kampf mit der KPD wollte die SPD auch weiterhin nichts wissen. Für so manchen sozialdemokratischen Funktionär reichte es aus, dass die NSDAP bei den Wahlen 34 Mandate verloren hatte,[691] was für jene ein Beweis dafür war, bisher die richtige »Politik« gemacht zu haben und die faschistische Gefahr *»beseitigt«* worden war.[692] Das war angesichts des bisherigen Verhaltens der Sozialdemokraten eine unglaubliche Selbstüberschätzung, ja sogar eine Selbsttäuschung und ein Schönreden ohnegleichen.

Jedenfalls hatte sich der Reichspräsident nach den Wahlergebnissen verschätzt und stand nun noch mehr in Ungnaden bei den Nationalsozialisten.

Hindenburg war in der Bredouille. Ich vermute, dass der greise Präsident nur zwei Möglichkeiten sah: Entweder Hitler *nicht* zum Kanzler zu ernennen und dann selbst mit großer Wahrscheinlichkeit aus oben genannten Gründen sein Amt zu verlieren[693], da die Nationalsozialisten ihn dann im Reichstag sicherlich nicht mehr »decken« oder ihn gar selbst anklagen würden[694], oder Hitler den Weg an die Macht zu eröffnen. Dann konnte Hindenburg als Präsident weiterhin als »Bremsklotz« fungieren.[695] Die Juristin Irene Strenge beschreibt das Dilemma:

»Hindenburg sah in der Ernennung Hitlers den einzigen Ausweg, der ihn um dies alles herumzukommen ließ: Kein Bürgerkrieg, keine Anklage, aber ein Kanzler Hitler. Das würde ein Kanzler sein, der unter Kuratel des Reichspräsidenten stand, also kein totalitärer Diktator Hitler, sondern ein gezähmter Diktator. Aus v. Hindenburgs Sicht gab es da keine Alternative«.[696]

Mir wurde bei der Recherche immer klarer, *weshalb* Oskar von Hindenburg sich dann so »plötzlich« gegenüber seinem Vater *für* Hitler als Kanzler aussprach, obwohl er ansonsten kein gutes Verhältnis zu dem NSDAP-Vorsitzenden hatte. Noch im November 1932 hatte er für seinen Vater eine Denkschrift über die Gefährlichkeit Hitlers und der NSDAP ausgearbeitet.[697] Oskar befürchtete wohl wie sein Vater zurecht, dass die Nationalsozialisten auch ihn selbst wegen der unkorrekten Verwendung von Mitteln aus dem Wahlhilfefonds verantwortlich machen *könnten*.

Verschwiegen: Es war offenbar gerade *nicht* die »Verfassungstreue« Hindenburgs, die ihn dazu bewog, Hitler zum Kanzler zu ernennen, wie in so vielen Geschichtsbüchern verklärt, sondern die Angst um die eigene Person und die Konsequenzen von Anklagen gegen ihn und seinen Sohn.

Letztlich aber war die Ernennung des Mannes zum Kanzler, der die stärkste Fraktion im Reichstag anführte, demokratische Gepflogenheit. Diese gilt bis heute.

VI.
Die Sozialdemokraten »erzwingen« indirekt Hitler als Kanzler

Wie aber stellten sich die Sozialdemokraten gegen eine Reichstagsauflösung und die Hinauszögerung einer Neuwahl *über* 60 Tage hinaus, also entgegen Artikel 25 der Weimarer Verfassung?

Rudolf Breitscheid[698], der Sprecher der SPD-Reichstagsfraktion, sagte bereits am 28. November 1932 gegenüber dem damaligen Reichskanzler Schleicher, die SPD werde wohl *nicht* »auf die Barrikade gehen«, falls der verfassungsrechtlich sehr fragwürdige Staatsnotstand ausgerufen werde, aber sie werde sich gegen einen derartigen Verfassungsbruch mit allen Mitteln zur Wehr setzen.[699] Dies war eine ziemlich widersprüchliche Auffassung.

Die SPD-Zeitung *Hamburger Echo* schrieb am 24. Januar 1933 (Hervorhebungen durch mich):

»Die Proklamation eines Staatsnotstandsrechts hat in der Verfassung keine Grundlage. Sie ist verfassungswidrig. Wer dennoch seine Hand dazu gibt, ***treibt Verfassungsbruch*** (…) *Die Herren spielen mit der Katastrophe. Aus* ***leichtfertigem Machtdünkel*** *sind sie bereit,* ***Deutschland in namenloses Unheil zu stürzen***«.[700]

Am 26. Januar 1933 erläuterte der SPD-Parteivorstand in einer offiziellen Erklärung, dass die Proklamierung eines *»sogenannten staatlichen Notstandsrechts«* auf einen »Staatsstreich« hinauslaufen würde.[701] Der Preußische Ministerpräsident Otto Braun (SPD) wurde sogar noch deutlicher. In der Zeitschrift *Germania* schrieb er (Hervorhebungen durch mich):

»Wenn öffentlich dazu aufgefordert wird, der Präsident möge den Reichstag nach Hause schicken und vorläufig nicht wieder zusammentreten lassen, so ist dies eine Aufforderung zum **Hochverrat** (…)«[702]

Ich fasse den Standpunkt der Sozialdemokraten zu der Proklamation eines Staatsnotstands noch einmal mit den Schlagworten zusammen, die die SPD *selbst* in den Ring warf (siehe Hervorhebungen in den Zitaten oben):

- *»Verfassungswidrig«*
- *»Verfassungsbruch«*
- *»Spielen mit der Katastrophe«*
- *»Leichtfertiger Machtdünkel«*
- *»Deutschland in namenloses Unheil stürzen«*
- *»Staatsstreich«*
- *»Hochverrat«*.

Das sind starke Worte. Wie schon beschrieben machte Otto Braun, einer der prominentesten sozialdemokratischen Politiker seiner Zeit, im Januar 1933 trotzdem eine unglaubliche Kehrtwendung. Am 6. Januar 1933 trafen sich er und Reichskanzler Kurt von Schleicher, um über Preußen zu sprechen. Beide empfanden das Urteil des Staatsgerichtshofs (siehe Kapitel ➔ »Preußenschlag«) über eine Zweiteilung in eine Hoheitsregierung und eine von Kommissaren geleitete Regierung als ein Unding.[703]

Der SPD-Mann Braun schlug vor, Schleicher solle die Aufhebung des Preußenschlags erwirken und ihm, Braun, wieder die Führung in Preußen überlassen. *Dann* würde Schleicher den Reichstag und Braun *selbst* den Preußischen Landtag auflösen lassen. Die Neuwahlen sollten bis *weit* in das Frühjahr 1933 *hinausgezögert* werden.[704] Braun forderte, um in Preußen wieder das Sagen zu haben, also genau das, was er selbst als »Hochverrat«, seine SPD-Kollegen sogar als »verfassungswidrig«, »Verfassungsbruch«, »spielen mit der Katastrophe«, »leichtfertiger Machtdünkel« und »Staatsstreich« bezeichnet hatten.

Es ist anzunehmen, aber von mir nicht zu verifizieren, dass der einflussreiche SPD-Politiker mit seiner Absicht, Verfassungsbruch zu betreiben, nicht *allein* gehandelt hat, sondern dies in der Partei, im Vorstand oder in der Fraktion besprochen wurde. Natürlich registrierten die Nationalsozialisten solche undemokratischen Forderungen und sollten wiederum daraus lernen.

Aber man kann das Ganze auch noch anders sehen, wenn man der Argumentation folgen würde, Braun hätte *unabgestimmt* mit seiner Partei, diesen Schritt gewagt. Dann blieben die Verurteilungen der Sozialdemokraten zu diesem Schritt übrig, die öffentlich enormen Druck auf den Reichspräsidenten ausgeübt hatten,[705] die Verfassung nicht zu brechen. *Das* wiederum musste Hindenburg in seiner Auffassung bestärken, dass auch die SPD *für* eine Anklageerhebung des Reichspräsidenten im Reichstag gestimmt hätte. Somit war für Hindenburg die Ernennung Hitlers zum Kanzler persönlich wohl das kleinere Übel.

Verschwiegen: Die SPD erzwang indirekt Hitler.[706]

VII.
Hitlers Triumph

Am 28. Januar 1933 wurde Reichskanzler General Kurt von Schleicher im Präsidialamt vorstellig und forderte die Auflösungsorder des Reichstags. Hindenburg lehnte ab. Vorausgegangen waren viele Gespräche und Sondierungen.[707] Daraufhin erklärte Schleicher folgerichtig – nach 56 Tagen Amtszeit – seinen Rücktritt.[708] Der Reichspräsident hatte damit bereits gerechnet, denn das Rücktrittsgesuch war schon vorbereitet.[709]

Hindenburgs Entschluss, Schleicher fallenzulassen, gründete offensichtlich auf die Einwände seines Sohnes Oskar, aber auch seines Staatssekretärs Meissner, die sich für Papen einsetzten. Papen war zuvor immerhin der »Lieblingskanzler« des Reichspräsidenten gewesen.[710] Nicht zuletzt bezeichnete Papen eine Rechtsregierung unter Adolf Hitler als die einzige verfassungsrechtliche Lösung aus der Krise.[711]

29. Januar 1933: Papen nahm Kontakt mit mehreren früheren Kabinettsmitgliedern auf, die sich Hindenburgs Wertschätzung erfreuten. Sie alle sagten ihre Mitarbeit in einem Kabinett unter Kanzler Hitler mit Papen als Vizekanzler zu, lehnten aber die Beteiligung an einem Kabinett Papen-Hugenberg ab. Das schien den Reichspräsidenten zu beeindrucken.[712]

Hitler bestand jedoch auf Neuwahlen, denen ein Ermächtigungsgesetz folgen sollte (was auch im Sinne Hindenburgs war).[713] Dieses war die notwendige Voraussetzung, um später ohne Reichstag regieren zu können. Hitler wusste genau, dass die aktuelle Zusammensetzung des Reichstags keine Mehrheit für die Verabschiedung eines solchen Ermächtigungsgesetzes hergeben würde.[714]

Vom Mainstream nicht thematisiert: Hitler kündigte bereits, **bevor** er zum Reichskanzler ernannt wurde, an, dass er ein Ermächtigungsgesetz einbringen würde, das anschließend den Reichstag (das Parlament) und den Reichspräsidenten überflüssig machen würde – erzwang indirekt Hitler.[706]

Von Papen und dem Staatssekretär Meissner unterstützt[715], argumentierte Hitler, das Volk müsse die Gelegenheit erhalten, seine Unterstützung für die neue Regierung zu bekräftigen. Neuwahlen würden eine größere Mehrheit schaffen, mit der man dann ein allgemeines Ermächtigungsgesetz verabschieden könne. Dies sollte zur Erholung des Landes dienen.[716] Es kam natürlich auf das Ergebnis der Neuwahlen an, aber Hitler kalkulierte, dass seine Partei wieder die Stärkste werden würde. Damit lag er goldrichtig.

Wichtig: Papen und Hindenburg **wussten** von den Plänen Hitlers, ein Ermächtigungsgesetz einzubringen, das sie und das Parlament letztendlich eliminieren würde, **bevor** er überhaupt zum Reichskanzler ernannt worden war und stimmten Hitlers Forderung dennoch zu. Ribbentrop leitete die Botschaft von Hitler an Hindenburg weiter, dass es nach der angestrebten Wahl keine neue mehr geben werde,[717] was quasi die Entmachtung des Parlaments bedeutete.

Am Nachmittag konnte Papen Göring und Ribbentrop schließlich mitteilen, dass aus Sicht des Reichspräsidenten alles in Ordnung gehe.[718] Hindenburg hatte, zwar widerstrebend, aber immerhin, seine Zustimmung gegeben.[719]

Dieser Punkt ist von großer Wichtigkeit. Er zeigt, dass die Männer, die Hitler nun protegierten, bereit waren, das Parlament, ja sogar die Demokratie zu opfern. Weder Papen noch Hindenburg waren Anhänger der Demokratie und eines Parlamentes, in dem auch Sozialdemokraten und Kommunisten vertreten waren; dies erklärt vielleicht ihre Haltung. Papen legte Hindenburg schließlich die neue Kabinettsliste vor, die wie folgt aussah:

Das Kabinett Hitler (30. Januar 1933)
Reichskanzler: Adolf Hitler Adolf (NSDAP)
Vizekanzler: Franz von Papen (parteilos)
Auswärtiges: Konstantin Freiherr von Neurath (parteilos)
Inneres: Wilhelm Frick (NSDAP)
Finanzen: Lutz Graf Schwerin von Krosigk (parteilos)
Wirtschaft: Alfred Hugenberg (DNVP)
Arbeit: Franz Seldte (parteilos)
Justiz: Franz Gürtner (DNVP)
Reichswehr: Werner von Blomberg (parteilos)
Verkehr: Paul Freiherr von Eltz-Rübenach (parteilos)
Ernährung/Schatzmeister: Alfred Hugenberg (DNVP)
Post: Paul Freiherr von Eltz-Rübenach (parteilos)
Luftfahrt: Hermann Göring (NSDAP)[720]

Das neue Kabinett wurde am nächsten Tag, am 31. Januar 1933, um 11 Uhr vereidigt. Um 11.30 Uhr leistete der dreiundvierzig Jahre alte Adolf Hitler den Amtseid auf die Weimarer Verfassung:[721]

»Ich werde meine Kraft für das Wohl des deutschen Volkes einsetzen, die Verfassung und die Gesetze des Reiches wahren, die mir obliegenden Pflichten gewissenhaft erfüllen und meine Geschäfte unparteiisch und gerecht gegen jedermann führen«.[722]

Hindenburg sagte danach nur einen Satz:

»Und nun, meine Herren, vorwärts mit Gott!«[723]

Vor dem Gebäude in der Wilhelmsstraße hatte sich bereits eine riesige Menschenmenge versammelt. Den kurzen Weg zwischen dem Reichspräsidentenpalast bis zum Hotel Kaiserhof fuhr Hitler mit seinem Wagen. Er wurde mit ungeheurem Jubel begleitet. Bis ein Uhr nachts zog ein fast endloser Fackelzug an der Reichskanzlei vorbei. An deren Fenstern standen Hitler, Göring, Goebbels, Heß und der Reichspräsident. Dieser sagte zu Hitler: *»Ich habe ja nicht geahnt, wie sehr das Volk Sie liebt, mein Kanzler«* und umarmte ihn.[724] Goebbels beschrieb den Triumph so:

»Uns allen stehen die Tränen in den Augen. Wir drücken Hitler die Hand. Er hat›s verdient. Großer Jubel (...) Hitler phantastisch. Ganz groß. So wünsch ich ihn mir (...) Die Fackeln kommen. Um 7^h beginnt‹s. Endlos. Bis 10^h. Am Kaiserhof. Dann Reichskanzlei. Bis nach 12^h. Unendlich. Eine Million Menschen unterwegs. Der Alte [gemeint war Paul von Hindenburg/MGR] *nimmt den Vorbeimarsch ab (...) Aufbruch! Spontane Explosion des Volkes. Unbeschreiblich. Immer neue Massen. Hitler ist weg. Sein Volk jubelt ihm zu. Ich spreche im Rundfunk. Über alle deutschen Sender (...) Ich rede noch zu den Massen von der Reichskanzlei. Nach Mitternacht. Heil auf Hindenburg und Hitler. Sinnloser Taumel der Begeisterung* (...)«.[725]

Heinz Höhne schreibt dazu (Hervorhebungen durch mich):

»Doch merkwürdig, **Hitlers Berufung fand bei mehr Menschen Zustimmung, als die NSDAP Wähler hatte.** *Da brach etwas auf, was es in Deutschland noch nicht gegeben hatte.* **Wildfremde Menschen umarmten sich auf den Straßen und küssten sich und weinten zusammen, als sei ein neues Zeitalter angebrochen.** *Plötzlich sprachen in diesem Deutschland mit seiner gesellschaftlichen Steifheit und seinen schier unüberwindlichen Klassenschranken Menschen miteinander, die sich früher nie eines Blickes gewürdigt hatten, und* **es gab Leute, die auf der Straße tanzten** (...)«.[726]

Hitler wurde von vielen als »Volkskanzler« angesehen.[727] In Hunderten deutschen Städten gab es Umzüge, Feiern, Ausgelassenheit, Hakenkreuzfahnen wurden aufgezogen, auch in den entlegensten Dörfern.[728]

Hintergrund: Verschwiegenes zum 30. Januar 1933

Weitere **sehr** wichtige Anmerkungen zu diesem, für die Deutschen damals so denkwürdigen Tag, die im Allgemeinen falsch oder nicht vollständig wiedergegeben werden:

1. Der 30. Januar 1933 war *nicht* der Tag der Macht**ergreifung** durch die Nationalsozialisten, sondern der Tag der Machtübergabe in **sehr begrenztem Umfang** an den Reichskanzler Adolf Hitler. Oder wie Papen es ausdrückte:

»Wir haben ihn [gemeint war Adolf Hitler/MGR] *uns engagiert«.*[729]

2. Selten hatte ein Reichskanzler so **wenig** Einfluss auf die Zusammenstellung seines Kabinetts. Die meisten Minister waren nämlich von Papen und Hindenburg **ausgesucht** worden, und Hitler hatte diese **hinnehmen müssen**. Die wesentlichsten von ihnen kannte Hitler nicht einmal persönlich (!).[730]

3. Anfangs war Adolf Hitler keineswegs der »allmächtige« Kanzler-Diktator, wie er in unseren Geschichts- und Schulbüchern dargestellt wird. In Wahrheit war er kaum in der Lage, dem Kabinett seinen Willen aufzuzwingen. Er konnte lediglich in den engen Grenzen der Koalitionsabsprache mit Papen und Hugenberg taktieren. Hitlers »Macht« war eng begrenzt: Die Reichswehr war Hindenburgs Domäne, Papen kontrollierte (mit Goering) das Reichskommissariat von Preußen, und Hugenberg genoss als Reichswirtschafts- und Ernährungsminister sowie kommissarischer Leiter der preußischen Ministerien für Wirtschaft, Landwirtschaft und Arbeit den Ruf eines »Wirtschaftsdiktators«.[731]

Diese wesentlichen Umstände werden von politisch korrekten Historikern gewöhnlich nicht beachtet und von den Medien natürlich verschwiegen.

Einen »starken« Hitler, der von Beginn an seine »Macht« ausübte, hat es nicht gegeben. Er ist eine Erfindung von Autoren und Historikern.

Verschwiegen: Hitler hat die Macht *nicht* **ergriffen**, sie wurde ihm übergeben. Demnach ist der Begriff **»Machtergreifung«** eine weitere, politisch korrekte **Historiker-Lüge.**

Die »alten« Machtgruppen in Politik, Militär und Wirtschaft arrangierten sich mit Hitlers Kabinett und Führungskreis, zumal sie ähnliche Ziele verfolgten:

- Schaffung eines autoritär-nationalistischen Staates.
- Ausschaltung der marxistischen Linken.
- Verstärkung der Aufrüstung.
- Rückkehr zu einer Großmachtpolitik.[732]

Darüber hatte *nicht* Hitler *alleine* befunden, wie oft fälschlich dargestellt, sondern er hatte sich mit Papen, Hugenberg und Hindenburg darüber verständigt.[733]

Viele einzelne Faktoren haben zur Regierung Hitler beigetragen: der Versailler Vertrag, die unfähigen Regierungskabinette Brüning, Papen, Schleicher, der alternde Reichspräsident von

Hindenburg, Verfassungsbrüche des Präsidialsystems, das Stillhalten der SPD und vieles andere mehr.

Die Machtübergabe vollzog sich unter maßgeblicher Mitwirkung der traditionellen Funktions- und Machteliten.[734] Hitler hat sich lediglich jener Instrumentarien bedient, die ihm von den *»bürgerlichen Totengräbern der Republik«* bereitgestellt worden waren.[735] Ohne die selbstzerstörerischen Kräfte der Weimarer Republik wäre Hitler nicht an die Macht gekommen[736], und ich füge hinzu: Das politische »Aufgeben« und die Feigheit der SPD, eine Einheitsfront gegen die Nationalsozialisten zu bilden, hat ebenso dazu beigetragen.

Hintergrund: Zeitzeugen: Eine Diktatur war nichts grundsätzlich Schlechtes

Aus unserer heutigen Sicht scheint es unglaublich und undenkbar, aber in den 1920er und 1930er Jahren war eine Diktatur nichts Schlechtes. Das Diktaturverständnis war ein gänzlich anderes. Der Der Begriff »Diktatur« war positiv und der Umgang damit ziemlich leichtfertig.[737]

Den damaligen Zeitgenossen erschien die Diktatur als Allheilmittel für die Schwierigkeiten der Zeit. Auch die Wirtschaft wünschte sich geradezu eine Diktatur, bzw. ein autoritäres System herbei, weil sie alles, was sich die Arbeiterschaft seit 1918 erkämpft hatte, wieder abgeschafft sehen wollte. Vor allem den Acht-Stunden-Tag.[738]

Die *Frankfurter Zeitung* und *Deutsche Allgemeine Zeitung* konstatierten:

»Eine tiefe Sehnsucht nach Leitung und Autorität geht durch das Volk«.[739]

Auch große Teile des Militärs wünschten sich eine Diktatur als Mittel gegen innenpolitische Unruhen und gegen separatistische Strömungen.[740] Immer wenn sich die Regierung in einer schwierigen Lage gegenüber dem Parlament sah, wurde erwogen, die Volksvertretung, also das Parlament, diktatorisch auszuschalten.[741] Heinz Höhne schreibt:

»Diktaturpläne wurden die große Mode, jeder wusste einen noch besseren Weg, mit autoritären Mitteln die Probleme des Vaterlandes zu meistern, allen aber war eines gemeinsam: das fast pseudoreligiöse Verlangen nach dem Führer, der Wundergestalt, die von den Übeln dieser Welt erlöst (...) Der Führerkult schlug viele Demokraten derartig in seinen Bann, dass sie gar nicht merkten, wie sehr sie schon faschistischen Leitbildern folgten«.[742]

Schleicher und Papen hatten den Schritt einer Diktatur öfters erwogen, wie Sie in den vorangegangenen Kapiteln bereits erfahren haben. Irene Strenge schreibt:

»Viele wollten die Diktatur als endgültige neue Form, wobei dann wieder Uneinigkeit herrschte, wie diese Diktatur aussehen sollte. Doch auch, wer keine Diktatur als Dauerlösung wollte, sah die Diktatur als notwendiges Übergangsstadium an«.[743]

Fakt ist außerdem: Eine Diktatur bestand bereits seit den Zeiten des ersten Kabinetts Brüning (31. März 1930 bis zum 9. Oktober 1931) und zwar als »Präsidialdiktatur«.[744] Auch das habe ich oben ausführlich dargelegt.

Selbst die Weimarer Verfassung sah mit ihrem Artikel 48 eine kommissarische Diktatur vor. Diese sollte in Krisenzeiten ein schnelles Eingreifen ohne lange Parlamentsdebatten ermöglichen. Der Diktator wurde nur nicht als solcher benannt, sondern als »Kommissar« betitelt, der mit der Wahrnehmung der Diktatur so lange betraut wurde, bis er den Normalzustand wieder hergestellt hatte.[745] Irene Strenge:

»Die vorübergehende, kommissarische Diktatur empfand man als weise Selbstbeschränkung des Parlaments in Krisensituationen. Diese Diktatur erlaubte den Gebrauch von Machtmitteln, wie er in Normalzeiten nicht vorkommen sollte und durfte, sondern nur in unnormalen, krisenhaften Zeiten, und zwar nur zum Zweck der Wiederherstellung verfassungsmäßiger Normalität (...) *Da das Parlament aber dauernd arbeitsunfähig war, machten die Präsidialkanzler immer häufiger von Art. 48 WV Gebrauch und dehnten seine Anwendung auf immer mehr Gebiete aus, die es rechtlich zu regeln galt. Das war Wasser auf den Mühlen all derjenigen, die ohnehin eine Diktatur wünschten* (...)«[746]

Dennoch: Die Machtübergabe war nicht *unvermeidlich* gewesen, wie ich dargelegt habe, doch sie war von den Rechtskonservativen gewollt und gefördert worden und von der SPD hingenommen. Die ungeliebte, von den Siegermächten nach dem Ersten Weltkrieg aufgedrängte Demokratie wurde kampflos aufgegeben.

Der Triumph der Nationalsozialisten war zugleich auch eine Demütigung der KPD. Die SPD hatte sich – wie beschrieben – aus der aktiven Politik weitgehend zurückgezogen und hinterließ das Land kampflos seinem Schicksal.

4

Die Nationalsozialisten lernen von den Tricks der SPD, um das Parlament auszuschalten

I.
Das angebliche »Bollwerk gegen rechts« toleriert die Hitler-Regierung

Und die Sozialdemokraten, die sich bis heute so gerne als *»Bollwerk gegen rechts«*[747] beloben, was unternahmen sie, angesichts der neuen nationalen Regierung unter Adolf Hitler? Standen sie auf? Revoltierten sie? Oder demonstrierten sie wenigstens? – Nein! Sie diskutierten sich wortwörtlich »zu Tode«.

29. Januar 1933: Als das neue Kabinett sich konstituierte, diskutierte die SPD über eine »Einheitsfront«, die man mit den Kommunisten aufbauen müsse. Jetzt, nachdem es zu spät war! Nach all den Jahren, in denen die Kommunisten vergeblich versucht hatten, die Sozialdemokraten aus ihrer feigen Lethargie aufzuwecken. Doch man war sich wiederum nicht einig: War es wirksamer zu handeln oder zu warten? Die SPD diskutierte und diskutierte – und hielt sich bereit – immerhin.[748] Doch für was?

30. Januar 1933: In ihrem Sitzungssaal im Reichstagsgebäude traf sich die SPD-Führungsspitze mit den Anführern der Gewerkschaften. Ausgerechnet an diesem bedeutsamen Tag weilte Otto Wels in Ascona.[749] Rudolf Breitscheid[750], der Fraktionsvorsitzende, lehnte eine Zusammenarbeit mit den Kommunisten ab, wenn die Regierung Hitler den Reichstag auflösen würde. Alles, was die SPD tun könne, sei *»Entschlossenheit zu dokumentieren«*.[751]

Nur kurze Zeit später sagte Breitscheid, dass Hitlers Kommen *»eigentlich zwangsläufig«* gewesen sei.[752] Aber damit log er sich in die eigene Tasche. Denn wie ich erwiesen habe, hätte Hitler von den Sozialdemokraten im Verbund mit der KPD und den Gewerkschaften verhindert werden können. All dies dokumentiert das *»völlige Versagen«*[753] der sozialdemokratischen Führer vor den historischen Erfordernissen des Kampfes. Heinz Niemann resümiert nicht ohne Bitternis (Hervorhebungen durch mich):

»Nicht nur **Mut zum Handeln fehlte**, *sondern auch die Fähigkeit, angesichts einer neuen Lage im Kräfteverhältnis der Klassen* **mit falschen Vorstellungen und überholten Denkschemen zu brechen**. *Sein Versprechen [gemeint ist der SPD-Parteivorstand/MGR], er werde zum rechten Zeitpunkt ein Signal geben, war* **Betrug an den sozialdemokratischen Mitgliedern und Anhängern**. *Aus Angst vor einer selbstständigen Aktion der Massen, die sich gegen die Grundlagen des kapitalistischen Staates ausweiten und die Trennlinie zu den Kommunisten überwinden könnte,* **wagte es die SPD-Spitze nicht einmal, die Macht der organisierten Arbeiterschaft zur Verteidigung der Weimarer Demokratie einzusetzen.** *Die KPD konnte allein diesen Kampf nicht führen. So gingen der* **30. und 31. Januar 1933 vorbei, ohne dass es zu einer einheitlichen machtvollen Gegenaktion der deutschen Arbeiterbewegung kam**«.[752]

Das angebliche »Bollwerk gegen rechts«, wie man es uns heute vorschwindeln will, war in Wirklichkeit nicht mehr und nicht weniger als eine Sandburg.

Am Tag der Machtübergabe an Adolf Hitler meldeten sich der SPD-Vorstand und die Reichstagsfraktion zu Wort. Millionen Sozialdemokraten, ihre Mitglieder, Sympathisanten und Wähler warteten. Viele wollten endlich etwas tun, wollten kämpfen und hatten sich darauf vorbereitet.[755]

Doch die Führungsriege forderte lediglich *»Kaltblütigkeit, Entschlossenheit, Disziplin, Einigkeit und nochmals Einigkeit«* von ihren Anhängern ein und mahnte weiterhin zum Stillhalten.[756] Im Grunde genommen argumentierten die Genossen in derselben Weise wie nach dem Preußenschlag:

»Undiszipliniertes Vorgehen einzelner Organisationen oder Gruppen auf eigene Faust würde der gesamten Arbeiterklasse zum schwersten Schaden gereichen«.[757]

Heinz Niemann schrieb dazu treffend:

»Der Aufruf zeigte insgesamt, dass der Parteivorstand die Augen vor der vollen Tragweite des faschistischen Machtantritts verschloss. Er legte die SPD und die Gewerkschaften (…) *auf einen legalistischen Kurs des Abwartens und Stillhaltens fest. Damit war in dem entscheidenden Moment der Schritt zur Kapitulation und Niederlage getan«.*[758]

Verschwiegen: Anstatt die »Nazis« mit öffentlichen und parlamentarischen Mitteln (z. B. Streiks und Protesten, Aufrufen) zu bekämpfen, warteten die Sozialdemokraten ab und hielten still.

Die Gewerkschaften bliesen in dasselbe Horn: *»Organisation – nicht Demonstration ist die Parole der Stunde. Die Gewerkschaften haben Jahrzehnte hindurch in diesem Geiste gehandelt«*[759], sagte Theodor Leipart[760], der Vorsitzende des Allgemeinen Deutschen Gewerkschaftsbundes (ADGB) mit über drei Millionen Mitgliedern.[761] Die Historiker Hauke Friedrichs und Rüdiger Barth schreiben dazu:

»Die Verteidiger der Republik verharren in ihren Stellungen. Sie warten. Worauf warten ihre Anführer? Was muss noch geschehen? Und wenn es geschieht: Kann es dann zu spät sein?«[762]

Die Kommunisten reagierten ganz anders: Der Berliner Bezirksleiter der KPD, Walter Ulbricht[763], schlug im Auftrag Ernst Thälmanns wiederum ein Bündnis mit den Sozis vor:

»Führt gemeinsam mit euren kommunistischen Klassengenossen in allen Betrieben und Arbeiterwohnvierteln die Massendemonstration, den Massenstreik, den Generalstreik durch«.[764]

Doch die Sozialdemokraten nahmen auch dieses Angebot *nicht* an.[765] Die SPD hätte zusammen mit der KPD und den Gewerkschaften in den ersten Tagen, als die neue Regierung noch nicht richtig konstituiert war, durch einen Generalstreik oder gar einen Aufstand dem neuen Regime empfindliche Stöße erteilen können. Vielleicht wären Zugeständnisse herausgekommen? Vielleicht wäre das Kabinett abgelöst worden? Denn eines war klar: Hindenburg wollte nach wie vor einen Bürgerkrieg vermeiden.

Ernst Thälmann, der Führer der deutschen Kommunisten, machte der SPD am 27. Februar 1933 und am 10. März 1933 erneut Angebote einer gemeinsamen Kampffront der Arbeiterklasse. Doch die sozialdemokratische Spitze lehnte jede dieser Offerten auch weiterhin kategorisch ab.[766]

Otto Wels gab bei der letzten Beratung des SPD-Parteiausschusses ein Spiegelbild völliger Konfusion. Er sagte: *»Wir sind eben geschlagen und müssen wieder von vorn anfangen«.*[767] Möglicherweise werde sich die Partei auflösen, und auch sonst zeigte Wels nicht den Ansatz einer realistischen Analyse der Lage.[768] Der Vorsitzende der »stolzen« SPD war nur noch ein Getriebener, der sich in eine Situation manövriert hatte, aus der es nur noch zwei Auswege gab: Schmählich zu kapitulieren oder sich anzupassen.[769]

Auch die Gewerkschaften taten alles dafür, ihre Betriebsbelegschaften »ruhig« zu halten.[770] Die ADGB-Führung ging auf Distanz zur SPD. Sie versuchte, durch Neutralität die Weiterexistenz unter der Hitler-Regierung richtiggehend zu »erbetteln«.[771] Heinz Niemann resümiert (Hervorhebungen durch mich):

»Dies (…) *demonstrierte das* **völlige Versagen der sozialdemokratischen Führer** *vor den historischen Erfordernissen des Kampfes (...) Als ein formelles Verbot der KPD als erwarteter Verfassungsbruch ausblieb, weil die Nazis für diesen Fall mit einem Generalstreik rechneten, genügte es der rechten SPD-Führung,* **die Hitlerregierung als ›verfassungsmäßig‹ zu akzeptieren** (…) *Die einzige Handlung blieb das Misstrauensvotum der Reichstagsfraktion (...) Eine solche* **Regierung mit Hitler** *an der Spitze schien ihm* [dem SPD-Parteivorstand/MGR] *das* **kleinere Übel** *zu sein gegenüber der Errichtung der faschistischen Diktatur im Ergebnis eines Marsches der Faschisten auf Berlin. Nicht nur der Mut zum Handeln fehlte* (…) *Sein Versprechen, er werde zum rechten Zeitpunkt ein Signal geben, war* **Betrug an den sozialdemokratischen Mitgliedern und Anhängern**«.[772]

Verschwiegen: Die SPD versuchte durch Neutralität die Weiterexistenz unter der Hitler-Regierung zu »erbetteln«.

Otto Wels verteidigte in seiner Rede sogar die SPD-Führungs-These, man müsse die Nazis abwirtschaften lassen: *»Gestrenge Herren regieren nicht lange«*.[771]

Verschwiegen: Die SPD schien in Hitler das »kleinere Übel« zu sehen und akzeptierte die Hitler-Regierung. Das war gleichzeitig Betrug an den eigenen Mitgliedern und Wählern.

II.
Göring nahm die SPD-Taktik zur Umstrukturierung der Polizei zu seinem Vorbild

Eine weitere indirekte Mitschuld der SPD ergab sich aus der Tatsache, dass Hermann Göring nach dem 30. Januar 1933, als Kommissar im Preußischen Innenministerium, konservative Beamte in leitenden Stellen der preußischen Polizei durch das Einsetzen von Nationalsozialisten ablöste. Diese »Umsetzungspolitik« war aber keinesfalls eine »Erfindung« Görings, ganz im Gegenteil: Er nahm sich das Preußen von 1920 zum Vorbild, als nach dem Kapp-Lüttwitz-Putsch[774] der preußische Polizeiapparat *sozialdemokratisch* umgesetzt worden war.[775]

Verheimlicht: Göring nahm die Taktik der SPD zur Umstrukturierung der Polizei zu seinem Vorbild.

III.
Die Feigheit und das Versagen der SPD werden immer schlimmer

5. März 1933: Die Reichstagswahl, die von politisch korrekten Geschichts»professoren« als von den Nazis »gelenkt« und durch Straßenterror »beeinflusst«[776] dargestellt wird, brachte allerdings **keine** Mehrheit für die Nationalsozialisten.

Wäre sie in dem Maße gelenkt und beeinflusst worden, wie man es uns suggeriert, wäre das Ergebnis der NSDAP wohl nicht »nur« bei 43,9 Prozent gelegen. Ganz im Gegenteil: Den 17,3 Millionen Stimmen für die Nationalsozialisten standen über 12 Millionen Stimmen der KPD und SPD gegenüber.[777] Waren diese 12 Millionen in den Augen der Lücken-Historiker etwa auch »gelenkt« und »beeinflusst«? Wohl kaum.

Ein Zusammenschluss der Kommunisten und Sozialdemokraten zu einer Arbeiter- oder Einheitsfront hätte also immer noch etwas gebracht. Doch die Sozialdemokraten als »Bollwerk gegen rechts« (was angesichts der Tatsachen geradezu ein Witz ist!) versagten auch weiterhin in jämmerlicher Weise.

Nicht thematisiert: Wieso konnten 12 Millionen Wähler bei einer angeblich von den Nationalsozialisten »gelenkten« und »beeinflussten« Wahl, »NEIN« zu Adolf Hitler sagen?

Sogar der SPD-»Schufo«-Mann Höltermann musste über die Wahl am 5. März 1933 zugeben:

»Wenn diese Regierung [gemeint war das Hitler-Kabinett/MGR] *eine Mehrheit bekommt, hat das Volk nach demokratischen Gesichtspunkten entschieden«.*[778]

7. März 1933: Die Schmach der Sozialdemokraten ging immer weiter. Der SPD-Parteivorstand und die Reichsbannerführung nahmen auch das Verbot der Eisernen Front (ein Zusammenschluss des Reichsbanners, ADGB, Allgemeinen freien Angestelltenbundes, SPD, Arbeiter-Turn- und Sportbundes) *widerstandslos* hin. Ebenso die Verhaftung von 18 Reichstagsabgeordneten.[779]

Was in deutschen Geschichtsbüchern in diesem Zusammenhang aber weitgehend verschwiegen wird, ist die Tatsache, dass ein Teil der verhafteten Sozialdemokraten wieder freigelassen wurde.[780]

Aber noch etwas wird hierzulande gerne unter den Tisch gekehrt: Schon **vor** dem Verbot der SPD als Partei am 22. Juni 1933 fassten ganze Ortsvereine den Beschluss zur Selbstauflösung. Und zwar **nicht** wegen der Nationalsozialisten, sondern aus Enttäuschung, Ablehnung und Empörung über die Versuche der SPD-Führung, sich immer wieder anzupassen und zurückzuweichen.[781]

Hunderttausende sogenannter »Märzgefallener« traten aus der Partei aus und viele davon sogar in die NSDAP ein.[782]

Verschwiegen: Schon vor dem Verbot der SPD löste sich die Partei in großen Teilen auf. Grund dafür waren **nicht** die Nationalsozialisten, sondern die Enttäuschung über die eigene Partei. Viele ehemalige SPD-Mitglieder traten daraufhin in die NSDAP ein.

IV.
Die Nationalsozialisten kopieren die SPD-Praxis, paramilitärische Verbände in die Polizei zu übernehmen

Die Mainstream-Historie echauffiert sich nach wie vor darüber, dass die »braunen« Schlägerhorden der »Nazis« polizeirechtliche Befugnisse bekamen.

Zunächst ist festzustellen, dass nicht nur 40.000 Angehörige der SA oder SS am 22. Februar 1933 von Hermann Göring (Reichsminister ohne Portefeuille, Kommissar im Preußischen Innenministerium und damit oberster Polizeichef Preußens) in die preußische Polizei quasi »eingegliedert«, sondern auch 10.000 Mitglieder des Stahlhelms[783] zu Hilfspolizisten ernannt wurden. Die nicht-nationalsozialistischen Minister in der Regierung schwiegen dazu.[784]

Was den Historikern, die sich mit der rechtlichen Materie nicht genügend auskennen, heute als »Ungeheuerlichkeit« vorkommt, war in der Weimarer Republik jedoch gängige Praxis. Der »ungeheuerliche« Schritt bezog sich nämlich ausdrücklich auf das Hamburgische Gesetz zur Bestellung von Hilfspolizeibeamten vom 26. Januar **1921**.[785]

Es war also wiederum *nicht* die »Idee« des Nationalsozialisten Göring, diesen Schritt zu machen. Hierfür gab es konkrete Vorbilder aus der Vergangenheit, aus denen die Nationalsozialisten lernten. Und auch hier waren die Sozialdemokraten wieder ganz vorne mit dabei:

Bereits in der Anfangszeit der Weimarer Republik hatten sogenannte »Ordnungsdienste« oder »Bürgerwehren« polizeiliche Aufgaben übernommen.

Ein Vorbild für Hermann Göring war das »Hamburgische Gesetz betr. Bestellung von Hilfspolizisten«, das im SPD-DDP[786] geführten Hamburg am 26. Januar 1921 in Kraft getreten war. Weitere Vorbilder waren Gesetze aus Sachsen mit seiner SPD-KPD-Regierung und Thüringen mit seiner SPD-Regierung.

Am 17. Mai 1923 beschloss der Vorstand der sächsischen SPD, mit der KPD gemeinsam proletarische Abwehrorganisationen, die sogenannten »Proletarischen Hundertschaften«, zu bilden. Die sächsische Regierung räumte diesen »Horden« hilfspolizeiliche Funktionen ein.[787] Ähnlich in Thüringen, wo die KPD proletarische Hundertschaften in einer Stärke von 8.000 bis 9.000 Mann aufstellte, die sich polizeiliche Aufgaben anmaßten, was im Klartext hieß: Terror gegen alle, die anders als weit links dachten. Dies geschah zwar, ohne dass die SPD-Regierung in Thüringen dies angeordnet hatte, allerdings wurden sie vom Leitenden Staatsminister August Fröhlich (SPD) dazu ermuntert.[788] In seiner Regierungserklärung am 17. Oktober 1923 führte er an, die thüringische Regierung rechne auf die *»republikanischen Notwehren und alle übrigen proletarischen Kampforganisationen«*.[789]

Verschwiegen: Frühere SPD-Regierungen in Hamburg, Thüringen und Sachsen gaben den Nationalsozialisten die Vorlage dafür, SA- und SS-Angehörige zu Hilfspolizisten zu ernennen.

Dazu kommt, dass bereits *vor* dem Preußenschlag der preußische Innenminister Carl Wilhelm Severing (SPD) dazu tendierte, wenn er den Ausnahmezustand verhängen müsste, das Reichsbanner Schwarz-Rot-Gold zur Hilfspolizei zu erklären.[790] All das waren natürlich Steilvorlagen für Hermann Göring.

Das Einbeziehen von paramilitärischen Verbänden in die Polizei war also auch nicht die »Idee« der Nationalsozialisten, sondern wurde in der Weimarer Republik bereits von SPD-geführten Landesregierungen vorgemacht.

❺ Der *zweite* Preußenschlag (6. Februar 1933)

In der gängigen historischen Literatur oft ausgeblendet und nicht erwähnt ist der sogenannte »zweite Preußenschlag«.

Wir erinnern uns: Am 17. November 1932 wurde Papen von General Schleicher gestürzt. Doch Papen erwies sich als Stehaufmännchen und übernahm in Hitlers Kabinett auf Wunsch Hindenburgs, die Rolle des Vizekanzlers und wieder das Amt des Reichskommissars für Preußen. Dieses Amt musste er sich jedoch de facto mit Hermann Göring teilen, der zum Kommissar für das preußische Innenministerium ernannt worden war.[791] Papen hatte sogar die groteske Idee, Hindenburg solle sich selbst zum *»Staatspräsident in Preußen«* ernennen, ein Amt, das es gar nicht gab.[792]

Papen waren die letzten »roten« Kräfte (SPD) ebenso ein Dorn im Auge wie den Nationalsozialisten. Auf der Ministerkonferenz am 3. Februar 1933 war man sich demzufolge einig, dass die Regierung von SPD-Braun, die formal immer noch im Amt war, so schnell wie möglich verschwinden sollte. Doch Artikel 17 der Reichsverfassung garantierte den Bestand der Länder, machte sie also »diktaturfest«.

Hitler konferierte deshalb am 5. Februar 1933 mit dem Reichsgerichtspräsidenten Bumke und mit Papen, um eine *legale* Möglichkeit zu finden,[793] das Problem zu lösen – und schließlich wurde sie auch gefunden.

Papen ließ am 6. Februar 1933 Reichspräsident Hindenburg eine neue Verordnung unterschreiben (»Verordnung zur Wiederherstellung geordneter Regierungsverhältnisse in Preußen«), was die Auflösung des preußischen Landtages und Neuwahlen am 5. März 1933 zur Folge hatte. Hier der vollständige Wortlaut (Hervorhebungen durch mich):

Verordnung des Reichspräsidenten zur Herstellung geordneter Regierungsverhältnisse in Preußen.

Vom 6. Februar 1933.

Auf Grund des Artikels 48 Abs. 2 der Reichsverfassung verordne ich folgendes:

§ 1

[1] Durch das Verhalten des Landes Preußen gegenüber dem Urteil des Staatsgerichtshofs für das Deutsche Reich vom 25. Oktober 1932 ist eine **Verwirrung im Staatsleben** *eingetreten, die das Staatswohl gefährdet.*

[2] Ich übertrage deshalb bis auf weiteres dem Reichskommissar für das Land Preußen und seinen Beauftragten die Befug-

nisse, die nach dem erwähnten Urteil dem Preußischen Staatsministerium und seinen Mitgliedern zustehen.

§ 2

Mit der Durchführung dieser Verordnung beauftrage ich den Reichskommissar für das Land Preußen.

§ 3

Die Verordnung tritt mit dem Tage ihrer Verkündung in Kraft.

Berlin, den 6. Februar 1933.
Der Reichspräsident
von Hindenburg

Für den Reichskanzler
von Papen
Stellvertreter des Reichskanzlers[794]

Hindenburg bezog sich dabei auf das Urteil des Staatsgerichtshofs für das Deutsche Reich vom 25. Oktober 1932 (siehe Kapitel➔ »Der erste Preußenschlag«). In ihm ist jedoch von keiner *»Verwirrung im Staatsleben«* die Rede, was eine nicht juristische Bezeichnung war. Doch das interessierte weder Vizekanzler Papen, der das Ganze initiierte, noch den Reichspräsidenten, noch den Reichskanzler und auch nicht das Regierungskabinett.

Das war der zweite Schlag gegen das Land Preußen. Das preußische Staatsministerium reichte zwar Klage gegen die Verordnung und die Ankündigung von Neuwahlen beim Staatsgerichtshof ein, doch diese wurden nicht mehr behandelt. Die Regierung unter dem Sozialdemokraten Braun trat schließlich am 5. März 1933 endgültig zurück.[795] Wiederum sang und klanglos.

Ein paar Tage zuvor, am 27. Februar 1933, hatte sich Ernst Thälmann, der Führer der KPD, persönlich mit einem offenen Brief noch einmal an die sozialdemokratischen und christlichen Arbeiter Deutschlands, an die freien Gewerkschaften und die Reichsbannerkameraden gewandt und wiederholte den Vorschlag, eine Einheitsfront aller Arbeiter zu schaffen, um gemeinsam den »faschistischen Terror« abzuwenden.[796] Doch anstatt das Bündnis mit der KPD zu suchen, »hoffte« der SPD-Parteivorstand ein günstiges Wahlergebnis erzielen zu können und distanzierte sich zum xten Male von der KPD.[797] Lediglich zu einem Aufruf am 6. März 1933 konnte sich der Parteivorstand durchringen:

»Ihr habt standgehalten. Unerschüttert, kampferprobt, gerüstet steht die Partei, noch fester ist ihr Zusammenhalten. Neue Anforderungen wird die nächste Zeit an die deutsche Sozialdemokratie stellen. Wir sind ihnen gewachsen. Der Kampf um die Wiedereroberung der Bewegungsfreiheit der Arbeiterschaft und ihrer politischen Rechte geht weiter (...) Haltet der Partei die Treue! Wir bleiben, was wir waren!«[798]

Das war einfach nur erbärmlich …

Am 10. März 1933 beschloss das Sekretariat des Zentralkomitees der KPD erneut ein Schreiben an den SPD-Vorstand mit dem Vorschlag eines dringlichen Einheitsfrontangebots zu schikken, das Otto Wels am 11. März 1933 übergeben wurde.[799] Heinz Niemann zeichnet die Reaktion der Sozialdemokraten auf:

»Dieses am 11. März übermittelte Angebot wurde am Tag der letzten Beratung des SPD-Parteiausschusses am 14. März 1933 veröffentlicht. Das unvollständige Protokoll ist ein Spiegelbild der völligen Konfusion in der obersten Führungsspitze. Wels‹ teils wirre Rede zeigte nicht den Ansatz einer Analyse der Lage oder den Versuch eines strategisch-taktischen Konzepts, dafür aber das mehrfache Lamentieren über die Niederlage der Sozialdemokratie. ›Wir sind eben geschlagen und müssen wieder von vorn

anfangen‹ (…) Dem Angebot der KPD schenkte er im ›Einvernehmen mit den Kollegen‹ keinerlei Beachtung, da es ›außerhalb jedes Ernstes gewesen sei«.[800]

Aber das Beste: Wels gab nicht nur sich oder seinen Führungskollegen und Funktionären die Schuld, sondern auch den Arbeitern! Am 26. April 1933, anlässlich der letzten Reichskonferenz der SPD sagte Wels nämlich, er wäre zu kurzsichtig, die Ursachen für den Machtantritt Hitlers ausschließlich in den Irrtümern von Personen zu suchen, es sei die Arbeiterschaft selbst, die sich den ungeheuren Problemen der Zeit nicht gewachsen gezeigt hätte.[801] Gerade die Arbeiterschaft, die immer und immer wieder kämpfen wollte, was aber von der Parteiführung abgelehnt wurde, sollte nach dem SPD-Frontmann Otto Wels jetzt Mitschuld an der Machtübergabe an Adolf Hitler sein. Auch hier gilt: Mehr als nur erbärmlich …

Ähnlich sieht das auch Heinz Niemann, dem ich für seine politisch völlig unkorrekten Worte nachträglich danke (Hervorhebungen durch mich):

»Diese Rede des **Parteivorsitzenden der SPD bewies nicht nur sein völliges Versagen als politischer Führer** *in einer Krisensituation, sie zeugte vor allem davon, wie weit die Politik der rechten Mehrheit des Parteivorstandes von den objektiven Erfordernissen des antifaschistischen Kampfes entfernt war. Es wurde darauf* **verzichtet, der Arbeiterklasse** *und allen anderen antifaschistischen und demokratischen Kräften die* **einzig realistische Aufgabe zu stellen, durch ökonomische und politische Teilkämpfe, durch die Verteidigung der verbliebenen demokratischen Rechte der Arbeiterklasse** *in den Betrieben die weitere Konsolidierung der Hitlerdiktatur zu verhindern und allmählich die Bedingungen für ihren Sturz zu schaffen«.*[802]

Verschwiegen: Otto Wels gab ausgerechnet der Arbeiterschaft, die zum Kampf bereit war, eine Mitschuld am Aufstieg Hitlers.

Aber das war noch nicht das Schlimmste, denn auf Betreiben von Paul Löbe (SPD), dem ehemaligen Reichstagspräsidenten, wurden alle **jüdischen** Mitglieder – als *»Geste vorbeugender Unterwerfung«*[803] – aus dem **SPD-Vorstand** *entfernt.* Man wollte den Nationalsozialisten offenbar auch diesen Vorwand für ein Vorgehen gegen die Partei nehmen.[804] Deshalb wurden wohl die jüdischen Mitglieder »geopfert«.

Verschwiegen: Die SPD entfernte alle jüdischen Mitglieder aus ihrem Vorstand.

Teil IV:

Die SPD und das Ermächtigungsgesetz – die verschwiegene Wahrheit

❶

Die Mainstream-Sicht

Über Hitlers sogenanntes »Ermächtigungsgesetz« werden so viele Lügen und Halbwahrheiten verbreitet, dass mir im wahrsten Sinne des Wortes der Atem stockte, als ich die zeitgenössischen Dokumente, Belege und Fakten genau analysierte.

Die **Mainstreamfassung** ist schnell erzählt: Das Ermächtigungsgesetz, das Hitler mit Drohungen, Terror und Gewalt durchsetzte, war der Beginn seiner Diktatur. Von 647 Abgeordneten des Reichstags waren nur 535 anwesend. Die Abwesenheit einiger blieb unentschuldigt. Andere befanden sich in Konzentrationslagern in Schutzhaft. Infolge der Wucht des Nazi-Drucks und Terrors nahm der Reichstag das Ermächtigungsgesetz an. Das Abstimmungsergebnis lautete: 441 Ja-Stimmen.[805] So oder so ähnlich ist das in gängigen Geschichts- und Schulbüchern zu lesen.

Hier zunächst der *vollständige* Wortlaut des Gesetzes:

Hintergrund:
Gesetz zur Behebung der Not von Volk und Reich.
[Ermächtigungsgesetz/MGR]

Vom 24. März 1933

Der Reichstag hat das folgende Gesetz beschlossen, das mit Zustimmung des Reichsrats hiermit verkündet wird, nachdem festgestellt ist, dass die Erfordernisse verfassungsändernder Gesetzgebung erfüllt sind:

Artikel 1

Reichsgesetze können außer in dem in der Reichsverfassung vorgesehenen Verfahren auch durch die Reichsregierung beschlossen werden. Dies gilt auch für die in den Artikeln 85 Abs. 2 und 87 der Reichsverfassung bezeichneten Gesetze.

Artikel 2

Die von der Reichsregierung beschlossenen Reichsgesetze können von der Reichsverfassung abweichen, soweit sie nicht die Einrichtung des Reichstags und des Reichsrats als solche zum Gegenstand haben. Die Rechte des Reichspräsidenten bleiben unberührt.

Artikel 3

Die von der Reichsregierung beschlossenen Reichsgesetze werden vom Reichskanzler ausgefertigt und im Reichsgesetzblatt verkündet. Sie treten, soweit sie nichts Anderes bestimmen, mit dem auf die Verkündung folgenden Tage in Kraft. Die Artikel 68 bis 77 der Reichsverfassung finden auf die von der Reichsregierung beschlossenen Gesetze keine Anwendung.

Artikel 4

Verträge des Reiches mit fremden Staaten, die sich auf Gegenstände der Reichsgesetzgebung beziehen, bedürfen für die Dauer der Geltung dieser Gesetze nicht der Zustimmung der an der Gesetzgebung beteiligten Körperschaften. Die Reichsregierung erlässt die zur Durchführung dieser Verträge erforderlichen Vorschriften.

Artikel 5

Dieses Gesetz tritt mit dem Tage seiner Verkündung in Kraft. Es tritt mit dem 1. April 1937 außer Kraft, es tritt ferner außer Kraft, wenn die gegenwärtige Reichsregierung durch eine andere abgelöst wird.

Berlin, den 24. März 1933

Der Reichspräsident
von Hindenburg

Der Reichskanzler
Adolf Hitler

Der Reichminister des Inneren
Frick

Der Reichsminister des Auswärtigen
Freiherr von Neurath

Der Reichsminister der Finanzen
Graf Schwerin von Krosigk[806]

Das hieß nichts anderes, als dass die Reichsregierung künftig die Gesetze allein beschließen konnte (Artikel 1). Der Reichspräsident brauchte nicht einmal mehr die Gesetze ausfertigen, sondern dies erledigte nun der Reichskanzler (Artikel 3). So wurde de facto der Reichstag und der Reichspräsident bis zum 1. April 1937 »ausgeschaltet«. Die Gesetze konnten zudem von der Verfassung abweichen (Artikel 2).

Die offizielle Geschichtsschreibung lässt jedoch viele kleine Details und Fakten aus, die zur ganzen Wahrheit gehören:

- Die SPD arbeitete schon seit Anbeginn der Weimarer Republik an vielen Ermächtigungsgesetzen mit. Sie dienten »Hitlers« Ermächtigungsgesetz als Vorbild.
- Die SPD biederte sich einmal mehr Adolf Hitler an und war **keinesfalls** das so erlogene »Bollwerk gegen rechts«.

Das werde ich nun Stück für Stück dokumentieren. Doch von Anfang an:

❷

Frühere Ermächtigungsgesetze

»Hitlers« Ermächtigungsgesetz fiel ebenfalls nicht vom Himmel. Reichsinnenminister Frick und seine Mitarbeiter waren nicht dumm. Sie nahmen Ermächtigungsgesetze, die bereits in der Weimarer Republik erlassen worden waren, genauestens unter die Lupe. Ein Fakt, der heute keinerlei Erwähnung mehr findet.

I.
Die Ermächtigungsregel

Die Rechtsetzung aufgrund eines Ermächtigungsgesetzes hatte ihren Anfang bereits am 4. August 1914, beim Ausbruch des Ersten Weltkrieges, genommen. An diesem Tag wurde nämlich eine »Ermächtigungsregel« erlassen.[807] Damals fasste man die Ermächtigungsgesetze zwar als diktatorische Maßnahme auf, empfand das allerdings eher positiv. In schweren Zeiten sollte so ohne langatmige Parlamentsdebatten gehandelt werden.[808]

Nach dem verlorenen Ersten Weltkrieg, in der Weimarer Republik, machte das Parlament dann mehrfach von der Möglichkeit Gebrauch, Ermächtigungsgesetze zu erlassen. Beispiele:

- **3. August 1920:** Gesetz über die vereinfachte Form der Gesetzgebung für die Zwecke der Übergangswirtschaft (erlassen durch die Regierungskoalition aus Zentrum, DVP und DDP).[809]
- **6. Februar 1921:** Gesetz über den Erlass von Verordnungen für die Zwecke der Übergangswirtschaft (erlassen durch die Regierungskoalition aus Zentrum, DVP und DDP).[810]
- **24. Februar 1923:** Notgesetz, Artikel VI (erlassen durch die Regierungskoalition aus DVP, Zentrum und DDP).[811]

- **13. Oktober 1923**: Ermächtigungsgesetz (erlassen durch die Regierungskoalition aus DVP, **SPD**, Zentrum und DDP).[812]
- **8. Dezember 1923**: Ermächtigungsgesetz (erlassen durch die Regierungskoalition aus Zentrum, DDP, DVP). [813]
- **10. Juli 1926:** Gesetz über die vorläufige Anwendung von Wirtschaftsabkommen (erlassen durch die Regierungskoalition aus Zentrum, DDP, DVP, DNVP und BV).[814]
- **14. Juli 1926:** Zweites Gesetz über die vorläufige Anwendung von Wirtschaftsabkommen (erlassen durch die Regierungskoalition aus Zentrum, DDP, DVP, DNVP und BVP).[815]

Von Regierungskoalitionen, in denen die **SPD** Koalitionspartner war, wurden drei Ermächtigungsgesetze als Regierungsvorlage ins Parlament eingebracht:

1. **Notgesetz für elsass-lothringische Angelegenheiten** vom 22. Februar 1919;
2. **Gesetz über die Ermächtigung der Reichsregierung zum Erlasse von Verordnungen** vom 9. April 1919;
3. **Ermächtigungsgesetz** vom 8. Oktober 1923.[816]

Zählt man das **Gesetz zur Durchführung der Waffenstillstandsbedingungen** vom 27. Februar 1919 hinzu, das von den damals die Regierung stellenden Parteien der Nationalversammlung vorgelegt wurde, dann wurden von den Koalitionsregierungen mit sozialdemokratischer Beteiligung vier Ermächtigungsgesetze in ein deutsches Nationalparlament eingebracht.[817]

Verschwiegen: Die SPD stimmte ebenfalls Ermächtigungsgesetzen zu. Zudem wurden zwischen 1919 und 1927 *zehn Ermächtigungsgesetze* bei den entscheidenden Schlussabstimmungen im Parlament *von der SPD-Fraktion mitgetragen.*

In ähnliche Richtungen gingen auch etliche Notverordnungen der Regierung Brüning. Etwa die Notverordnungen zur »Behebung der finanziellen, wirtschaftlichen und sozialen Missstände und zur Sicherung von Wirtschaft und Finanzen« vom

- 27. Juli 1930;
- 1. Dezember 1930;
- 6. Juni 1931;
- 8. Dezember 1931.[818]

Reichskanzler Brüning regierte mit diesen Verordnungen sogar von der Reichsebene in die Länderebene hinein.[819] Doch es war mehr als rechtlich zweifelhaft, ob mit einer Notverordnung des Reiches eine Landesregierung ermächtigt werden durfte, ihrerseits Notverordnungen zu beschließen. Dies griff tief in die Weimarer Verfassung ein.[820]

Wie Sie gesehen haben, waren die Sozialdemokraten an einigen Ermächtigungsgesetzen beteiligt oder brachten sie sogar ein. All das wird heute nicht thematisiert.

II.
Ermächtigungsgesetze waren nichts Neues

Mit den Ermächtigungsgesetzen aus der Weimarer Republik erhielten die jeweiligen Reichsregierungen weitreichende Befugnisse zur Linderung von »Not von Volk und Reich«. Sie waren **legale** parlamentarische Schritte.[821]

Dieses Instrumentarium wurde also ebenfalls *nicht* von den Nationalsozialisten »erfunden«. Ein Ermächtigungsgesetz war nichts Neues und nicht etwa der Verfassung ganz und gar Konträres, wie man Ihnen das heute klar machen will.[822] Im Gegenteil: Die SPD, andere Parteien, Brüning & Co. hatten gute *»Vorarbeit«*[823] geleistet.

Verschwiegen: Ermächtigungsgesetze und die Gleichschaltung der Länder gab es schon *vor* den Nationalsozialisten. Sie dienten dem NS-Regime sogar als »Vorbilder«.

❸

Das Ermächtigungsgesetz vom 24. März 1933

I.
Fricks »anderes« Ermächtigungsgesetz

Als NS-Jurist Wilhelm Frick sein »neues« Ermächtigungsgesetz konzipierte, kam es ihm natürlich zugute, dass die Praxis der Aushöhlung der Verfassung schon in der Vergangenheit betrieben worden war.[824] Frick betonte zudem, dass das Gesetz der Wirtschaftsmisere und der Arbeitslosigkeit entgegenwirken sollte.[825]

Ein Gesetz zu verabschieden, um am Parlament vorbei die Verfassung zu ändern, war wiederum nicht die Idee des »Nazis« Frick. Heinrich Herrfahrdt, Rechtsprofessor an der Universität Greifswald, hatte einen entsprechenden Vorschlag bereits 1928 gemacht und wiederholte ihn dann im Jahr 1931 noch einmal.[826]

Verfassungsrechtler Carl Schmitt stimmte Fricks Ausarbeitungen in Teilen zu: Das Ermächtigungsgesetz von 1933 erleichtere die Feststellung des Haushaltsplans[827] und die Kreditaufnahme durch das Reich.[826]

Bei der Ministerbesprechung am 15. März 1933 war Frick sehr ehrlich und hielt nicht hinter dem Berg, was kommen würde: Das Gesetz müsse so gefasst werden, dass von jeder Bestimmung der Reichsverfassung abgewichen werden könne und es müsse auf die **Dauer von vier Jahren begrenzt** werden.[829]

Frick schlug deshalb folgende Formulierung vor (Hervorhebungen durch mich):

»Die Reichsregierung wird ermächtigt, die Maßnahmen zu treffen, die sie im Hinblick auf die Not von Volk und Staat für erforderlich hält. Dabei kann von den ***Bestimmungen*** *der Reichsverfassung* ***abgewichen*** *werden«.*[828]

Diese Formulierung ist wiederum keine NS-Diktion, sondern sie übernimmt wortwörtlich (wenn auch mit zwei Auslassungen, siehe unten) den Text des Zweiten Reichsermächtigungsgesetzes vom 8. Dezember 1923,[831] das unter der Regierung des SPD-Reichspräsidenten Ebert in Kraft getreten war. Im diesem Gesetz hieß es allerdings (Hervorhebung durch mich):

»Eine ***Abweichung*** *von den Vorschriften der Reichsverfassung ist* ***nicht zulässig****«.* [832]

Dieser »kleine« Unterschied hatte große Auswirkungen. Denn »Fricks Gesetz« war nicht nur ein Erlass für **Verordnungen**, sondern auch für **Gesetze**.[833] Zumindest ein Mitglied des Kabinetts schien das bei der Besprechung am 15. März 1933 zu durchschauen: Alfred Hugenberg, der nämlich fragte, ob eine Mitwirkung des Reichspräsidenten bei den *Gesetzen* vorgesehen sei, die von der Reichsregierung dann aufgrund des Ermächtigungsgesetzes erlassen würden. Staatssekretär Meissner antwortete unmissverständlich, dass die Mitwirkung des Reichspräsidenten **nicht** mehr erforderlich sei.[834]

Somit wusste das ganze Kabinett zu diesem Zeitpunkt, wohin die Reise gehen würde: Mit der Annahme des Gesetzes war der Reichspräsident entmachtet. De facto würde dann lediglich ein **Kabinettsbeschluss** ausreichen, um die Verfassung mit einem verfassungsändernden Gesetz aufgrund des Ermächtigungsgesetzes zu unterlaufen. Das war der wichtigste Punkt in Fricks Entwurf.[835]

Zudem legte Frick am 20. März 1933 einen nivellierten Entwurf vor, bei dem die **Reichsregierung** völlig selbstständig Gesetze erlassen (auch verfassungsändernde) und der Reichskanzler diese in Kraft setzen konnte.[836] Brüning schrieb dazu im Jahr 1946:

»Nach der Verfassung konnte der Reichspräsident nicht einen Erlass widerrufen, der einmal mit Zustimmung des Reichskanzlers veröffentlicht war. Er konnte natürlich den Rücktritt des Kanzlers verlangen, aber für Hindenburg würde das Verlangen nach Hitlers Rücktritt zu seiner Anklage vor dem Staatsgerichtshof nach Artikel 59[835] [siehe oben/MGR] *geführt haben und fast mit Sicherheit zu Hitlers Wahl zum Reichspräsidenten«.*[838]

Bei den Kabinettskollegen gab es gegen das geplante Ermächtigungsgesetz keinen oder nur sehr geringen Widerstand.[839] Lediglich das Zentrum sprach von einem »Reichsführungsgesetz« und einer »Generalvollmacht«.[840]

Ganz so einfach war es allerdings nicht, denn theoretisch konnte der Reichspräsident nach Artikel 48 (WV) weiterhin mit Notverordnungen »regieren«. Zudem war auch eine parlamentarische Gesetzgebung nach Artikel 68ff. WV (Reichsgesetzgebung)[841] noch möglich. Aber Hindenburg durfte es ganz recht gewesen sein, nicht mehr mit Art. 48 regieren zu *müssen.* Das Ermächtigungsgesetz war nach damaliger Rechtsauffassung auf *»parlamentarischem Wege formal korrekt zustande gekommen«,* wie die Juristin Irene Strenge bestätigt.[842] Hindenburg fühlte sich deshalb wieder im »Einklang« mit der Verfassung und in Einklang mit der damals herrschenden Rechtsauffassung.[843]

Solange sich der Reichspräsident jedoch zurückhielt (und das tat er!) war das Parlament quasi abgeschafft. Zwar blieb es bestehen, war aber bedeutungslos geworden.[844]

II.
Hitlers »Möglichkeiten«

Reichskanzler Hitler hatte sein *vorheriges* Versprechen eingehalten, das vom Kabinett toleriert und von Hindenburg sogar indirekt gefordert worden war, nämlich die Abschaffung des Parlamentarismus (durch das Ermächtigungsgesetz).

Zur Wahrheit gehört aber auch, dass die Verfassung **schon vorher den Reichspräsidenten** ermächtigte, die Grundrechte vorübergehend außer Kraft zu setzen, *»wenn im Deutschen Reiche die öffentliche Sicherheit und Ordnung erheblich gestört oder gefährdet wird«.*[845]

So kam »Hitlers Ermächtigungsgesetz« keinesfalls überraschend. Außerdem hatten es nicht *nur* die Nationalsozialisten in den Reichstag eingebracht, sondern auch die Partei der Deutschnationalen.[846] Das wird geflissentlich unterschlagen.

Eine weitere Tatsache wird ebenfalls nicht gebührend beachtet, denn Hitler hatte insgesamt drei Möglichkeiten, um zu regieren:

1. Mit einem Präsidialkabinett, das nur vom Reichspräsidenten abhängig war.
2. Mit einer parlamentarischen Regierungsform, wobei die Regierung sich auf eine Mehrheit im Kabinett stützen musste.
3. Mit einem Ermächtigungsgesetz.[847]

Hitler entschied sich für die dritte Variante. Das war zu erwarten gewesen, denn bereits am 6. August 1932, also über sieben Monate *zuvor* (!), erwähnte er die Absicht, dem Reichstag ein Ermächtigungsgesetz vorzulegen.[848] In einem Briefwechsel mit Staatssekretär Dr. Meissner hatte er das im November 1932 noch einmal vorgeschlagen.[849]

Das war kein Geheimnis, denn in der amtlichen Mitteilung fasste Hitlers diesbezügliche Äußerungen so zusammen, dass er eine Basis dafür finde werde, eine zu bildende Regierung und ein Ermächtigungsgesetz zu bekommen.[850] Hitler wollte das Parlament einbinden, um ein Ermächtigungsgesetz zu verabschieden. Allerdings sollte es »zeitlich begrenzt« werden, um Meissner und Hindenburg zu beruhigen. Diese »Begrenzung« würde später jedoch dadurch umgangen werden, als das Ermächtigungsgesetz durch Hitler verlängert wurde.[851]

Wilhelm Frick ließ am 15. März 1933 in einer Kabinettssitzung den Inhalt des von ihm geplanten Ermächtigungsgesetzes[852] durchblicken. Dies hat unter den Kabinettsmitgliedern der anderen Parteien keinen grundsätzlichen Widerspruch hervorgerufen.[853]

III.
Die Abstimmung: Wahrheit und Lüge

Am 24. März 1933 wurde das Ermächtigungsgesetz im Reichstag verabschiedet. Folgende Funktionsträger erklärten die Zustimmung für ihre Parteien:

- Ludwig Kaas (**Zentrum**)
- Hans Ritter von Lex (**Bayrische Volkspartei**)
- Reinhold Meier (**Staatspartei**)
- Wilhelm Simpfendörfer (**Christlich-Sozialer Volksdienst**)
- Hermann Göring (**NSDAP**).[854]

Somit stimmten alle Parteien (außer der **SPD** und der **KPD**) dem Gesetz zu.[855]

Um das Ermächtigungsgesetz zu verabschieden waren jedoch zwei Drittel der Stimmen (**66,66 Prozent**) der *anwesenden* Abgeordneten im Reichstag nötig. Dieser bestand aus **647** Sitzen (merken Sie sich bitte diese Zahl, sie wird noch wichtig sein, wie ich weiter unten erläutere).

SPD und KPD verfügten über insgesamt 201 Abgeordnete (= **31 Prozent**). Lediglich 15 weitere Abgeordnete hätten der Abstimmung fern bleiben müssen[856], um das Gesetz zu verhindern. Um das zu umgehen, beantragte die Reichsregierung eine Änderung der Geschäftsordnung.[857]

Wir erinnern uns: Die SPD hatte die Geschäftsordnung in Preußen am 12. April 1932 ebenfalls geändert (siehe Kapitel ➔ »Der erste Preußenschlag«). Die Möglichkeit einer Geschäftsordnungsänderung hatten die Nationalsozialisten also nicht vergessen.

Verschwiegen: Die viel gescholtene und als undemokratisch titulierte Änderung der Geschäftsordnung zur Abstimmung über das Ermächtigungsgesetz fand **Vorbild** in der Abänderung der Geschäftsordnung durch die **SPD** in Preußen im April 1932 – die **Nationalsozialisten hatten dies von den Sozialdemokraten übernommen.**

Die Geschäftsordnungsänderung im Vorfeld zur Abstimmung des Ermächtigungsgesetzes besagte, dass auch diejenigen Abgeordneten, die *ohne* Entschuldigung einer Reichstagssitzung fernblieben, als anwesend galten.[858] Dazu zählten auch die verhafteten oder sich auf der Flucht befindlichen Abgeordneten. Die SPD wies auf diesen Umstand hin. Sie verschwieg allerdings, dass einige von ihnen auch freiwillig emigriert waren.[859] Auch das wird heute nicht erwähnt.

Außer den Sozialdemokraten stimmten **alle** anderen Parteien der Änderung der Geschäftsordnung zu.[860] Der KPD waren ihre Mandate durch eine weitere Verordnung entzogen worden.[861]

Im **Mainstream** liest sich das so: Nachdem die KPD verboten worden war, die allein schon über 81 Mandate verfügte und durch Schikanierung der Sozialdemokraten, wonach sich deren Fraktion von 120 auf 94 Sitze verringerte, wurden die Stimmenverhältnisse im Reichstag zu Gunsten der NSDAP verschoben. *Nur* so konnte das Gesetz den Reichstag mit der erforderlichen Mehrheit passieren.[862]

Das ist wiederum *nicht* richtig, wie ich nun belegen werde. Das Abstimmungsergebnis zum Ermächtigungsgesetz sah folgendermaßen aus:

Partei	**Sitze**	**Anteil**	**Zustimmung**	**Ablehnung**
NSDAP	288	45 %	288	0
DNVP	52	8 %	52	0
Zentrum	73	11 %	72*	0
BVP	19	3 %	19	0
DStP	5	1 %	5	0
CSV	4	1 %	4	0
DVP	2	0,3 %	1**	0
Bauernpartei	2	0,3 %	2	0
Landbund	1	0,2 %	1	0
SPD	120	19 %	0***	94
KPD	81	13 %	0***	0
Gesamt	647	100 %	444	94

*) 1 Abgeordneter war entschuldigt; **) 1 Abgeordneter war krank

***) 26 Abgeordnete der SPD und alle Abgeordneten der KPD waren nicht anwesend, da verhaftet, freiwillig emigriert oder auf der Flucht

Quelle: Reichstag, Amtliches Protokoll der 2. Sitzung vom 23. März 1933[863]

Ausweislich des amtlichen Protokolls wurden insgesamt 538 gültige Stimmen abgegeben. 94 Abgeordnete der SPD stimmten gegen das Gesetz.[864] *Alle anderen* Abgeordneten (insgesamt 444) stimmten dem Ermächtigungsgesetz zu.[865] **Von den 538 anwesenden Abgeordneten waren dies 82,5 Prozent!**

Doch das Wichtigste kommt jetzt:

Wenn *alle* 647 Abgeordneten anwesend gewesen wären und die KPD- und SPD-Abgeordneten *geschlossen gegen* das Gesetz und alle anderen Parteien dafür gestimmt hätten, wäre es *trotzdem angenommen* worden und zwar mit 68,8 Prozent[866], was *mehr* als zwei Drittel (66,66 Prozent) darstellt.

Das politisch korrekte Märchen, dass das Ermächtigungsgesetz **nur** dadurch zustande gekommen wäre, weil die KPD ausgeschlossen und ein Teil der SPD-Abgeordneten verhaftet worden waren, ist demnach widerlegt.[867]

Der Historiker Erich Matthias urteilte, dass einzelne SPD-Landtagsfraktionen zwar das Ermächtigungsgesetz ablehnten, aber *»dabei mit beschwichtigenden Erklärungen, die fast wie Entschuldigungen klangen, um gut Wetter baten«.*[868]

Die Deutschnationalen und anderen Rechtsparteien freuten sich jedoch, dass die Sozialisten und Marxisten von jeglicher Regierungstätigkeit ausgeschaltet waren. Und das Zentrum freute sich, dass es bei der Erreichung der Zweidrittelmehrheit für das Ermächtigungsgesetz in Erscheinung getreten war.[869]

Hätte das Ermächtigungsgesetz *keine* Zweidrittelmehrheit gefunden, hätte Hitler wohl wie viele seiner Vorgänger mit Hilfe des Artikels 48 weiterregiert.[870]

IV.
»Bollwerk gegen rechts?« – Die Gegenrede von Wels (SPD)

Ich muss es immer wieder wiederholen, weil es einfach einer der größten Polit-Lügen der letzten 90 Jahre ist: Bis heute sieht sich die SPD in ihrer langen Traditionsgeschichte als »Bollwerk gegen rechts« Dies wird vor allem daran festgemacht, dass die SPD die *einzige* Partei gewesen sei, die *gegen* Hitlers Ermächtigungsgesetz (was so nicht richtig ist, weil auch die Deutschnationalen dieses Gesetz einbrachten) stimmten.

Es sind eigentlich nur zwei Sätze von Wels, die die Historie und die Sozialdemokraten mantragleich rezitieren:

»Kein Ermächtigungsgesetz gibt Ihnen die Macht, Ideen, die ewig und unzerstörbar sind, zu vernichten«.[871]

Und:

»Freiheit und Leben kann man uns nehmen, die Ehre nicht«.[872]

Im *Vorwärts* vom 21. März 2021 ist sogar die Rede davon, dass die SPD zwar nicht die Demokratie, aber ihre *»Ehre«* gerettet habe.[871] Und unser Geschichts»professor« Guido Knopp schreibt natürlich politisch korrekt:

»Das mutige Nein der Reichstagsfraktion zum Ermächtigungsgesetz bleibt stets ein Ruhmesblatt der deutschen Sozialdemokratie«.[874]

Legende oder Wirklichkeit? Nun, wohl die meisten *glauben* dieser populistischen Aussage, obwohl sie die Rede des SPD-Abgeordneten Otto Wels[873] wahrscheinlich gar nicht kennen.

Kurzum: Es war eine *schwache* Rede und für mich alles andere als eine »Heldenrede«. Wels bemühte sich nachzuweisen, wie »national« er selbst und die Sozialdemokratie sich seit 1918 verhalten hätten.[876] Das hört man heute von den Sozis natürlich nicht!

Zwar protestierte Wels gegen die Verfolgung seiner SPD-Parteifreunde, aber das fruchtete nicht, da die sozialdemokratischen Machthaber vor allem in Preußen in der Vergangenheit mit den Nationalsozialisten auch nicht gerade zart umgegangen waren.[877] Hitler ging bei seiner Erwiderung genau auf diesen Punkt ein.

Verschwiegen: SPD-Machthaber verfolgten die Nationalsozialisten, bevor diese an die Macht kamen.

Wels begann mit dem Versuch, Gemeinsamkeiten von SPD und NSDAP in der Außenpolitik anzusprechen, etwa bei der »außenpolitischen Forderung deutscher Gleichberechtigung« oder der *»Unwahrheit von der Schuld Deutschlands am Ausbruch des Weltkrieges«*[878] (die SPD-Führung kolportierte dies ebenfalls als *»Kriegsschuldlegende«*).[879]

Auch hier wollen wir einmal in die Rede von Otto Wels hineinhören (Hervorhebungen durch mich):

»Ich darf mir wohl (...) die persönliche Bemerkung gestatten, dass ***ich als erster Deutscher*** *vor einem internationalen Forum, auf der Berner Konferenz am 3. Februar des Jahres 1919,* ***der Unwahrheit von der Schuld Deutschlands am Ausbruch des Weltkrieges entgegengetreten*** *bin«.*[880]

Verschwiegen: Otto Wels (SPD) bekräftigte, dass Deutschland *nicht* Schuld war am Ausbruch des Ersten Weltkrieges.

Wels weiter:

»Der Herr Reichskanzler [gemeint war Adolf Hitler/MGR] *hat auch vorgestern in Potsdam einen Satz gesprochen, den wir* [die SPD/MGR] *unterschreiben. Er lautet: ›Aus dem Aberwitz der Theorie von ewi-*

gen Siegern und Besiegten kam der Wahnwitz der Reparationen und in der Folge die Katastrophe der Weltwirtschaft‹. Dieser Satz gilt für die Außenpolitik; für die Innenpolitik gilt er nicht minder (...) *Aus einem Gewaltfrieden kommt kein Segen«.*[881]

Verschweigen: Otto Wels biederte sich den Nationalsozialisten an und übernahm sogar teilweise deren Diktion. Er stimmte Hitler in der Außenpolitik zu und betrachtete den Versailler Vertrag ebenfalls als »Gewaltfrieden«.

Hans Georg Graf Lambsdorff resümiert (Hervorhebungen durch mich):

»In der Tat war dies ***nicht*** *der Aufschrei gegen die unmittelbar bevorstehende Sanktionierung des Unrechts* (…)*, den man in dieser Stunde von den Sozialdemokraten hätte erwarten dürfen* (…)«[882]

Dennoch: Otto Wels wird heute als der sozialdemokratische Held gefeiert, der sich gegen Hitler auflehnte.

Hintergrund: Otto Wels – Held oder SPD-Verräter?

Die SPD-Führungsspitze und –Funktionäre, die sich **gegen** ein Zusammengehen mit der KPD zur Verhinderung von Adolf Hitler ausgesprochen hatten, waren für mich de facto »Verräter« an der eigenen Sache. Ihre Namen u.a.:

- Otto Wels
- Hans Vogel
- Ernst Heilmann
- Rudolf Hilferding
- Artur Crispien

- Wilhelm Dittmann
- Paul Löbe.[883]

Nicht publiziert wird zudem die Reaktion des SPD-»Helden« Otto Wels *nach* der Verabschiedung des Ermächtigungsgesetzes: Wels, der eben noch dem Regime eine Abfuhr erteilt hatte und laut Niemann *»kaum an Widerstand oder gar Generalstreik dachte«,*[884] fuhr im Interesse desselben Regimes ins Ausland, um sozialistische Bruderparteien und deren Medien zur *Mäßigung* ihrer Negativ-Propaganda gegen das neue Deutschland zu bewegen![885] Sie lesen richtig! Wels und andere SPD-Spitzenfunktionäre reisten sogar in andere Länder, um dort »aufklärend zu wirken«, wie Hermann Göring das nannte.[886]

Der SPD-Funktionär Friedrich Stampfer[887] besuchte Prag und Wien und Paul Hertz[886] Kopenhagen und zwar – so der Historiker Heinz Höhne – offenbar sogar mit *Sonderpässen*, die *Göring* ihnen besorgt hatte![889]

Der »Verrat« von Otto Wels ging aber noch weiter: Als die Sozialistische-Arbeiter-Internationale (SAI) ihre Attacken auf das NS-Regime nicht einstellte, erklärte Wels seinen Austritt aus der Organisation. Später wollte er dies nur als »persönliche« Geste verstanden wissen.[890]

Doch auch die SPD begann sich »anzupassen«: In Landtagen und Stadträten trennten sich »deutsch-sozialistische« Gruppen von der Partei. Ende März 1933 sagte sich die größte Gewerkschaft, die ADGB, von der SPD los und feierte den 1. Mai, den die Regierung Hitler zum *»Feiertag des deutschen Volkes«* erklärt hatte, als *»Tag des Sieges«.*[891] Und am Ende stimmte sogar die SPD-Reichstagsfraktion *für* Hitlers Außenpolitik (siehe unten).[892]

Verschwiegen: Otto Wels legte sogar im Ausland ein **gutes** Wort **für** die NS-Regierung ein.

V.
Hitlers Erwiderungen auf Wels

Was natürlich nicht publiziert wird, ist die Antwort, die Hitler Otto Wels auch auf dessen Anbiederungsversuche gab. Hier ist sie, damit Sie sich selbst ein Urteil bilden können (Auszüge, Hervorhebungen durch mich):

- *»Die schönen Theorien, die Sie, Herr Abgeordneter, soeben hier verkündeten, sind der Weltgeschichte etwas zu spät mitgeteilt worden. Vielleicht hätten diese Erkenntnisse, praktisch angewendet vor Jahren, die heutigen Klagen von Ihnen erspart. Sie* ***erklären****, dass die* ***Sozialdemokratie unser außenpolitisches Programm unterschreibt, dass sie die Kriegslüge ablehnt, dass sie gegen die Reparationen sich wende.*** *Nun erhebe ich nur eine Frage:* ***Wo war denn dieser Kampf in der Zeit, in der Sie die Macht in Deutschland hatten****?«*[893]

- »Sie sagen, dass wehrlos nicht ehrlos ist. Nein, es braucht es nicht zu sein. Auch wenn wir wehrlos sein müssten: ich weiß, wir würden nicht ehrlos sein. Unsere Bewegung war Dank der ***Unterdrückung durch Ihre Partei jahrelang wehrlos gemacht worden****, ehrlos ist sie nie gewesen«.*[892]

- » (…) *Sie hätten es vermeiden müssen, dass man dem deutschen Volke auf Wunsch und Befehl des Auslands eine neue Verfassung aufoktroyierte. Denn* ***das ist nicht ehrenvoll, sich vom Feinde seine innere Gestaltung aufzwingen zu lassen****«.*[895]

- »Sie sagen, man solle einen Besiegten nicht für vogelfrei erklären. Nun, Herr Abgeordneter, ***vogelfrei sind wir gewesen, solange Sie die Macht hatten***«.[896]

- »Sie reden von Verfolgungen. Ich glaube, es ***sind wenige nur unter uns hier, die nicht die Verfolgungen von Ihrer Seite im Gefängnis büßen mussten***. *Es sind wenige unter uns, die nicht die* ***Verfolgungen von Ihrer Seite*** *in* ***tausendfältigen Schikanen und tausendfältiger Unterdrückung*** *zu spüren bekommen haben!*«[897]

- »Bleiben Sie jetzt nur im Bereich der Wirklichkeit! ***Aus Ihren Verfolgungen sind wir gewachsen!***«[898]

- »Die Heilsamkeit der Kritik hätten Sie in der Zeit erkennen müssen, als wir uns in Opposition befanden (...) ***damals hat man unsere Presse verboten und verboten und wieder verboten, unsere Versammlungen verboten und uns das Reden verboten und mir das Reden verboten, jahrelang!*** *Und jetzt sagen Sie: Kritik ist heilsam!*«[899]

- »Sie sagen, Sie seien der einzige Träger des Sozialismus. Sie sind der ***Träger jenes geheimnisvollen Sozialismus gewesen***, *den das deutsche Volk in der Wirklichkeit* **niemals zu sehen erhielt**«.[900]

- » (...) *Und ich kann Ihnen nur sagen: Ich will auch gar nicht, dass Sie dafür* [für das Ermächtigungsgesetz/MGR] *stimmen!* ***Deutschland soll frei werden, aber nicht durch Sie!***«[901]

Heinz Niemann (Hervorhebungen durch mich):

»Die anwesenden Mitglieder der SPD-Fraktion mussten das ohnmächtig ertragen, weil die **Sozialdemokratie durch das schuldhafte Verhalten ihrer Führer** *sich als* **unfähig** *erwiesen hatte, als eine politische Macht in den Gang der Ereignisse* **zur Verteidigung der**

Demokratie** einzugreifen (...) **Die letzte** psychologisch und propagandistisch günstige **Gelegenheit**, noch eine Wende herbeizuführen und die Millionen Hitlergegner zum Kampf aufzurufen, **war vertan.** Geradezu makaber erscheint der **Dank von Wels** an einen Zentrumsabgeordneten, **für** die Zustimmung von dessen Fraktion zum Ermächtigungsgesetz (...)*[900] *Die **Führung der Sozialdemokratie** hatte die **Weimarer Republik**, die sie so oft als ihre ›eigene Schöpfung‹ bezeichnete, **kampflos** dem Faschismus **preisgegeben«.[903]

Verschwiegen: Die SPD war unfähig, die Demokratie zu verteidigen und hat die Weimarer Republik kampflos preisgegeben.

Vertuscht: Otto Wels *dankte* der Zentrumspartei offenbar sogar *für* deren Zustimmung zum Ermächtigungsgesetz.

❹

Die Sozialdemokraten stimmen für Hitlers Außenpolitik

Kein einziger Abgeordneter der SPD hatte etwas an dem außenpolitischen Programm vom Kabinett Hitler, so wie es in der Regierungserklärung vom 23. März 1933 von ihm erläutert wurde, *auszusetzen*, obwohl gerade das außenpolitische Programm für die Sozialdemokraten eigentlich das Gefährlichste sein musste.[904]

Auch in der nächsten Regierungserklärung am 17. Mai 1933, in der Hitler[905] den Versailler Vertrag scharf angriff, Deutschlands Wehrlosigkeit hervorhob, eine Aufrüstung ankündigte (wenn die anderen Staaten nicht abrüsteten,)[906] und davor warnte, Deutschland könne auch aus dem Völkerbund austreten,[907] erhoben die

Sozialdemokraten *keine* Stimme, obwohl manche Abgeordnete den Fraktionszwang scharf kritisierten.[908] So billigte der Reichstag folgende Regierungserklärung – und zwar *einstimmig*:

»Der Reichstag als die Vertretung des deutschen Volkes billigt die Erklärung der Reichsregierung und stellt sich in dieser für das Leben der Nation entscheidenden Schicksalsfrage der Gleichberechtigung des deutschen Volkes geschlossen hinter die Reichsregierung«.[909]

Auch die SPD stimmte *geschlossen dafür*.[910] Daraufhin distanzierte sich die Sozialistische Internationale von der sozialdemokratischen Reichstagsfraktion.[911]

Verschwiegen: Die SPD stimmte dem außenpolitischen Programm Hitlers zu, lehnte die Kriegslüge von der deutschen Schuld am Ausbruch des Ersten Weltkrieges ab und wandte sich gegen die Reparationen der alliierten Siegermächte.

Max Domarus resümiert:

»Sobald nationale Phrasen aufgetischt wurden, hat die deutsche Sozialdemokratie seit 1914 stets die Segel gestrichen, aus Furcht, man könne an ihrer nationalen Zuverlässigkeit zweifeln«.[912]

5

Hitlers prominente Wegbereiter

Das Ermächtigungsgesetz, das quasi das Parlament und den Reichspräsidenten abschaffte und den Weg zu Hitlers Alleinherrschaft ebnete, wurde *auch* mit den Stimmen von prominenten Personen verabschiedet. Die spätere Bundesrepublik wurde *auch* von Personen aufgebaut und geleitet, die die Hitler-Diktatur erst möglich machten. Zeit also, einige davon und ihre späteren Ausreden, genauer unter die Lupe zu nehmen.

I.
Theodor Heuss
(später: 1. Bundespräsident)

Der spätere Bundespräsident **Theodor Heuss**[913] (Deutsche Staatspartei[912]) stimmte dem Ermächtigungsgesetz zu.[915]

Der verstorbene Guido Westerwelle[916], einst FDP-Partei- und Fraktionsvorsitzender, würdigte Heuss am 30. Januar 2009 anlässlich dessen 125. Geburtstages (Hervorhebungen durch mich):

»Der erste Bundespräsident und erste Vorsitzende der FDP, Prof. Theodor Heuss, war nicht nur einer der Gründerväter unserer Republik, sondern er zählt als großer Liberaler zu den **prägenden geistigen Persönlichkeiten des 20. Jahrhunderts**. *Er lebt in unserer Erinnerung als* überzeugter und mitreißender Demokrat. *Theodor Heuss hat die deutsche Nachkriegsgesellschaft politisch, wirtschaftlich und auch kulturell maßgeblich geprägt. Er hatte wesentlichen Einfluss auf die Formulierung des Grundgesetzes, ohne das die Erfolgsgeschichte unserer Bundesrepublik Deutschland nicht denkbar ist. Uns Freien Demokraten ist das Vermächtnis von Theodor Heuss eine stete Richtschnur unserer* **Politik für Frieden, Wohlstand, Einigkeit und Recht und Freiheit**«.[917]

Heuss hatte aber keineswegs eine makellos weiße Weste. Am 23. März 1933 stimmte er und andere Abgeordnete über das Ermächtigungsgesetz (»Gesetz zur Behebung der Not von Volk und Reich«) im Reichstag ab. Das Ermächtigungsgesetz ebnete Hitler den Weg – und der *»überzeugte und mitreißende Demokrat«* **Heuss**

stimmte zu. Die politisch korrekten »Ausreden« sind mannigfaltig:

- Die Abgeordneten seien unter »massivem Druck« und »konkreter Gewaltandrohung« durch anwesende SS-Männer und das »Wissen« um die Verhaftung vieler Parlamentarier[917] gewesen. Seltsamerweise schreibt Theodor Heuss selbst in seinen Erinnerungen *nichts* über diese angeblichen Bedrohungen.[917] Außerdem waren SA-Männer zum Schutz der Abgeordneten da, weil kurz zuvor der Reichstag angezündet und »abgefackelt« worden war.
- Heuss habe sich in seiner Fraktion zunächst für eine Ablehnung oder zumindest Enthaltung ausgesprochen, konnte sich aber nicht durchsetzen und schloss sich der Mehrheitsmeinung an.[920] Heuss schrieb, er habe zwei Erklärungen formuliert: eine für Ablehnung und eine für Enthaltung.[921] Die Ablehnungserklärung ist nicht überliefert,[922] die Enthaltungserklärung hingegen schon.[923] Doch Heuss gab sie nicht ab, da die Fraktion in ihrer Sitzung am 23. März 1933 mit drei gegen zwei Stimmen *für* das Ermächtigungsgesetz votierte.[924] Wenn sich Heuss bei diesem einschneidenden und weitreichenden Gesetz der »Fraktionsdisziplin gebeugt« hatte und sich nicht seinem Gewissen verantwortlich fühlte, wirft das erst recht ein schlechtes Licht auf ihn, und wenn er aus dem Text des Ermächtigungsgesetzes nicht erkennen konnte, wohin die Reise geht, war er als Abgeordneter sowieso fehl am Platz.
- Heuss und seine Parteigenossen »hofften«, die revolutionäre NS-Herrschaft durch das Ermächtigungsgesetz in legale Bahnen lenken zu können.[925]
- Es sei das »damalige liberale Demokratieverständnis« gewesen, das eine Zustimmung zum Ermächtigungsgesetz »nahelegte«, denn bereits Anfang der 1920er Jahre hätte man bereits mehre-

ren anderen Ermächtigungsgesetzen zugestimmt, mit denen das Parlament in seinen legislativen Rechten beschränkt wurde.[926]

Sie erkennen, wie sich die Liberalen mit allerlei abstrusen, teils sich widersprechenden Ausreden herauswinden wollen, und doch bleibt Fakt: Sie haben Hitler zur Macht verholfen. Und Heuss selbst? Er schrieb in seinen Erinnerungen folgendes:

»Jeder von uns, der als Publizist oder als ‹Politiker› zu Entscheidungen gezwungen war, die er später bedauerte, hat Dummheiten gemacht. Doch dieser Begriff ist zu schwach für die Zustimmung zu diesem Gesetz, und auch das Wort ‹später› trifft nicht die innere Lage; denn ich wusste schon damals, dass ich dieses ‹Ja› nie mehr aus meiner Lebensgeschichte auslöschen könne«.[927]

Verharmlost und entschuldigt: Theodor Heuss, der spätere erste Präsident der Bundesrepublik, der »große Demokrat«, stimmte für ein Gesetz, dass die Demokratie de facto abschaffte.

Ich will einem so intelligenten Mann nicht unterstellen, dass er »dumm« war, (immerhin war er Journalist, Politikwissenschaftler, Reichstagsabgeordneter und später sogar Präsident der Bundesrepublik Deutschland), aber seine Erklärung grenzt schon an unentschuldbare Naivität: Er hätte gerne für das »Nein« votiert aus *»reinem ›historischen Stilgefühl«*. Illusionen über das Gewicht eines Ja oder eines Nein konnte er nicht haben.[928]

Doch Heuss‹ größte Ausrede ist und war (Hervorhebungen durch mich):

»Denn, das ist nun ***meine feste Überzeugung****, das* ***›Ermächtigungsgesetz‹*** *hat für den praktischen* ***Weitergang der nationalsozialistischen Politik keinerlei Bedeutung*** *gehabt«.*[929]

Das müssen Sie sich einmal auf der Zunge zergehen lassen: Jeder, der Hitler in Kundgebungen, im Radio gehört hatte oder sein Buch gelesen hatte, wusste (und die Reichstagsabgeordneten am besten), dass er (übrigens genauso wie Reichspräsident von Hindenburg) *gegen* das System von Weimar war und eine Regierungsform ohne Parlament errichten wollte. Jede Fraktion im Reichstag hatte vor der Abstimmung den Text zum Ermächtigungsgesetz vorliegen und konnte das genauso nachlesen.

Damit redet sich der spätere Bundespräsident die Tatsache schön, dass das Ermächtigungsgesetz einer der *wichtigsten* Eckpfeiler für die Errichtung der NS-Herrschaft gewesen war. Darüber sind sich – ausnahmsweise – so gut wie alle Historiker einig.

Das Ermächtigungsgesetz war demnach ein Instrument zu Verfassungsänderungen, die ansonsten schwerlich durchsetzbar gewesen wären, und es übertrug der nationalsozialistischen Regierung und deren Kanzler Adolf Hitler weitreichende Befugnisse. Das konnte jeder erkennen, der des Lesens mächtig war. Das Gesetz war zusammen mit der Reichstagsbrandverordnung die rechtliche Grundlage für Hitlers Diktatur und hatte nur ein Ziel: die Abschaffung der Republik und der so ungeliebten Demokratie.

Vielleicht hat Heuss sein schlechtes Gewissen geplagt, jedenfalls schreibt er an anderer Stelle seiner »Erinnerungen«:

»Doch Hitlers Ermächtigungsgesetz hatte einen allgemeinen Charakter und stellte die Geltung der Grundrechte infrage (...)«[930]

Damit konterkarierte er seine Aussage, das Ermächtigungsgesetz habe für den praktischen Weitergang der nationalsozialistischen Politik *keinerlei* Bedeutung gehabt.

Außerdem »biederte« sich Heuss den Nationalsozialisten noch in einer anderen Form an: Er schrieb 1940 (!) einige Artikel für die NS-Wochenzeitung *Das Reich.*[931] *DER SPIEGEL* versuchte, das natürlich politisch korrekt darzustellen, und schrieb, dass sich Heuss *»dazu verleiten«* ließ (vom wem wird natürlich nicht benannt) und weil er das Honorar *»opulent«* fand.[932] So kann man den Opportunisten Heuss medial so verklären, dass er als »Held« wieder in jedes Geschichtsbuch passt.

Für mich war Heuss einer der Wegbereiter für Hitlers Herrschaft, egal, wie viele Ausreden heute von den Liberalen und anderen politisch korrekten Historikern gebraucht werden.

Verschwiegen: Theodor Heuss schrieb auch für eine NS-Wochenzeitung.

Heuss musste sich 1947 vor einem Untersuchungsausschuss des württemberg-badischen Landtags rechtfertigen, vor dem Abgeordnete aussagten, die dem Ermächtigungsgesetz zugestimmt oder es abgelehnt hatten. Heuss wiederholte, dass das Gesetz später keinen mehr interessiert habe und für die NS-Gewaltherrschaft letztlich unerheblich gewesen sei.[933] Eine glatte Unwahrheit.

Darüber hinaus begrüßte der »große Liberale« die Gleichschaltung der Länder als einen Schritt zu einem zentralen Einheitsstaat und gestand der Staatsführung auch gewisse Eingriffe in die Pressefreiheit zu.[934]

Machte Heuss antisemitische Aussagen?

Heuss redete sich vor dem Untersuchungsausschuss zwar um Kopf und Kragen, aber einige seiner selbst verfassten Briefe zeigen, dass er nicht so unschuldig war, wie er tat.

In Briefen äußerte sich Heuss Anfang April 1933 auf der einen Seite empört über den organisierten Boykott jüdischer Geschäfte,[935] auf der anderen Seite glaubte er, dass die aus dem *»ostjüdisch-*

kommunistischen Ghetto von New York und London« stammenden Nachrichten den NS-Boykott gegen jüdische Geschäfte erst ausgelöst hätten.[936]

Verschwiegen: Heuss war offenbar der Ansicht, dass Juden aus New York den NS-Boykott jüdischer Geschäfte ausgelöst hätten.

Auch zur Bücherverbrennung von 1933 hatte er so seine Ansichten. Am 7. Mai 1933 kommentierte er in einem privaten Brief das Geschehen (Hervorhebungen durch mich):

»Einige der Leute, die auf der Liste stehen, sind ja menschlich keine schlechte Nachbarschaft, aber daneben findet sich auch das entwurzelte jüdische Literatentum, gegen das ***ich durch all die Jahre gekämpft habe****, und das ist weniger schön, mit diesen in die Geschichte einzugehen«.*[937]

Ein letztes Zitat von Heuss:

»Hitler hat unzweifelhaft sehr viel fertiggebracht (...)«[938]

Die FDP schrieb zum 50. Todestag von Theodor Heuss am 12. Dezember 2013:

» (...) *Theodor Heuss‹ liberales Erbe steht für Menschlichkeit und Verantwortung in der Gesellschaft* (...) *Mit Theodor Heuss gedenken wir nicht nur des ersten Bundespräsidenten der Bundesrepublik Deutschland, sondern eines Mannes, der durch Klugheit, Integrität und Bürgersinn ein Ideal verkörperte, welches heute aktueller denn je gebraucht wird«.*[939]

II.
Reinhold Maier
(später: 1. Ministerpräsident von Baden-Württemberg)

Auch **Reinhold Maier**[938] (Deutsche Staatspartei), der spätere erste Ministerpräsident von Baden-Württemberg, stimmte wie sein Parteifreund Theodor Heuss, **für** das Ermächtigungsgesetz.[941] Im Gegensatz zu Heuss votierte Maier aber bereits in der entscheidenden Fraktionssitzung am 23. März 1933 *für* die Zustimmung, während Heuss noch wankelmütig war.[942]

Maier begründete sein »Ja« zum Ermächtigungsgesetz. Der Text seiner Rede ist im Protokoll der Reichstagssitzung vom 23. März 1933 nachzulesen (Hervorhebungen durch mich):

»Wir fühlen uns in den ***großen nationalen Zielen durchaus mit der Auffassung verbunden, wie sie heute vom Herrn Reichskanzler vorgetragen wurde*** (…) *Wir* ***verstehen,*** *dass die gegenwärtige Reichsregierung* ***weitgehende Vollmachten verlangt, um ungestört arbeiten zu können*** (…) ***Im Interesse von Volk und Vaterland*** *und in der Erwartung einer gesetzmäßigen Entwicklung werden wir unsere ernsten* ***Bedenken zurückstellen*** *und dem* ***Ermächtigungsgesetz zustimmen***«.[943]

Verschwiegen: Reinhold Maier, der spätere erste Ministerpräsident von Baden-Württemberg, hatte »Verständnis« für die Hitler-Regierung und stimmte für das Ermächtigungsgesetz.

Maiers spätere Erklärung vor dem parlamentarischen Untersuchungsausschuss des Landtags von Nordbaden und Nordwürttemberg (1947) lautete (Auszüge, Hervorhebungen durch mich):

»Die Frage war am 23. März 1933 einzig und allein die, ob ein Parlament weiterbesteht, auch ein entmachtetes Parlament, ob wir noch eine letzte Planke zur Verfügung hatten, auf der eine Volksvertretung vielleicht wieder Kraft gewinnen konnte.

Der Reichstag wäre an jenem Tage verschwunden. Das muss bedacht werden. ***Wir fünf Leute (Staatspartei) haben in voller Freiheit, vorher beschlossen, zugestimmt.*** *Wir haben von den Versprechungen Hitlers gar nichts geglaubt. Aber die Beweisführung war die: War es ganz sicher, dass nicht noch irgendwie aus irgendeinem Grunde, den man gar nicht sehen konnte, eine Besserung zu erzielen war?* ***Wir waren doch gewählt, um uns im Reichstag zu behaupten, und waren nicht gewählt, um den Reichstag auffliegen zu lassen.***

Entscheidendes habe ich persönlich mir versprochen aus dem absolut vorhandenen Gegensatz zwischen NSDAP und Reichswehr, insbesondere den Reichswehrgeneralen. Ich bestreite jede Kausalität des Ermächtigungsgesetzes für den Ablauf der Dinge. ***Es wären alle Dinge genauso gegangen, es wäre mit oder ohne Ermächtigungsgesetz so gegangen«.***[944]

Damit benutzte Maier die gleiche »Ausrede« wie Heuss: Das Ermächtigungsgesetz hätte *keinen* Einfluss auf die Entfaltung der Konstituierung des NS-Regimes gehabt – absurd!

Aber Maier sah im NS-Ermächtigungsgesetz auch einen *»beträchtlichen Fortschritt«* (Hervorhebungen durch mich):

»Als wir das Ermächtigungsgesetz studierten, hielten wir drei Gedankengänge scharf auseinander: Was steht darin? Was wird daraus gemacht? Und: Wird es überhaupt gehalten? ***Wäre es nämlich eingehalten worden, so wäre ein Fortschritt in Richtung zurück auf die Verfassung erzielt gewesen, und zwar ein beträcht-***

***licher** gegenüber dem seit Sommer 1932 bestehenden Zustand vollkommener Gesetzlosigkeit«.*[945]

Verschwiegen: Der erste Ministerpräsident von Baden-Württemberg hielt Hitlers Ermächtigungsgesetz für einen »beträchtlichen Fortschritt«.

Auch Reinhold Maier gehört allen Heroisierungen zum Trotz zu den Wegbereitern für das Hitler-Regime.

III.
Ernst Lemmer
(später: Bundesminister)

Auch der spätere Bundesminister und CDU-Politiker **Ernst Lemmer**[946] (damals Deutsche Staatspartei)[947] stimmte dem Ermächtigungsgesetz zu. Er war von Dezember 1924 bis November 1932 und März bis Juli 1933 Reichstagsabgeordneter.[948] Nach dem Krieg bekleidete Lemmer folgende Ämter und Posten:

- Bürgermeister der brandenburgischen Gemeinde Kleinmachnow (1945/1946)
- Abgeordneter des Brandenburgischen Landtages (1946-1949)
- Abgeordneter des Berliner Abgeordnetenhauses (1950-1969)
- Abgeordneter im Deutschen Bundestag (1952-1970)
- Delegierter im Europarat (ab 1953)
- Bundesminister für Post- und Fernmeldewesen (1956-1957)
- Bundesminister für Gesamtdeutsche Fragen (1957-1961)
- Bundesminister für Gesamtdeutsche Fragen (1961-1962)
- Bundesminister für Vertriebene, Flüchtlinge und Kriegsgeschädigte (1963-1965)
- Landesvorsitzender der CDU Berlin

- Vorsitzender der CDU-Fraktion im Abgeordnetenhaus von Berlin (1950-1956)
- Stellvertretender Vorsitzender der CDU/CSU-Fraktion (1963-1964)
- Sonderbeauftragter des Bundeskanzlers Kurt Georg Kiesinger für Berlin (1966-1969)
- Vorsitzender des Bundesvorstandes des Freien Deutschen Gewerkschaftsbundes
- Vorsitzender der Jungdemokraten.[947]

Dass auch er ein Wegbereiter Hitlers war, tat seiner politischen Karriere in der neu gegründeten Bundesrepublik keinen Abbruch.

IV.
Ludwig Kaas
(später: hochrangiger Theologe im Vatikan)

Ludwig Kaas[950] von der Zentrumspartei kann man ebenfalls als Wegbereiter von Adolf Hitler bezeichnen. Er sollte später für das NS-Regime sogar einen der wichtigsten Prestigetriumphe einfädeln.

Kaas trat 1919 der Zentrumspartei bei, wurde 1920 in den Reichstag gewählt und gehörte ihm bis 1933 ununterbrochen an. Zwischen 1926 und 1930 war er deutscher Delegierter beim Völkerbund. Im Jahr 1928 wurde er zum Vorsitzenden der Zentrumspartei gewählt.[951] Mit ihm gelang eine stärkere Anlehnung des Zentrums an die Kirche und die Rechtsparteien. Kaas äußerte sich kritischer zum parlamentarischen System und ließ Sympathien für autoritäre Lösungen erkennen. Auf dem Katholikentag von 1929 sagte er:

»Niemals ist der Ruf nach einem Führertum großen Stils lebendiger und ungeduldiger durch die deutsche Volksseele gegangen als in den Tagen, wo die vaterländische und kulturelle Not uns allen die Seele bedrückt«.[952]

In einer Besprechung mit Reichspräsident von Hindenburg bekannte sich Kaas Ende 1932 zum Ziel einer autoritären Regierung und gegen den Parlamentarismus (Hervorhebungen durch mich):

»Für das ***Ziel der nationalen Konzentration*** *steht Ihnen die* überzeugte und nachhaltige Mitarbeit des Zentrums unbedingt zur Verfügung. *Ich habe schon in meiner Wahlrede in Münster gesagt, dass ich nur darin einen dauernden Ausweg aus der schwierigen Lage sehe, dass drei bis vier mutige Parteiführer einen Treue-Pakt untereinander machen, um eine Regierung zu unterstützen.* ***Wir wollen nicht wieder zurückfallen in den Parlamentarismus,*** *sondern wir wollen dem Reichspräsidenten einen politischen und moralischen* ***Rückhalt schaffen für eine autoritäre Regierung****, die vom Reichspräsidenten inspiriert und instruiert wird. Wir wollen nicht rückwärts, sondern vorwärts«.*[953]

Bereits früh plädierte Kaas für ein Konkordat des Deutschen Reiches mit dem Heiligen Stuhl, konnte dies aber während der Weimarer Republik nicht durchsetzen. Im Vorfeld der Abstimmung des Ermächtigungsgesetzes deutete Papen schließlich die Möglichkeiten eines Konkordats an. Dies war ein Ziel, das Kaas schon seit langem verfolgte. Sicherlich war dies – neben seiner Ablehnung eines parlamentarischen Systems, das er als gescheitert ansah – ein gewichtiger Grund dafür, dass er sich für eine Zustimmung zum Gesetz in seiner Fraktion und Partei einsetzte.[954]

Kaas, Vorsitzender des katholischen Zentrums, begründete vor dem Deutschen Reichstag das anschließende »Ja« seiner Partei zum Ermächtigungsgesetz mit folgenden Worten (Hervorhebungen durch mich):

»Die gegenwärtige Stunde kann für uns nicht im Zeichen der Worte stehen, ihr einziges, ihr beherrschendes Gesetz ist das der raschen,

aufbauenden und **rettenden Tat**. *Und diese Tat kann nur geboren werden in der Sammlung.*

Die deutsche Zentrumspartei, die den großen Sammlungsgedanken schon seit langem und trotz aller vorübergehenden Enttäuschung mit Nachdruck und Entschiedenheit vertreten hat, setzt sich zu dieser Stunde, wo alle kleinen und engen Erwägungen schweigen müssen, bewusst und aus **nationalem Verantwortungsgefühl** *über alle parteipolitischen und sonstigen Gedanken hinweg* (…) *Im Angesicht der brennenden Not, in der Volk und Staat gegenwärtig stehen, im Angesicht der riesenhaften Aufgaben, die der deutsche Wiederaufbau an uns stellt, im Angesicht vor allem der Sturmwolken, die in Deutschland und um Deutschland aufzusteigen beginnen,* **reichen wir von der deutschen Zentrumspartei in dieser Stunde allen, auch früheren Gegnern, die Hand, um die Fortführung des nationalen Aufstiegswerkes zu sichern**«.[955]

So kam es, wie es kommen musste: 72 von 73[956] Abgeordneten des Zentrums stimmten schließlich für das Ermächtigungsgesetz.[957]

Hjalmar Schacht, der am 16. März 1933 von Hitler zum Reichsbankpräsident ernannt wurde, äußerte sich 1953 rückwirkend zum Ermächtigungsgesetz:

»Ich habe mit wachsender Enttäuschung gesehen, wie sich hier die Mittelparteien selbst entmannten. Mit diesem Ermächtigungsgesetz vom 23. März 1933 wurde jede Opposition gegen das Hitler-Regime unmöglich gemacht. Dass die nationalsozialistische Bewegung zur größten Regierungspartei werden konnte, verdankte sie der Unfähigkeit der früheren Regierungen, die nicht imstande gewesen waren, das wirtschaftliche Elend der Bevölkerung zu meistern«.[958]

Genauso war es.

❻

Die verschwiegenen Gründe für das Verbot der SPD

Natürlich stellten und stellen sich die Sozialdemokraten bis heute als »unschuldige Opfer« dar, deren Partei von den Nationalsozialisten »einfach so« verboten wurde, um der Mär, das einzige und letzte »Bollwerk gegen rechts« gewesen zu sein, immer neue Nahrung zu geben. Aber auch ohne formales Verbot, war die SPD zu diesem Zeitpunkt bereits am Ende – und zwar durch ihr eigenes Verschulden. Denn die Massenflucht der Mitglieder aufgrund massiven Vertrauensverlustes gegen ihre eigene Führung hatte die Partei bereits **zuvor** in Auflösung versetzt.[957] Die Gründe habe ich oben aufgeführt: Feigheit, Stillhalten, Tolerieren und vieles mehr.

Ein nicht mehr erschienener Artikel aus dem Kreis der *Neuen Blätter für den Sozialismus* »Eine Partei stirbt« machte die Ursachen vom Ende der einst so »stolzen« SPD aus:

Zum Zusammenbruch der Organisationen komme *»noch das unsäglich feige Verhalten so vieler Führer hinzu«*. Erst dieses und *»die Loyalitätsbeteuerungen so vieler Vertrauensleute, die Massenflucht so vieler sozialistischer Beamter aus der Partei* (…) *erst diese furchtbaren Enttäuschungen haben die geistige und seelische Verbundenheit der Parteianhänger gelöst, haben die seelische Erschütterung erzeugt, die den Auflösungsprozess der Partei von innen heraus in Gang setzten, und die es ausgeschlossen erscheinen lassen, dass die Sozialdemokratische Partei jemals wieder in der Form erstehen oder weiterbestehen wird, wie es bisher der Fall war«*.[960]

Heinz Niemann (Hervorhebungen durch mich):

»Millionen verelendeten mit ihren Familien und sahen in der Nazipartei angesichts des Versagens der SPD und des ADGB eine Hoffnung. ***Dafür trugen die Führer, denen die Mehrheit der Arbeiterklasse folgte****, die* ***entscheidende Verantwortung*** *und insofern eine* ***große historische Mitschuld am Sieg des Faschismus mit allen seinen Folgen****«.*[961]

Verschwiegen: Die SPD, das angebliche »Bollwerk gegen rechts« trägt in Wirklichkeit eine historische Verantwortung und Mitschuld am Aufstieg von Adolf Hitler.

Doch in der Mainstreamgeschichtsschreibung wird Mantra-gleich darauf hingewiesen, dass die SPD von der NS-Regierung »verboten« wurde (ohne natürlich auf die mehrmaligen Verbote der NSDAP durch SPD-geführte Länder einzugehen). **Nicht** publiziert werden auch die wahren **Gründe**, die das Innenministerium **bewogen**, die Sozialdemokratische Partei Deutschlands zu verbieten.

Jetzt, da es zu spät war, nachdem Hitler Kanzler geworden war, gaben sich die bisher so feigen Sozialdemokraten plötzlich kämpferisch und zwar aus dem sicheren Exil heraus: Am 18. Juni 1933 erschien die erste Nummer des *Neuen Vorwärts*, der Parteizeitung der SPD. Darin fand man die Losung der Auslandsgruppe von emigrierten SPD-Funktionären nach Prag. Diese lautete: *»Zerbrecht die Ketten!«*[962] Weiterhin hieß es, die Großkapitalisten und Großagrarier hätten mittels der Nazipartei die Offensive gegen die Arbeiterklasse geführt, deshalb müssten die Kapitalisten **enteignet** werden und die **Wirtschaft zu einer sozialistischen umgebaut** werden.[963] Ebenso wurde ein **Strafgericht für nazistische Verbrecher** gefordert.[964] Und weiter (Hervorhebungen durch mich):

»Wir **rufen zum Kampf**, *der dem deutschen Volke seine Ehre und seine Freiheit, der Arbeiterklasse ihre schwer errungenen und nur vorübergehend verloren gegangenen Rechte wiederbringen wird.* **Im Kampf werden sich neue Formen des Kampfes bilden, werden sich neue Kämpferscharen formieren, werden neue Führer auferstehen**. *Ihnen den Weg zu bahnen betrachten wir als unsere Pflicht.* **Auf neuen Wegen zum alten sozialistischen Ziel! Zerbrecht die Ketten! Vorwärts!**«[965]

Das war ein aus dem Ausland öffentlich publizierter Aufruf zur Revolte und gleichzeitig eine Kampfansage an die Hitler-Regierung und den Anti-SPD-Reichspräsidenten.

So kam es, wie es kommen musste: Am 21. Juni 1933 sandte das Reichsinnenministerium einen Verbotserlass[966] an alle Landesregierungen in dem die SPD als **staatsfeindliche und landesverräterische Organisation** eingestuft wurde.[967] In dem Erlass hieß es:

»Die SPD muss daher als eine staats- und volksfeindliche Partei angesehen werden und kann danach keine Behandlung mehr beanspruchen, als sie von der deutschen Regierung der Kommunistischen Partei gegenüber angewandt worden ist.[968] Von dieser Grundlage ausgehend, richte ich an die Landesregierungen das ergebene Ersuchen, auf Grund der Verordnung des Reichspräsidenten zum Schutz von Volk und Staat vom 28. Februar 1933 die notwendigen Maßnahmen gegen die SPD zu treffen«.[969]

Die Sozialdemokratische Partei Deutschlands war damit zum zweiten Mal nach Bismarcks »Sozialistengesetz«[970] (1878) verboten worden.

Teil V:

Fakten, die Sie über die SPD noch nie gehört haben

❶

Ehemalige Nationalsozialisten als SPD-Politiker

Es gab zahlreiche ehemalige NSDAP-Mitglieder, die nach 1945 in der SPD fungierten. Das Verschweigen die offiziellen Darstellungen der Partei.

Folgende Liste habe ich aus dem Buch »Kritische Geschichte der deutschen Sozialdemokratie 1863-2018« (Band 2 der Studien zur deutschen Sozialdemokratie) von Robert Hofmann entnommen.[971] Die Liste dürfte nicht annähernd vollständig sein, da es dazu so gut wie keine Forschungen und Studien gibt, aber sie ist immerhin ein Anfang bei der Aufklärung dieses Themenkomplexes.

Ehemalige NSDAP-Mitglieder als spätere SPD-Mandatsträger:

▶ **Karl Ahrens** (1924-2015): Mitglied des Bundestages (1969-1990); Präsident der Parlamentarischen Versammlung des Europarates.[972]

▶ **Rudi Arndt** (1927-2004): Abgeordneter des hessischen Landtages (1956-1972); verschiedene Ministerämter in Hessen; Oberbürgermeister Frankfurt/M. (1972-1977); Mitglied des Europaparlaments (1979-1989).[973]

▶ **Alfons Bayerl** (1923-2009): Landtagsabgeordneter in Bayern (1965-1967); Abgeordneter im Deutschen Bundestag (1967-1980); Staatssekretär beim Bundesminister für Justiz (1969-1974); Mitglied des Europäischen Parlaments (1974-1979).[974]

▶ **Julius Brecht** (1900-1962): Mitglied der Hamburgischen Bürgerschaft (1949-1953); Mitglied des Bundestages (1957-1962).[975]

▶ **Fritz Büttner** (1908-1983): Mitglied des Bundestages (1957-1969); war vor 1933 SPD-Mitglied und trat 1937 der NSDAP bei.[976]

▶ **Helmut Caspar** (1921-1980): Landtagsabgeordneter in Hessen (1963-1978).[977]

▶ **Wilhelm Conrad** (1911-1971): Stadtrat in Gießen (1948/49); Landtagsabgeordneter in Hessen (1958-1970); Finanzminister in Hessen (1956-1964).[978]

▶ **Heinrich Deist** (1902-1964): Mitglied des Bundestages (1953-1964); stellvertretender Fraktionsvorsitzender der SPD (1958-1964); seit 1920 Mitglied, trat 1937 in die NSDAP ein.[979]

▶ **Horst Ehmke** (1927-2017): Mitglied des Bundestages (1969-1994); Staatssekretär (1967-1969); SPD-Parteivorstand (1973-1991); Bundesminister der Justiz (1969); Bundesminister für besondere Aufgaben und Chef des Bundeskanzleramtes (1969-1972); Bundesminister für Forschung und Technologie und Bundesminister für das Post- und Fernmeldewesen (1972-1974); laut NSDAP-Karteikarte hatte Ehmke am 10. Februar 1944 den Antrag auf Aufnahme in die NSDAP gestellt und wurde am 20. April 1944 als Mitglied Nr. 9842687 aufgenommen. Im Juli 2007 bestritt er dies; er hätte **nicht gewusst, dass er aufgenommen worden sei**, und er hätte auch keinen Antrag gestellt (!). *DER SPIEGEL* schrieb dazu:

»Der Name des Schülers Horst Ehmke etwa findet sich auf einer Liste mit insgesamt 1.895 Personen aus dem Gau Danzig-Westpreußen. Der spätere Justizminister in der großen Koalition und Kanzleramtschef unter Willy Brandt soll laut Karteikarte am 10. Februar 1944 den Antrag auf Aufnahme in die NSDAP gestellt und am 20. April als Mitglied Nr. 9842687 aufgenommen worden sein. ‹Ich habe nicht gewusst, dass ich in der Kartei geführt werde›, sagte Ehmke dem SPIEGEL, ‹und ich habe auch keinen Antrag gestellt.›

Allerdings liegt im Bundesarchiv auch ein Antwortschreiben des NS-DAP-Aufnahme-Amts vom 20. Mai 1944 an den Reichsrevisor in Danzig. Darin wird die Ausstellung von nur 1.892 Mitgliedskarten mitgeteilt. Die Anträge von drei Hitlerjungen wurden zurückgesandt, ›da jeweils die eigenhändige Unterschrift fehlt‹ – Ehmkes Name ging offensichtlich durch«.[980]

Ob Ehmke nun mit seinem Wissen oder ohne dieses (obwohl bei fehlender Unterschrift sein Antrag wohl wie in den anderen Fällen zurückgeschickt worden wäre) in die NSDAP aufgenommen wurde, ist nicht sicher zu verifizieren.

Weitere ehemalige NSDAP-Mitglieder, die später in die SPD eintraten:

▶ **Christian Enders** (1899-1984): Mitglied des Landtags Hessen (1962-1970); trat 1937 in die NSDAP ein.[981]

▶ **Erhard Eppler** (1926-2019): Mitglied des Bundestages (1961-1976); Bundesminister für wirtschaftliche Zusammenarbeit; Mitglied des Landtags Baden-Württemberg (1976-1982); trat 1943 in die NSDAP ein.[982]

▶ **Adolf Feurig** (1902-1998): Mitglied des Bundestages (1967-1969).[983]

▶ **Bruno Friedrich** (1927-1987): Mitglied des Bundestages (1972-1980); Mitglied des Europäischen Parlaments (1979-1980).[984]

▶ **Karl Hellwig** (1924-1993): Landtagsabgeordneter in Hessen (1970-1983).[985]

▶ **Günter Hellwing** (1914-1996): Seit 1938 NSDAP-Mitglied, SS-Hauptsturmführer, Angehöriger des SS-Sicherheitsdienstes (SD) und als Chef der Gestapo-Leitstelle in Marseille (Frankreich) maßgeblich für die Deportation Tausender von Juden in die KZ verantwortlich. Wegen der Ermordung von fünf sowjetischen Kriegsgefangenen in Bottrop wurde er 1949 von einem Militärgericht zu zwei Jahren Haft verurteilt. Nach seiner Entlassung wurde er 1950 in die Bottroper SPD aufgenommen. 1953 Einzug in den Stadtrat, Kriminalbeamter und Mitglied der Gewerkschaft der Polizei. Später Einzug in den NRW-Landtag als Abgeordneter und im Parteivorstand der Bundes-SPD (1958), später Kripo-Chef in Mülheim. Am 1. Februar 1954 wurde er von einem Marseiller Militärgericht wegen seiner Verbrechen als Gestapo-Chef zum Tode verurteilt. Hellwing wurde erst vom Innenminister Josef Hermann Dufhues (CDU) frühzeitig in Pensionierung versetzt.[986]

▶ **Hans-Georg Schachtschnabel** (1914-1993): Mitglied des Bundestages (1969-1983); Mitglied des Europäischen Parlaments (1974-1975); SA-Beitritt (1933); SS-Beitritt (1934); NSDAP-Beitritt (1937); SPD-Beitritt (1946).[987]

▶ **Karl Schiller** (1911-1994): Mitglied der Hamburgischen Bürgerschaft (1946-1957); Wirtschaftssenator in Berlin (1961-1965); Mitglied des Bundestages (1965-1972); Vorsitzender der SPD-Bundestagsfraktion (1965-1972); Bundeswirtschaftsminister (1966-1972); Finanzminister (1971-1972); Eintritt in die SA (1933); Eintritt in die NSDAP (1937), Eintritt in den NS-Rechtswahrerbund (1937); Eintritt in den NS-Dozentenbund (1939); Eintritt in die SPD (1946-1972); Austritt; Wiedereintritt (ab 1980).[988]

> **Tabuthema:** Auch in der Bundesrepublik waren hochrangige SPD-Politiker zuvor Mitglied in der NSDAP gewesen.

❷

Die SPD weitete die Todesstrafe aus

Die Sozialdemokraten waren laut ihrem Parteiprogramm *gegen* die Todesstrafe, doch Reichspräsident Friedrich Ebert (SPD)[989] *billigte* Todesstrafen in den ersten Jahren der Weimarer Republik.

Im Frühjahr 1920 wurden Revolutionäre, die sich gegen die Regierung aufgelehnt hatten (Kapp-Putsch), zum Tode verurteilt. Die Beschuldigten durften keinen Verteidiger zu Rate ziehen, und eine Berufung gegen das Urteil des Militärgerichts war nicht zugelassen.[990]

Möglich geworden war dies durch eine Notverordnung des Reichspräsidenten vom 19. März 1920, die *rückwirkend* galt. Nach Angaben eines kommunistischen Reichstagsabgeordneten wurden mindestens 200 Menschen im Schutz von Eberts rückwirkender Notverordnung erschossen.[991]

Pikant: Der Sozialdemokrat Ebert verweigerte die Umwandlung vieler Todesurteile in Haftstrafen. Kritiker führten dies auf seinen »Größenwahn« zurück.[992]

Der britische Historiker Richard J. Evans kommt zu dem Schluss, dass die Sozialdemokraten in den ersten Jahren der Weimarer Republik *»mehr als bereit waren«*, die Todesstrafe *»zur Verteidigung ihrer Position einzusetzen«*.[993]

Ein weiteres Beispiel soll dies verdeutlichen: Am 24. Juni 1922 erließ Reichspräsident Ebert (SPD) die »Verordnung zum Schutz der Republik«. Am 18. Juli 1922 nahm der Reichstag das von Justizminister Gustav Radbruch[994] (SPD) eingebrachte »Republikschutzgesetz« an, das die Todesstrafe **ausweitete**.[995] Richard Evans (Hervorhebungen durch mich):

»Dass ***ausgerechnet auf Initiative der SPD*** *ein Gesetz eingeführt wurde, das für* **politischen Mord** *die* **Todesstrafe festsetzte***, kompromittierte generell den Standpunkt der Sozialdemokraten in der Frage der Todesstrafe. Die Sozialdemokraten brachten zu ihrer Verteidigung vor, dass es keinen Grund gebe, die Todesstrafe, solange sie existierte, nicht auch zum Schutz der Republik anzuwenden*[996] (…) *Das* **Verhalten der**

Sozialdemokraten**, insbesondere ihre Zustimmung **zur Ausweitung der Todesstrafe** durch Notverordnungen und die Verhängung dieser Strafe durch Sondergerichte, die mit handverlesenen Richtern besetzt wurden, bedeutete einen* **gefährlichen Präzedenzfall** für die Zukunft, an den die ***Nationalsozialisten denn auch nach der Machtergreifung anknüpfen sollten«.[997]

> **Verschwiegen:** Die Sozialdemokraten weiteten die Todesstrafe auf politischen Mord aus. Sie schafften damit einen Fall, der für zukünftige, ähnlich gelagerte Situationen richtungweisend war und den Nationalsozialisten als Muster diente.

Anzahl der Todesurteile unter SPD-Regierungen oder unter SPD-Regierungsbeteiligungen in der Weimarer Republik:

1919:	89 Todesurteile (10 Hinrichtungen)
1920:	113 Todesurteile (36 Hinrichtungen)
1921:	149 Todesurteile (15 Hinrichtungen)
1922:	77 Todesurteile (15 Hinrichtungen)
1923:	122 Todesurteile (23 Hinrichtungen)[998]

Ein weiterer Umstand, der öffentlich ebenfalls nicht thematisiert wird, ist die Tatsache, dass die SPD die Todesstrafe im Jahr 1931 quasi »wiederherstellte«.[999]

Nachdem der Serienmörder Peter Kürten,[1000] der auch »Der Vampir von Düsseldorf« genannt wurde, zum Tode verurteilt worden war, lehnte das Kabinett dessen Gnadengesuch ab. Wie Richard J. Evans schreibt, waren hierfür offensichtlich **vor allem die sozialdemokratischen Minister verantwortlich**.[1001] Da sich die SPD öffentlich aber gegen die Todesstrafe positioniert hatte, sollte die Angelegenheit so »geheim« wie möglich behandelt werden. Kürten wurde schließlich am 2. Juli 1931 hingerichtet.[1002]

Die SPD wollte diese vollzogene Todesstrafe als »Ausnahme« betrachten, doch jedermann war sich über die Folgen im Klaren: Die Ausnahme sollte die Regel werden. Und tatsächlich gab es 1931 vier weitere Hinrichtungen, darunter zwei Enthauptungen.[1003] Evans:

»Die Hinrichtung Peter Kürtens markierte also einen entscheidenden Wendepunkt in der Geschichte der Todesstrafe in der Weimarer Republik. Der Fall selbst war von politischen Begleittönen weithin frei geblieben. Die Enthüllung, dass Kürten einst dem Kampfverband der SPD, dem ›Reichsbanner‹, sowie Mitte der 1920er Jahre dem Arbeiterrat einer Fabrik, in der er beschäftigt war, angehört hatte und politisch immerhin so aktiv war, dass er als Delegierter zu einem Landesparteitag der SPD nach Erfurt entsandt wurde, sorgte zwar für höhnisches Feixen bei der politischen Rechten, erblickte sie doch hierin ›einen schlagenden Beweis unserer Behauptungen, dass in den marxistischen Verbänden der Abhub des Untermenschentums zu finden ist‹«.[1004]

Verschwiegen: Die SPD hat die Todesstrafe 1931 quasi »wiederhergestellt«.

❸

Die ersten »KZ« wurden unter einem SPD-Reichspräsidenten eingerichtet

Das müssen Sie vorab wissen: Im ersten Jahr der Weimarer Republik gab es insgesamt drei Regierungskabinette mit SPD-Reichskanzlern, Reichministerpräsidenten und Reichspräsidenten:

13. Februar 1919-20. Juni 1919: Philipp Heinrich Scheidemann, SPD (Reichsministerpräsident).

21. Juni 1919 – 27. März 1920: Gustav Bauer, SPD (Reichskanzler, bis 14. August 1919 auch Reichsministerpräsident).

27. März 1920 – 21. Juni 1920: Hermann Müller, SPD (Reichskanzler).

11. Februar 1919 – 28. Februar 1925: Friedrich Ebert, SPD (Reichspräsident).

Konzentrationslager (KZ), nicht zu verwechseln mit den späteren »Vernichtungslagern«, in denen Juden planmäßig ermordet wurden, werden allgemein definiert als *»Internierungs- und Arbeitslager, die von bestimmten totalitären Staaten eingerichtet wurden, um – im allgemeinen auf einfachen Beschluss der Polizei- oder Militärbehörden – Individuen zu inhaftieren, die in politischer Hinsicht als gefährlich gelten«.*[1005]

Die Anklage im Nürnberger Prozess stellte die Thematik der Konzentrationslager (KZ) im Dritten Reich folgendermaßen dar: Der erste Schritt bei der Festigung der Macht war die rücksichtslose Verfolgung der politischen Gegner mittels Konzentrationslager oder Mord. Konzentrationslager erschienen **zuerst** im Jahre 1933 und fanden Anwendung als Mittel zur Kaltstellung politischer Gegner.[1006]

Auch das ist wiederum eine Lückenwahrheit, denn die ersten deutschen »Konzentrationslager« entstanden im Jahr 1923 unter SPD-Reichspräsident Friedrich Ebert, was die Historiker André Keil und Matthew Stibbe im Oktober 2020 publizierten (Hervorhebungen durch mich):

»Die Schutzhaft fand noch nach der Verhängung des reichsweiten militärischen Ausnahmezustands durch ***Reichspräsident Ebert*** *am 26. September 1923 umfangreiche Anwendung. Die Mehrzahl der im Krisenjahr 1923 inhaftierten kommunistischen Schutzhäftlinge – bis Ende*

November mindestens mehrere Hundert – wurden nicht, wie bis dahin üblich, in ordentliche Haftanstalten eingeliefert, **sondern in den ›ersten deutschen Konzentrationslagern** *in militärischen Objekten (ehemalige Kriegsgefangenenlager, Truppenübungsplätze u. ä.‹) interniert«.*[1007]

Verschwiegen: Die ersten »Konzentrationslager« in Deutschland wurden 1923 unter Reichspräsident Ebert (SPD) eingerichtet.

❹

Die »SA« der SPD

Auch die Sozialdemokraten stellten »ihre« SA, genannt »Schutzformationen«, kurz »Schufos«, auf,[1008] die *»Bürgerkriegstruppen der SPD«*[1009], wie Heinz Höhne schreibt. Eine weitere Tatsache, die von der Lückengeschichtsschreibung fast gänzlich unbeachtet bleibt.

Die Schufos waren eine 250.000 Mann starke militante Elitetruppe des Reichsbanners, die mit Grünhemden, Schulterriemen, blauen Mützen und schwarzen Breecheshosen, die kaum verbargen, dass sie von der SA gelernt hatten.[1010]

Verheimlicht: Auch die SPD hatte ihre »SA«.

Die Ähnlichkeit mit der SA der Nationalsozialisten war sogar so groß, dass die Landespolizeiämter in Württemberg ihre Beamten mit »Uniformbildern« ausstatteten, damit sie nicht ständig die Schufo mit der SA verwechselten.[1011]

Die Gründung der Schufos im Jahr 1931 ging auf führende Sozialdemokraten zurück. Die Zentrale des SPD-Kampfbundes befand sich in der Lindenstraße in Berlin. Es wurde zusätzlich eine geheime Wachtruppe aufgestellt, die Pistolen, Karabiner und sogar Maschinengewehre erhielt, um die Parteiführung zu schützen.[1012]

Konfidenten des SPD-Vorstandes reisten durch das Land und regten die örtlichen Parteistellen an, Alarmeinheiten und Widerstandszellen aufzustellen. In Hamburg wurde so ein Kampfverband (»Pioniere«) mit einer Stärke von 500 Mann gebildet. 1932 verfügten die roten Pionierketten bereits über 5.000 kampf- und einsatzbereite Sozialdemokraten. Sie konnten innerhalb von zwei Stunden an jedem beliebigen Ort der Hansestadt eingesetzt werden.[1013] Heinz Niemann:

»In Leipzig war ebenfalls 1930 ein sogenannter SPD-Schutz entstanden. Innerhalb dieses ›SPD-Schutzes‹ organisierten die entschlossensten Kräfte eine ›Kampfstaffel‹. In die geheime militärische Ausbildung, die mit politischer Schulung wechselte, wurden etwa 2.000 Personen einbezogen (...) Dennoch begann auch hier die illegale Waffenbeschaffung. Auch in Altenburg, Halle, Merseburg und Zwickau hatten sich ähnliche Formationen gebildet. In den Wintermonaten 1931/32 begann die ADGB [Allgemeiner Deutscher Gewerkschaftsbund/MGR], *Gewerkschaftsmitglieder zu Selbstschutzgruppen – sogenannten Hammerschaften – zusammenzufassen«.*[1014]

In Sachsen, Hannover und Magdeburg schuf die SPD Fünf-Mann-Gruppen für den Kampf, in Leipzig gab es rund 250 dieser Fünfergruppen.[1015]

Der SPD-Parteivorstand maß jedoch den Schufos den größten Wert bei. Unter der Leitung von Karl Höltermann[1016] wurde die »Schutzformation« für den Kampf im Gelände und für den Häuserkampf gedrillt.[1017] Zudem wurden regelmäßige Felddienstübungen vollzogen und Ausbildungen am Gewehr und Maschinengewehr sowie Politkurse abgehalten.[1018]

Verschwiegen: Die SPD-Kampforganisation wurde an Maschinengewehren geschult und für den Häuserkampf ausgebildet.

Wie in der *Reichsbannerzeitung* zu lesen war, verlangten auch die Reichsbannerführer von ihren Stoßtrupps »die eiserne Härte und die eiskalte Kraft zur Vernichtung des Gegners«.[1019]

Der SPD-Parteivorstand verbot allerdings, dass sich die Schufo Waffen beschaffte. Der SPD-Vorsitzende Otto Wels klammerte sich an die Hoffnung, dass im Ernstfall die Schutzpolizei die Waffendepots öffnen würde;[1020] eine irrsinnige Annahme. Doch Höltermann schuf Tatsachen und ließ zu, dass sich »seine« Schufo-Leute – so wie die der KPD – auf eigene Faust Waffen besorgten. So gelangte die SPD-SA auch an Pistolen und Karabiner.[1021]

Verschwiegen: Mitglieder der SPD-Kampforganisation beschafften sich illegal Waffen.

Das bestätigte auch das Preußische Ministerium des Innern. In einem vertraulichen Bericht hieß es:

»Waffenlager hat das Reichsbanner in Norddeutschland in größerem Umfange offenbar keine, jedoch sind zahlreiche Mitglieder in persönlichem Besitz von Schusswaffen. In Süddeutschland, vor allen in Hessen und Franken, sind Waffenlager vorhanden«.[1022]

Nach der Machtübergabe am 30. Januar 1933 warteten die Schufos und andere SPD-Widerstandsgruppen auf ihren Einsatzbefehl, um gegen das neue Regime unter Reichskanzler Adolf Hitler vorzugehen. Sie beschafften sich Waffen aus den Gewehrfabriken in Suhl und Zella-Mehlis und dirigierten Waffentransporte nach Augsburg, Nürnberg, Magdeburg und Hamburg.[1023]

Die Anzeichen für das Losschlagen gegen die Hitler-Regierung wurden immer konkreter; in Gewerkschaftskreisen beriet man Pläne für einen Generalstreik, in einigen Fabriken probten »Hammerschaften« (militante Betriebskampfgruppen des Allgemeinen Deutschen Gewerkschafts-Bundes ADGB) den Aufstand, und in vielen Parteistellen wappneten sich die Genossen für einen Bürgerkrieg.[1024] Doch das Signal, auf das alle warteten, kam nicht, und es sollte auch nie kommen.[1025]

5

Zusammenfassung: Wie die SPD Hitler zur Macht verholfen hat

Ich möchte an dieser Stelle noch einmal Stichwortartig zusammenfassen, was Sie in diesem Buch über das unrühmliche Verhalten der Sozialdemokraten erfahren haben und was im Mainstream so gut wie nicht publiziert wird.

Aufrüstung

- Bereits 1928 setzte SPD-Reichskanzler Müller die Kontrollrechte des Reichstages in Sachen »geheime Aufrüstung« außer Kraft.
- Die Sozialdemokraten befürworteten die geheime Aufrüstung, die gegen den Versailler Vertrag war.
- Auch noch 1931 stimmten die Sozialdemokraten *für* den Bau eines weiteren Kriegsschiffes.
- SPD-Reichskanzler Ebert nahm die illegale Aufrüstung und den Bruch des Versailler Vertrages einfach hin.
- SPD-Abgeordnete machten die spätere »schnelle« Aufrüstung durch Adolf Hitler erst möglich.

- Der sozialdemokratische Gewerkschaftsbund ADGB bejahte die Wiederaufrüstung.

Ohne die SPD wäre Hitler nicht an die Macht gekommen

- Die SPD setzte wegen eines halben Prozentpunkts der Arbeitslosenversicherung die Weimarer Republik aufs Spiel und ebnete somit auch Adolf Hitler den Weg an die Macht.
- Die SPD tolerierte als stärkste (Oppositions)-Partei die Präsidialdiktatur.
- Für die SPD war sogar die Wiedereinführung der Monarchie kein Hindernis.
- Die SPD »unterwarf« sich dem autoritären Kabinett von Brüning.
- Die SPD nahm die permanente Ausschaltung des Parlaments fast widerspruchslos hin und unterstützte sogar aktiv den Reichskanzler, der gerade dies forcierte.
- Die SPD half mit, die demokratischen Elemente in der Weimarer Verfassung außer Kraft zu setzen und die Republik zu einem autoritären Regime zu programmieren.
- Die SPD-Führung täuschte wissentlich ihre Mitglieder und Wähler.
- Bereits die Brüning-Regierung legalisierte die Aufrüstung – mit Hilfe der SPD.
- Die SPD rettete die autoritäre Brüning-Regierung und trug Beschlüsse mit, die gegen die Arbeiterschaft gerichtet waren – einmal mehr eine Täuschung der Wähler und Mitglieder.
- Die SPD setzte sich für den »Demokratiefeind« Hindenburg ein und hielt ihre Mitglieder an, den Militaristen, der das Parlament verachtete, zu wählen.

- Die Sozialdemokraten hätten mit der Einheitsfront SPD/KPD also Adolf Hitler für die Stichwahl für das Amt des Reichspräsidenten verhindern können, taten es aber nicht.
- Mit der Unterstützung Hindenburgs und der Weigerung einen eigenen Kandidaten aufzustellen, öffnete die SPD indirekt die Tür zu Hitlers Regierungsübernahme.
- Der autoritäre, monarchistische Reichspräsident Hindenburg, der von Demokratie nicht viel hielt, war mit tatkräftiger Unterstützung der SPD wiedergewählt worden.
- Durch die Mithilfe der SPD hatte das Volk seinen Einfluss auf die Regierungsbildung verloren.
- Die SPD fand sich mit dem autoritär-faschistischen Kabinett von Papen so gut wie widerstandslos ab.
- SPD-Spitzenfunktionäre redeten sogar eine Regierung mit Hitler herbei.
- Die SPD lieferte mit der äußerst bedenklichen Änderung der Geschäftsordnung des preußischen Landtages, Adolf Hitler die Vorlage bei der späteren Abstimmung zu seinem Ermächtigungsgesetz.
- Die Nationalsozialisten lernten von der SPD-Tricks und wandten diese später gegen die Opposition an.
- Die SPD »entmachtete« sich de facto selbst.
- Trotz Verfassungsbruchs durch den Reichskanzler: die SPD blieb passiv und tatenlos.
- Die Feigheit der SPD-Spitzenfunktionäre, die heute zu »Helden gegen den Faschismus« hochgejubelt werden, war fast unbeschreiblich.
- Die SPD gab ihr »Bollwerk Preußen« kampflos, schändlich und feige auf.

- Die SPD wollte sich im November 1932, in einer besonders kritischen Zeit, nicht an Regierungsgesprächen beteiligen.
- Die SPD wollte sogar eine zeitweilige Militärdiktatur tolerieren.
- Die SPD unternahm keine ernsthaften Schritte, um Hitler zu verhindern, obwohl sie die Chance dazu gehabt hätte.
- Die SPD machte keine eigene Politik mehr, sie beschränkte sich lediglich auf die Tolerierung der autoritär-bürgerlichen Kabinette.
- Die Machtübergabe an Adolf Hitler war von den Rechtskonservativen gewollt und von der SPD hingenommen.
- Auch nach der Machtübergabe wartete die SPD, das angebliche »Bollwerk gegen rechts«, ab und hielt still.
- Die SPD versuchte, durch Neutralität die Weiterexistenz unter der Hitler-Regierung zu »erbetteln«.
- Die SPD schien in Hitler das »kleinere Übel« zu sehen und akzeptierte die Hitler-Regierung. Das war gleichzeitig eine Täuschung an den eigenen Mitgliedern und Wählern.
- Hermann Göring nahm die Taktik der SPD zur Umstrukturierung der Polizei zu seinem Vorbild.
- Schon vor dem Verbot der SPD löste sich die Partei in großen Teilen auf. Grund dafür waren nicht die Nationalsozialisten, sondern die Enttäuschung über die eigene Partei. Viele ehemalige SPD-Mitglieder traten daraufhin in die NSDAP ein.
- Adolf Hitlers Machtübernahme war keinesfalls zwangsläufig gewesen. Es hätte viele Möglichkeiten gegeben, die Nationalsozialisten zu verhindern. Die SPD versagte auf ganzer Linie.
- Otto Wels gab stattdessen auch der Arbeiterschaft eine Mitschuld am Aufstieg Hitlers.

Ermächtigungsgesetz

- Frühere SPD-Regierungen in Hamburg, Thüringen und Sachsen gaben den Nationalsozialisten die Vorlage dafür, SA- und SS-Angehörige zu Hilfspolizisten zu ernennen.
- Die SPD stimmte in der Weimarer Republik Ermächtigungsgesetzen zu. Zudem wurden zwischen 1919 und 1927 Ermächtigungsgesetze bei den entscheidenden Schlussabstimmungen im Parlament von der SPD-Fraktion mitgetragen.
- Die viel gescholtene und als undemokratisch titulierte Änderung der Geschäftsordnung zur Abstimmung über das Ermächtigungsgesetz fand ihr Vorbild in der Abänderung der Geschäftsordnung durch die SPD in Preußen im April 1932. Die Nationalsozialisten hatten dies von den Sozialdemokraten »gelernt«.
- Otto Wels (SPD) bekräftigte, dass Deutschland am Ausbruch des Ersten Weltkrieges nicht schuldig war. Noch viele Jahrzehnte nach 1945 galt diese Auffassung als Geschichtsrevisionismus.
- Otto Wels biederte sich den Nationalsozialisten an und übernahm sogar teilweise deren Diktion. Er stimmte Hitler in der Außenpolitik zu und betrachtete den Versailler Vertrag ebenfalls als »Gewaltfrieden«.
- Otto Wels legte sogar im Ausland ein gutes Wort für die NS-Regierung ein.
- Otto Wels dankte der Zentrumspartei für deren Zustimmung zum Ermächtigungsgesetz.
- Die SPD war unfähig, die Demokratie zu verteidigen, und hat die Weimarer Republik kampflos preisgegeben.
- Die SPD trägt eine historische Verantwortung und Mitschuld am Aufstieg von Adolf Hitler.

- Die SPD hatte die »große Niederlage« der Demokratie vorsätzlich herbeigeführt.

Sonstiges

- Die SPD entfernte alle jüdischen Mitglieder aus ihrem Vorstand.
- Auch die SPD hatte ihre »SA«.
- Die SPD-Kampforganisation wurde an Maschinengewehren geschult und für den Häuserkampf ausgebildet.
- Tabuthema: Auch in der Bundesrepublik waren hochrangige SPD-Politiker zuvor Mitglied in der NSDAP gewesen.
- Die Sozialdemokraten weiteten die Todesstrafe auf politischen Mord aus. Sie schafften damit einen Fall, der für zukünftige, ähnlich gelagerte Situationen richtungweisend war und den Nationalsozialisten als Muster diente.
- Die SPD hat die Todesstrafe 1931 quasi »wiederhergestellt«.
- Die ersten »Konzentrationslager« in Deutschland wurden 1923 unter Reichspräsident Ebert (SPD) eingerichtet.

Nachwort

Wie Sie erfahren haben, hatte die SPD (als stärkste, bzw. zweitstärkste Partei), einen maßgeblichen Anteil an der Unregierbarkeit der Weimarer Republik. Sie hat die »große Niederlage« der Demokratie vorsätzlich herbeigeführt und Hitlers Diktatur dadurch erst den Weg bereitet.

Ich habe dokumentiert, dass ohne die unsägliche Politik der Sozialdemokraten Adolf Hitler wohl nicht an die Macht gekommen wäre. Denn durch die Zurückweisung der Kommunisten und die Verweigerung einer antifaschistischen Einheitsfront wurde die entscheidende Chance vertan, Hitler zu verhindern oder, im heutigen SPD-Jargon, »zu stoppen«. Doch die Genossen haben ihn nicht aufgehalten, obwohl sie im Verbund mit den Kommunisten und den Gewerkschaften über ein Millionenpotential verfügt hätten.

Die Partei war schwach, entschlusslos und biederte sich den Nationalsozialisten später sogar regelrecht an, indem sie beispielsweise alle jüdischen Mitglieder aus dem Vorstand entfernte.

Angesichts der Feigheit der Parteispitze und der Untätigkeit gegen Adolf Hitler weinten sogar gestandene Reichsbannerleute, und alte SPD-Funktionäre warfen ihre Mitgliedsbücher weg. In den Wochen vor und nach der Machtübergabe verließen rund 60.000 zutiefst enttäuschte Mitglieder die Partei. Manche von ihnen fanden in der NSDAP ein neues Zuhause. Und dennoch feiern sich die Sozialdemokraten bis heute in unglaublicher Weise als »Helden gegen den Nationalsozialismus«. Aber ihre Führung war keinesfalls heldenhaft, sie war feige.

Bibliografie

Archive

Archiv der sozialen Demokratie (Bonn)

Bundesarchiv (Koblenz)

Bundesarchiv (Potsdam)

Hauptstadtarchiv (Düsseldorf)

Institut für Geschichte der Arbeiterbewegung, Zentrales Parteiarchiv (Berlin)

Internationales Institut für Sozialgeschichte (Amsterdam)

Staatsarchiv (Bremen)

Staatsarchiv (Münster)

Stiftung Archiv der Parteien und Massenorganisationen der DDR im Bundesarchiv (SAPMO)

Zentralarchiv (Merseburg)

Gesetze, Erlasse, Verordnungen

Dietramszeller Verordnung vom 24. August 1931

Gesetz gegen die gemeingefährlichen Bestrebungen der Sozialdemokratie (Sozialistengesetz) vom 19. Oktober 1878

Gesetz über den Erlass von Verordnungen für die Zwecke der Übergangswirtschaft vom 6. Februar 1921

Gesetz über die Ermächtigung der Reichsregierung zum Erlasse von Verordnungen vom 9. April 1919

Gesetz über die vereinfachte Form der Gesetzgebung für die Zwecke der Übergangswirtschaft vom 3. August 1920

Gesetz über die vorläufige Anwendung von Wirtschaftsabkommen vom 10. Juli 1926

Gesetz zur Behebung der Not von Volk und Reich vom 24. März 1933

Gesetz zur Durchführung der Waffenstillstandsbedingungen vom 27. Februar 1919

Notgesetz für elsass-lothringische Angelegenheiten vom 22. Februar 1919

Notgesetz vom 24. Februar 1923

Notverordnung zur Behebung der finanziellen, wirtschaftlichen und sozialen Missstände und zur Sicherung von Wirtschaft und Finanzen vom 27. Juli 1930

Notverordnung zur Behebung der finanziellen, wirtschaftlichen und sozialen Missstände und zur Sicherung von Wirtschaft und Finanzen vom 1. Dezember 1930

Notverordnung zur Behebung der finanziellen, wirtschaftlichen und sozialen Missstände und zur Sicherung von Wirtschaft und Finanzen vom 6. Juni 1931

Notverordnung zur Behebung der finanziellen, wirtschaftlichen und sozialen Missstände und zur Sicherung von Wirtschaft und Finanzen vom 8. Dezember 1931

Reichsermächtigungsgesetz vom 13. Oktober 1923

Reichsermächtigungsgesetz vom 8. Dezember 1923

Reichsgesetzblatt I (1920)

Reichsgesetzblatt I (1921)

Reichsgesetzblatt I (1923)

Reichsgesetzblatt II (1926)

Reichsgesetzblatt II (1927)

Reichsgesetzblatt I (1931)

Reichsgesetzblatt I (1932)

Reichsgesetzblatt I (1933)

Verordnung des Reichspräsidenten zum Schutz von Volk und Staat vom 28. Februar 1933

Weimarer Reichsverfassung vom 14. August 1919

Zweites Gesetz über die vorläufige Anwendung von Wirtschaftsabkommen vom 14. Juli 1926

Literatur

Abelshauser, Werner/Faust, Anselm: Wirtschafts- und Sozialpolitik: Eine nationalsozialistische Sozialrevolution? Deutsches Institut für Fernstudien an der Universität Tübingen, Tübingen 1983

Adolph, Hans J. L.: Otto Wels und die Politik der deutschen Sozialdemokratie. 1894–1939. Eine politische Biographie (Veröffentlichungen der Historischen Kommission zu Berlin beim Friedrich-Meinecke-Institut der Freien Universität Berlin. Bd. 33) Berlin 1971

Akten aus dem ehemaligen Hauptarchiv der NSDAP (Bundesarchiv Koblenz)

Amtliche Kriegs-Depeschen. Band 8, Berlin 1918

Arnold, Friedrich (Hrsg.): Anschläge. Deutsche Politik an der Litfaßsäule 1900-1971, Ebenhausen bei München 1972

Barkai, Avraham: Das Wirtschaftssystem des Nationalsozialismus, Der historische und ideologische Hintergrund 1933-1936, Köln 1977

Barth, Rüdiger/ Friedrichs, Hauke: Die Totengräber. Der letzte Winter der Weimarer Republik, Frankfurt/M. 2018

Bateson, Gregory: Ökologie des Geistes, Berlin 1985

Bay, Jürgen: Der Preußenkonflikt 1932/33, Erlangen Nürnberg 1965

Becker, Ernst Wolfgang: Bürger im Zeitalter der Extreme. Stuttgart 2011

Becker, Ernst Wolfgang: Die normative Dimension der Realpolitik. Linksliberalismus und Ermächtigungsgesetzgebung in der Weimarer Republik, in: Jahrbuch zur Liberalismus-Forschung. Band 28, o.O., 2016

Becker, Ernst Wolfgang/Rösslein, Thomas (Hrsg.): Politischer Irrtum im Zeugenstand. Die Protokolle des Untersuchungsausschusses des württemberg-badischen Landtags aus dem Jahr 1947 zur Zustimmung zum »Ermächtigungsgesetz« vom 23. März 1933. Stuttgart 2003

Becker, Jean-Jacques: Frankreich, in: Hirschfeld, Gerhard/Krumeich, Gerd/Renz, Irina: Enzyklopädie Erster Weltkrieg, Paderborn 2004

Bednareck, Horst: Gewerkschafter im Kampf gegen die Todfeinde der Arbeiterbewegung und des Volkes. Zur Geschichte der deutschen Gewerkschaftsbewegung, Berlin 1966

Bedürftig, Friedemann: Lexikon III. Reich, Hamburg 1994

Beers, Burton F.: Vain Endeavor, North Carolina 1962

Behring, Rainer: Rudolf Breitscheid (1874–1944). Liberaler Sozialreformer – verbalradikaler Sozialist – sozialdemokratischer Parlamentarier, in: Detlef Lehnert (Hrsg.): Vom Linksliberalismus zur Sozialdemokratie. Politische Lebenswege in historischen Richtungskonflikten 1890–1945, Köln/Weimar/Wien 2015

Berg, Manfred: Prediger des gerechten Friedens, in: 1918 – Ein europäisches Schicksalsjahr, Darmstadt 2018

Berg, Manfred.: Die Welt schaut nach Paris, in: 1919. Der Vertrag von Versailles und warum er keinen Frieden brachte, ZEITGeschichte 1, Hamburg 2019

Berg, Manfred: Woodrow Wilson: Amerika und die Neuordnung der Welt, München 2017

Berg, Manfred: Gustav Stresemann. Eine politische Karriere zwischen Reich und Republik, Göttingen 1992

Bernhardi, Friedrich von: Weltreise, Leipzig 1920

Biographisch-Bibliographisches Kirchenlexikon (BBKL), Band 3, Herzberg 1992

Birkel, John P.: Gustav Stresemann. Patriot und Staatsmann. Eine Biographie, Hamburg 2003

Blaich, Fritz: Der Schwarze Freitag. Inflation und Wirtschaftskrise, München 1994

Boemeke, Manfred: Woodrow Wilson's Image of Germany, in: Manfred Boemeke u. a. (Hrsg.): The Treaty of Versailles. A Reassessment after 75 Years. Cambridge University Press, Cambridge 1998

Boemeke, Manfred u. a. (Hrsg.): The Treaty of Versailles. A Reassessment after 75 Years. Cambridge University Press, Cambridge 1998

Borodziej, Wlodzimierz: Geschichte Polens im 20. Jahrhundert, München 2010

Bracher, Karl Dietrich: Die Auflösung der Weimarer Republik, Villingen 1960

Bracher, Karl Dietrich/Schulz, Gerhard/Sauer, Wolfgang: Die nationalsozialistische Machtergreifung, Band 1, Frankfurt/M./Berlin/Wien (1960), 1974

Bracher, Karl Dietrich/Funke, Manfred/Jacobsen, Hans-Adolf (Hrsg.): Die Weimarer Republik 1918-1933 (Studien zur Geschichte und Politik 251), Bonn 1987

Bracher, Karl Dietrich: Stufen der Machtergreifung, in: Bracher, Karl Dietrich /Schulz, Gerhard/Sauer, Wolfgang (Hrsg): Die nationalsozialistische Machtergreifung, Frankfurt/M./Berlin/Wien (1960), 1974

Bracher, Karl Dietrich /Schulz, Gerhard/Sauer, Wolfgang (Hrsg): Die nationalsozialistische Machtergreifung, Frankfurt/M./Berlin/Wien (1960), 1974

Bradley, Dermot/Hildebrand, Karl-Friedrich/Rövekamp, Markus: Die Generale der Heeres 1921-1945, Band 2, Osnabrück 1993

Braun, Otto: Von Weimar zu Hitler, Hildesheim 1979

Braunthal, Gerard: Der Allgemeine Deutsche Gewerkschaftsbund. Zur Politik der Arbeiterbewegung in der Weimarer Republik, Frankfurt am Main 1981.

Brecht, Arnold: Vorspiel zum Schweigen. Das Ende der deutschen Republik, o.O., 1948

Breloer, Heinrich/Königstein, Horst: Blutgeld. Materialien zu einer deutschen Geschichte, Köln 1982

British Museum: Balfour Papers 49734/186-192

Brück, Carlheinz von: Ein Mann, der Hitler in die Enge trieb, Berlin 1975

Brüning, Heinrich: Memoiren 1918–1934, Stuttgart 1970

Brüning, Heinrich: Ein deutscher Staatsmann, Reden und Aufsätze, o.O. 1968

Buchwitz, Otto: 50 Jahre Funktionär der deutschen Arbeiterbewegung, Berlin 1958

Büro des Reichstags (Hrsg.): Reichstags-Handbuch VIII. Wahlperiode, Berlin 1933

Büttner, Ursula Büttner/Jochmann, Werner: Hamburg auf dem Weg ins Dritte Reich, o.O. 1983

Bumke, Erwin Konrad Eduard: Der Staatsgerichtshof zu Art. 48 Reichsverfassung, in: DJZ 1932

Cavaillé, Marie-Dominique: Rudolf Breitscheid et la France 1919–1933, Frankfurt am Main 1995

Churchill, Winston S.: Der Zweite Weltkrieg, Frankfurt/M. 2004

Conze, Eckart: Die große Illusion: Versailles 1919 und die Neuordnung der Welt, München 2018

Conze, Eckart: Der verhasste Vertrag, in: 1919. Der Vertrag von Versailles und warum er keinen Frieden brachte, ZEITGeschichte 1, Hamburg 2019

Conze, Werner/Raupach, Hans (Hrsg.): Die Staats- und Wirtschaftskrise des Deutschen Reichs 1929/33, Stuttgart 1967

Dallin, David: Die Sowjetspionage, Köln 1956

Dams, Carsten: Staatsschutz in der Weimarer Republik. Die Überwachung und Bekämpfung der NSDAP durch die preußische politische Polizei von 1928 bis 1932, Marburg 2002

Dederke, Karl-Heinz: Reich und Republik. Deutschland 1917-1933, Stuttgart 1973

Deist, Wilhelm: Militär und Innenpolitik im Weltkrieg 1914-1918, Düsseldorf 1970

Deist, Wilhelm: Die Aufrüstung der Wehrmacht, in: Militärgeschichtliches Forschungsamt (Hrsg.): Das Deutsche Reich und der Zweite Weltkrieg. Band 1. Ursachen und Voraussetzungen der deutschen Kriegspolitik, Stuttgart 1979

Departement of State: Papers Relating to the Foreign Relations of the United States. The Paris Peace Conference 1919, Band 2

Der Große Brockhaus. Band 20, Leipzig 1935

Der Prozess gegen die Hauptkriegsverbrecher vor dem Internationalen Militärgerichtshof Nürnberg 14. November 1945 – 1. Oktober 1946, veröffentlicht in Nürnberg, Deutschland 1947, amtlicher Wortlaut in deutscher Sprache, 22 Bände, München und Zürich 1984 (IMT)

Dietz, Heinrich (Hrsg): Taschenbuch des Militärrechts für Kriegszeiten, Rastatt 1913

Domarus, Max: Hitler. Reden und Proklamationen 1932-1945, Band 1-4, Wiesbaden 1973

Duygun, Ahmet Mert: Das semipräsidiale Regierungssystem der Weimarer Republik im Vergleich mit dem heutigen türkischen Regierungssystem nach den Verfassungsänderungen in 2007 und 2017, Bonn 2019

Dyer, G.: The Turkish Armistice of 1918, in: Middle Eastern Studies 8, 1972

Edinger, Lewis J.: Kurt Schumacher. Persönlichkeit und politisches Verhalten. Köln/ Opladen 1967

Ehni, Hans-Peter: Bollwerk Preußen? Preußen-Regierung, Reich-Länder-Problem und Sozialdemokratie 1928-1932, Band 11, Bonn/Bad Godesberg 1975

Eilers, Sylvia: Ermächtigungsgesetz und militärischer Ausnahmezustand zur Zeit des ersten Kabinetts von Reichskanzler Wilhelm Marx 1923/1924, Köln 1988

Endres, Albert: Ludwig Kaas und seine Zeit, in: Neues Trierisches Jahrbuch, Jg. 42 (2002)

Endres, Fritz (Hrsg): Hindenburg. Briefe – Reden – Berichte, Ebnhausen 1934

Enzensberger, Hans Magnus: Hammerstein oder Der Eigensinn: Eine deutsche Geschichte, Berlin 2008

Epstein, Julius: Der Seeckt-Plan, in: Der Monat 1948/49

Erdmann, Karl Dietrich Erdmann/Schulze, Hagen: Weimar. Preisgabe einer Demokratie, Düsseldorf 1980

Erger, Johannes: Der Kapp-Lüttwitz-Putsch. Ein Beitrag zur deutschen Innenpolitik 1919/1920, Düsseldorf 1967

Erkens, Rainer/Sassin, Horst R.: Dokumente zur Geschichte des Liberalismus in Deutschland 1930–1945, St. Augustin 1989

Erzberger, Matthias: Erlebnisse im Weltkrieg, Stuttgart 1920

Evans, Richard J.: Rituale der Vergeltung. Die Todesstrafe in der deutschen Geschichte 1532-1987, Berlin 2001

Faerber-Husemann, Renate: Otto-Wels-Rede im Reichstag: Nicht die Demokratie – aber die Ehre gerettet, in: Vorwärts vom 23. März 2021

Fechner, Helmut: Deutschland und Polen 1772-1945, Würzburg 1964

Förster, Stig: Der globalisierte Krieg, in: Die Ur-Katastrophe des 20. Jahrhunderts, SPIEGEL Special 1/2004

Forstmeier, Friedrich/Volkmann, Hans-Erich (Hrsg.): Wirtschaft und Rüstung am Vorabend des Zweiten Weltkrieges, Düsseldorf 1975

Frank, Mario: Walter Ulbricht. Eine deutsche Biografie, Berlin 2001

Fricke, Dieter (Hrsg.): Lexikon zur Parteiengeschichte, Band 1, Leipzig 1983

Friedrich, Jörg: 14/18. Der Weg nach Versailles, Berlin 2014

Fritsch, Werner: Deutsche Demokratische Partei, in: Dieter Fricke (Hrsg.): Lexikon zur Parteiengeschichte, Band 1, Leipzig 1983

Fröhlich, Elke (Hrsg.): Joseph Goebbels: Die Tagebücher. Sämtliche Fragmente, Teil I: Aufzeichnungen 1924-1941, 2 Bände, München/New York/London/Paris 1987

Gaertringen, Friedrich Freiherr Hiller von: Groener, Karl Eduard Wilhelm, in: Neue Deutsche Biographie (NDB), Band 7, Berlin 1966

Gede, George E.R.: The Revolver-Republic, London 1930

George, David Lloyd: Mein Anteil am Weltkrieg. Band 3. Berlin 1933-1936

George, David Lloyd: The Truth about the Peace Treaties, Band 1, London 1938

Gerwath, Robert: Kein Frieden für die Welt, in: 1919. Der Vertrag von Versailles und warum er keinen Frieden brachte, ZEITGeschichte 1, Hamburg 2019

Giese, Friedrich: Zur Verfassungsmäßigkeit der vom Reich gegen und in Preußen getroffenen Maßnahmen, in: Deutsche Juristische Zeitung 1932,

Glashagen, Winfried: Die Reparationspolitik Heinrich Brünings 1930-1931. Studien zum wirtschafts- und außenpolitischen Entscheidungsprozess in der Auflösungsphase der Weimarer Republik, Bonn 1980

Goebbels, Joseph: Vom Kaiserhof zur Reichskanzlei, München 1934

Graf, Christoph: Politische Polizei zwischen Demokratie und Diktatur. Die Entwicklung der preußischen Politischen Polizei vom Staatsschutzorgan der Weimarer Republik zum Geheimen Staatspolizeiamt des Dritten Reiches, Berlin 1983

Graml, Hermann: Europa zwischen den Kriegen, in: Deutsche Geschichte seit dem ersten Weltkrieg, Band 1, Stuttgart 1971

Grandt, Michael: Adolf Hitler eine Korrektur, Band 1: Jugend. Lehre. 1. Weltkrieg. Geldgeber, Tallinn 2019

Grandt, Michael: Adolf Hitler eine Korrektur, Band 2: Machtübergabe. SPD. Röhm. KZ, Tallinn 2020

Grandt, Michael: Unternehmen Wüste – Hitlers letzte Hoffnung, Tübingen 2002

Grandt, Michael: Das Hitler-Tribunal, Band 1, München/London/New York 2006

Grandt, Michael: Das Hitler-Tribunal, Band 2, München/London/New York 2008

Groener, Wilhelm: Lebenserinnerungen, Göttingen 1957

Groener-Geyer, Dorothea: General Groener. Soldat und Staatsmann, Frankfurt am Main 1955

Grosser, Alfred: Geschichte Deutschlands seit 1945, München 1981

Heckel, Johannes: Diktatur, Notverordnungsrecht, Verfassungsnotstand (Archiv für öffentliches Recht) A.a.O., NF 22, 1932

Heinsohn, Gunnar: Lexikon der Völkermorde, Reinbek 1998

Henkels, Walter: 99 Bonner Köpfe, Frankfurt/M. 1965

Hentschel, Volker: Weimars letzte Monate. Hitler und der Untergang der Republik, Düsseldorf 1979

Herlemann, Beatrix: Der deutschsprachige Bereich an den Kaderschulen der Kommunistischen Internationale, in: Internationale Wissenschaftliche Korrespondenz (IWK) 18, Berlin (1982)

Hermanns, Stefan: Carl Schmitts Rolle bei der Machtkonsolidierung der Nationalsozialisten, Wiesbaden 2018

Herrfahrdt, Heinrich: Reich und Preußen, o.O. 1928

Herrfahrdt, Heinrich: Reichsreform durch Notverordnung? September 1929, in: Reich und Länder, o. O. 1931

Herwig, H.H.: German Policy in the Eastern Baltic Sea in 1918; in: Slavic Review 32, 1973

Heß, Jürgen C.: »Die deutsche Lage ist ungeheuer ernst geworden.« Theodor Heuss und die Herausforderungen des Jahres 1933, in: Jahrbuch zur Liberalismus-Forschung. Band 6, 1994

Heuss, Theodor: Die Machtergreifung und das Ermächtigungsgesetz. Zwei nachgelassene Kapitel der Erinnerungen, 1905-1933, Tübingen 1967

Heuss, Theodor: Gleichschaltung des Geistes, in: Die Hilfe. Nr. 10, 20. Mai 1933

Heyde, Philipp: Das Ende der Reparationen: Deutschland, Frankreich und der Youngplan 1929-1932, Paderborn 1998

Hilferding, Rudolf: Zwischen den Entscheidungen, in: Die Gesellschaft, Nr. 1 (1933

Hillgruber, Andreas: Unter dem Schatten von Versailles, in: Karl Dietrich Erdmann/Hagen Schulze: Weimar. Preisgabe einer Demokratie, Düsseldorf 1980

Hirschfeld, Gerhard/Kettenacker, Lothar (Hrsg): Der »Führerstaat«: Mythos und Realität. Studien zur Struktur des Dritten Reiches, Stuttgart 1981

Hirschfeld, Gerhard/Krumeich, Gerd/Renz, Irina: Enzyklopädie Erster Weltkrieg, Paderborn 2004

Hitler, Adolf: Regierungserklärung vom 23. März 1933, in: Völkischer Beobachter Nr. 83 vom 24. März 1933

Hitler, Adolf: Erwiderung zu Otto Wels Rede vom 23. März 1933 im Reichstag (2. Sitzung)

Hitler, Adolf: Regierungserklärung vom 17. Mai 1933, in: Völkischer Beobachter Nr. 138 vom 18. Mai 1933

Hoegner, Wilhelm: Flucht vor Hitler, o. O., 1977

Höhne, Heinz: Die Machtergreifung, Hamburg 1983

Höhne, Heinz: Der Krieg im Dunkeln. Macht und Einfluss der deutschen und russischen Geheimdienste, Frankfurt/M./Berlin 1988

Höhne, Heinz: Warten auf Hitler, in: DER SPIEGEL 4/1983

Hofmann, Robert: Kritische Geschichte der Sozialdemokratie 1863-2018 (Studien zur deutschen Sozialdemokratie Band 2), Plenegg 2019

Hofmann, Wilhelm: Reinhold Maier. Die Reden. Eine Auswahl. Stuttgart 1982

Hoover, Herbert C.: The Ordeal of Woodrow Wilson, Baltimore/Maryland/London 1992

Horn, Wolfgang: Strukturschwächen der Weimarer Demokratie und der Aufstieg des Nationalsozialismus, Deutsches Institut für Fernstudien an der Universität Tübingen 1983

House, Edward: Diaries, Yale University Library, House Papers, Serie II

Huber, Ernst Rudolf: Deutsche Verfassungsgeschichte von 1789, Band VI: Ausbau, Schutz und Untergang der Weimarer Republik, o. J., 1984

Huber, Ernst Rudolf: Deutsche Verfassungsgeschichte seit 1789, Band VII: Die Weimarer Reichsverfassung, Stuttgart 1969

Hürten, Heinz: Der Kapp-Putsch als Wende. Über Rahmenbedingungen der Weimarer Republik seit dem Frühjahr 1920, Opladen 1989

Hürter, Johannes: Paul von Hintze, Dokumente einer Karriere zwischen Militär und Politik, 1903-1918, München 1998

Hürter, Johannes: Wilhelm Groener. Reichswehrminister am Ende der Weimarer Republik (1928–1932), München 1993

IMT: Der Prozess gegen die Hauptkriegsverbrecher vor dem Internationalen Militärgerichtshof Nürnberg 14. November 1945 – 1. Oktober 1946, veröffentlicht in Nürnberg, Deutschland 1947, amtlicher Wortlaut in deutscher Sprache, 22 Bände, München und Zürich 1984

International Institute für Social History (Hrsg): Paul Hertz Papers 1903-1963 (-2015)1903-1963, Amsterdam 2016

Ittershagen, S.: Wels, Otto, in: Geschichte der deutschen Arbeiterbewegung. Berlin 1970

Jagiello, Gustav: Bericht über den bewaffneten Partei-Selbstschutz (Institut für Geschichte der Arbeiterbewegung), Zentrales Parteiarchiv, Berlin

James, Harold: Deutschland in der Weltwirtschaftskrise 1924-1936, Stuttgart 1988

Jasper, Gotthard: Der Schutz der Republik, Tübingen 1962

Joachimsthaler, Anton: Hitlers Liste, München 2003

Jochmann, Werner (Hrsg.): Adolf Hitler. Monologe im Führerhauptquartier 1941-1944 aufgezeichnet von Heinrich Heim, München 2000

Jung, Jakob: Max von Gallwitz, Osnabrück 1995

Jungclaussen, John F.: Verlorener Sieg, in: 1919. Der Vertrag von Versailles und warum er keinen Frieden brachte, ZEITGeschichte 1, Hamburg 2019

Kappelt, Olaf: Braunbuch der Nazis in der DDR, Berlin 1981

Karl, Heinz/Kücklich, Erika (Hrsg.): Die Antifaschistische Aktion. Dokumentation und Chronik Mai 1932 bis Januar 1933, Berlin 1965

Keil, André/Stibbe, Matthew: Ein Laboratorium des Ausnahmezustands. Schutzhaft während des Ersten Weltkriegs und in den Anfangsjahren der Weimarer Republik – Preußen und Bayern 1914-1923, in: Vierteljahreshefte der Zeitgeschichte 4 (Oktober 2020)

Keil, Wilhelm: Erlebnisse eines Sozialdemokraten, Band 2, Stuttgart 1947/1948, Kent, Bruce: The Spoils of War. The Politics, Economics and Diplomacy of Reparations 1918-1932, Oxford 1989

Kershaw, Ian: Hitler. 1889-1936, Stuttgart 1998

Kettenacker, Lothar: Sozialpsychologische Aspekte der Führer-Herrschaft, in: Hirschfeld, Gerhard/Kettenacker, Lothar (Hrsg): Der »Führerstaat«: Mythos und Realität. Studien zur Struktur des Dritten Reiches, Stuttgart 1981

Kielmansegg, Peter Graf von: Deutschland und der Erste Weltkrieg, Frankfurt/M. 1968

Klienksiek, Dorothee: Herrschafts- und Manipulationstechniken des Nationalsozialismus, Deutsches Institut für Fernstudien an der Universität Tübingen, 1983

Knipp, Kersten: Im Taumel. 1918 – Ein europäisches Schicksalsjahr, Darmstadt 2018

Knipp, Kersten: Die Welt schaut nach Paris, in: 1919. Der Vertrag von Versailles und warum er keinen Frieden brachte, ZEITGeschichte 1, Hamburg 2019

Knopp, Guido: Hitler – Eine Bilanz, München 2005 (Sonderausgabe)

Knopp, Guido: »Die Machtergreifung«, München 2009

Knopp, Guido: Die Wehrmacht. Eine Bilanz, München 2009

Könnemann, Erwin/Schulze, Gerhard (Hrsg.): Der Kapp-Lüttwitz-Ludendorff-Putsch. Dokumente, München 2002

Kotek, Joel/ Rigoulot, Pierre: Das Jahrhundert der Lager. Gefangenschaft, Zwangsarbeit, Vernichtung, Berlin/München 2001

Krüger, Gabriele: Die Brigade Ehrhardt, Hamburg 1970

Krüger, Peter: Das Reparationsproblem der Weimarer Republik in fragwürdiger Sicht, in: Vierteljahreshefte für Zeitgeschichte 29 (1981)

Krummacher, Friedrich A./Wucher, Albert: Die Weimarer Republik, München 1965

Künstler, Franz: Die Sozialdemokratie ist unüberwindlich, in: Unser Weg 1933, Nr. 1

Kurz, Thomas: Blutmai – Sozialdemokraten und Kommunisten im Brennpunkt der Berliner Ereignisse von 1929, Bonn 1988

Ladurner, Ulrich: Verlorener Sieg, in: 1919. Der Vertrag von Versailles und warum er keinen Frieden brachte, ZEITGeschichte 1, Hamburg 2019

Lambsdorff, Hans Georg Graf: Die Weimarer Republik. Krisen – Konflikte – Katastrophen, Frankfurt/M./Bern/New York/Paris, 1990

Lansing, Robert: Die Versailler Friedensverhandlungen, Berlin 1921

Leber, Julius: Ein Mann geht seinen Weg, Frankfurt/M. 1952

Lehnert, Detlef (Hrsg.): Vom Linksliberalismus zur Sozialdemokratie. Politische Lebenswege in historischen Richtungskonflikten 1890–1945, Köln/Weimar/Wien 2015

Lehnert, Detlef: Rudolf Breitscheid (1874–1944). Vom linksbürgerlichen Publizisten zum sozialdemokratischen Parlamentarier, in: Peter Lösche/ Michael Scholing/Franz Walter (Hrsg.): Vor dem Vergessen bewahren. Lebenswege Weimarer Sozialdemokraten, Berlin 1988

Leßmann, Peter: Die preußische Schutzpolizei in der Weimarer Republik. Streifendienst und Straßenkampf, Düsseldorf 1989

Library of Congress (Hrsg.): Baker Papers, Group 1, Notizbücher, 8. März 1919

Link, Arthur S.: Wilson. The New Freedom, New Jersey 1956

Lösche, Peter/Scholing, Michael/Walter, Franz (Hrsg.): Vor dem Vergessen bewahren. Lebenswege Weimarer Sozialdemokraten, Berlin 1988

Lowry, B.: Armistice 1918, London 1996

Luckemeyer, Ludwig: Lemmer, Ernst, in: Neue Deutsche Biographie (NDB). Band 14, Berlin 1985

Ludendorff, Erich: Urkunden der Obersten Heeresleitung über ihre Tätigkeit 1916/18, Berlin 1920

Marcon, Helmut: Arbeitsbeschaffungspolitik der Regierungen Papen und Schleicher, Frankfurt/M. 1974

Mann, Golo/Burckhardt, Andreas (Hrsg.): Max Prinz von Baden: Erinnerungen und Dokumente, Stuttgart 1968

Martens, N.: Der Friedensvertrag von Versailles nebst Schlussprotokoll und Rheinlandstatut. Band XI, Berlin 1925

Maser, Werner: Hindenburg. Eine politische Biographie, Rastatt 1989

Maser, Werner: Fälschung, Dichtung und Wahrheit über Hitler und Stalin, München 2004

Matthias, Erich/Morsey, Rudolf (Hrsg.): Das Ende der Parteien Düsseldorf 1960

Matthias, Erich: Die Sozialdemokratische Partei Deutschlands, in: Erich Matthias/Rudolf Morsey (Hrsg.): Das Ende der Parteien Düsseldorf 1960

May, Georg: Ludwig Kaas. Der Priester, der Politiker und der Gelehrte aus der Schule von Ulrich Stutz. 3 Bände, Amsterdam 1981

McMillan, Margaret: Die Friedensmacher. Wie der Versailler Vertrag die Welt veränderte, Berlin 2015

Meissner, Hans-Otto/Wilde, Harry: Die Machtergreifung, Stuttgart 1958

Meissner, Otto: Staatssekretär unter Ebert, Hindenburg, Hitler, Hamburg 1950

Merseburger, Peter: Kurt Schumacher: Patriot, Volkstribun, Sozialdemokrat, München 2010

Meyer, Gerd: Die Reparationspolitik. Ihre außen- und innenpolitischen Rückwirkungen, in: Karl Dietrich Bracher/Manfred Funke/Hans-Adolf Jacobsen (Hrsg.): Die Weimarer Republik 1918-1933 (Studien zur Geschichte und Politik 251), Bonn 1987

Meyers Enzyklopädisches Lexikon. Band 4, Mannheim/Zürich/Wien 1971-1979

Minuth, Karl-Heinz (Hrsg): Das Kabinett Hitler, Teil I, 1933-1934, Band 1, München 1996

Militärgeschichtliches Forschungsamt (Hrsg.): Das Deutsche Reich und der Zweite Weltkrieg. Band 1. Ursachen und Voraussetzungen der deutschen Kriegspolitik, Stuttgart 1979

Mitchell, David: 1919. Red Mirage, New York 1970

Mommsen, Hans: Der Reichstagsbrand und seine politischen Folgen, in: Vierteljahreshefte für Zeitgeschichte Heft 12/1964

Mommsen, Hans: Die Last der Vergangenheit: Die Nationalsozialistische Epoche im Licht der Gegenwart, Deutsches Institut für Fernstudien an der Universität Tübingen, Tübingen 1983

Mommsen, Hans: Die verspielte Freiheit. Der Weg der Republik von Weimar in den Untergang 1918 bis 1933, Berlin 1989

Morsey, Rudolf (Hrsg): Die Protokolle der Reichstagsfraktion und des Fraktionsvorstandes der Deutschen Zentrumspartei 1926-1933, o. O. 1969

Morsey, Rudolf: Ludwig Kaas – Exilant in Rom und im Vatikan (1933–1952), in: Historisch-politische Mitteilungen, Jg. 26, 2019

Morsey, Rudolf (Hrsg.): Das Ermächtigungsgesetz vom 24. März 1933. Quellen zur Geschichte und Interpretation des Gesetzes zur Behebung der Not von Volk und Reich, Düsseldorf 1992

Mühlberger, Detlef: The Sociology of the NSDAP, in: Journal of Contemporary History 15/1980

Müller, Klaus-Jürgen/Opitz, Eckardt: Militär und Militarismus in der Weimarer Republik, Düsseldorf 1978

Müller-Franken, Hermann: Vom Sturz der Monarchie zur Weimarer Republik: Die Novemberrevolution 1918, Hamburg 2017

Neue Deutsche Biographie (NDB), Band 14, Berlin 1985

Niemann, Alfred: Revolution von oben – Umsturz von unten, Berlin 1928

Niemann, Heinz: Geschichte der deutschen Sozialdemokratie 1914-1945, Berlin 2008

Nipperdey, Thomas: Deutsche Geschichte 1866–1918, Band 2, München 1992

Noack, Paul: Carl Schmitt. Eine Biographie, o O. 1996

Nollau, Günther: Die Internationale. Wurzeln und Erscheinungsformen des proletarischen Internationalismus, Köln 1961

Offner, A.: The First World War. An Agrarian Interpretation, Oxford 1989

Osterroth, Franz: Biographisches Lexikon des Sozialismus. Verstorbene Persönlichkeiten. Bd. 1., Hannover 1960

Palmer, Frederick: Bliss, Peacemaker, Freeport 1970

Papen, Franz von: Vom Scheitern einer Demokratie. 1930–1933, Mainz 1968

Papen, Franz von: Der Wahrheit eine Gasse, o.O. 1952

Parteivorstand der SPD (Hrsg.): Reichstagswahlen 6. November 1932. Rednervorschlag und Rednermaterial, Berlin 1932

Pelinka, Anton: Wer ist das Volk? in: 1919. Der Vertrag von Versailles und warum er keinen Frieden brachte, ZEIT Geschichte 1, Hamburg 2019

Persch, Martin: Kaas, Ludwig, in: Biographisch-Bibliographisches Kirchenlexikon (BBKL), Band 3, Herzberg 1992

Petzold, Joachim: SPD und KPD in der Endphase der Weimarer Republik, in: Heinrich August Winkler (Hrsg.): Die deutsche Staatskrise. Handlungsspielräume und Alternativen, München 1992

Picker, Henry: Hitlers Tischgespräche im Führerhauptquartier, München 2003

Piekalkiewicz, Janusz: Der Erste Weltkrieg, Düsseldorf/Wien/New York 1988

Plener, Ulla: Theodor Leipart – Persönlichkeit, Handlungsmotive, Wirken, Bilanz. Ein Lebensbild mit Dokumenten; (1867-1947), 2 Bände, Berlin 2000/2001

Plessen, Reinhard von: Über das Widerstehen – Hammerstein – Eine Familie gegen den Nationalsozialismus. In: Information für die Truppe. 7 (Juli 1994)

Podewin, Norbert: Walter Ulbricht. Eine neue Biographie, Berlin 1995

Podewin, Norbert (Hrsg.): Braunbuch: Kriegs- und Naziverbrecher in der Bundesrepublik und in Berlin (West), Berlin 1968

Preußischer Landtag (Hrsg.): Sammlung der Drucksachen des Preußischen Landtags 1932

Pyta, Wolfram: Hindenburg. Herrschaft zwischen Hohenzollern und Hitler, München 2009

Raithel, Thomas/Strenge, Irene: Die Reichstagsbrandverordnung. Grundlegung der Diktatur mit den Instrumenten des Weimarer Ausnahmezustands, in: Vierteljahreshefte für Zeitgeschichte (IfZ) 3/2000

Reichel, Peter: Der tragische Kanzler. Hermann Müller und die SPD in der Weimarer Republik. München 2018

Reuth, Ralf Georg (Hrsg.): Joseph Goebbels Tagebücher, München 1999

Riddell, George A.: Lord Riddell‹s Intimate Diary of the Peace Conference and After 1918-1923, London 1933

Ritter, Gerhard: Staatskunst und Kriegshandwerk. Band 4, München 1968

Röhl, C.G.: Wilhelm II. Der Weg in den Abgrund, München 2008

Rohe, Karl: Das Reichsbanner Schwarz-Rot-Gold, Düsseldorf 1966

Rosenhaft, Eve: Gewalt in der Politik, in: Klaus-Jürgen Müller/Eckardt Opitz: Militär und Militarismus in der Weimarer Republik, Düsseldorf 1978

Rothwell, V. H.: British War Aims and Peace Diplomacy, 1914-1918, Oxford 1971

Rudin, H.: Armistice 1918, New Haven 1944

Rühle, Gerd: Das Dritte Reich. Kampfjahre 1918-1933, Berlin 1936

Rupieper, Hermann Josef: The Cuno Government and Reparations 1922-1923. Politics and Economics, Den Haag/Boston/London 1979

Schirmann, Léon: Blutmai Berlin 1929. Dichtungen und Wahrheit, Berlin 1991

Schirmann, Léon: Justizmanipulationen, Der Altonaer Blutsonntag und die Altonaer bzw. Hamburger Justiz 1932–1994, Berlin 1995

Schirmann, Léon: Altonaer Blutsonntag, 17. Juli 1932. Dichtungen und Wahrheit, Hamburg 1994

Schmidt, Daniel: Schützen und Dienen. Polizisten im Ruhrgebiet in Demokratie und Diktatur 1919-1939, Essen 2008

Schmitt, Carl: Die Diktatur. Von den Anfängen des modernen Souveränitäts-gedankens bis zum proletarischen Klassenkampf, o.O. 1921

Schmitt, Carl: Das Gesetz zur Behebung der Not von Volk und Reich, in: Deutsche Juristen-Zeitung (DJZ) 1933

Schneider, Werner: Die Deutsche Demokratische Partei in der Weimarer Republik. 1924–1930, München 1978

Scholter, Judith: Noch ist Polen nicht gewonnen, in: 1919. Der Vertrag von Versailles und warum er keinen Frieden brachte, ZEITGeschichte 1, Hamburg 2019

Scholz, Günter: Kurt Schumacher. Düsseldorf 1988

Schröder, Carsten: Eine erweiterte Rezension zu Léon Schirmann: Altonaer Blutsonntag, 17. Juli 1932. Dichtungen und Wahrheit, in: Informationen zur Schleswig-Holsteinischen Zeitgeschichte (Kiel) Heft 29 (Juni 1996)

Schröder, Jens: Der gescheiterte Frieden, in: GeoEpoche 14, 2004

Schulte Nordholt, Jan W.: Woodrow Wilson, Berkeley 1991

Schulthess‹ europäischer Geschichtskalender, o. O., 1918

Schulz, Gerhard: Zwischen Demokratie und Diktatur: Deutschland am Vorabend der Großen Krise. Zwischen Demokratie und Diktatur 2, Berlin 1987

Schulze, Hagen: Otto Braun oder Preußens demokratische Sendung, Frankfurt/M. 1977

Schulze, Hagen: Weimar. Deutschland 1917 1933, Berlin 1982

Schulze, Hagen: Anpassung oder Widerstand – aus den Akten des Parteivorstands der deutschen Sozialdemokratie 1932/33, Bonn/Bad Godesberg 1975

Seefried, Elke (Hrsg.): Theodor Heuss: In der Defensive. Briefe 1933–1945. München 2009

Seydewitz, Max: Die Schädigung der Partei, in: Der Klassenkampf, 1928, Heft 17

Shirer, Wiliam L.: Aufstieg und Fall des Dritten Reiches, Köln 1961

Simms, Brendan: Hitler. Eine globale Biographie, München 2020

Smiley, Ralph: The Lausanne Conference. The Diplomacy of the End of Reparations. New Brunswick 1972

Speidel, General a. D.: Reichswehr und Rote Armee, in: Vierteljahreshefte für Zeitgeschichte 1958

Stampfer, Friedrich: Die ersten 14 Jahre der Deutschen Republik, Offenbach/M. 1936/1947

Stang, Joachim: Die Deutsche Demokratische Partei in Preußen. 1918–1933 (Beiträge zur Geschichte des Parlamentarismus und der politischen Parteien. Band 101), Düsseldorf 1994

Statistisches Jahrbuch für das Deutsche Reich 1932

Stenographische Berichte über die Verhandlungen des deutschen Reichstags, Band 344, Sp. 393, 2. Juli 1920

Stenografische Berichte des Württ. Badischen Landtages 1947, Band I, Beilage 77

Stephan, Werner: Aufstieg und Verfall des Linksliberalismus 1918–1933. Die Geschichte der Deutschen Demokratischen Partei, Göttingen 1973

Sternburg, Wilhelm von (Hrsg.): Die deutschen Kanzler. Von Bismarck bis Kohl. Berlin, 1998

Stevenson, David: Der Erste Weltkrieg, Düsseldorf 2006

Stevenson, David: The First World War and International Politics, Oxford 1991

Strenge, Irene: Machtübernahme 1933 – Alles auf legalem Weg? (Zeitgeschichtliche Forschungen, Band 15), Berlin 2002

Striefler, Christian: Kampf um die Macht. Kommunisten und Nationalsozialisten am Ende der Weimarer Republik, Berlin 1993

Tyrell, Albrecht: Führer befiehl…, Selbstzeugnisse aus der »Kampfzeit« der NSDAP. Dokumentation und Analyse, Düsseldorf 1969

Ullrich, Volker: Unerfüllbar, unerträglich, unannehmbar, in: 1919. Der Vertrag von Versailles und warum er keinen Frieden brachte (ZEITGeschichte 1), Hamburg 2019

Verhandlungen des Reichstags. VII. Wahlperiode 1932, Band 455, Berlin 1932

Verhandlungen des Reichstags, VIII. Wahlperiode 1933, Bd. 457. Berlin 1933

Vierhaus, Rudolf: Die Auswirkungen der Krise um 1930 in Deutschland, in: Werner Conze/Hans Raupach (Hrsg.): Die Staats- und Wirtschaftskrise des Deutschen Reichs 1929/33, Stuttgart 1967

Villard, Oswald G.: Fighting Years, New York 1939

Vincent, C. Paul: The Politics of Hunger. The Allied Blockade of Germany 1915-1919, Ohio University Press, 1986

Vogelsang, Thilo: Reichswehr, Staat und NSDAP, Stuttgart 1962

Vogelsang, Thilo: Hammerstein-Equord, Kurt Gebhard Adolf Philipp Freiherr von, in: Neue Deutsche Biographie Band 7, Berlin 1966

Vogt, Martin: Hermann Müller, in: Wilhelm von Sternburg (Hrsg.): Die deutschen Kanzler. Von Bismarck bis Kohl. Berlin, 1998

Vogt, Martin: Das Kabinett Müller II (1928-1930), Band I, Nr. 42, Boppard 1970

Volkmann, Hans-Erich: Die NS-Wirtschaft in Vorbereitung des Krieges, in: Friedrich Forstmeier/Hans-Erich Volkmann (Hrsg.): Wirtschaft und Rüstung am Vorabend des Zweiten Weltkrieges, Düsseldorf 1975

Vorstand der SPD (Hrsg.): Der Mai-Putsch. Die Schuld der Kommunisten an den blutigen Maivorgängen 1929 in Berlin, Berlin 1929

Wagner, Wilhelm J.: Neuer Großer Bildatlas der deutschen Geschichte, Gütersloh/München 1999

Wallbaum, Klaus: Der Überläufer. Rudolf Diels (1900–1957) Frankfurt/M. 2010

Wegner, Konstanze: Linksliberalismus in der Weimarer Republik. Die Führungsgremien der Deutschen Demokratischen Partei und der Deutschen Staatspartei 1918–1933, Düsseldorf 1980

Weiß, Hermann/Hoser, Paul (Hrsg.): Die Deutschnationalen und die Zerstörung der Weimarer Republik, München 1989

Weitz, John: Hitlers Bankier – Hjalmar Schacht, Wien 1998

Wels, Otto: Eine Neujahrsbetrachtung, in: Leipziger Volkszeitung vom 31. Dezember 1932

Wiegrefe, Klaus: Der Unfriede von Versailles, in: Die Ur-Katastrophe des 20. Jahrhunderts, in: SPIEGEL Special 1/2004

Wieland, Günther: Die normativen Grundlagen der Schutzhaft in Hitlerdeutschland, in: Jahrbuch für Geschichte 26 (1982)

Wilson, T. (Hrsg): The Political Diaries of C.P. Scott 1911-1928, London 1970

Winkler, Heinrich August: Der Weg nach Westen. Deutsche Geschichte 1933–1990, Bonn 2006

Winkler, Heinrich August: Weimar 1918-1933, München 1998

Winkler, Heinrich August: Weimar 1918–1933. Die Geschichte der ersten deutschen Demokratie München 1993

Winkler, Heinrich August (Hrsg.): Die deutsche Staatskrise. Handlungsspielräume und Alternativen, München 1992

Wissenschaftliche Dienste des Deutschen Bundestages (Hrsg): Ermächtigungsgesetze von 1914 bis 1933 und die SPD, Ausarbeitung (WD 1 – 3000 – 015/14), Berlin, 2016

Wissenschaftliche Dienste des Deutschen Bundestags (Hrsg.): Die Republikproklamation am 9. November 1918 durch Philipp Scheidemann (WD1-3000-034/18), Berlin 2018

Wohlfeil, Rainer: Reichswehr und Politik 1918–1933. Deutsche Militärgeschichte Band VI, München 1983

Zeidler, Manfred: Reichswehr und Rote Armee 1920-1933: Wege und Stationen einer ungewöhnlichen Zusammenarbeit (Beiträge zur Militärgeschichte, Band 36), München 1993

Zimmerer, Jürgen: Zerplatzte Hoffnung, in: 1919. Der Vertrag von Versailles und warum er keinen Frieden brachte, ZEITGeschichte 1, Hamburg 2019

Zivojinovic, Dragan R.: America, Italy and the Birth of Yugoslavia, Boulder 1917-1919

Quellen

Bemerkung:

Bei Redaktionsschluss waren die Quellen alle aufrufbar. Sollte dies nach der Drucklegung nicht mehr der Fall sein, so können Online-Artikel oft noch über die Wayback Maschine des Internetarchivs (https://archive.org/web/) aufgefunden werden. Für Links, die nach der Veröffentlichung von den Seitenbetreibern gelöscht oder verändert wurden, übernimmt der Autor keine Verantwortung.

1 Heinz Höhne: Die Machtergreifung, Hamburg 1983; S. 232f.

2 Heinz Niemann: Geschichte der deutschen Sozialdemokratie 1914-1945, Berlin 2008, S. 532

3 Vgl. https://www.deutschlandfunkkultur.de/letztes-bollwerk-gegen-das-ns-regime.932.de.html?dram:article_id=130112, abgerufen am 13. April 2021.

4 SPD zu lesen (https://www.spd.de/aktuelles/detail/news/wir-sind-das-bollwerk-der- demokratie/11/02/2020/, abgerufen am 13. April 2021).

5 Vgl. https://www.n-tv.de/politik/Die-letzte-Stunde-der-Demokraten-article10349936.html; abgerufen am 13. April 2021.

6 https://www.mainpost.de/regional/rhoengrabfeld/die-spd-sieht-sich-als-bollwerk-gegen-den-faschismus-art-10414904, abgerufen am 18. April 2021.

7 https://www.vorwaerts.de/artikel/andrea-nahles-spd-bollwerk-gegen-rechts, abgerufen am 13. April 2021.

8 Michael Grandt: Adolf Hitler, eine Korrektur, Reval Buch, Tallinn, bisher erschienen: Band 1: Jugend – Lehre – 1. Weltkrieg – Geldgeber; Band 2: Machtübergabe – SPD – Röhm – KZ; Band 3: Vorkriegsjahre: Aufrüstung – Saarland – Rheinland – Österreich – Sudetenland – CSR – Memelland (erscheint Ende 2021); Band 4/1: Weltkrieg 1939 (erscheint Ende 2022); die Reihe wird fortgesetzt.

9 Bundestag-Live-Debatte und –Abstimmung am 16. April 2021 (Phoenix)

[10] Ausführlich zu diesem Thema: Michael Grandt: Adolf Hitler eine Korrektur, Band 1: Jugend. Lehre. 1. Weltkrieg. Geldgeber, Tallinn 2019, S. 55-142

[11] So etwa Guido Knopp in: Hitler – Eine Bilanz, München 2005 (Sonderausgabe), S. 16; in seinem Nachfolgebuch »Die Machtergreifung«, München 2009,
S. 7, wiederholt er dies.

[12] Vgl.: H.H. Herwig: German Policy in the Eastern Baltic Sea in 1918; in: Slavic Review 32, 1973

[13] David Stevenson: Der Erste Weltkrieg, Düsseldorf 2006, S. 514

[14] Ebd. S. 513

[15] Der am 3. März 1918 unterzeichnet und am 15. März vom 4. Außerordentlichen Sowjetkongress in Moskau ratifiziert wurde.

[16] Wolfram Pyta: Hindenburg. Herrschaft zwischen Hohenzollern und Hitler, München 2009, S. 374, 402

[17] Janusz Piekalkiewicz: Der Erste Weltkrieg, Düsseldorf/Wien/New York 1988, S. 547

[18] Stevenson, S. 555, 561

[19] Pyta, S. 393

[20] Die Sollstärke einer Infanteriedivision lag in jener Zeit zwischen 10.000 und 15.000 Mann; ich habe für die Berechnung das Mittel genommen.

[21] Jörg Friedrich: 14/18, Berlin 2014, S. 979

[22] Vgl.: Amtliche Kriegs-Depeschen, Band 8, Berlin 1918, S. 2977f.

[23] Frankreich, Großbritannien, Russland (bis 1917), Italien (ab Mitte 1915), USA, Belgien, China, Japan, Serbien, Montenegro, Portugal (ab 1916), Rumänien (ab 1916), Griechenland (ab 1917) und Siam (ab 1917); die Mittelmächte hingegen waren das Deutsche Reich, Österreich-Ungarn, das Osmanische Reich und Bulgarien.

[24] Vgl.: J. Hürter: Paul von Hintze, Dokumente einer Karriere zwischen Militär und Politik, 1903-1918, München 1998, S. 100; Stevenson, S. 553

[25] Vgl.: Peter Graf von Kielmansegg: Deutschland und der Erste Weltkrieg, Frankfurt/M. 1968, S. 647ff.

[26] Vgl.: H. Rudin: Armistice 1918, New Haven 1944, S. 21ff; Stevenson, S. 553

[27] Vgl.: B. Lowry: Armistice 1918, London 1996, S. 7

[28] Ludendorff-Rundschreiben, 19. Oktober 1918, Bundesarchiv-Militärarchiv Freiburg (BA-MA) W-10/50400, Anhang 35

[29] G. Dyer: The Turkish Armistice of 1918, in: Middle Eastern Studies 8, 1972, S. 313ff. und V.H. Rothwell: British War Aims and Peace Diplomacy, 1914-1918, Oxford 1971, S. 236ff.

[30] Stevenson, S. 571

[31] Guido Knopp: Die Wehrmacht. Eine Bilanz, München 2009, S. 23

[32] Vgl. dazu Pyta, S. 404

[33] Fritz Endres (Hrsg): Hindenburg. Briefe – Reden – Berichte, Ebnhausen 1934, S. 118

[34] Gemäß dem Protokoll der Besprechung vom 14. August 1918, in: Erich Ludendorff: Urkunden der Obersten Heeresleitung über ihre Tätigkeit 1916/18, Berlin 1920, S. 502

[35] Vgl.: Gerhard Ritter: Staatskunst und Kriegshandwerk, Band 4, München 1968, S. 395ff.

[36] Vgl. dazu den Tagesbucheintrag von General Friedrich von Bernhardi über einen Besuch Hindenburgs bei der von ihm kommandierenden Armee, in: Friedrich von Bernhardi: Weltreise, Leipzig 1920, S. 233 und Wolfram Pyta: Hindenburg, München 2009, S. 335

[37] Zit aus: Matthias Erzberger: Erlebnisse im Weltkrieg, Stuttgart 1920, S. 327

[38] Pyta, Hindenburg, S. 345

[39] Vgl.: Ludendorff, Urkunden, S. 578

[40] Vgl. dazu Wilsons dritte Note vom 24. Oktober 1918 an die Reichsregierung. Wilson nannte Kaiser Wilhelm II. nicht beim Namen, sondern umschrieb dies mit »monarchistischen Autokraten« (vgl. Pyta, Hindenburg, S. 344).

[41] Genau beschrieben in Pyta, Hindenburg, S. 345ff.

[42] Pyta, Hindenburg, S. 348

[43] Vgl. Jakob Jung: Max von Gallwitz, Osnabrück 1995, S. 103ff.

[44] Pyta, Hindenburg, S. 355

[45] Ebd., S. 357

[46] Vgl. Brief des Stabchefs der Seekriegsleitung Admiral Reinhard Scheer an seine Frau am 2. November 1918, in: Pyta, Hindenburg, S. 358, 959

[47] Vgl. Pyta, Hindenburg, S. 368, aber auch Wilhelm Groener: Lebenserinnerungen, Göttingen 1957 S. 460ff., Denkschrift Schulenburgs in: Alfred Niemann: Revolution von oben – Umsturz von unten, Berlin 1928, S. 381.

[48] Pyta, Hindenburg, S. 370; die Erklärung Max von Badens lautete: »Der Kaiser und König hat sich entschlossen, dem Thronverzicht zu entsagen« in: Schulthess‹ europäischer Geschichtskalender 1918, I, S. 451 und John C.G. Röhl: Wilhelm II. Der Weg in den Abgrund, München 2008, S. 1245.

[49] Max Prinz von Baden: Erinnerungen und Dokumente, hrsg. von Golo Mann und Andreas Burckhardt, Stuttgart 1968, S. 598.

[50] Mehr dazu in: Wissenschaftliche Dienste des Deutschen Bundestags (Hrsg.): Die Republikproklamation am 9. November 1918 durch Philipp Scheidemann (WD1-3000-034/18), Berlin 2018, vgl.: https://www.bundestag.de/blob/575240/c32108ddfaa77a08b0cbea8a6b14a788/wd-1-034-18-pdf-data.pdf, abgerufen am 14. April 2021.

[51] Die Ereignisse werden sehr detailliert bei Pyta, Hindenburg (S. 371ff.) beschrieben. Für Hindenburg stand die Einheit des Heeres auf dem Spiel, denn er wusste, dass viele Offiziere sich noch immer dem Kaiser verpflichtet fühlten, durch dessen Gang ins Exil wurden diese jedoch ihrer Gallionsfigur beraubt.

[52] Abgedruckt in: Wilhelm Deist: Militär und Innenpolitik im Weltkrieg 1914-1918, Düsseldorf 1970, S. 1400f.

[53] Pyta, Hindenburg, S. 397

[54] Vgl.: »Der Unfriede von Versailles«, in: DER SPIEGEL 28/2009, S. 49

[55] Die Drei trafen sich ab dem 12.1.1919 auch mit den Vertretern Italiens und später mit denen von Japan im französischen Außenministerium; ab Ende März allerdings nur noch mit Italiens Premier Vittorio Orlando in Wilsons Residenz (Klaus Wiegrefe: Der Unfriede von Versailles, in: Die Ur-Katastrophe des 20. Jahrhunderts, SPIEGEL Special 1/2004, S. 133).

[56] Vgl.: »Der Unfriede von Versailles«, in: DER SPIEGEL 28/2009, S. 50

[57] Zit. in: Robert Lansing: Die Versailler Friedensverhandlungen, Berlin 1921, S. 73

[58] Margaret McMillan: Die Friedensmacher. Wie der Versailler Vertrag die Welt veränderte, Berlin 2015, S.50

[59] Vgl. McMillan, S. 50 sowie: D. Lloyd George: Mein Anteil am Weltkrieg, Berlin 1933-1936, Band 3, S. 553-575; David Stevenson: The First World War and International Politics, Oxford 1991, S. 271-283

[60] Margaret MacMillan: Die Friedensmacher, Berlin 2015, S. 30

[61] Vgl.: British Museum: Balfour Papers 49734/186-192; auch McMillan geht auf diese Lüge ein, S. 38

[62] Vgl. McMillan, S. 42

[63] Zit. in Oswald G. Villard: Fighting Years, New York 1939, S. 226

[64] Vgl.: Library of Congress (Hrsg.): Baker Papers, Group 1, Notizbücher, 8. März 1919

[65] Zit. in: Frederick Palmer: Bliss, Peacemaker, Freeport 1970, S. 400

[66] Zit. in: Burton F. Beers: Vain Endeavor, North Carolina 1962, S. 52f., 100

[67] Vgl.: Edward House: Diaries, Yale University Library, House Papers, Serie II; auch McMillan weist darauf hin, S. 49

[68] Zit. in: Jan W. Schulte Nordholt: Woodrow Wilson, Berkeley 1991, S. 195

[69] Zit. in: George A. Riddell: Lord Riddell«s Intimate Diary of the Peace Conference and After 1918-1923, London 1933, S. 78

[70] Zit. in: T. Wilson (Hrsg): The Political Diaries of C.P. Scott 1911-1928, London 1970, S. 386

[71] McMillan, S. 44 und David Lloyd George: The Truth about the Peace Treaties, London 1938, Band 1, S. 223f.

[72] Zit. in: Arthur S. Link: Wilson. The New Freedom, New Jersey 1956, S. 67

[73] Vgl.: McMillan, S. 43; die Historikerin bezieht sich auf Wilsons »amerikanische Grundsätze«, die Wilson für »universal« hielt.

[74] McMillan, S. 33

[75] Vgl.: Dragan R. Zivojinovic: America, Italy and the Birth of Yugoslavia, Boulder 1917-1919, S. 44

[76] Ulrich Ladurner: Verlorener Sieg, in: 1919. Der Vertrag von Versailles und warum er keinen Frieden brachte, ZEITGeschichte 1, Hamburg 2019, S. 92

[77] Zit. in: Manfred F. Boemeke: Woodrow Wilson's Image of Germany. In: Manfred Boemeke u. a. (Hrsg.): The Treaty of Versailles. A Reassessment after 75

[78] Originalton, zit. aus »Der Unfriede von Versailles«, in: DER SPIEGEL 28/2009, S. 47, 51

[79] Ebd.

[80] Ebd., S. 47

[81] Ebd. S. 51

[82] Ebd.

[83] Ebd., S. 48

[84] Jörg Friedrich: 14/18. Der Weg nach Versailles, Berlin 2014, S. 991

[85] Das Transkript zur Blockade: http://www.nationalarchives.gov.uk/pathways/firstworldwar/spotlights/p_mem o_blockade.htm, abgerufen am 13. April 2021.

[86] Heinrich Dietz (Hrsg): Taschenbuch des Militärrechts für Kriegszeiten, Rastatt 1913, S. 56f; Stichwort »Blockade« in Meyers Enzyklopädisches Lexikon, Mannheim/Zürich/Wien 1971-1979, Band 4, S. 351.

[87] Vgl.: Jörg Friedrich: 14/18, Berlin 2014

[88] Der Große Brockhaus, Leipzig 1935, Band 20, S. 204, sowie: http://www.nationalarchives.gov.uk/pathways/firstworldwar/spotlights/blockad e.htm, abgerufen am 13. April 2021.

[89] George E.R. Gede: The Revolver-Republic, London 1930

[90] C. Paul Vincent: The Politics of Hunger. The Allied Blockade of Germany 1915-1919, Ohio University Press, 1986

[91] Vgl. Dazu sehr ausführlich in Gunnar Heinsohn: Lexikon der Völkermorde, Reinbek 1998

[92] Vgl.: Deutsche Geschichte in Dokumenten und Bildern, Band 6. Die Weimarer Republik 1918/19–1933: Waffenstillstandsbedingungen (11. November 1918), siehe: http://germanhistorydocs.ghi- dc.org/pdf/deu/armistice_germany_ger.pdf, abgerufen am 13. April 2021.

[93] Vgl. Dazu sehr ausführlich in Gunnar Heinsohn: Lexikon der Völkermorde, Reinbek 1998

[94] Ebd.

[95] Vgl.: Herbert C. Hoover: The Ordeal of Woodrow Wilson, Baltimore/Maryland/London 1992, S. 88; David Mitchell: 1919. Red Mirage, New York 1970, S. 92ff.; Departement of State: Papers Relating to the Foreign Relations of the United States. The Paris Peace Conference 1919, Band 2, S. 635; Band 3, S. 513; McMillan, S. 99

[96] Vgl.: Gunnar Heinsohn: Lexikon der Völkermorde, Reinbek 1998

[97] Der Große Brockhaus, Leipzig 1935, Band 20, S. 204; Gerhard Hirschfeld/Gerd Krumeich/Irina Renz: Enzyklopädie Erster Weltkrieg, Paderborn 2004, S. 566; A. Offner: The First World War. An Agrarian Interpretation, Oxford 1989; C.P. Vincent: The Politics of Hunger, Athens 1985

[98] Wolfram Pyta: Hindenburg. Herrschaft zwischen Hohenzollern und Hitler, München 2009, S. 393

[99] Groener, Lebenserinnerungen, S. 501; Pyta, Hindenburg, schreibt (S. 395), dass Hindenburgs Erklärung ein »Meisterstück geschichtspolitischer Kasuistik« sei; denn letztendlich ist es auch seiner Intention zu verdanken, dass der Vertrag unterzeichnet wurde. 100 Vgl.: Janusz Piekalkiewicz: Der Erste Weltkrieg, Düsseldorf/Wien 1988, S. 590

[101] Piekalkiewicz, Der Erste Weltkrieg, S. 591; siehe dazu ausführlich in ➔ »Adolf Hitler, eine Korrektur Band 1«, Tallinn 2019 und ➔ »Adolf Hitler, eine Korrektur Band 3«, Tallinn 2021.

[102] Zitiert in: Heinrich August Winkler: Weimar 1918-1933, München 1998, S. 91

[103] Volker Ullrich: Unerfüllbar, unerträglich, unannehmbar, in: 1919. Der Vertrag von Versailles und warum er keinen Frieden brachte (ZEIT-Geschichte 1), Hamburg 2019, S. 48

[105] USA, Britisches Reich, Frankreich, Italien, Japan, Belgien, Bolivien, Brasilien, Kuba, Ekuador, Griechenland, Guatemala, Haiti, Hedschas, Honduras, Liberia, Nikaragua, Panama, Peru, Polen, Portugal, Rumänien, der serbisch-kroatisch-slowenische Staat, Siam, die Tschechoslowakei, Uruguay (N. Martens: Der Friedensvertrag von Versailles nebst Schlussprotokoll und Rheinlandstatut, Berlin 1925, Band XI, S. 323ff; die antiquierte Bezeichnung mancher Länder wurde von mir beibehalten/MGR).

[106] Wiegrefe, S. 132

[107] Jens Schröder: Der gescheiterte Frieden, in: GeoEpoche 14, 2004, S. 162

[108] Vgl.: »Der Unfriede von Versailles«, in: DER SPIEGEL 28/2009, S. 50

[109] Wiegrefe, S. 133

[110] Ebd., S. 132

[111] Jens Schröder, S. 162

[112] Stig Förster: Der globalisierte Krieg, in: Die Ur-Katastrophe des 20. Jahrhunderts, SPIEGEL Special 1/2004, S. 119; Kolonialmacht, in: Wilhelm J. Wagner: Neuer Großer Bildatlas der deutschen Geschichte, Gütersloh/München 1999, S. 250f.

[113] Art. 130 des Versailler Friedensvertrages (http://www.documentarchiv.de/wr.html, Stichwort: Friedensvertrag von Versailles, abgerufen am 13. April 2021).

[114] Vgl. Art. 138-145 des Versailler Friedensvertrages

[115] Vgl. Art. 152

[116] Vgl. Art. 153

[117] Jens Schröder, S. 166

[118] Siehe dazu ausführlich ➔ Michael Grandt: Adolf Hitler, eine Korrektur Band 3.
[119] Helmut Fechner: Deutschland und Polen 1772-1945, Würzburg 1964
[120] Wilhelm J. Wagner, S. 277
[121] In der nördlichen Zone votierten 74,2 % der Stimmberechtigten für Dänemark, in der südlichen 80% für Deutschland; eine Entscheidung über die Rechte der jeweiligen Minderheiten kam erst 1955 zustande (Wilhelm J. Wagner, S. 276).
[122] Wilhelm J. Wagner, S. 277; ebenso: Grandt, Adolf Hitler, eine Korrektur, Band 3.
[123] Wagner, S. 277; Grandt: Adolf Hitler, eine Korrektur, Band 4/1.
[124] Wagner, S. 276
[125] Ebd., S. 277; Grandt, Adolf Hitler, eine Korrektur, Band 3.
[126] Vgl. ausführlich: Grandt, Adolf Hitler, eine Korrektur, Band 3.
[127] Ebd.
[128] Ebd.
[129] Winston S. Churchill: Der Zweite Weltkrieg, Frankfurt/M. 2004, S. 17; wie Churchill dies aufgrund der tatsächlichen Gebietsverluste der Deutschen ernsthaft erwähnen konnte, bleibt unerklärlich.
[130] Vgl. Friedensvertrag von Versailles. Artikel 159 bis 213. Bestimmungen über das Landheer, Seemacht und Luftfahrt (http://www.documentarchiv.de/wr.html, abgerufen am 13. April 2021).
[131] Martens, Ausdruck S. 19
[132] Das entspricht heute etwa 300 Milliarden Euro; die Reparationszahlungen wurden später im Dawes-Plan und Young-Plan neu geregelt; John Weitz schreibt in seinem Buch »Hitlers Bankier – Hjalmar Schacht« auf Seite 142: *»Eine Restschuld aus dem Young-Plan besteht bis heute. Am 6. Januar 1995 stand im Wirtschaftsteil der NEW YORK TIMES, dass die letzten Zinszahlungen für die Anleihe, die das Deutsche Reich nach dem Young-Plan erhielt, von der deutschen Bundesregierung Anfang des einundzwanzigsten Jahrhunderts abgeschlossen werden würden.«*; die Tilgung der Schulden aus diesen deutschen Vorkriegs-Anleihen ist im Abkommen über deutsche Auslandsschulden – Londoner Schuldenabkommen (LschA) – vom 27.2.1953 (Bundesgesetzblatt (BGBl) 1953 II S. 331 geregelt, somit ist die Kriegsschuldfrage auch für alle deutschen Generationen nach 1919 interessant, denn ein Volk wurde und wird fast 100 Jahre lang für eine Schuld in Sippenhaft genommen, die man ihm nach objektiver Betrachtung nicht anlasten kann. Aber

keiner der Alliierten wollte auf die Reparationszahlungen verzichten, so musste der deutsche Steuerzahler bis zum 1.Oktober 2010 dafür aufkommen, erst dann waren die Schulden aus dem Ersten Weltkrieg getilgt.

133 Wiegrefe, S. 132; ebenso Hirschfeld/Krumeich/Renz, S. 945ff.; insgesamt nur 7 Infanterie- und 3 Kavalleriedivisionen (Martens, Ausdruck S.15)

134 Vgl. Martens, Ausdruck S. 1-23

135 Vgl. Art. 428 des Versailler

136 Vgl.: »Der Unfriede von Versailles«, in: DER SPIEGEL 28/2009, S. 52

137 Vgl. Teil VIII: Wiedergutmachungen des Friedensvertrages von Versailles vom 28. Juni 1919 (http://www.documentarchiv.de/wr/vv08.html, abgerufen am 13. April 2021).

138 Jens Schröder, S. 168

139 Zit. nach »Der Unfriede von Versailles«, S. 53

140 Winston Churchill: Der Zweite Weltkrieg, Bern/München/Wien 1985, S. 17ff.

141 Gehalten am 21. April 1966 vor dem »Two Worlds Symposium«.

142 Gregory Bateson: Ökologie des Geistes, Berlin 1985, S. 603ff.

143 Was ich weiter oben jedoch widerlegt habe.

144 Bateson, S: 603ff.

145 Ebd.

146 Der später US-Präsident werden sollte.

147 Jens Schröder, S. 168

148 Wiegrefe, S. 134

149 Jean-Jacques Becker: Frankreich, in: Hirschfeld, Gerhard/Krumeich, Gerd/Renz, Irina: Enzyklopädie Erster Weltkrieg, Paderborn 2004, S. 42

150 John F. Jungclaussen: Verlorener Sieg, in: 1919. Der Vertrag von Versailles und warum er keinen Frieden brachte, ZEITGeschichte 1, Hamburg 2019, S. 9

151 Ullrich, S. 47

152 Ebd.

153 Vgl.: Berg, Prediger des gerechten Friedens, S. 40

154 Ullrich, S. 47

155 Ebd., S. 46

156 Berg, Prediger des gerechten Friedens, S. 40

157 Ullrich, S. 47

[158] Ebd.
[159] Ebd.
[160] Ebd.
[161] Ebd., S. 47
[162] Eckart Conze: Der verhasste Vertrag, in: 1919. Der Vertrag von Versailles und warum er keinen Frieden brachte, ZEITGeschichte 1, Hamburg 2019, S. 82
[163] Faksimile eines KPD-Wahlplakates von 1924, in: Conze, S. 85
[164] Guido Knopp: Hitler – Eine Bilanz, München 2005 (Sonderausgabe), S. 16; in seinem Nachfolgebuch »Die Machtergreifung«, München 2009, S. 7, wiederholt er dies wortwörtlich.
[165] Ullrich: Unerfüllbar, unerträglich, unannehmbar, S. 48
[166] Beispielsweise Kersten Knipp: Im Taumel. 1918 – Ein europäisches Schicksalsjahr, Darmstadt 2018, ders.: Die Welt schaut nach Paris, in: 1919. Der Vertrag von Versailles und warum er keinen Frieden brachte, ZEITGeschichte 1, Hamburg 2019, S. 30,33
[167] Ebd.
[168] Manfred Berg: Prediger des gerechten Friedens, in: 1918 – Ein europäisches Schicksalsjahr, Darmstadt 2018, ders.: Die Welt schaut nach Paris, in: 1919. Der Vertrag von Versailles und warum er keinen Frieden brachte, ZEITGeschichte 1, Hamburg 2019, S. 36; Manfred Berg: Woodrow Wilson: Amerika und die Neuordnung der Welt, München 2017
[169] Ebd.
[170] Ebd., S. 37
[171] Wie etwa der Historiker Eberhard Kolb (2005), zit. in: Berg, Prediger des gerechten Friedens, S. 40
[172] Robert Gerwath: Kein Frieden für die Welt, in: 1919. Der Vertrag von Versailles und warum er keinen Frieden brachte, ZEITGeschichte 1, Hamburg 2019, S. 16
[173] Eckart Conze: Der verhasste Vertrag, in: 1919. Der Vertrag von Versailles und warum er keinen Frieden brachte, ZEITGeschichte 1, Hamburg 2019, S. 82; Eckart Conze: Die große Illusion. Versailles 1919 und die Neuordnung der Welt, München 2018
[174] Zitiert in: Conze, Der verhasste Vertrag, S. 82; siehe dazu auch ausführlich ➔ »Adolf Hitler, eine Korrektur Band 1«.
[175] Jürgen Zimmerer: Zerplatzte Hoffnung, in: 1919. Der Vertrag von Versailles und warum er keinen Frieden brachte, ZEITGeschichte 1, Hamburg 2019, S. 65

176 Ebd., S. 66f.
177 Ebd., S. 67
178 Gerwarth, Kein Frieden für die Welt, S. 18
179 Vgl.: Adolf Hitler, eine Korrektur Band 4/1.
180 Vgl.: Adolf Hitler, eine Korrektur Band 3.
181 Ebd.
182 Ebd.
183 Anton Pelinka: Wer ist das Volk? in: 1919. Der Vertrag von Versailles und warum er keinen Frieden brachte, ZEITGeschichte 1, Hamburg 2019, S. 52
184 Pelinka, Wer ist das Volk? S. 54
185 Berg, Prediger des gerechten Friedens, S. 41
186 Berg, Prediger des gerechten Friedens, S. 38; Pelinka, Wer ist das Volk? S. 55
187 Pelinka, Wer ist das Volk? S. 55 (siehe ausführlich in ➔ »Adolf Hitler, eine Korrektur Band 4/1«).
188 Pelinka, S. 54; siehe ausführlich in ➔ »Adolf Hitler, eine Korrektur Band 3«.
189 Pelinka, S. 54
190 Ebd.
191 Gerwarth, Kein Friede für die Welt, S. 20
192 Ebd.
193 Ebd.
194 Ebd.
195 Ebd., S. 18
196 Einschließlich der Opfer des Russischen Bürgerkrieges.
197 Gerwarth, Kein Frieden für die Welt, S. 18
198 Judith Scholter: Noch ist Polen nicht gewonnen, in: 1919. Der Vertrag von Versailles und warum er keinen Frieden brachte, ZEITGeschichte 1, Hamburg 2019, S. 59
199 Ebd., S. 60
200 Ebd.
201 Ebd.
202 Ebd., S. 61
203 Ebd.
204 Ebd.

[205] Ebd., sowie: Wlodzimierz Borodziej: Geschichte Polens im 20. Jahrhundert, München 2010; mehr dazu in ➔ »Adolf Hitler, eine Korrektur Band 4/1«.
[206] Gerwarth, Kein Frieden für die Welt, S.20
[207] Pelinka, Wer ist das Volk? S. 57, sowie Anton Pelinka: Die gescheiterte Republik, Wien 2017
[208] Siehe dazu das Kapitel »Adolf Hitler – ›geboren‹ in Versailles?«, in: Adolf Hitler, eine Korrektur Band 1, S. 112ff.
[209] Vgl.: Rüdiger Barth, Rüdiger/ Hauke Friedrichs: Die Totengräber. Der letzte Winter der Weimarer Republik, Frankfurt/M. 2018, S. 121
[210] Höhne, Machtergreifung, S. 68
[211] Vgl.: Höhne, Machtergreifung, S. 67ff.
[212] Vgl.: Lambsdorff, S. 262
[213] Friedrich Ebert (1871-1925); ab 1913 Vorsitzender der Sozialdemokratischen Partei Deutschlands und amtierte von 1919 bis 1925 als erster Reichspräsident der Weimarer Republik
[214] Hofmann, Kritische Geschichte, S. 166f.
[215] Lambsdorff, S. 263
[216] Ebd.
[217] Vgl. dazu auch: Julius Epstein: Der Seeckt-Plan, in: Der Monat 1948/49, S. 148ff.
[218] Vgl.: General a. D. Speidel: Reichswehr und Rote Armee, in: Vierteljahreshefte für Zeitgeschichte 1958, S. 19ff.; sehr umfangreich in: Manfred Zeidler: Reichswehr und Rote Armee 1920-1933: Wege und Stationen einer ungewöhnlichen Zusammenarbeit (Beiträge zur Militärgeschichte, Band 36), München 1993
[219] Speidel, General a. D.: Reichswehr und Rote Armee, in: Vierteljahreshefte für Zeitgeschichte 1958, S. 19ff.
[220] Andreas Hillgruber: Unter dem Schatten von Versailles, in: Karl Dietrich Erdmann/Hagen Schulze: Weimar. Preisgabe einer Demokratie, Düsseldorf 1980, S. 55
[221] Dieser Ansicht ist auch Hofmann, Kritische Geschichte, S. 168f.
[222] Vgl.: Zeidler, S. 301ff.
[223] Ebd.
[224] Hofmann, Kritische Geschichte, S. 169ff.
[225] Vgl. dazu ➔ »Adolf Hitler – eine Korrektur Band 1«, S. 103ff.
[226] Hofmann, Kritische Geschichte, S. 169ff

[227] Gustav Ernst Emil Stresemann (1878-1929); Politiker und Staatsmann der Weimarer Republik (Nationalliberale Partei und DVP); 1923 Reichskanzler und danach bis zu seinem Tod durch einen Schlaganfall, Reichsminister des Auswärtigen; erhielt 1926 zusammen mit seinem französischen Amtskollegen Aristide Briand den Friedensnobelpreis (vgl. u.a.: Manfred Berg: Gustav Stresemann. Eine politische Karriere zwischen Reich und Republik, Göttingen 1992; John P. Birkel: Gustav Stresemann. Patriot und Staatsmann. Eine Biographie, Hamburg 2003).

[228] Hofmann, Kritische Geschichte, S. 170

[229] Ebd.

[230] Vgl.: Hans Georg Graf Lambsdorff: Die Weimarer Republik. Krisen – Konflikte – Katastrophen, Frankfurt/M./Bern/New York/Paris, 1990, S. 274 ff.

[231] Karl Eduard Wilhelm Groener (1867-1939) amtierte von 1928 bis 1932 als Reichswehrminister; seit 1931 zusätzlich als Reichsminister des Innern, ohne einer Partei anzugehören. 1932 wurde er von Kurt von Schleicher aus dem Amt gedrängt, vgl.: Friedrich Freiherr Hiller von Gaertringen: Groener, Karl Eduard Wilhelm, in: Neue Deutsche Biographie (NDB), Band 7, Berlin 1966; Johannes Hürter: Wilhelm Groener. Reichswehrminister am Ende der Weimarer Republik (1928–1932), München 1993; Dorothea Groener-Geyer: General Groener. Soldat und Staatsmann, Frankfurt am Main 1955.

[232] Lambsdorff, S. 275

[233] Heinz Höhne: Die Machtergreifung, Hamburg 1983, S. 55

[234] Mehr dazu in ➔ »Adolf Hitler, eine Korrektur Band 4/1«.

[235] Vgl. das Kabinett Marx IV vom 1. Februar 1927 bis zum 12. Juni 1928.

[236] Lambsdorff, S. 275

[237] Vgl.: Hermann Weiß/Paul Hoser (Hrsg.): Die Deutschnationalen und die Zerstörung der Weimarer Republik, München 1989, S. 53

[238] Lambsdorff, S. 275

[239] Hermann Müller (1876-1931); von 1919 bis 1928 einer der Vorsitzenden der SPD; von 1919 bis 1920 Reichsminister des Auswärtigen, März bis Juni 1920 Reichskanzler; 1928 wurde er zum zweiten Mal Reichskanzler. Am 27. März 1930 trat er zurück, weil seine Fraktion sich in der Arbeitslosenversicherungsreform einem Kompromiss verweigerte, auf den sich die anderen Koalitionsparteien bereits geeinigt hatten (vgl.: Hermann Müller- Franken: Vom Sturz der Monarchie zur Weimarer Republik: Die Novemberrevolution 1918, Hamburg 2017; Franz Osterroth: Biographisches Lexikon des Sozialismus. Verstorbene Persönlichkeiten. Bd. 1., Hannover 1960, S. 228–230; Martin Vogt: Hermann Müller, in: Wilhelm von Sternburg (Hrsg.): Die deutschen Kanzler. Von Bismarck bis Kohl. Berlin, 1998, S. 191–206; Peter Reichel: Der tragische Kanzler. Hermann Müller und die SPD in der Weimarer Republik. München 2018).

[240] Ein Slogan, den Linke bis heute benutzen, um zu kritisieren, die SPD habe bei der Novemberrevolution 1918 einen echten sozialistischen Umsturz verhindert (vgl.: https://www.focus.de/wissen/mensch/geschichte/novemberrevolution-1918-die-legende-vom-verrat-ist-eine-platte-luege_id_9803806.html, abgerufen am 13. April 2021).

[241] Lambsdorff, S. 275

[242] Vgl.: Robert Hofmann: Kritische Geschichte der Sozialdemokratie 1863-2018 (Studien zur deutschen Sozialdemokratie Band 2), Plenegg 2019, S. 162

[243] Lambsdorff, S. 276

[244] Niemann, S. 342

[245] Lambsdorff, S. 276

[246] Vgl.: Max Seydewitz: Die Schädigung der Partei, in: Der Klassenkampf, 1928, Heft 17, S. 515ff.

[247] Niemann, S. 342

[248] Ebd., S. 343

[249] Vgl.: Protokoll Sozialdemokratischer Parteitag Magdeburg vom 26. bis 31. Mai 1929 in Marburg, S. 85; Niemann, S. 343.

[250] Niemann, S. 345

[251] Ebd.

[252] Lambsdorff, S. 276

[253] Höhne, Machtergreifung, S. 57

[254] Lambsdorff, S. 276

[255] So sieht es auch Niemann, S. 346.

[256] Wilhelm Keil: Erlebnisse eines Sozialdemokraten, Band 2, S. 345; Niemann, S. 344

[257] Vgl.: Wilhelm Deist: Die Aufrüstung der Wehrmacht, in: Militärgeschichtliches Forschungsamt (Hrsg.): Das Deutsche Reich und der Zweite Weltkrieg. Band 1. Ursachen und Voraussetzungen der deutschen Kriegspolitik, Stuttgart 1979, S. 378; sowie: Martin Vogt: Das Kabinett Müller II (1928-1930), Band I, Nr. 42, Boppard 1970, S. 153

[258] Deist: Die Aufrüstung der Wehrmacht, S. 378f.

[259] Hofmann, Kritische Geschichte, S. 163

[260] Vgl. dazu: Heinz Niemann: Geschichte der deutschen Sozialdemokratie 1914-1945, Berlin 2008, S. 344

[261] Hofmann, Kritische Geschichte, S. 194

[262] Otto Wels (1873-1939); sozialdemokratischer deutscher Politiker, von 1919 bis in die Zeit der Exil-SPD während der Herrschaft der Nationalsozialisten SPD-Vorsitzender. Von 1912 bis 1918 war er Abgeordneter des Reichstags des Deutschen Kaiserreichs, von 1919 bis 1920 Mitglied der Weimarer Nationalversammlung und von 1920 bis 1933 Abgeordneter des Reichstags der Weimarer Republik, vgl.: Hans J. L. Adolph: Otto Wels und die Politik der deutschen Sozialdemokratie. 1894–1939. Eine politische Biographie (Veröffentlichungen der Historischen Kommission zu Berlin beim Friedrich- Meinecke-Institut der Freien Universität Berlin. Bd. 33) Berlin 1971

[263] Niemann, S. 397

[264] Karl Friedrich Zörgiebel (1878-1961), Sozialdemokrat, war während der Weimarer Republik war er zunächst Polizeipräsident von Köln (1922–1926), danach von Berlin (1926–1929) und zuletzt von Dortmund (1930–1933); 1953 erhielt er das Große Bundesverdienstkreuz.

[265] Dies geschah im Einvernehmen mit der preußischen Regierung und mit dem Reichsinnenminister (vgl.: Lambsdorff, S. 278)

[266] Interview mit Polizeipräsident Zörgiebel, in: Berliner Tagblatt vom 28. April 1929; auch Striefler geht darauf ein (s. 204f.)

[267] Heinz Niemann: Geschichte der deutschen Sozialdemokratie 1914-1945, Berlin 2008, S. 347

[268] Lambsdorff, S. 278

[269] Vgl.: Vorwärts vom 28. April 1929, siehe Faksimile der Seite auf: https://de.wikipedia.org/wiki/Datei:200_Tote_am_1_Mai_500x320.jpg, abgerufen am 13. April 2021.

[270] Vgl.: Léon Schirmann, Blutmai Berlin 1929. Dichtungen und Wahrheit, Berlin 1991, S. 65

[271] Lambsdorff, S. 278

[272] Schirmann, S. 195, sowie: S. 195 f., und Thomas Kurz: Blutmai – Sozialdemokraten und Kommunisten im Brennpunkt der Berliner Ereignisse von 1929, Bonn 1988, S. 281

[273] Lambsdorff, S. 279

[274] Vgl.: Polizeibericht der Abteilung Ia vom 8. Mai 1929; GehStA Berlin, Rep. 219, Nr. 45, fol. 95-103; Christian Striefler: Kampf um die Macht. Kommunisten und Nationalsozialisten am Ende der Weimarer Republik, Berlin 1993, S. 205f.

[275] Vgl.: Mitteilungen des LKPA Berlin vom 15. Mai 1929; SAHB 4, 65 Nr. 1678; Striefler, S. 206

[276] Striefler, S. 206

[277] Ebd.

[278] Lambsdorff, S. 279

[279] Striefler, S. 206

[280] Lambsdorff, S. 279

[281] Vgl.: https://www.dhm.de/lemo/kapitel/weimarer- republik/innenpolitik/blutmai/, abgerufen am 13. April 2021.

[282] Lambsdorff, S. 279f.

[283] Vgl.: https://nzhistory.govt.nz/controversial-ex-mayor-killed-berlin-riots; abgerufen am 13. April 2021.

[284] Vgl.: Thomas Kurz: »Blutmai«. Sozialdemokraten und Kommunisten im Brennpunkt der Berliner Ereignisse von 1929, Bonn 1988; Léon Schirmann: Blutmai Berlin 1929. Dichtungen und Wahrheit, Berlin 2001; Daniel Schmidt: Schützen und Dienen. Polizisten im Ruhrgebiet in Demokratie und Diktatur 1919-1939, Essen 2008.

[285] Lambsdorff, S. 278

[286] Vgl.: Die Ergebnisse der Mai-Untersuchung, in: Die Menschenrechte Nr. 9/10, 1. Oktober 1929, S. 18

[287] Vgl.: http://www.rosengarten-dresden.de/index.php?id=210, abgerufen am 13. April 2021.

[288] Vorstand der SPD (Hrsg.): Der Mai-Putsch. Die Schuld der Kommunisten an den blutigen Maivorgängen 1929 in Berlin, Berlin 1929, S. 4; sowie Striefler, S. 209

[289] Beispielsweise: Der Abend vom 2. Mai 1929; Berliner Lokal-Anzeiger vom 2. Mai 1929; BZ am Mittag vom 2. Mai 1929; Tempo vom 2. Mai 1929; ausführlich in: Striefler, S. 210

[290] Martin Vogt (Hrsg.): Akten der Reichskanzlei. Das Kabinett Müller II. Band 1, Boppard 1970, Dok. 197, Anm. 5, S. 644

[291] Striefler, S. 211

[292] Siehe ➔ »Adolf Hitler, eine Korrektur Band 2«.

[293] Vgl.: Carlheinz von Brück: Ein Mann, der Hitler in die Enge trieb, Berlin 1975, S. 60

[294] Niemann, S. 348

[295] Ebd.

[296] Niemann, S. 348

[297] Nikolaus Brauns: SPD lässt schießen, in: Junge Welt vom 30. April 2009

[298] Niemann, S. 382

[299] Vgl.: Brauns, die SPD lässt schießen

[300] Vgl. https://www.n-tv.de/politik/Die-letzte-Stunde-der-Demokraten-article10349936.html; abgerufen am 13. April 2021.

[301] Vgl.

[302] Ausführlich in ➔ »Adolf Hitler, eine Korrektur Band 2«.

[303] Niemann, Geschichte der deutschen Sozialdemokratie, S. 376

[304] Ebd.

[305] Vgl. Höhne, Machtergreifung, S. 80f.

[306] Ebd.

[307] Ebd., S. 81

[308] Otto Buchwitz: 50 Jahre Funktionär der deutschen Arbeiterbewegung, Berlin 1958, S. 108

[309] Vgl. Hagen Schulze: Otto Braun oder Preußens demokratische Sendung, Frankfurt/M. 1977, S. 629

[310] Höhne, Machtergreifung, S. 82

[311] Gemäß Art. 53 Weimarer Verfassung/MGR

[312] Was Hindenburg Ende Mai 1932 dann auch tun sollte (vgl. Strenge, Machtübernahme, S. 64)

[313] Niemann, S. 379

[314] Niemann, S. 379; Friedrich Stampfer: Die ersten 14 Jahre der Deutschen Republik, Offenbach/M. 1936/1947, S. 574

[315] Höhne, Machtergreifung, S. 87

[316] Irene Strenge: Machtübernahme 1933 – Alles auf legalem Weg? (Zeitgeschichtliche Forschungen, Band 15), Berlin 2002, 64f.

[317] Wolfgang Horn: Strukturschwächen der Weimarer Demokratie und der Aufstieg des Nationalsozialismus, Deutsches Institut für Fernstudien an der Universität Tübingen 1983, S. 77

[318] Artikel 53 WV: »Art. 53. Der Reichskanzler und auf seinen Vorschlag die Reichsminister werden vom Reichspräsidenten ernannt und entlassen«; vgl. Die Verfassung des Deutschen Reichs (»Weimarer Reichsverfassung«) vom 11. August 1919 (Reichsgesetzblatt 1919, S. 1383)

[319] Art. 54 WV: »Der Reichskanzler und die Reichsminister bedürfen zu ihrer Amtsführung des Vertrauens des Reichstags. Jeder von ihnen muss zurücktreten, wenn ihm der Reichstag durch ausdrücklichen Beschluss sein Vertrauen entzieht« (Ebd.)

[320] Art. 25 WV: »Der Reichspräsident kann den Reichstag auflösen, jedoch nur einmal aus dem gleichen Anlass. Die Neuwahl findet spätestens am sechzigsten Tage nach der Auflösung statt« (Ebd.)

[321] Vgl. Strenge, Machtübernahme, S, 70f.

[322] Vgl. dazu auch: Arnold Brecht: Vorspiel zum Schweigen. Das Ende der deutschen Republik, o.O., 1948, S. 78f.

[323] Strenge, Machtübernahme, S. 71

[324] Art. 48 WV: »Wenn ein Land die ihm nach der Reichsverfassung oder den Reichsgesetzen obliegenden Pflichten nicht erfüllt, kann der Reichspräsident es dazu mit Hilfe der bewaffneten Macht anhalten. Der Reichspräsident kann, wenn im Deutschen Reiche die öffentliche Sicherheit und Ordnung erheblich gestört oder gefährdet wird, die zur Wiederherstellung der öffentlichen Sicherheit und Ordnung nötigen Maßnahmen treffen, erforderlichenfalls mit Hilfe der bewaffneten Macht einschreiten. Zu diesem Zwecke darf er vorübergehend die in den Artikeln 114, 115, 117, 118, 123, 124 und 153 festgesetzten Grundrechte ganz oder zum Teil außer Kraft setzen. Von allen gemäß Abs. 1 oder Abs.2 dieses Artikels getroffenen Maßnahmen hat der Reichspräsident unverzüglich dem Reichstag Kenntnis zu geben. Die Maßnahmen sind auf Verlangen des Reichstags außer Kraft zu setzen. Bei Gefahr im Verzuge kann die Landesregierung für ihr Gebiet einstweilige Maßnahmen der in Abs.2 bezeichneten Art treffen. Die Maßnahmen sind auf Verlangen des Reichspräsidenten oder des Reichstags außer Kraft zu setzen. Das Nähere bestimmt ein Reichsgesetz« (Ebd.)

[325] Vgl. Lambsdorff, S. 307f.

[326] Lambsdorff argumentiert ähnlich (S. 309)

[327] Vgl. Carl Schmitt: Die Diktatur. Von den Anfängen des modernen Souveränitäts-Gedankens bis zum proletarischen Klassenkampf, o.O. 1921; Grundsätzliches zur heutigen Notverordnungspraxis, in: Reichsverwaltungsblatt (RVerwBl.) 1932, S. 161

[328] Schmitt, Die Diktatur, S. 310; auch Strenge, Machtübernahme, S. 65

[329] Strenge, Machtübernahme, S. 66
[330] Lambsdorff, S. 310
[331] Vgl. Strenge, Machtübernahme, S. 63
[332] Lambsdorff, S. 310
[333] Vgl. Urteil des Reichsgerichts vom 6. Oktober 1931, I. Strafsenat, RG St. 65, 364; dieses Urteil wird auch von Strenge (Machtübernahme, S. 67) besprochen
[334] Vgl. Entscheidungen des Reichsgerichts in Zivilsachen, RG Z 134, Anhang, S. 12; RG Z 134, Anhang S. 26 sowie Dr. Erwin Konrad Eduard Bumke: Der Staatsgerichtshof zu Art. 48 Reichsverfassung, in: DJZ 1932, Sp. 2; Strenge, Machtübernahme, S. 67)
[335] Ebd. sowie Strenge, Machtübernahme, S. 67f.
[336] Vgl. Machtmechanismen der Präsidialregierungen (1930 bis 1933), in: Wilhelm J. Wagner: Neuer Großer Bildatlas der deutschen Geschichte, Gütersloh/München 1999, S. 291
[337] Lambsdorff, S. 310
[338] Strenge, Machtübernahme, S. 68, ebenso: ➔ »Adolf Hitler, eine Korrektur Band 2«.
[339] Höhne, Machtergreifung, S. 44
[340] Strenge, Machtübernahme, S. 69
[341] Ebd.
[342] Niemann, S. 394
[343] Vgl. Niemann, S. 394
[344] Niemann, S. 394 sowie: Hans-Peter Ehni: Bollwerk Preußen? Preußen-Regierung, Reich-Länder-Problem und Sozialdemokratie 1928-1932, Band 11, Bonn/Bad Godesberg 1975, S. 219ff.
[345] Brüning, Memoiren, S. 348 und 462 sowie Niemann, S. 395
[346] Vgl. Hermann Pünder: Von Preußen nach Europa. Lebenserinnerungen, Stuttgart 1968, S. 105
[347] Vgl. Georg Decker: Tolerierung, in: Die Gesellschaft (1930), Nr. 12, S. 481 sowie Wilhelm Sollmann: Bericht der Reichstagsfraktion, in: Protokoll Leipzig 1931, S. 115; Niemann, S. 395
[348] Vgl. Im Jahr der Hochspannung. Bericht Reichstagsfraktion, in: Jahrbuch 1931, S. 1 sowie Niemann, S. 396
[349] Hans J. L. Adolph, Otto Wels und die Politik der deutschen Sozialdemokratie 1894-1939, Berlin 1971, S. 236ff.
[350] Niemann, S. 396, aber auch Brüning, Memoiren, S. 218
[351] Niemann, S. 396
[352] Ebd.

353 Ebd., S. 397

354 Ebd.

355 Vgl. Carl Schmitt: Die Diktatur. Von den Anfängen des modernen Souveränitätsgedankens bis zum proletarischen Klassenkampf, o.O. 1921, S. 241

356 Strenge, Machtübernahme, S. 69

357 Horn, S. 77

358 Höhne, Machtergreifung, S. 99ff.

359 Albrecht Tyrell: Führer befiehl…, Selbstzeugnisse aus der „Kampfzeit" der NSDAP. Dokumentation und Analyse, Düsseldorf 1969, S. 352

360 Horn, S. 71

361 Höhne, Machtergreifung, S. 103

362 Ebd.

363 Vgl. Detlef Mühlberger: The Sociology of the NSDAP, in: Journal of Contemporary History 15/1980, S. 498

364 Kershaw, Hitler. 1889-1936, S. 411f.

365 Horn, S. 85

366 Kershaw, Hitler. 1889-1936, S. 424

367 Weitz, S. 151

368 Viscount Harald Sidney H. Rothermere (1868-1940), war am Aufbau des von seinem Bruder Lord Northcliffe geschaffenen Zeitungskonzerns beteiligt; dirigierte 12 Tages-, zwei Sonntags- und zehn Wochenzeitungen, darunter auch die einflussreiche Daily Mail; vgl. Henry Picker: Hitlers Tischgespräche im Führerhauptquartier, München 2003, S. 380; Werner Jochmann (Hrsg.): Adolf Hitler. Monologe im Führerhauptquartier 1941-1944 aufgezeichnet von Heinrich Heim, München 2000, S. 457; Anton Joachimsthaler: Hitlers Liste, München, S. 517f.; zu seiner Person und seiner Unterstützung für die Nationalsozialisten siehe ➔ »Adolf Hitler, eine Korrektur, Band 1«, S. 264ff.).

369 Daily Mail v. 24.9.1930; auf Deutsch am 25.9.1930 im Vossischen Beobachter (Kershaw, Hitler. 1889-1936, S. 426, 857)

370 Hofmann, Kritische Geschichte, S. 192ff.

371 Ebd.

372 Ebd.

373 Zit. in: Hofmann, Kritische Geschichte, S. 193

374 Ebd., S. 199

375 Vgl. Höhne, Machtergreifung, S. 138; Helmut Marcon: Arbeits- beschaffungspolitik der Regierungen Papen und Schleicher, Frankfurt/M. 1974, S. 89

376 Ebd.

377 Ebd.

378 Brendan Simms: Hitler. Eine globale Biographie, München 2020, S. 255

379 Hans-Erich Volkmann: Die NS-Wirtschaft in Vorbereitung des Krieges, in: Friedrich Forstmeier/Hans-Erich Volkmann (Hrsg.): Wirtschaft und Rüstung am Vorabend des Zweiten Weltkrieges, Düsseldorf 1975, S. 178f.

380 Höhne, Machtergreifung, S. 139f.

381 Ebd., S. 140

382 Höhne, S. 141f.

383 Mehr dazu in: Fritz Blaich: Der Schwarze Freitag. Inflation und Wirtschaftskrise, München 1994; Winfried Glashagen: Die Reparationspolitik Heinrich Brünings 1930-1931. Studien zum wirtschafts- und außenpolitischen Entscheidungsprozess in der Auflösungsphase der Weimarer Republik, Bonn 1980; Bruce Kent: The Spoils of War. The Politics, Economics and Diplomacy of Reparations 1918-1932, Oxford 1989; Peter Krüger: Das Reparationsproblem der Weimarer Republik in fragwürdiger Sicht, in: Vierteljahreshefte für Zeitgeschichte 29 (1981), S. 21ff.; Gerd Meyer: Die Reparationspolitik. Ihre außen- und innenpolitischen Rückwirkungen, in: Karl Dietrich Bracher/Manfred Funke/Hans-Adolf Jacobsen (Hrsg.): Die Weimarer Republik 1918-1933 (Studien zur Geschichte und Politik 251), Bonn 1987, S. 327ff.; Hermann Josef Rupieper: The Cuno Government and Reparations 1922-1923. Politics and Economics, Den Haag/Boston/London 1979

384 Vgl. Helmut Braun: Reparationen (Weimarer Republik),in: Historisches Lexikon Bayerns, https://www.historisches-lexikon- bayerns.de/Lexikon/Reparationen_(Weimarer_Republik), abgerufen am 13. April 2021.

385 Ebd.

386 Marcon, S. 92

387 Höhne, Machtergreifung, S. 141f.

388 Ebd.

389 Ebd.

390 Ebd.

391 Hermann Graml: Europa zwischen den Kriegen, in: Deutsche Geschichte seit dem ersten Weltkrieg, Band 1, Stuttgart 1971, S. 393

[392] Zweite Verordnung des Reichspräsidenten zur Sicherung von Wirtschaft und Finanzen (RGBl. I 1931, 279)

[393] Erschienen im Berliner Tagblatt (Abend-Ausgabe), 60. Jg., Nr. 263 vom 6. Juni 1931

[394] Vgl. Höhne, Machtergreifung, S. 144f.

[395] Vgl. Graml, S. 391, 399

[396] Vgl. Höhne, S. 145

[397] Vgl. Harold James: Deutschland in der Weltwirtschaftskrise 1924-1936, Stuttgart 1988, S. 382 sowie Philipp Heyde: Das Ende der Reparationen: Deutschland, Frankreich und der Youngplan 1929-1932, Paderborn 1998; Ralph Smiley: The Lausanne Conference. The Diplomacy of the End of Reparations. New Brunswick 1972

[398] Höhne, Machtergreifung, S. 146

[399] Vgl. Knopp, Machtergreifung, S. 23f.

[400] Vgl. Rudolf Vierhaus: Die Auswirkungen der Krise um 1930 in Deutschland, in: Werner Conze/Hans Raupach (Hrsg.): Die Staats- und Wirtschaftskrise des Deutschen Reichs 1929/33, Stuttgart 1967, S. 161

[401] Vgl.: Werner Abelshauser/Anselm Faust: Wirtschafts- und Sozialpolitik: Eine nationalsozialistische Sozialrevolution? Deutsches Institut für Fernstudien an der Universität Tübingen, Tübingen 1983, S. 50.

[402] Ebd.

[403] Ebd., S. 51

[404] Zitiert in: Avraham Barkai: Das Wirtschaftssystem des Nationalsozialismus, Der historische und ideologische Hintergrund 1933-1936, Köln 1977, S. 132

[405] Siehe ➔ »Adolf Hitler, eine Korrektur Band 2«, Kapitel »Hitler und das »Wirtschaftswunder«.

[406] Niemann, S. 399; ZStA Potsdam, Reichskanzlei, Film-Nr. 191187, Bl. 0281 und 0282

[407] Ebd.

[408] Ebd.

[409] Niemann, S. 430

[410] Ebd., S. 397

[411] Vgl. dazu: Hermann Graml: Zwischen Stresemann und Hitler. Die Außen- politik der Präsidialkabinette Brüning, Papen und Schleicher (Vierteljahreshefte für Zeitgeschichte. Schriftenreihe Band 83), Oldenbourg/München 2001; Oswald Hauser: Der Plan einer deutsch-österreichischen Zollunion von 1931 und die europäische Föderation, in: Historische Zeitschrift. Band 179, 1955, S. 45ff.

[412] Vgl. Archiv der Wiener Arbeiterkammer, Wien, Mappe 6, Beilage 2184/2185, Bl. 1. U.5 sowie Niemann, S. 430

[413] Ebd.

[414] Niemann, S. 399, er gibt folgende Quelle an: ZStA Potsdam, Reichskanzlei, Film-Nr. 191187, Bl. 0293

[415] Vgl. Niemann, S. 415

[416] Adolph, Otto Wels, S. 236; Hans-Peter Ehni: Bollwerk Preußen? Preußen- Regierung, Reich-Länder-Problem und Sozialdemokratie 1928-1932, Band 11, Bonn/Bad Godesberg 1975, S. 257; Niemann, S. 419

[417] Niemann, S. 419

[418] Ebd., S. 420

[419] Vgl. Verordnung des Reichspräsidenten zur Auflösung des Reichstages vom 4. Juni 1932, RGBL Teil I, Nr. 33, S. 255; Faksimile: https://upload.wikimedia.org/wikipedia/commons/4/47/Deutsches_Reichsgesetzblatt_32T1_033_0255.jpg, abgerufen am 13. April 2021.

[420] Vgl. Strenge, Machtergreifung, S. 76

[421] Vgl. dazu: Horn, Strukturschwächen, S. 87; Ian Kershaw: Hitler. 1889-1936, Stuttgart 1998, S. 473, John Weitz: Hitlers Bankier – Hjalmar Schacht, Wien 1998, S. 175

[422] Vgl. Strenge, Machtübernahme, S. 63

[423] Etwa mit der SPD-Parole »Schlagt Hitler! Darum wählt v. Hindenburg!« (vgl. Strenge, Machtergreifung, S. 73)

[424] Anlässlich der Reichstagssitzung am 25. Februar 1932, zit. in: Strenge, Machtergreifung, S. 74

[425] Theodor Duesterberg (1875-1950); Offizier; 1924-1933 Zweiter Bundes- führer des Stahlhelm (einem Bund der Frontsoldaten, der sich zum nationalkonservativ-militaristischen Massenverband entwickelte und offen die Weimarer Republik bekämpfte; 1934 wurde der Stahlhelm in »National- sozialistischer Deutscher Frontkämpferverband (Stahlhelm)« umbenannt und 1935 schließlich aufgelöst); 1932 aussichtsloser Kandidat für die Reichspräsidentenwahl; später Annäherung an nationalkonservative Oppositions- gruppen, Horn S. 109, 117

[426] Karl-Heinz Dederke: Reich und Republik. Deutschland 1917-1933, Stuttgart 1973, S. 286

[427] Ebd.

[428] Das vermutet auch Weitz, S. 170

[429] Derselben Auffassung ist auch Strenge, Machtergreifung, S. 74

[430] Hofmann, Kritische Geschichte, S. 201

[431] Vgl.: Brüning, Memoiren, S. 532; Niemann, S. 428

[432] Niemann, S. 426

[433] Hofmann, Kritische Geschichte, S. 201

[434] Zitiert nach Keil, Erlebnisse, Band 2, S. 447; Niemann, S. 432.

[435] Niemann, S. 432

[436] Ebd., S. 427

[437] Zit. in: Hofmann, Kritische Geschichte, S. 201

[438] Ebd.

[439] Ebd.

[440] So sieht es auch Niemann, S. 428

[441] Genau 8.575.244 Stimmen, was 143 Abgeordnetenmandaten entsprach (vgl. Das Deutsche Reich. Reichstagswahl 1930; (http://www.gonschior.de/weimar/Deutschland/RT5.html, abgerufen am 13. April 2021).

[442] Horn, S. 87

[443] Ebd.

[444] Kershaw, Hitler. 1889-1936, S. 473

[445] Kurt von Schleicher (1882-1934); Offizier und Politiker; 1929 Chef des Ministeramts der Reichswehr; im Kabinett Papen Amt des Reichswehrministers; Reichskanzler (Dezember 1932/Januar 1933); 1934 während des Röhm- Putsches ermordet (Horn, S. 111); die Gründe dafür ausführlich in ➔ »Adolf Hitler, eine Korrektur Band 2«.

[446] Horn, S. 89

[447] Ebd.

[448] Kershaw, Hitler. 1889-1936, S. 460

[449] Zitiert nach Heinrich Brüning: Memoiren 1918–1934, Stuttgart 1970, S. 602 sowie Höhne, Machtergreifung, S. 158

[450] Zitiert nach Höhne, Machtergreifung, S. 158

[451] Franz von Papen (1879-1969); Offizier und Monarchist, Politiker der Zentrumspartei; 1932 zum Reichskanzler ernannt; Wegbereiter für Hitlers Ernennung zum Kanzler, selbst Vizekanzler 1933; 1934-1938 Gesandter und

Botschafter in Wien; 1939-1944 Botschafter in Ankara (Horn, S. 110)

[452] Schleicher übernahm in von Papens Kabinett selbst das Reichswehrministerium.

[453] Kershaw, Hitler. 1889-1936, S. 461

[454] Vgl. Hagen Schulze: Weimar. Deutschland 1917-1933, Berlin 1982, S. 372 sowie: Wiliam L.: Aufstieg und Fall des Dritten Reiches, Köln 1961, S. 159

[455] Kershaw, Hitler. 1889-1936, S. 461

[456] Horn, S. 90

[457] Friedrich Arnold (Hrsg.): Anschläge. Deutsche Politik an der Litfaßsäule 1900-1971, Ebenhausen bei München 1972, S. 88

[458] Horn, S. 90

[459] Faksimile des Wahlplakats in: Arnold (Hrsg.), S. 64

[460] Die Rote Fahne vom 31. Mai 1932, zitiert in Niemann, S. 431

[461] Niemann, S. 431

[462] Zitiert nach: »Auf zur roten Gegenwehr!« in: Rote Fahne vom 26. Juni 1932

[463] Wilhelm Keil: Erlebnisse eines Sozialdemokraten, Band 2, Stuttgart 1947/1948, S. 447

[464] Vorwärts vom 2. Juni 1932; Niemann, S.432.

[465] Niemann, Ebd. 432

[466] Vgl. dazu das Rundschreiben des SPD-Parteivorstandes vom 28. Juni 1932, in: Vorwärts vom 29. Juni 1932 (Morgenausgabe); auch Niemann geht darauf ein (S. 440).

[467] Etwa im Vorwärts vom 2. Juni 1932 (vgl. Niemann, S. 432).

[468] Niemann, S. 432

[469] Niemann, S. 432f.; Keil, Band 2, S. 448

[470] Vgl.: Lagebericht Nr. 13 vom 16. Juli 1932, ZStA Potsdam, Reichsministerium des Innern, Abt. IAN, Nr. 26153, Bl. 25-29; sowie Niemann, S. 441

[471] Vgl.: Brief von Braun an Kautsky vom 19. Februar 1932, in: International Institute of Social History (Internationales Institut für Sozialgeschichte), IISG, Nachl. Kautsky, zit. in Niemann, S. 433

[472] Niemann, S. 433

[473] Braun, Von Weimar zu Hitler, S. 240

[474] Friedrich Stampfer: Die ersten 14 Jahre der Deutschen Republik, Offenbach/M. 1936 (1947), S. 629; Niemann, S. 433

[475] Niemann, S. 434

[476] Vgl.: Heinrich August Winkler: Weimar 1918–1933. Die Geschichte der ersten deutschen Demokratie, München 1993, S. 478.

[477] Ebd., S. 480ff.

[478] RGBl, 4.6.1932

[479] Volker Hentschel: Weimars letzte Monate. Hitler und der Untergang der Republik, Düsseldorf 1979, S. 62

[480] Weitz, S. 175

[481] Vgl.: Der Prozess gegen die Hauptkriegsverbrecher vor dem Internationalen Militärgerichtshof Nürnberg 14. November 1945 – 1. Oktober 1946, veröffentlicht in Nürnberg, Deutschland 1947, amtlicher Wortlaut in deutscher Sprache, München und Zürich 1984; IMT-Protokoll, Sitzung v. 13.3.1946 (IMT- Band 9, S. 284)

[482] Horn, S. 92

[483] Lambsdorff, S. 325

[484] Kershaw, Hitler. 1889-1936, S. 473

[485] Lambsdorff, S. 325f.

[486] Ebd.

[487] Vgl. Strenge, Machtübernahme, S. 47

[488] Lambsdorff, S. 326ff.

[489] Vgl.: Lambsdorff, S. 331; ausführlich in: Stefan Hermanns: Carl Schmitts Rolle bei der Machtkonsolidierung der Nationalsozialisten, Wiesbaden 2018

[490] Zitiert nach Lambsdorff, S. 331

[491] Vgl.: Antrag vom 2. Juni 1932, Preußischer Landtag, 4. Wahlperiode, 1. Tagung 1932, Drucksache 128, in: Sammlung der Drucksachen des Preußischen Landtags.

[492] Vgl.: Entscheidung vom 20. Dezember 1932, in: Reichsgericht (RGZ) 139, Anhang S. 17ff.

[493] Was auch Carl Schmitt in seinem Gutachten so aussprach (vgl.: seinen Aufsatz in der Deutschen Juristen Zeitung, DJZ, von 1932, S. 953ff., sowie Lambsdorff, S. 331).

[494] Lambsdorff, S. 326ff.

[495] Vgl.: Hagen Schulze: Otto Braun oder Preußens demokratische Sendung, o. O. 1977, S. 726; Strenge, Machtübernahme, S. 47f.

[496] Ebd.

497 Lambsdorff, S. 326ff.
498 Strenge, Machtübernahme, S. 49
499 Ebd., S. 48
500 Reuth, Goebbels Tagebücher, Band 2, S. 722 (Tagebucheintrag vom 19. November 1932)
501 Vgl.: Strenge, Machtübernahme, S. 49
502 Lambsdorff, S. 327
503 Ebd.
504 Klaus Wallbaum: Der Überläufer. Rudolf Diels (1900–1957) Frankfurt/M. 2010, S. 66, 69.
505 Vgl.: Thilo Vogelsang: Reichswehr, Staat und NSDAP, Stuttgart 1962, S.
237 Heinz Höhne: Warten auf Hitler, in: DER SPIEGEL 4/1983, S. 139f.; zit. auch in: Lambsdorff, S. 327.
506 Vgl. dazu ausführlich in: Christoph Graf: Politische Polizei zwischen Demokratie und Diktatur. Die Entwicklung der preußischen Politischen Polizei vom Staatsschutzorgan der Weimarer Republik zum Geheimen Staatspolizeiamt des Dritten Reiches, Berlin 1983, S. 63, 407ff.
507 Was auch Lambsdorff so sieht (S. 327).
508 Zitiert nach Wallbaum, Überläufer, S.70
509 Vgl.: Graf, Politische Polizei, S. 408
510 Vgl.: Heinrich August Winkler: Weimar 1918–1933. Die Geschichte der ersten deutschen Demokratie, Frankfurt am Main/Wien 1993, S. 459.
511 Vgl.: Joachim Petzold: SPD und KPD in der Endphase der Weimarer Republik, in: Heinrich August Winkler (Hrsg.): Die deutsche Staatskrise. Handlungsspielräume und Alternativen, München 1992, S. 95.
512 Zitiert nach Heinz Karl/Erika Kücklich (Hrsg.): Die Antifaschistische Aktion. Dokumentation und Chronik Mai 1932 bis Januar 1933, Berlin 1965, S. 167.
513 Vgl.: Graf, S. 55
514 Vgl.: Carsten Dams: Staatsschutz in der Weimarer Republik. Die Überwachung und Bekämpfung der NSDAP durch die preußische politische Polizei von 1928 bis 1932, Marburg 2002, S. 158 (Fußnote 40).
515 Graf, Politische Polizei, S. 55
516 Ebd., S. 57
517 Lambsdorff, S. 328

[518] Graf, Politische Polizei, S. 59

[519] Ebd., S. 61

[520] Vgl.: Franz von Papen: Vom Scheitern einer Demokratie. 1930–1933, Mainz 1968, S. 233

[521] Vgl.: Wallbaum, S. 69

[522] Altona gehörte damals zur preußischen Provinz Schleswig-Holstein und wurde erst 1937 durch das Groß-Hamburg-Gesetz nach Hamburg eingemeindet.

[523] Léon Schirmann: Justizmanipulationen, Der Altonaer Blutsonntag und die Altonaer bzw. Hamburger Justiz 1932–1994, Berlin 1995, S. 11.

[524] Höhne, Machtergreifung, S. 189f.

[525] Schirmann, S. 11

[526] Vgl.: Heinrich Breloer/Horst Königstein: Blutgeld. Materialien zu einer deutschen Geschichte, Köln 1982, S. 22 ff.

[527] Vgl.: Höhne, Machtergreifung, S. 189f.

[528] Vgl.: Heinrich Breloer/Horst Königstein: Blutgeld. Materialien zu einer deutschen Geschichte, Köln 1982, S. 22 ff.

[529] Lambsdorff, S. 328; andere Quellen gehen »nur« von 18 Toten und 100 Verletzten aus.

[530] Beispielsweise bezeichnete DIE ZEIT die Veröffentlichung Schirmanns als »historische Reportage«; vgl.: Carsten Schröder: Eine erweiterte Rezension zu Léon Schirmann: Altonaer Blutsonntag, 17. Juli 1932. Dichtungen und Wahrheit, in: Informationen zur Schleswig-Holsteinischen Zeitgeschichte (Kiel) Heft 29 (Juni 1996) S. 62ff.

[531] Die linke taz schreibt beispielsweise: »Jahrelang waren Historiker sich einig: Die Kommunisten schossen zuerst. Sie töteten die SA-Männer Heinrich Koch und Peter Büddig – und eröffneten damit den blutigen Sonntag. Bis heute wird diese Version in konservativen Medien wiederholt. Dank des Résistancekämpfers Léon Schirmann, der 1992 die Akten des Altonaer Blutsonntags neu auswertete, weiß man inzwischen, dass die tödlichen Kugeln vielmehr aus Polizeipistolen gekommen waren« (https://taz.de/Erinnerung-an- den-Blutsonntag/!5520575/, abgerufen am 13. April 2021).

[532] Vgl.: Léon Schirmann: Blutmai Berlin 1929. Dichtungen und Wahrheit, Berlin 2001; ders.: Justizmanipulationen, Der Altonaer Blutsonntag und die Altonaer bzw. Hamburger Justiz 1932–1994, Berlin 1995; ders.: Altonaer Blutsonntag, 17. Juli 1932. Dichtungen und Wahrheit, Hamburg 1994.

[533] Vgl.: Carsten Schröder: Eine erweiterte Rezension zu Léon Schirmann: Altonaer Blutsonntag, 17. Juli 1932. Dichtungen und Wahrheit, in: Informationen zur Schleswig-Holsteinischen Zeitgeschichte (Kiel) Heft 29 (Juni 1996) S. 62–68.

[534] Ebd.; sowie: Léon Schirmann: Altonaer Blutsonntag, 17. Juli 1932. Dichtungen und Wahrheit. Hamburg 1994, 168 S.

[535] Vgl.: Carsten Schröder; sowie: Leon Schirmann: Altonaer Blutsonntag, 17. Juli 1932. Dichtungen und Wahrheit. Hamburg 1994, S. 168

[536] Vgl.: Carsten Schröder, S. 62ff.

[537] Ebd.

[538] Hans Georg Graf Lambsdorff gehört ebenfalls dazu (vgl.: Lambsdorff, S. 328).

[539] Vgl.: Barth/Friedrichs, S. 23

[540] Das Datum wurde bei der Unterzeichnung durch Hindenburg noch offengelassen, Papen setzte dann eigenhändig den 20. Juli ein (vgl.: Lambsdorff, S. 328).

[541] Vgl. dazu: Jürgen Bay: Der Preußenkonflikt 1932/33, Erlangen Nürnberg 1965, S. 117f., sowie Fußnoten 616-618.

[542] Vgl.: Otto Braun: Von Weimar zu Hitler, Hildesheim 1979, S. 417

[543] Vgl.: RGBl. 1932, I, S. 377

[544] Die zweite Verordnung trat nach gut einer Woche wieder außer Kraft, vgl.: Strenge, Machtergreifung, S. 53f.

[545] Bis 1932 regierten in Preußen die Parteien der »Weimarer Koalition« unter der Führung der Sozialdemokraten; diese verlor zwar bei den Landtagswahlen im April 1932, in denen die NSDAP 37% der Stimmen gewann, ihre Mehrheit, blieb aber dennoch geschäftsführend im Amt, weil der neu gebildete Landtag zu keiner Mehrheitsbildung fähig war (Horn, S. 92), sowie Schilderung oben.

[546] Horn, S. 92

[547] Lambsdorff, S. 328

[548] Vgl.: Höhne, Machtergreifung, S. 192

[549] Horn, S. 92; der Historiker Werner Maser kommt zwar zu dem Ergebnis, dass Hindenburg eine Rückkehr zur parlamentarischen Demokratie anstrebte. Doch dies ist für mich aufgrund der Beschlüsse und des mehrfachen Verfassungsbruchs (auf die ich weiter unten noch zu sprechen komme), die er mit zu verantworten hatte und die gerade das Parlament aushebelten, nicht nachvollziehbar, vgl. dazu: Werner Maser: Hindenburg. Eine politische Biographie, Rastatt 1989, S. 324 und Werner Maser: Fälschung, Dichtung und Wahrheit über Hitler und Stalin, München 2004, S. 124f.

[550] Niemann, S. 442

[551] Ebd.

[552] Vgl. Niemann, S. 442f.

[553] Kershaw, Hitler. 1889-1936, S. 463

[554] Joseph Goebbels: Vom Kaiserhof zur Reichskanzlei, München 1934, S. 132.

[555] Niemann, S. 444

[556] Niemann, S. 439

[557] Brief vom 17. Juni 1932, in: Bundesarchiv Koblenz (NS 26/810), Akten aus dem ehemaligen Hauptarchiv der NSDAP; Niemann, S. 439.

[558] Niemann, S. 444

[559] Aufzeichnungen von Otto Wels, in: Hagen Schulze: Anpassung oder Widerstand – aus den Akten des Parteivorstands der deutschen Sozialdemokratie 1932/33, Bonn/Bad Godesberg 1975, S. 8

[560] Ebd.

[561] Siehe Gewerkschafts-Zeitung vom 18. Juni 1932; Niemann, S. 440

[562] Niemann, S. 444

[563] Vgl.: Berichte der Arbeiterkorrespondenten und Betriebsredaktionen der Roten Fahne, an den Sekretär des ZK der KPD Wilhelm Pieck vom 3. August 1932 über Berichterstattung von Arbeiterkorrespondenten-Versammlungen vom 25. Juli 1932, in: Bundesarchiv Koblenz, R 45 IV/16, Dokument 40; ebenso: Brief des ZK der KPD an die Redaktion, in: Rundschau über Politik, Wirtschaft und Arbeiterbewegung (Basel), Nr. 40 (1934), S. 1604; sowie: Niemann, S. 444

[564] Vorwärts vom 22. Juli 1932; auch Niemann zitiert dies (S. 445)

[565] Vorwärts vom 21. Juli 1932 (Morgenausgabe); zit. nach Niemann, S. 445

566 Vgl.: Unser Weg. Monatszeitschrift für Mitglieder der Berliner Sozialdemokratie, Nr. 1 (1933), S. 2f.; Parteivorstand der SPD (Hrsg.): Reichstagswahlen 6. November 1932. Rednervorschlag und Rednermaterial, Berlin 1932, S. 44

567 Niemann, S. 446

568 Julius Leber: Ein Mann geht seinen Weg, Frankfurt/M. 1952, S. 243

569 Vgl.: Das Deutsche Reich. Reichstagswahl 1930. Ergebnisse zur Wahl am 14. September 1930, Wahl zum 5. Reichstag (http://www.gonschior.de/weimar/Deutschland/RT5.html, abgerufen am 13. April 2021).

570 Niemann, S. 448

571 Neue Blätter für den Sozialismus, Heft 8, 1932, S. 393ff.; zit. in Niemann, S. 448

572 Niemann, S. 448

573 Ebd.

574 Lambsdorff, S. 328; aber auch das Land Preußen, die Landtagsfraktion des Zentrums, die Preußischen Minister, das Land Bayern und das Land Baden klagten gegen den Preußenschlag (vgl. Strenge, Machtübernahme, S. 55).

575 Vgl.: Reichsgesetzblatt vom 20. Juli 1932 (RGBl. I, S. 377, RGZ 138, Anh. S. 1)

576 Besonders jene mit »Außenwirkung« (vgl.: Strenge, Machtübernahme, S. 56)

577 Ebd., S. 55

578 Vgl.: Der Klassenkampf (Sonderheft 1931); Protokoll Leipzig, S. 288; Niemann, S. 407

579 Vgl. Artikel im Vorwärts vom 9. Oktober 1932 (Morgenausgabe)

580 Niemann, S. 452

581 Otto Wels: Eine Neujahrsbetrachtung, in: Leipziger Volkszeitung vom 31. Dezember 1932; sowie: Niemann, S. 453

582 So sieht es auch Niemann, S. 453.

583 Zu dieser Erkenntnis kommt auch Strenge (Machtübernahme, S. 56, 60).

584 Ebd.

585 Auf diese »Kann-Bestimmung« gemäß § 2 RtBVO weist Strenge besonders hin; vgl.: Strenge, Machtübernahme, S. 57, sowie: Thomas Raithel/Irene Strenge: Die Reichstagsbrandverordnung. Grundlegung der Diktatur mit den Instrumenten des Weimarer Ausnahmezustands, in: Vierteljahreshefte für Zeitgeschichte (IfZ) 3/2000, S. 413ff).

586 Strenge, Machtübernahme, S. 61

587 Vgl. dazu die Auffassung von Johannes Heckel, einem der damals führenden Staatsrechtler (in: Johannes Heckel: Diktatur, Notverordnungsrecht, Verfassungsnotstand (Archiv für öffentliches Recht) A.a.O., NF 22, 1932, S. 257f.; sowie Strenge, S. 61).

588 Das meint auch Strenge (Machtübernahme, S. 53, 60)

589 Vgl.: Vorwärts vom 20. Juli 1932

590 Hofmann, Kritische Geschichte, S. 205

591 Niemann, S. 448

592 Vgl.: Faksimile des Stimmzettels zur Reichstagswahl, in: Dorothee Klienksiek: Herrschafts- und Manipulationstechniken des Nationalsozialismus, Deutsches Institut für Fernstudien an der Universität Tübingen, 1983, S. 32; sowie: Gerd Rühle: Das Dritte Reich. Kampfjahre 1918-1933, Berlin 1936, S. 353

593 Kershaw, Hitler. 1889-1936, S. 527

594 Lothar Kettenacker: Sozialpsychologische Aspekte der Führer-Herrschaft, in: Gerhard Hirschfeld/Lothar Kettenacker (Hrsg): Der »Führerstaat«: Mythos und Realität. Studien zur Struktur des Dritten Reiches, Stuttgart 1981, S. 98-132.

595 Siehe dazu auch: Michael Grandt: Adolf Hitler, eine Korrektur, Band 1, Tallinn 2019, S. 55-116

596 Max Domarus: Hitler. Reden und Proklamationen 1932-1945, Band I, Wiesbaden 1973, S. 226ff.

597 Vgl.: Völkischer Beobachter Nr. 244 vom 31.8.1932

598 Obwohl Karl Dietrich Bracher in seiner Analyse durchaus Gemeinsamkeiten zwischen beiden Parteien feststellte: Ablehnung und Bedrohung der parlamentarischen Demokratie; Ähnlichkeiten in der organisatorischen und politisch-taktischen Form des Kampfes um die Macht (Karl Dietrich Bracher: Die Auflösung der Weimarer Republik, Villingen 1960, S. 96ff.).

599 Horn, S. 33, 50

600 Ebd., S. 93

601 Aufstellung der Wahlergebnisse im Reich und in den einzelnen Ländern: http://www.gonschior.de/weimar/Deutschland/RT6.html, abgerufen am 13. April 2021.

602 Niemann, S. 448

603 Ebd., S. 448f.

604 Vgl.: Vorwärts vom 9. Oktober 1932 (Morgenausgabe); Niemann, S. 452

605 Niemann, S. 453

606 Vgl.: Jahresbericht des SPD-Parteivorstandes 1932, S. 4; Niemann, S. 453

607 Weitz, S. 172

608 Horn, S. 97

609 Ebd.

610 Ebd., S. 101

611 Ebd.

612 Vgl.: Lambsdorff, S. 334

613 Kershaw, Hitler. 1889-1936, S. 479

614 Joseph Goebbels: Vom Kaiserhof zur Reichskanzlei. Eine historische Darstellung in Tagebuchblättern (Vom 1. Januar 1932 bis zum 1. März 1933), München 1937, S. 152ff, zitiert in Kershaw, Hitler. 1889-1936, S. 481

615 Kershaw, Hitler. 1889-1936, S. 481

616 Horn, S. 101

617 Ebd.

618 Rüdiger Barth/Hauke Friedrichs: Die Totengräber. Der letzte Winter der Weimarer Republik, Frankfurt/M. 2018, S. 9

619 Ebd., S. 19

620 Ebd., S. 14

621 Ebd.

622 Ebd., S. 25

623 Strenge, Machtergreifung, S. 121

624 Kurt (amtlich Curt) Ernst Carl Schumacher (1895-1952); Reichstagsabgeordneter; später Parteivorsitzender der SPD von 1946-1952 und SPD-Fraktionsvorsitzender sowie von 1949-1952 Oppositionsführer im Deutschen Bundestag (vgl.: Lewis J. Edinger: Kurt Schumacher. Persönlichkeit und politisches Verhalten. Köln/ Opladen 1967; Peter Merseburger: Kurt Schumacher: Patriot, Volkstribun, Sozialdemokrat, München 2010; Günter Scholz: Kurt Schumacher. Düsseldorf 1988).

625 Zitiert in: Barth/Friedrichs, S. 26

626 Lambsdorff, S. 341

627 Churchill bemerkt, dass Hindenburg dazu »überredet« worden war, Papen zu entlassen und Schleicher nur durch »Intrigen« an die Macht gekommen sei (Winston S. Churchill: Der Zweite Weltkrieg, Frankfurt/M. 2004, S. 48); allerdings war Reichspräsident Hindenburg für die Ernennung von Schleicher (Weitz, S. 174).

628 Zitiert nach Lambsdorff, S. 341

[629] IMT-Protokoll, Sitzung v. 13.3.1946 (IMT-Band 9, S. 279)

[630] Horn, S. 102

[631] Vgl.: Simms, S. 289

[632] Vgl.: Erklärung Breitscheids als Sprecher der Reichstagsfraktion in der Sitzung des Reichstages, in: Verhandlungen des Reichstags. VII. Wahlperiode 1932, Band 455, Berlin 1932, S. 15; auch Niemann führt das an (S. 465).

[633] Braun, Von Weimar zu Hitler, S. 278; Niemann, S. 465

[634] Ebd.

[635] Niemann, S. 465

[636] Schleichers Ziel und Chancen, in: Sozialdemokratische Partei der Schweiz (Hrsg.): Rote Revue. Sozialistische Monatszeitschrift, Nr. 5, Zürich, Januar 1933, S. 183; Niemann, S. 466

[637] Ebd.

[638] Vgl.: Lambsdorff, S. 343

[639] Aus dem Historischen Lexikon Bayerns: »Der SPD nahestehende Massenorganisation, gegründet von SPD, Zentrum, DDP und kleineren Parteien am 22. Februar 1924 in Magdeburg zum Schutz der Republik gegen die gewalttätigen Aktivitäten der rechtsextremen Verbände seit 1920, aber auch gegen die radikale Politik der KPD. Der Vorsitz lag bei den SPD-Politikern Otto Hörsing (SPD, 1874-1937) bis zum 2. Juli 1932 und Karl Höltermann (SPD, 1894-1955) bis 1933. Gegen Ende der Weimarer Republik waren maximal 1-2 Mio. Mitglieder in der reichsweiten Selbstschutzorganisation versammelt, vor allem aus SPD und Gewerkschaften, ferner aus den übrigen Parteien der Weimarer Koalition« (https://www.historisches-lexikon-bayerns.de/Lexikon/Reichsbanner_Schwarz-Rot-Gold,_1924-1933, abgerufen am 13. April 2021).

[640] Vgl.: Lambsdorff, S. 343

[641] Ebd.

[642] Zitiert nach Vierhaus, S. 157, 162

[643] Höhne, Machtergreifung, S. 233f.

[644] Ebd., S. 232f., 235

[645] Ferdinand von Bredow (1884-1934), Offizier, zuletzt Generalmajor der Reichswehr, enger Mitarbeiter und Vertrauter Kurt von Schleichers, seit 1932 stellvertretender Reichswehrminister, er wurde im Rahmen des Röhm-Putsches getötet (siehe dazu ausführlich → Michael Grandt: Adolf Hitler, eine Korrektur Band 2).

646 Vgl.: Hans Mommsen: Der Reichstagsbrand und seine politischen Folgen, in: Vierteljahreshefte für Zeitgeschichte Heft 12/1964, S. 448ff; sowie: Höhne, Machtergreifung, S. 236

647 Ebd., S. 235

648 Vgl.: Lambsdorff, S. 343

649 Niemann, S. 471

650 Zusammen mit der KPD forderte die SPD die sofortige Einberufung des Reichstags, was der Ältestenrat jedoch am 20. Dezember 1932 ablehnte. Das verschaffte Schleicher noch eine Gnadenfrist (vgl.: Lambsdorff, S. 343).

651 Niemann, S. 470

652 Rudolf Hilferding: Zwischen den Entscheidungen, in: Die Gesellschaft, Nr. 1 (1933), S. 1

653 Höhne, Machtergreifung, S. 40

654 Ebd.

655 Werner Abelshauser/Anselm Faust: Wirtschafts- und Sozialpolitik, S. 13

656 Heinrich Brüning (1885-1970), Politiker der Zentrumspartei; 1930-1932 Reichskanzler; 1934 Emigration in die USA; er ist bis heute einer der umstrittensten Politiker der damaligen Zeit, denn unter seiner Kanzlerschaft vollzog sich der Übergang der parlamentarischen Regierungsweise in das Präsidialsystem (Wolfgang Horn: Strukturschwächen der Weimarer Demokratie und der Aufstieg des Nationalsozialismus, Deutsches Institut für Fernstudien an der Universität Tübingen, Tübingen1983, S. 109).

657 Reichskanzler Heinrich Brüning (Zentrum) griff wegen fehlender Reichstagsmehrheit auf diktatorische Vollmachten des Reichspräsidenten von Hindenburg zurück (Abelshauser/Faust, S. 182); Hindenburgs Fehler war, dass er das Instrument der Notverordnungen allen Reichskanzlern zur Verfügung stellte und dadurch die parlamentarische Regierungsform aushöhlte (Kershaw, Hitler. 1889-1936, S. 410f).

658 Abelshauser/Faust, S. 16f.

659 Vgl.: Höhne, Machtergreifung, S. 38

660 Domarus, Hitler. Reden und Proklamationen 1932-1945, Band 1, Erster Halbband, S. 30

[661] Walther Immanuel Funk (1890-1960); Journalist, i der NS-Zeit Reichswirtschaftsminister und Reichsbankpräsident. Funk gehörte zu den 24 im Nürnberger Prozess gegen die Hauptkriegsverbrecher vor dem Internationalen Militärgerichtshof Angeklagten und wurde am 1. Oktober 1946 in drei von vier Anklagepunkten schuldig gesprochen und zu lebenslanger Haft verurteilt, aus der er 1957 entlassen wurde.

[662] IMT-Protokoll, Sitzung v. 4.5.1946 (IMT-Band 13, S. 92ff.)

[663] Ebd., S. 92

[664] Ebd., S. 93f.

[665] Vgl.: Wolfgang Horn: Strukturschwächen der Weimarer Demokratie, S. 25ff.

[666] Ebd.

[667] Ullrich Friedrich Willy Joachim Ribbentrop, ab 1925 von Ribbentrop (1893- 1946), NSDAP-Politiker, Botschafter, ab 1938 Reichsminister des Auswärtigen, gehörte zu den 24 im Nürnberger Prozess gegen die Hauptkriegsverbrecher vor dem Internationalen Militärgerichtshof angeklagten Personen. Er wurde am 1. Oktober 1946 schuldig gesprochen, zum Tod durch den Strang verurteilt und am 16. Oktober 1946 hingerichtet.

[668] Otto Meissner war seit 1920 Leiter des Büros des Reichspräsidenten, vgl.: Rüdiger Barth/Hauke Friedrichs: Die Totengräber. Der letzte Winter der Weimarer Republik, Frankfurt/M. 2018, S. 18

[669] Paul Körner (1893-1957); NSDAP-Politiker, Mitglied des Reichstags und SS- Obergruppenführer; »rechte Hand«, Staatssekretär des Preußischen Staatsministeriums und der Vierjahresplan-Behörde.

[670] Vgl.: Lambsdorff, S. 347

[671] Ebd., S. 348

[672] Weitz, S. 185f.

[673] Zitiert in: Kershaw, Hitler. 1889-1936, S. 518

[674] Vgl.: IMT-Protokoll, Sitzung v. 13.3. 1946 (IMT-Band 9, S. 280ff.)

[675] Otto Meissner: Staatssekretär unter Ebert, Hindenburg, Hitler, Hamburg 1950, S. 263

[676] Lambsdorff, S. 350; Friedrich A. Krummacher/Albert Wucher: Die Weimarer Republik, München 1965, S. 389

[677] Lambsdorff, S. 350

[678] Zwar konnte Hindenburg als Reichspräsident den Reichstag auflösen und somit hätte es kein Parlament mehr gegeben, das eine Anklageerhebung beschließen konnte, aber dennoch gäbe es dabei Risiken. Der sogenannte »Überwachungsausschuss« (eigentlich: Ausschuss zur Wahrung der Rechte der Volksvertretung) konnte als Kontrollausschuss des Reichstags unabhängig von der Tagung und der Wahlperiode des Reichstags nach Art. 35 WRV tätig werden (vgl.: Ahmet Mert Duygun: Das semipräsidiale Regierungssystem der Weimarer Republik im Vergleich mit dem heutigen türkischen Regierungssystem nach den Verfassungsänderungen in 2007 und 2017, Bonn 2019, S. 56; sowie: Friedrich Giese: Zur Verfassungsmäßigkeit der vom Reich gegen und in Preußen getroffenen Maßnahmen, in: Deutsche Juristische Zeitung 1932, S. 95). Zudem gab es da ja auch noch die Presse, die dieses »Schauspiel« wohl begierig aufnehmen würde und dann kämen vielleicht Dinge ans Tageslicht, die Hindenburg eher im Dunkeln lassen wollte, etwa das Problem mit der Erbschaftssteuer für sein Gut usw.

[679] Strenge, Machtergreifung, S. 92, 100ff.

[680] Heinrich Brüning: Wie Hitler die Macht eroberte. Ein Brief an Dr. Pechel, Herausgeber der Deutschen Rundschau, 1947, in: Heinrich Brüning: Ein deutscher Staatsmann, Reden und Aufsätze, o.O. 1968, S. 223, 250

[681] Vgl.: Strenge, Machtergreifung, S. 100

[682] Ebd., S. 102

[683] Zitiert nach Winkler, Weimar, S. 518

[684] Strenge, Machtergreifung, S. 104

[685] Vgl. Winkler, Weimar, S. 521

[686] Strenge, Machtergreifung, S. 111

[687] Meissner, Staatssekretär, S. 257

[688] Zwar hatte die NSDAP 4,3 % der Stimmen verloren und die KPD 2,3 % dazugewonnen, aber an den eigentlichen Machtverhältnissen änderte sich nicht viel.

[689] Niemann, S. 460

[690] Ebd.

[691] Im Vergleich zur Wahl im Juli 1932 von 230 einen Rückgang auf 196 Mandate.

[692] Vgl.: Franz Künstler: Die Sozialdemokratie ist unüberwindlich, in: Unser Weg 1933, Nr. 1, S. 3.

[693] Wegen des Verstoßes gegen Artikel 59 der Weimarer Verfassung: »Der Reichstag ist berechtigt, den Reichspräsidenten, den Reichskanzler und die Reichsminister vor dem Staatsgerichtshof für das Deutsche Reich anzuklagen, dass sie schuldhafterweise die Reichsverfassung oder ein Reichsgesetz verletzt haben. Der Antrag auf Erhebung der Anklage muss von mindestens hundert Mitgliedern des Reichstags unterzeichnet sein und bedarf der Zustimmung der für Verfassungsänderungen vorgeschriebenen Mehrheit. Das Nähere regelt das Reichsgesetz über den Staatsgerichtshof« oder sogar wegen Veruntreuung, Steuerkriminalität etc. evtl. nach dem Strafgesetzbuch des Deutschen Reiches.

[694] So wie sie das im Juli 1932 beabsichtigten, wie Gregor Strasser Heinrich Brüning verriet (vgl.: Heinrich Brüning: Wie Hitler die Macht eroberte. Ein Brief an Dr. Pechel, Herausgeber der Deutschen Rundschau, 1947, in: Heinrich Brüning: Ein deutscher Staatsmann, Reden und Aufsätze, o.O. 1968); Strenge stellt ähnliche Überlegungen an (Machtergreifung, S. 92ff. und 99ff.)

[695] Ebd., S. 93

[696] Strenge, Machtergreifung, S. 115

[697] Ebd., S. 117

[698] Rudolf Breitscheid (1874-1944); zunächst linksliberaler und später sozialdemokratischer Politiker.

[699] Vgl.: Wilhelm Hoegner: Flucht vor Hitler, o. O., 1977, S. 51f.; Winkler, Weimar, S. 548

[700] Vgl.: Hamburger Echo vom 24. Januar 1933

[701] Vgl.: Hamburger Echo vom 26. Januar 1933

[702] Vgl.: Germania vom 27. Januar 1933, zit. in: Strenge, Machtergreifung, S. 109

[703] Strenge, Machtergreifung, S. 109

[704] Ebd.

[705] Vgl. ebd., S. 118

[706] Der Verfassungsrechtler Carl Schmitt gab der SPD und dem Zentrum die Mitschuld, er schrieb: »Braun und Kaas erzwingen Hitler«, Vgl. dazu: Carl Schmitt, Tagebuch vom 22. Januar 1933, in: Paul Noack: Carl Schmitt. Eine Biographie, o O. 1996, S. 156

[707] Siehe ausführlich in ➔ Adolf Hitler, eine Korrektur Band 2.

[708] Lambsdorff, S. 351

[709] Barth/Friedrichs, S. 347

[710] Lambsdorff, S. 351

[711] Ebd., S. 355

[712] Kershaw, Hitler. 1889-1936, S. 520

[713] Ausführlich in → Adolf Hitler, eine Korrektur Band 2.

[714] Vgl.: Hans-Otto Meissner: Staatssekretär unter Ebert-Hindenburg-Hitler, Hamburg 1950, S. 225; Karl Dietrich Bracher/Gerhard Schulz/Wolfgang Sauer: Die nationalsozialistische Machtergreifung, Frankfurt/M./Berlin/Wien (1960), 1974; Band 1, S. 86; Hans-Otto Meissner/Harry Wilde: Die Machtergreifung, Stuttgart 1958, S. 197f.; Kershaw, Hitler 1889-1936, S. 521

[715] Vgl. dazu auch: Barth/Friedrichs, S. 357

[716] Kershaw, Hitler. 1889-1936, S. 557

[717] Ebd., S. 522

[718] Ebd., S. 522; Görings Rückmeldung lautete: »Alles perfekt«; Kershaw gibt dafür folgende Quellen an: Joseph Goebbels: Die Tagebücher. Sämtliche Fragmente, Teil I: Aufzeichnungen 1924-1941, hrsg. Elke Fröhlich, 2 Bände, München/New York/London/Paris 1987, Band II, S. 355 (30. Januar 1933, unveröffentlicht); Ribbentrop, S. 42; Heinrich August Winkler: Weimar 1918-1933. Die Geschichte der ersten deutschen Demokratie, München 1993, S. 590f.

[719] Vgl.: Lambsdorff, S. 355

[720] Lambsdorff, S. 385

[721] Barth/Friedrichs, S. 371

[722] Zitiert nach Höhne, Machtergreifung, S. 260

[723] Zitiert in: Barth/Friedrichs, S. 371

[724] Zitiert in: Lambsdorff, S. 357

[725] Ralf Georg Reuth (Hrsg.): Joseph Goebbels Tagebücher. Band 2, München 1999, S. 757ff. (Notiz vom 31. Januar 1933)

[726] Zitiert in: Höhne, Machtergreifung, S. 263

[727] Ebd., S. 264

[728] Ebd.

[729] Zitiert nach Höhne, Machtergreifung, S. 262

[730] Vgl.: Höhne, Machtergreifung, S. 261

[731] Ebd., S. 269f.

[732] Ebd.

[733] Ebd.

[734] Vgl.: Hans Mommsen: Die Last der Vergangenheit: Die Nationalsozialistische Epoche im Licht der Gegenwart, Deutsches Institut für Fernstudien an der Universität Tübingen, Tübingen 1983, S. 71

[735] Hans Mommsen: Die verspielte Freiheit. Der Weg der Republik von Weimar in den Untergang 1918 bis 1933, Berlin 1989, S. 546
[736] Kershaw: Hitler. 1889-1936, S. 410
[737] Vgl.: Noack, Schmitt, S. 62f.
[738] Vgl.: Strenge, Machtübernahme, S. 193
[739] Zitiert nach Höhne, Machtergreifung, S. 45
[740] Strenge, Machtübernahme, S. 193
[741] Vgl.: Heinrich August Winkler, Weimar, S. 212f.
[742] Höhne, Machtergreifung, S. 45f.
[743] Strenge, Machtübernahme, S. 193
[744] Ebd., S. 194
[745] Ebd., S. 194f.
[746] Ebd.
[747] Zum Beispiel: »Für uns gilt seit 156 Jahren: Kein Fußbreit dem Faschismus! Die SPD ist das Bollwerk gegen rechts!«; am 11. Februar 2020 auf der Homepage der SPD zu lesen (https://www.spd.de/aktuelles/detail/news/wir- sind-das-bollwerk-der-demokratie/11/02/2020/); in vorwärts am 22. Mai 2019: »Andrea
[748] Vgl. Barth/Friedrichs, S. 362
[749] Niemann, S. 489
[750] Rudolf Breitscheid (1874-1944); zunächst linksliberaler und später sozialdemokratischer Politiker; nach der Machtübergabe floh er nach Frankreich, von wo aus er eine Volksfront gegen das Hitler-Regime bilden wollte; nach der deutschen Besetzung wurde Breitscheid von französischen Anhängern des Vichy-Regimes verraten und an die Gestapo ausgeliefert; im KZ Buchenwald kam er 1944 durch einen US-Luftangriff ums Leben; manche behaupten, er wäre von der SS erschossen worden, dafür gibt es allerdings keine zuverlässige Beweise und Quellen (vgl.: Rainer Behring: Rudolf Breitscheid (1874–1944). Liberaler Sozialreformer – verbalradikaler Sozialist – sozialdemokratischer Parlamentarier, in: Detlef Lehnert (Hrsg.): Vom Linksliberalismus zur Sozialdemokratie. Politische Lebenswege in historischen Richtungskonflikten 1890–1945, Köln/Weimar/Wien 2015, S. 93ff.; Marie- Dominique Cavaillé: Rudolf Breitscheid et la France 1919–1933, Frankfurt am Main 1995; Detlef Lehnert: Rudolf Breitscheid (1874–1944). Vom linksbürgerlichen Publizisten zum sozialdemokratischen Parlamentarier, in: Peter Lösche/Michael Scholing/Franz Walter (Hrsg.): Vor dem Vergessen bewahren. Lebenswege Weimarer Sozialdemokraten, Berlin 1988, S. 38ff.)

751 Vgl. Barth/Friedrichs, S. 372
752 Zitiert in Niemann, S. 493
753 Niemann, S. 494
754 Niemann, S. 495
755 Barth/Friedrichs, S. 374
756 Zitiert nach Barth/Friedrichs, S. 374f.
757 Vorwärts vom 31. Januar 1933 (Morgenausgabe), zit. in: Niemann, S. 490
758 Niemann, S. 490f.
759 Zitiert nach Barth/Friedrichs, S. 374f.
760 Theodor Leipart (1867-1947); führender Gewerkschafter, trat nach dem Krieg der SED bei (vgl.: Ulla Plener: Theodor Leipart – Persönlichkeit, Handlungsmotive, Wirken, Bilanz. Ein Lebensbild mit Dokumenten; (1867- 1947), 2 Bände, Berlin 2000/2001).
761 Vgl.: Gerard Braunthal: Der Allgemeine Deutsche Gewerkschaftsbund. Zur Politik der Arbeiterbewegung in der Weimarer Republik, Frankfurt am Main 1981.
762 Barth/Friedrichs, S. 375
763 Walter Ernst Paul Ulbricht (1893- 1973); Leiter der KPD in Berlin; aus dem sowjetischen Exil 1945 nach Berlin zurückgekehrt, wirkte er in der sowjetischen Besatzungszone (SBZ) in enger Zusammenarbeit mit der Besatzungsmacht als führender Funktionär der KPD und der Sozialistischen Einheitspartei Deutschlands (SED) prägend am Aufbau des Staatsapparates der späteren DDR mit; 1949-1971 der bedeutendste Politiker der DDR (vgl.: Mario Frank: Walter Ulbricht. Eine deutsche Biografie, Berlin 2001; Norbert Podewin: Walter Ulbricht. Eine neue Biographie, Berlin 1995).
764 Zitiert in: Barth/Friedrichs, S. 375
765 Ebd.
766 Niemann, S. 493f., 504; ebenso: Bundesarchiv im Internet: Stiftung Archiv der Parteien und Massenorganisationen der DDR im Bundesarchiv (SAPMO), alte Reg. 3/19/347.
767 Aufzeichnungen von Otto Wels vom 16. Juni 1933, in: Archiv der sozialen Demokratie (AsD), Nachlass Otto Wels/9.; ebenso Schulze, Anpassung oder Widerstand, S. 162, Anm. 6.
768 Niemann, S. 504
769 Ebd., S. 505
770 Schulze, Anpassung oder Widerstand, S. 147

[771] Vgl.: Horst Bednareck: Gewerkschafter im Kampf gegen die Todfeinde der Arbeiterbewegung und des Volkes. Zur Geschichte der deutschen Gewerkschaftsbewegung, Berlin 1966, S. 12; sowie: ADGB-Restakten Historische Kommission Berlin; ebenso: Niemann, S. 505.

[772] Niemann, S. 494f., 501f.

[773] Zitiert in Niemann, S. 496

[774] Der Kapp-Lüttwitz-Putsch begann am 13. März 1920 und war nach 100 Stunden gescheitert. Es war ein konterrevolutionärer Putschversuch gegen die nach der Novemberrevolution geschaffene Weimarer Republik. Der Putschversuch brachte das Deutsche Reich an den Rand eines Bürgerkrieges und zwang die sozialdemokratischen Mitglieder der Reichsregierung zur Flucht aus Berlin. Die meisten Putschisten waren aktive Reichswehrangehörige oder ehemalige Angehörige der alten Armee und Marine, insbesondere der Marinebrigade Ehrhardt, die sich nach dem Ersten Weltkrieg in reaktionären Freikorps organisierten, sowie Mitglieder der Deutschnationalen Volkspartei (DNVP). Der Putsch scheiterte, weil die Regierungsbürokratie eine Teilnahme verweigerte und weil die Militärs uneinig über die eigentliche Zielsetzung des Putsches waren (vgl.: Johannes Erger: Der Kapp-Lüttwitz-Putsch. Ein Beitrag zur deutschen Innenpolitik 1919/1920, Düsseldorf 1967; Heinz Hürten: Der Kapp-Putsch als Wende. Über Rahmenbedingungen der Weimarer Republik seit dem Frühjahr 1920, Opladen 1989; Erwin Könnemann/Gerhard Schulze (Hrsg.): Der Kapp-Lüttwitz-Ludendorff-Putsch. Dokumente, München 2002; Gabriele Krüger: Die Brigade Ehrhardt, Hamburg 1970).

[775] Vgl.: Strenge, Machtübernahme, S. 41

[776] Auch Niemann macht das, S. 502

[777] Vgl.: Niemann, S. 502

[778] Rohe, S. 459

[779] Niemann, S. 502

[780] Ebd.

[781] Ebd., S. 503

[782] Die Errichtung des Einparteienstaates 1933 (https://www.dhm.de/lemo/kapitel/ns-regime/etablierung-der-ns- herrschaft/einparteienstaat.html, abgerufen am 13. April 2021).

[783] Der Wehrverbund der Deutschnationalen Volkspartei

[784] Vgl.: Strenge, Machtübernahme, S. 127f.

[785] Vgl.: Gesetz betr. Bestellung von Hilfspolizeibeamten vom 26. Januar 1921; sowie: Ursula Büttner/Werner Jochmann: Hamburg auf dem Weg ins Dritte Reich, o.O. 1983, Dok. 32, S. 139; ebenso: Strenge: Machtübergabe, S. 128

[786] Deutsche Demokratische Partei

[787] Strenge, Machtübernahme, S. 129

[788] Ebd.

[789] Vgl.: Ernst Rudolf Huber: Deutsche Verfassungsgeschichte von 1789, Band VII: Ausbau, Schutz und Untergang der Weimarer Republik, o. J., 1984, VII, Dok. 277

[790] Vgl. zu diesem Themenkomplex auch: Franz von Papen: Der Wahrheit eine Gasse, o.O. 1952

[791] Vgl.: Lambsdorff, S. 329f.

[792] Vgl.: Niederschrift über die Ministerbesprechung vom 31. Januar 1933 (in: Akten der Reichskanzlei, R 43 I, Band 1459, Bundesarchiv Koblenz, S. 251ff.)

[793] Vgl.: Bay, S. 271

[794] Quelle: Reichsgesetzblatt 1933 I, S. 43.

[795] Lambsdorff, S. 330

[796] Niemann, S. 501f.

[797] Ebd., S. 502

[798] Vorwärts vom 6. März 1933, Niemann, S. 502f.

[799] Niemann, S. 504

[800] Vgl.: Aufzeichnungen von Otto Wels vom 16. Juli 1933, in: Archiv der sozialen Demokratie (AsD), Nachlass Otto Wels/9.; ebenso Schulze, Anpassung oder Widerstand, S. 162, Anm. 6; Niemann, S. 530.

[801] Vgl.: Internationale Information vom 6. Mai 1933, S. 195ff.; auch Niemann, S. 515.

[802] Niemann, S. 516

[803] Niemann, S. 529

[804] Ebd.

[805] Lt. Reichstagsprotokoll waren 538 Abgeordnete anwesend und 444 gaben ihre Zustimmung, vgl.: Reichstag, Amtliches Protokoll der 2. Sitzung vom 23. März 1933 (Faksimile: https://www.reichstagsprotokolle.de/Blatt2_w8_bsb00000141_00049.html, abgerufen am 13. April 2021).

[806] Vgl.: Reichsgesetzblatt, 1933, Nr. 25, S. 141 (https://www.1000dokumente.de/index.html?c=dokument_de&dokument=0006_erm&object=translation&l=de, abgerufen am 13. April 2021).

[807] Vgl.: Ernst Rudolf Huber, Band 5, S. 62f.

[808] Vgl.: Strenge, Machtübernahme, S. 183

[809] RGBl. vom 3. August 1920, S. 1493, sowie: Wissenschaftliche Dienste des Deutschen Bundestages (Hrsg): Ermächtigungsgesetze von 1914 bis 1933 und die SPD, Ausarbeitung WD 1 – 3000 – 015/14, 2016, S. 9.

[810] RGBl vom 6. Februar 1921, S. 139, sowie: Wissenschaftliche Dienste des Deutschen Bundestages (Hrsg): Ermächtigungsgesetze von 1914 bis 1933 und die SPD, Ausarbeitung WD 1 – 3000 – 015/14, 2016, S. 9.

[811] RGBl. I 1923, S. 147-151, sowie: Wissenschaftliche Dienste des Deutschen Bundestages (Hrsg): Ermächtigungsgesetze von 1914 bis 1933 und die SPD, Ausarbeitung WD 1 – 3000 – 015/14, 2016, S. 10.

[812] Vgl.: Lambsdorff, S. 368, sowie: RGBl. I 1923, S. 943, Wissenschaftliche Dienste des Deutschen Bundestages (Hrsg): Ermächtigungsgesetze von 1914 bis 1933 und die SPD, Ausarbeitung WD 1 – 3000 – 015/14, 2016, S. 10.

[813] RGBl. I 1923, S. 1179; sowie: Sylvia Eilers: Ermächtigungsgesetz und militärischer Ausnahmezustand zur Zeit des ersten Kabinetts von Reichskanzler Wilhelm Marx 1923/1924, Köln 1988, S. 163ff.; Wissenschaftliche Dienste des Deutschen Bundestages (Hrsg): Ermächtigungsgesetze von 1914 bis 1933 und die SPD, Ausarbeitung WD 1 – 3000 – 015/14, Berlin 2016, S. 10.

[814] RGBl. II 1926, S. 421, Wissenschaftliche Dienste des Deutschen Bundestages (Hrsg): Ermächtigungsgesetze von 1914 bis 1933 und die SPD, Ausarbeitung WD 1 – 3000 – 015/14, 2016, S. 11.

[815] RGBl. II 1927, S. 466, Wissenschaftliche Dienste des Deutschen Bundestages (Hrsg): Ermächtigungsgesetze von 1914 bis 1933 und die SPD, Ausarbeitung WD 1 – 3000 – 015/14, 2016, S. 11.

[816] Ebd.

[817] Vgl.: Wissenschaftliche Dienste des Deutschen Bundestages (Hrsg): Ermächtigungsgesetze von 1914 bis 1933 und die SPD, Ausarbeitung WD 1 -3000 – 015/14), Berlin 2016, S. 13f.

[818] Vgl.: Strenge, Machtübernahme, S. 49

[819] Vgl. dazu auch die Dietramszeller Verordnung VO vom 24. August 1931 (RGBl. 1931 I, S. 453; Hagen Schulze, S. 728; Ernst Rudolf Huber Dok. 416

[820] Vgl.: Strenge, Machtübernahme, S. 50; Ernst Rudolf Huber, VII, S. 864

[821] Vgl.: Barth/Friedrichs, S. 36

[822] Lambsdorff, S. 368

[823] Das sieht auch Strenge so (Machtübernahme, S. 51)

[824] Vgl.: Strenge, Machtübernahme, S. 171

[825] Ebd.

[826] Vgl.: Heinrich Herrfahrdt: Reich und Preußen, o.O. 1928; Heinrich Herrfahrdt: Reichsreform durch Notverordnung? September 1929, in: Reich und Länder, o. O. 1931, S. 257ff.

[827] Artikel 85, Abs. 2 der Weimarer Verfassung

[828] Vgl.: Carl Schmitt: Das Gesetz zur Behebung der Not von Volk und Reich, in: Deutsche Juristen-Zeitung (DJZ) 1933, Sp. 455

[829] Strenge, Machtübernahme, S. 173

[830] Karl-Heinz Minuth (Hrsg): Das Kabinett Hitler, Teil I, 1933-1934, Band 1, München 1996, Nr. 60

[831] RGBl. 1923 I, S. 1179

[832] RGBl. 1923 I, S. 1179

[833] Strenge, Machtübernahme, S. 174

[834] Ebd., S. 174

[835] Ebd. S. 186

[836] Ebd., S. 175

[837] Artikel 59 Weimarer Verfassung: » (1) Der Reichstag ist berechtigt, den Reichspräsidenten, den Reichskanzler und die Reichsminister vor dem Staatsgerichtshof für das Deutsche Reich anzuklagen, dass sie schuldhafterweise die Reichsverfassung oder ein Reichsgesetz verletzt haben. Der Antrag auf Erhebung der Anklage muss von mindestens hundert Mitgliedern des Reichstags unterzeichnet sein und bedarf der Zustimmung der für Verfassungsänderungen vorgeschriebenen Mehrheit. Das Nähere regelt das Reichsgesetz über den Staatsgerichtshof« (http://www.documentarchiv.de/wr/wrv.html#DRITTER_ABSCHNITT, abgerufen am 13. April 2021).

[838] Heinrich Brüning, Schreiben vom 20. August 1946, in: Morsey, Ermächtigungsgesetz, Dok. 40a, S. 71

[839] Vgl.: Karl Dietrich Bracher: Stufen der Machtergreifung, in: Karl Dietrich Bracher/Gerhard Schulz/Wolfgang Sauer (Hrsg): Die nationalsozialistische Machtergreifung, Frankfurt/M./Berlin/Wien (1960), 1974, S. 157

[840] Vgl.: Rudolf Morsey (Hrsg): Die Protokolle der Reichstagsfraktion und des Fraktionsvorstandes der Deutschen Zentrumspartei 1926-1933, o. O. 1969, Protokoll der Fraktionssitzung vom 23. März 1933; sowie: Strenge, Machtübernahme, S. 176, 179; dennoch sollte sich der Fraktionsvorsitzende Kaas später beinahe bedingungslos für das Gesetz einsetzen (siehe unten).

[841] Vgl. Art. 68-77, Weimarer

[842] Strenge, Machtübernahme, S. 185

[843] Ebd.

[844] Ebd., S. 186

[845] IMT-Protokoll, Sitzung v. 22.11.1945 (IMT-Band 2, S. 206-216)

[846] Vgl.: Adolf Hitler: Regierungserklärung vom 23. März 1933, in: Völkischer Beobachter Nr. 83 vom 24. März 1933 (Domarus Band 1, S. 236)

[847] Vgl.: Strenge, Machtergreifung, S. 87

[848] Vgl. Domarus, Band 1, S. 228

[849] Siehe Hitlers Brief vom 23. November 1932 an Staatssekretär Dr. Meissner, Wortlaut abgedruckt in: Domarus, Band 1, S. 154

[850] Vgl.: Strenge, Machtergreifung, S. 87

[851] Darauf weist auch Strenge, Machtübernahme, S. 90f. hin.

[852] Schon seit der Konstituierung der Weimarer Republik fertigte das Reichsinnenministerium die wichtigsten Gesetzentwürfe an und nicht etwa das Justizministerium oder das Reichskanzleramt (vgl.: Strenge, Machtübernahme, S. 123).

[853] Vgl.: Strenge, Machtübernahme, S. 121

[854] Domarus, Band 1, S. 247

[855] Ebd.

[856] 647–216 = 431

[857] Vgl.: § 98 Geschäftsordnung für den Reichstag, in: Büro des Reichstags (Hrsg.): Reichstags-Handbuch VIII. Wahlperiode, Berlin 1933, S. 32

[858] Ebd.

[859] Niemann, S. 509

[860] Mehr dazu in: Rudolf Morsey (Hrsg.): Das Ermächtigungsgesetz vom 24. März 1933. Quellen zur Geschichte und Interpretation des Gesetzes zur Behebung der Not von Volk und Reich, Düsseldorf 1992

[861] Vgl.: Alfred Grosser: Geschichte Deutschlands seit 1945, München 1981, S. 35

[862] Vgl.: Friedemann Bedürftig: Lexikon III. Reich, Hamburg 1994, S. 111f.

[863] Reichstag, Amtliches Protokoll der 2. Sitzung vom 23. März 1933 (Faksimile: https://www.reichstagsprotokolle.de/Blatt2_w8_bsb00000141_00049.html, abgerufen am 13. April 2021).

[864] Reichstag, Amtliches Protokoll der 2. Sitzung vom 23. März 1933 (Faksimile: https://www.reichstagsprotokolle.de/Blatt2_w8_bsb00000141_00049.html, abgerufen am 13. April 2021).

[865] Ebd.

[866] 444 von 647 Stimmen = 68,62 %; würde man die beiden Stimmen der Abgeordneten von Zentrum und DVP die entschuldigt/krank gefehlt hatten noch dazu zählen, wären es sogar 446 von 647 Stimmen, also 68,93 % gewesen.

[867] Auch Hofmann (Kritische Geschichte, S. 212) erwähnt, dass auch die kommunistischen Abgeordnetenstimmen »nichts geändert« hätten.

[868] Matthias, S. 168ff.

[869] Domarus, Band 1, Erster Halbband, S. 237

[870] Ebd., S. 247

[871] Zitiert in: Renate Faerber-Husemann: Otto-Wels-Rede im Reichstag: Nicht die Demokratie – aber die Ehre gerettet, in: Vorwärts vom 23. März 2021 (https://www.vorwaerts.de/artikel/otto-wels-rede-reichstag-demokratie-ehre- gerettet, abgerufen am 13. April 2021); die Originalrede als Faksimile: https://www.reichstagsprotokolle.de/Blatt2_w8_bsb00000141_00036.html, abgerufen am 13. April 2021.

[872] Ebd.

[873] Ebd.

[874] Guido Knopp: Die Machtergreifung, München 2010, S.9

875 Otto Wels (1873-1939); sozialdemokratischer Politiker; von 1919 bis in die Zeit der Exil-SPD während der Herrschaft der Nationalsozialisten SPD- Vorsitzender; von 1912- 1918 Abgeordneter des Reichstags des Deutschen Kaiserreichs; von 1919-1920 Mitglied der Weimarer Nationalversammlung; 1920-1933 Abgeordneter des Reichstags der Weimarer Republik (vgl.: S. Ittershagen: Wels, Otto, in: Geschichte der deutschen Arbeiterbewegung. Berlin 1970, S. 477–479; Hans J. L. Adolph: Otto Wels und die Politik der deutschen Sozialdemokratie. 1894–1939. Eine politische Biographie (Veröffentlichungen der Historischen Kommission zu Berlin beim Friedrich-Meinecke-Institut der Freien Universität Berlin), Band 33, Berlin 1971.

876 Vgl.: Domarus, Band 1, S. 238

877 Ebd.

878 Vgl.: Hofman, Kritische Geschichte, S. 212

879 Ebd.

880 Otto Wels: Rede vom 23. März 1933 im Reichstag, 2. Sitzung, vgl. das Faksimile

881 Ebd.

882 Vgl.: Lambsdorff, S. 371

883 All die genannten SPD-»Helden« sprachen sich lt. Niemann (S. 497) gegen die Entwicklung aus, die viele in der Basis forderten: Eine Einheitsfront gegen die Nationalsozialisten (ebd.).

884 Niemann, S. 499

885 Vgl.: Höhne, Machtergreifung, S. 23; sowie: Erich Matthias: Die Sozialdemokratische Partei Deutschlands, in: Erich Matthias/Rudolf Morsey (Hrsg.): Das Ende der Parteien, Düsseldorf 1960, S. 168ff.; ebenso: Niemann, S. 511.

886 Höhne, Machtergreifung, S. 23

887 Friedrich Stampfer (1874-1957), deutscher Journalist und SPD-Politiker.

888 Paul Hertz (1888-1961), SPD- Politiker; vgl. dazu auch: International Institute für Social History (Hrsg): Paul Hertz Papers 1903-1963 (-2015)1903- 1963, Amsterdam 2016 (10622/ARCH00563), S. 7: »Friedrich Stampfer (…) belonged to the revisionist wing of the SPD; was Editor for SPD-Zentralorgan Der Vorwärts;as member of the social democrat party executive went to Prague – tried to control the socialdemocrat publications in agreement with national socialist headman Hermann Göring 1933« (Hervorhebungen durch mich).

889 Vgl.: Höhne, Machtergreifung, S. 23
890 Vgl.: Matthias, S. 168ff.; Hofmann, Kritische Geschichte, S. 213
891 Ebd.; sowie: Höhne, Machtergreifung, S. 24
892 Höhne, S. 24
893 Adolf Hitler, Erwiderung zu Otto Wels Rede vom 23. März 1933 im Reichstag (2. Sitzung), Domarus Band 1, S. 242ff.
894 Ebd.
895 Ebd.
896 Ebd.
897 Ebd.
898 Ebd.
899 Ebd.
900 Ebd.
901 Ebd.
902 Zitiert nach Niemann, S. 512
903 Niemann, S. 512
904 Adolf Hitler: Regierungserklärung vom 23. März 1933, in: Völkischer Beobachter Nr. 83 vom 24. März 1933 (Domarus Band 1, S. 236)
905 Vgl. Adolf Hitler: Regierungserklärung vom 17. Mai 1933, in: Völkischer Beobachter Nr. 138 vom 18. Mai 1933 (Domarus Band 1, S. 270ff.)
906 Siehe dazu ausführlich ➔ »Adolf Hitler, eine Korrektur, Band 3«.
907 Auch der frühere Reichskanzler Schleicher hatte im Herbst 1932 öffentlich gedroht, dass Deutschland den Völkerbund verlassen könnte.
908 Vgl. Hofmann, Kritische Geschichte, S. 215
909 Vgl. Reichstagsprotokoll (3. Sitzung) vom 17. Mai 1933 (https://daten.digitale- sammlungen.de/bsb00000141/images/index.html?fip=193.174.98.30&seite=51&pdfseitex=, abgerufen am 13. April 2021).
910 Vgl. Domarus, Band 1, S. 279
911 Vgl. Hofmann, Kritische Geschichte, S. 216
912 Domarus, Band 1, S. 238
913 Theodor Heuss (1884-1963); Journalist, Publizist, Politikwissenschaftler und fast 60 Jahre liberaler Politiker (NSV, FVg, FVP, DDP, FDP/DVP); mit Gründung der FDP 1948 wurde er deren erster Vorsitzender; von 1949-1959 der erste Bundespräsident der Bundesrepublik Deutschland. Heuss ist auch noch heute allgegenwärtig: Es gibt die Theodor-Heuss-Akademie, die Theodor- Heuss-Medaille, die Theodor-Heuss-Stiftung, in vielen Städten der Republik Theodor-Heuss-Straßen usw. usf.

914 Vormals: Deutsche Demokratische Partei (DDP); vor der Reichstagswahl am 14. September 1930 vereinigte sie sich mit der Volksnationalen Reichs- vereinigung, die zum nationalistischen und antisemitischen Jungdeutschen Orden gehörte. Die Partei nannte sich fortan Deutsche Staatspartei (DStP) und behielt den Namen bei, obwohl die Volksnationalen schon bald wieder die Partei verließen. Die Deutsche Staatspartei wurde am 28. Juni 1933 aufgelöst; vgl. Werner Schneider: Die Deutsche Demokratische Partei in der Weimarer Republik. 1924–1930, München 1978; Joachim Stang: Die Deutsche Demokratische Partei in Preußen. 1918–1933 (Beiträge zur Geschichte des Parlamentarismus und der politischen Parteien. Band 101), Düsseldorf 1994; Werner Stephan: Aufstieg und Verfall des Linksliberalismus 1918–1933. Die Geschichte der Deutschen Demokratischen Partei, Göttingen 1973; Rainer Erkens/Horst R. Sassin: Dokumente zur Geschichte des Liberalismus in Deutschland 1930–1945, St. Augustin 1989; Konstanze Wegner: Linkslibera- lismus in der Weimarer Republik. Die Führungsgremien der Deutschen Demokratischen Partei und der Deutschen Staatspartei 1918–1933, Düsseldorf 1980

915 Heuss‹ Zustimmung ist protokolliert im Amtlichen Reichstagsprotokoll, 2. Sitzung, Donnerstag 23. März 1933 (https://www.reichstagsprotokolle.de/Blatt2_w8_bsb00000141_00049.html, abgerufen am 13. April 2021).

916 1961-2016; FDP-Politiker und Außenminister

917 Westerwelle würdigt Theodor Heuss zu dessen 125. Geburtstag (30.01.2009); vgl: FDP Thüringen, Greiz-News-Archiv.

918 Es handelte sich dabei hauptsächlich um Mitglieder der KPD, die zu diesem Zeitpunkt des Umsturzes des Staates verdächtigt wurden, weil man glaubte, sie hätten den Reichstag angezündet (siehe ➔ Adolf Hitler, eine Korrektur Band 2).

919 Vgl. Theodor Heuss: Die Machtergreifung und das Ermächtigungsgesetz. Zwei nachgelassene Kapitel der Erinnerungen, 1905-1933, Tübingen 1967

920 Vgl. Jürgen C. Heß: »Die deutsche Lage ist ungeheuer ernst geworden.« Theodor Heuss und die Herausforderungen des Jahres 1933, in: Jahrbuch zur Liberalismus-Forschung. Band 6, 1994, S. 83ff.

921 Heuss, Machtergreifung, S. 24

922 Vgl. Heuss, Machtergreifung, Anmerkung 12, S. 50

923 Original im Theodor-Heuss-Archiv, Stuttgart

924 Heuss, Machtergreifung, S. 24, 50

[925] Vgl. Ernst Wolfgang Becker: Die normative Dimension der Realpolitik. Linksliberalismus und Ermächtigungsgesetzgebung in der Weimarer Republik, in: Jahrbuch zur Liberalismus-Forschung. Band 28, o.O., 2016, S. 91ff.

[926] Ebd.

[927] Heuss, Machtergreifung, S. 23

[928] Wie Heuss selbst schreibt, in: Heuss, Machtergreifung, S. 25

[929] Ebd., S. 26

[930] Ebd., S. 24

[931] Vgl. DER SPIEGEL Nr. 22/20, S. 53

[932] Ebd.

[933] Vgl. Stenografische Berichte des Württ. Badischen Landtages 1947, Band I, Beilage 77, S. 99f.; Ernst Wolfgang Becker/Thomas Rösslein (Hrsg.): Politischer Irrtum im Zeugenstand. Die Protokolle des Untersuchungs- ausschusses des württemberg-badischen Landtags aus dem Jahr 1947 zur Zustimmung zum »Ermächtigungsgesetz« vom 23. März 1933. Stuttgart 2003, S. 137ff.

[934] Vgl. Ernst Wolfgang Becker: Bürger im Zeitalter der Extreme. Stuttgart 2011, S. 72ff.; Theodor Heuss: Gleichschaltung des Geistes, in: Die Hilfe. Nr. 10, 20. Mai 1933, S. 267

[935] Vgl. Brief von Heuss an Friedrich Mück, 1. April 1933, und Heuss an Otto Debatin, 6. Mai 1933. In: Elke Seefried (Hrsg.): Theodor Heuss: In der Defensive. Briefe 1933–1945. München 2009, S. 132, 148 f.

[936] Vgl. Brief von Heuss an Friedrich Mück, 1. April 1933, in: Elke Seefried (Hrsg.): Theodor Heuss: In der Defensive. Briefe 1933–1945. München 2009, S. 132

[937] Vgl. Brief von Heuss an Friedrich Mück, 7. Mai 1933, in: Elke Seefried (Hrsg.): Theodor Heuss: In der Defensive. Briefe 1933–1945. München 2009, S. 151

[938] Heuss, Machtergreifung, S. 26

[939] https://www.liberale.de/content/theodor-heuss-liberales-erbe-steht-fuer- menschlichkeit-und-verantwortung, abgerufen am 13. April 2021.

[940] Reinhold Otto Maier (1889-1971); Politiker (FVP, DDP/DStP und FDP/DVP); erster Ministerpräsident von Baden-Württemberg; Maier war ebenfalls Freimaurer. Auf der Homepage der Loge »Furchtlos und Treu« ist Folgendes zu lesen: »Der damalige amerikanische Militärgouverneur Oberst Willliam W. Dawson, der selbst aktiver Freimaurer war, ebnete den Weg zur Genehmigung durch die seinerzeitige Militärregierung. Als Logenname entschieden sich die Gründungsmitglieder für den Wahlspruch des Württem- bergischen Königshauses: ›Furchtlos und Treu‹. Die Lichteinbringung und konstituierende Festloge fand am 3.2.1946 statt. Unter den Gründungs- mitgliedern war auch der damalige Ministerpräsident von Württemberg-Baden, Reinhold Maier« (http://www.furchtlos-und-treu.de/logengeschichte.html, abgerufen am 13. April 2021).

[941] Maiers Zustimmung ist protokolliert im Amtlichen Reichstagsprotokoll, 2. Sitzung, Donnerstag 23. März 1933 (https://www.reichstags-protokolle.de/Blatt2_w8_bsb00000141_00049.html, abgerufen am 13. April 2021).

[942] Das berichtet Heuss in seinen Erinnerungen (vgl.: Heuss, Machtergreifung, S. 24)

[943] Verhandlungen des Reichstags, 2. Sitzung, Stenographischer Bericht vom 23. März 1933, S. 38 (https://www.reichstagsprotokolle.de/Blatt2_w8_bsb00000141_00042.html, abgerufen am 13. April 2021); Werner Fritsch: Deutsche Demokratische Partei, in: Dieter Fricke (Hrsg.): Lexikon zur Parteiengeschichte, Band 1, Leipzig 1983, S. 612

[944] Vgl. Sitzungsprotokolle des württembergisch-badischen Landtags, April 1947 (http://www.zum.de/psm/ns/maier_ns_macht.php, abgerufen am 13. April 2021).

[945] Wilhelm Hofmann: Reinhold Maier. Die Reden. Eine Auswahl. Stuttgart 1982, S. 39f.; zit. nach: Rudolf Morsey: Das Ermächtigungsgesetz vom 24. März 1933, Düsseldorf 1992, S. 154f.

[946] Ernst Lemmer (1898-1970); Politiker (DDP bzw. DStP, später CDU); von 1956-1957 Bundesminister für das Post- und Fernmeldewesen, von 1957-1962 Bundesminister für gesamtdeutsche Fragen sowie von 1964-1965 Bundesminister für Vertriebene, Flüchtlinge und Kriegsgeschädigte; vgl. Walter Henkels: 99 Bonner Köpfe, Frankfurt/M. 1965, S. 155 ff.; Ludwig Luckemeyer: Lemmer, Ernst, in: Neue Deutsche Biographie (NDB). Band 14, Berlin 1985, S. 187f.

[947] Lemmers Zustimmung ist protokolliert im Amtlichen Reichstagsprotokoll, 2. Sitzung, Donnerstag 23. März 1933 (https://www.reichstags-protokolle.de/Blatt2_w8_bsb00000141_00049.html, abgerufen am 13. April 2021).

[948] Vgl. Walter Henkels: 99 Bonner Köpfe, Frankfurt/M. 1965, S. 155 ff.

[949] Ebd.

[950] Ludwig Kaas (1881-1952); katholischer Theologe und Politiker; wurde nach dem Ersten Weltkrieg Reichstagsabgeordneter der Zentrumspartei und war zwischen 1928 und 1933 deren Vorsitzender; war zur Zusammenarbeit mit der NSDAP bereit; später ging er nach Rom und war aufseiten des Heiligen Stuhls an der Ausarbeitung des Konkordats mit dem Deutschen Reich beteiligt; danach Ausübung verschiedener Ämter in der Kurie; vgl. Georg May: Ludwig Kaas. Der Priester, der Politiker und der Gelehrte aus der Schule von Ulrich Stutz. 3 Bände, Amsterdam 1981; Rudolf Morsey: Ludwig Kaas – Exilant in Rom und im Vatikan (1933–1952), in: Historisch-politische Mitteilungen, Jg. 26, 2019, S. 185ff.; Martin Persch: Kaas, Ludwig, in: Biographisch-Bibliographisches Kirchenlexikon (BBKL), Band 3, Herzberg 1992, Sp. 907ff.; Albert Endres: Ludwig Kaas und seine Zeit, in: Neues Trierisches Jahrbuch, Jg. 42 (2002), S. 95ff.

[951] Ebd.

[952] Vgl. Heinrich August Winkler: Weimar. Die Geschichte der ersten deutschen Demokratie. München 1993, S. 344; Gerhard Schulz: Zwischen Demokratie und Diktatur: Deutschland am Vorabend der Großen Krise. Zwischen Demokratie und Diktatur 2, Berlin 1987, S. 207

[953] Aufzeichnung von Staatssekretär Meissner über eine Besprechung des Reichspräsidenten mit dem Vorsitzenden der Zentrumspartei Kaas am 18. November 1932, 18 Uhr, in: Akten der Reichskanzlei (975) Nr. 218 vom 18. November 1932 (https://www.bundesarchiv.de/aktenreichskanzlei/1919-1933/0000/vpa/vpa2p/kap1_1/para2_89.html?highlight=true&search=&stemmi ng=true&pnd=&start=975&end=977&field=all#highlightedTerm, abgerufen am 13. April 2021).

[954] Daran erinnerte sich jedenfalls später Brüning so: Kaas Widerstand »wurde schwächer, als Hitler von einem Konkordat sprach und Papen versicherte, dass ein solches so gut wie garantiert sei. Das war die Frage, die Kaas am meisten interessierte, aus seiner ganzen Anschauungswelt heraus«; vgl. Heinrich August Winkler: Der Weg nach Westen. Deutsche Geschichte 1933–1990, Bonn 2006, S. 13; Heinrich Brüning: Memoiren 1918–1934, Stuttgart 1970, S. 656; Redetext von Prälat Kaas bei Zustimmung zum Ermächtigungsgesetz (Verhandlungen des Reichstags, VIII. Wahlperiode 1933, Bd. 457. Berlin 1933, S.37); (http://www.zum.de/psm/ns/kaas_ns_macht.php, abgerufen am 13. April 2021).

[955] Redetext von Prälat Kaas bei Zustimmung zum Ermächtigungsgesetz (Verhandlungen des Reichstags, VIII. Wahlperiode 1933, Bd. 457. Berlin 1933, S.37(http://www.zum.de/psm/ns/kaas_ns_macht.php, abgerufen am 13. April 2021).

[956] Ein Abgeordneter war entschuldigt; vgl. Amtliches Reichstagsprotokoll, 2. Sitzung, Donnerstag 23. März 1933 (https://www.reichstags-protokolle.de/Blatt2_w8_bsb00000141_00049.html, abgerufen am 13. April 2021).

[957] Ebd.

[958] Zitat aus: Kopp, Manager, S. 360

[959] Vgl. dazu auch Niemann, S, 503

[960] Zitiert nach Niemann, S. 531; dieser ist im Besitz einer Kopie des Artikels.

[961] Niemann, S. 532

[962] Neuer Vorwärts (Karlsbad) vom 18. Juni 1933; zitiert in Niemann, S. 525

[963] Ebd.

[964] Niemann, S. 526

[965] Neuer Vorwärts (Karlsbad) vom 18. Juni 1933; zitiert in Niemann, S. 525

[966] Vgl.: SAPMO-BArch, alte Reg. 3/714; sowie: Niemann, S. 530

[967] Domarus, Band 1, Erster Halbband, S. 283

[968] Auch das Verbot der KPD hatte aus der Sicht der damaligen Regierung gute Gründe, die ich minutiös in ➔ »Adolf Hitler, eine Korrektur Band 2« beschreibe.

[969] Vgl.: Stiftung Archiv der Parteien und Massenorganisationen der DDR im Bundesarchiv (SAPMO-BArch), alte Reg. 10/94; Niemann, S. 530

970 Durch das vom Reichstag am 19. Oktober 1878 verabschiedete »Gesetz gegen die gemeingefährlichen Bestrebungen der Sozialdemokratie« (Sozialistengesetz); ganzes Gesetz unter: https://de.wikisource.org/wiki/Gesetz_gegen_die_gemeingef%C3%A4hrlichen_Bestrebungen_der_Sozialdemokratie_(Sozialistengesetz), abgerufen am 13. April 2021; vgl.dazu auch: Thomas Nipperdey: Deutsche Geschichte 1866–1918, Band 2, München 1992, S. 356.

971 Anmerkung: Ich konnte die Liste nicht in jedem Bereich verifizieren.

972 Robert Hofmann: Kritische Geschichte, S. 239, ebenso: Norbert Podewin (Hrsg.): Braunbuch: Kriegs- und Naziverbrecher in der Bundesrepublik und in Berlin (West), Berlin 1968; Olaf Kappelt: Braunbuch der Nazis in der DDR, Berlin 1981

973 Ebd.

974 Ebd.

975 Ebd.

976 Ebd.

977 Ebd.

978 Ebd.

979 Ebd.

980 Vgl. Malte Herwig: Hoffnungslos dazwischen. Nazi-Akten geben neue prominente Namen preis – doch die Mitgliedskarten der NSDAP besagen nichts über Schuld oder Verstrickung der damals 16- oder 17-Jährigen, in: DER SPIEGEL Nr. 29, 2007 (https://www.spiegel.de/spiegel/print/d-52263711.html, abgerufen am 13. April 2021).

981 Robert Hofmann: Kritische Geschichte. S. 239, ebenso: Podewin (Hrsg.): Braunbuch; sowie Kappelt: Braunbuch der Nazis in der DDR

982 https://www.deutschlandfunk.de/eppler-nennt-nsdap-antrag-eine-dummheit.694.de.html?dram:article_id=64713, abgerufen am 13. April 2021.

983 Robert Hofmann: Kritische Geschichte, S. 239, ebenso: Podewin (Hrsg.): Braunbuch; sowie Kappelt: Braunbuch der Nazis in der DDR

984 Ebd.

985 Ebd.

986 Ebd.

987 Ebd.

988 Ebd.

[989] Friedrich Ebert (1871-1925); Sozialdemokrat; seit 1913 Vorsitzender der Sozialdemokratischen Partei Deutschlands; amtierte von 1919 bis zu seinem Tod als erster Reichspräsident der Weimarer Republik

[990] Vgl. Richard J. Evans: Rituale der Vergeltung. Die Todesstrafe in der deutschen Geschichte 1532-1987, Berlin 2001, S. 613f.

[991] Vgl. Stenographische Berichte über die Verhandlungen des deutschen Reichstags, Band 344, Sp. 393, 2. Juli 1920 sowie Evans, S. 615

[992] Mehrere SPD-Ortsverbände verabschiedeten sogar Resolutionen, in denen Kritik an Eberts Entscheidung geübt wurde; vgl. Evans, S. 615ff.

[993] Evans, S. 617

[994] Gustav Radbruch (1878-1949); Sozialdemokrat und während der Weimarer Republik Reichsminister der Justiz

[995] Evans, S. 617f.

[996] Vgl. Ernst Rudolf Huber: Deutsche Verfassungsgeschichte seit 1789, Band VI: Die Weimarer Reichsverfassung, Stuttgart 1969, S. 674; Reichstag, 32. Ausschuss, 21. Sitzung vom 27. Oktober 1927 (Abg. Rosenfeld), BA Berlin R 109/848, Bl. 125; Gotthard Jasper: Der Schutz der Republik, Tübingen 1962

[997] Evans, S. 619f.

[998] Ebd., S. 638

[999] Ebd., S. 731ff.

[1000] Peter Kürten (1883-1931)

[1001] Evans, S. 732

[1002] Ebd.

[1003] Ebd.

[1004] Vgl. Preußische Zeitung vom 20. April 1931; Evans, S. 734f.

[1005] Zitiert nach Joel Kotek/Pierre Rigoulot: Das Jahrhundert der Lager. Gefangenschaft, Zwangsarbeit, Vernichtung, Berlin/München 2001, S. 117

[1006] Vgl.: IMT-Band 2, S. 206ff.

[1007] André Keil/Matthew Stibbe: Ein Laboratorium des Ausnahmezustands. Schutzhaft während des Ersten Weltkriegs und in den Anfangsjahren der Weimarer Republik – Preußen und Bayern 1914-1923, in: Vierteljahreshefte der Zeitgeschichte 4 (Oktober 2020, S. 571f.; sie verweisen in der Fußnote auf: Günther Wieland: Die normativen Grundlagen der Schutzhaft in Hitlerdeutschland, in:

[1007] Jahrbuch für Geschichte 26 (1982), S.86, weiter: »Wie oben dargestellt, wurde das Sennelager auch als Sammlungsstelle für Gefangene verschiedener Kategorien nach der Niederschlagung der ›Roten Ruhrarmee‹ im April/Mai 1920 genutzt – dabei aber ohne die Bezeichnung ›Konzentrationslager‹« (Keil/Stibbe, S. 572, Fußnote 147).

[1008] Vgl. Heinz Höhne: Die Machtergreifung, Hamburg 1983, S. 14

[1009] Ebd., S. 15

[1010] Vgl. Erich Matthias: Die Sozialdemokratische Partei Deutschlands, in: Erich Matthias/Rudolf Morsey (Hrsg.): Das Ende der Parteien Düsseldorf 1960, S. 122f.; Karl Rohe: Das Reichsbanner Schwarz-Rot-Gold, Düsseldorf 1966, S. 374; Höhne, Machtergreifung, S. 14.

[1011] Ebd., S. 364; Höhne, Machtergreifung, S. 171

[1012] Matthias, S. 126; Höhne, S. 14

[1013] Ebd., S. 124; Niemann, S. 423

[1014] Niemann, S. 423

[1015] Matthias, S. 124

[1016] Karl Höltermann (1894-1955), sozialdemokratischer Politiker und Journalist, Mitbegründer und stellvertretender Vorsitzender des Reichsbanners Schwarz-Rot-Gold, 1932 Bundesvorsitzender des Reichsbanners; von Juli 1932 bis Juni 1933 gehörte er für den Wahlkreis Magdeburg als SPD-Vertreter dem Reichstag an; wegen seines Widerstandes gegen den Nationalsozialismus wurde Haftbefehl gegen ihn erlassen.

[1017] Rohe, S. 371

[1018] Höhne, Machtergreifung, S. 15

[1019] Ebd., S. 183 sowie Eve Rosenhaft: Gewalt in der Politik, in: Klaus-Jürgen Müller/Eckardt Opitz: Militär und Militarismus in der Weimarer Republik, Düsseldorf 1978, S. 250

[1020] Höhne, Machtergreifung, S. 15

[1021] Ebd.

[1022] Bericht dokumentiert in: ZStA Merseburg, II. Das Reichsbanner, Bl. 313 sowie Niemann, S. 450

[1023] Rohe, S. 368ff.

[1024] Höhne, Machtergreifung, S. 16

[1025] Ebd., S. 18

Der Autor:

Dr. h.c. Michael Grandt (Jahrgang 1963) arbeitet seit 1992 als Publizist und Fachberater für die Themenbereiche Wirtschaft, Finanzen und Zeitgeschichte. Er hat an zahlreichen Fernsehreportagen u.a. für BBC, Channel 4, ORF, RTL, SAT 1 und PRO 7 mitgearbeitet und ist in vielen TV-Talkshows als Experte aufgetreten.

Michael Grandt hat über 4.500 Fachcontents verfasst und bisher 34 Bücher publiziert. Die verkaufte Gesamtauflage beträgt über eine halbe Million Exemplare. Seine Bücher standen bisher über einhundertmal auf den deutschen und österreichischen Bestsellerlisten wie Spiegel, Focus, Stern, Manager Magazin und Handelsblatt. Er schrieb als Experte auch für Focus-Online und regelmäßig für die Basler Liberalen Nachrichten.

Im Jahr 2005 wurde Michael Grandt vom Ministerpräsidenten die Staufermedaille für besondere Verdienste für das Land Baden-Württemberg verliehen. 2011 wurde er mit der Ehrendoktorwürde der staatlichen rumänischen Universität Pitesti für »angewandte Journalismus- Wissenschaften« geehrt.

2014 wurde sein Artikel »Warum gibt es Aktiengesellschaften?« in das Schulbuch »Startup – Wirtschaft und Recht für das Gymnasium Band 1« des C.C. Buchner Verlages in Bamberg aufgenommen.

Sein 2019 veröffentlichter Roman »Das Merkel-Attentat« (mit Alexander Strauß), seine mehrbändige Sachbuch-Reihe »Adolf Hitler, eine Korrektur – was Ihnen die Geschichts- und Schulbücher verschweigen« (ab 2019), sowie »Kommt die Klima-Diktatur?« (2019) und »Vorsicht Enteignung!« (2020) sorgten für Empörung beim Mainstream.

Weitere Bücher von Michael Grandt:
http://www.michaelgrandt.de/meine-buecher/

Kostenloser Newsletter/Blog von Michael Grandt:
http://www.michaelgrandt.de/

Telegram: https://t.me/MGandt